D0681070

LES LIONS DU PANSHIR

Ken Follett est né à Cardiff en 1949. Diplômé en philosophie de l'University College de Londres, il travaille comme journaliste à Cardiff puis à Londres avant de se lancer dans l'écriture. En 1978, *L'Arme à l'œil* devient un best-seller et reçoit l'Edgar des auteurs de romans policiers d'Amérique. Ken Follett ne s'est cependant pas cantonné à un genre ni à une époque : outre ses thrillers, il a signé des fresques historiques, tels *Les Piliers de la Terre*, *Un monde sans fin*, *La Chute des géants* ou encore *L'Hiver du monde*. Ses romans sont traduits en plus de vingt langues et plusieurs d'entre eux ont été portés à l'écran. Ken Follett vit aujourd'hui à Londres.

KEN FOLLETT

Les Lions du Panshir

TRADUIT DE L'ANGLAIS PAR JEAN ROSENTHAL

LE LIVRE DE POCHE

Titre original :

LIE DOWN WITH LIONS
Publié par William Morrow, New York

À Barbara

AVERTISSEMENT

Il existe effectivement plusieurs organisations qui envoient des médecins volontaires en Afghanistan, mais *Médecins pour la Liberté* est une organisation fictive. Tous les endroits décrits dans ce livre sont réels, à l'exception des villages de Banda et de Darg, qui relèvent de la fiction. Hormis Massoud, tous les personnages sont fictifs.

Bien que j'aie essayé de rendre authentique la toile de fond, ceci est une œuvre d'imagination, qui ne saurait être considérée comme une source d'informations infaillible sur l'Afghanistan ou sur quoi que ce soit. Les lecteurs qui aimeraient en savoir davantage trouveront une liste bibliographique à la fin de ce livre.

PREMIÈRE PARTIE

1981

Les hommes qui voulaient tuer Hamet Yilmaz étaient des gens sérieux. C'étaient des étudiants turcs en exil qui vivaient à Paris, ils avaient déjà tué un attaché de l'ambassade de Turquie et posé une bombe au domicile d'un des dirigeants des Turkish Airlines. Ils choisirent Yilmaz pour être leur prochaine victime, car c'était un riche partisan de la dictature militaire et parce que, chose commode, il vivait à Paris.

Sa résidence et son bureau étaient bien gardés, sa Mercedes était blindée mais, estimaient les étudiants, tout homme a une faiblesse et cette faiblesse en général est le sexe. Dans le cas de Yilmaz, ils avaient raison. Deux semaines de discrète surveillance révélèrent que Yilmaz, deux ou trois soirs par semaine, quittait sa maison au volant du break Renault que ses domestiques utilisaient pour faire les courses et se rendait dans une petite rue du XVe arrondissement pour retrouver une belle et jeune Turque qui était amoureuse de lui.

Les étudiants décidèrent de poser une bombe dans sa Renault pendant que Yilmaz se livrait à ses ébats.

Les explosifs, ils savaient où se les procurer : chez Pepe Gozzi, un des nombreux fils du parrain corse, Mémé Gozzi. Et Pepe était trafiquant d'armes. Il vendait à n'importe qui, mais il préférait les clients politiques, car – il l'avouait bien volontiers –, «les idéalistes paient mieux». C'était lui qui avait aidé les étudiants turcs pour l'attentat précédent.

Le projet de bombe dans la voiture avait quand même un hic affiché. D'ordinaire, Yilmaz repartait seul de chez la fille dans la Renault – mais pas toujours. Quelquefois, il l'emmenait dîner dehors. Souvent, c'était elle qui prenait la voiture pour revenir une demi-heure plus tard, chargée de pain, de fruits, de fromage, de vin, et de toute évidence pour un souper fin. Parfois aussi Yilmaz rentrait chez lui en taxi et la fille lui empruntait la voiture pour un ou deux jours. Comme tous les terroristes, bien sûr, les étudiants avaient l'âme romanesque ; ils répugnaient à risquer de tuer une jolie fille coupable d'un seul crime, bien pardonnable, d'aimer un homme indigne d'elle.

Ils discutèrent ce problème de façon démocratique. Ils mettaient toutes les décisions aux voix et ne se reconnaissaient pas de chef ; il y en avait quand même un parmi eux dont la forte personnalité les dominait. Il s'appelait Rahmi Coskun, c'était un beau jeune homme passionné avec une grosse moustache et dans les yeux une flamme un peu héroïque. C'étaient son énergie et sa détermination qui avaient fait aboutir les deux projets précédents, en dépit des problèmes et des risques. Rahmi cette fois proposa de consulter un expert en explosifs.

Son idée tout d'abord ne plut pas aux autres. À qui pouvaient-ils faire confiance ? demandèrent-ils. Rahmi suggéra de s'adresser à Ellis Thaler : un Américain qui se disait poète et qui, en fait, gagnait sa vie en donnant des leçons d'anglais ; il avait appris le maniement des explosifs en étant conscrit au Vietnam. Rahmi le connaissait depuis environ un an : ils avaient travaillé tous les deux dans un éphémère magazine révolutionnaire, intitulé *Chaos*, et ils avaient organisé tous les deux une soirée poétique afin de recueillir les fonds pour l'Organisation de libération de la Palestine. Il semblait comprendre la rage de Rahmi devant ce qu'on faisait à la Turquie et partageait sa haine des barbares qui en étaient responsables. Certains des autres étudiants connaissaient vaguement Ellis : ils l'avaient vu à plusieurs manifestations, ils l'avaient pris pour un jeune professeur. Ils hésitaient quand même à s'adresser à quelqu'un qui n'était pas turc ; mais Rahmi insista, ils finirent par y consentir.

Ellis trouva aussitôt la solution à leur problème. La bombe devrait avoir, expliqua-t-il, un dispositif d'armement contrôlé à distance. Rahmi se posterait à une fenêtre en face de l'appartement de la fille, ou dans une voiture garée dans la rue, pour surveiller la Renault. Il aurait à la main un petit émetteur radio de la taille d'un paquet de cigarettes, le genre d'instrument qu'on utilise pour ouvrir une entrée de porte de garage automatique sans descendre de voiture. Si Yilmaz partait seul, comme il le faisait le plus souvent, alors Rahmi presserait le bouton de l'émetteur, un signal radio déclencherait un contact dans la bombe, qui serait alors armée et exploserait dès que Yilmaz mettrait le moteur en marche. Mais, si c'était la fille qui montait dans la voiture, Rahmi ne presserait pas le bouton, elle pourrait partir dans une bienheureuse ignorance. La bombe serait parfaitement inoffensive tant qu'elle n'était pas armée. «Pas de bouton, pas de bombe», déclara Ellis.

Rahmi aimait bien l'idée et demanda à Ellis s'il voulait collaborer avec Pepe Gozzi pour la préparation de l'engin.

«Bien sûr, bien sûr», répondit Ellis.

Là-dessus, un nouveau problème se posa.

«J'ai un ami, dit Rahmi, qui veut vous rencontrer tous les deux, Ellis et Pepe. À dire vrai, il *doit* vous rencontrer, sinon l'affaire est annulée : car c'est l'ami qui nous fournit l'argent pour les explosifs, les voitures, les pots-de-vin, les armes et tout.

— Pourquoi veut-il nous rencontrer ? voulurent savoir Ellis et Pepe.

— Il a besoin d'être sûr que la bombe fonctionnera, et il veut avoir la certitude qu'il peut vous faire confiance, dit Rahmi d'un ton d'excuse. Tout ce que vous avez à faire c'est de lui apporter la bombe, de lui expliquer comment elle fonctionnera, de lui serrer la main et le laisser vous regarder dans les yeux : est-ce trop demander pour l'homme qui rend tous les projets possibles ?

— Moi, dit Ellis, je suis d'accord.»

Pepe hésita. Il convoitait l'argent qu'il gagnerait dans l'opération : il avait toujours envie d'argent, comme un porc a toujours envie de son auge, mais il avait horreur de rencontrer des gens nouveaux.

Ellis le raisonna. «Ecoute, dit-il, ces groupes d'étudiants fleurissent et meurent comme le mimosa au printemps et Rahmi aura sûrement disparu avant longtemps; si tu connais son ami, alors tu pourras continuer à faire des affaires avec lui après le départ de Rahmi.

– Tu as raison», dit Pepe, qui n'était pas un génie, et qui ne pouvait comprendre les principes du commerce que si on les lui expliquait en termes simples.

Ellis répondit donc à Rahmi que c'était d'accord et Rahmi organisa un rendez-vous pour eux trois le dimanche suivant.

Ce matin-là, Ellis s'éveilla dans le lit de Jane. Il se réveilla brusquement, effrayé comme s'il avait fait un cauchemar. Un moment plus tard, il se rappela la raison pour laquelle il était si tendu.

Il jeta un coup d'œil à la pendule : chouette, il était tôt. Ellis repensa à son plan. Si tout allait bien, aujourd'hui il verrait la conclusion triomphale de plus d'un an d'efforts patients et jusqu'ici inutiles. Il pourrait partager ce triomphe avec Jane, s'il était encore en vie à la fin de la journée.

Il tourna la tête pour la regarder, bougeant avec précaution pour éviter de la réveiller. Son cœur battit plus fort, comme chaque fois qu'il voyait son visage. Elle était allongée sur le dos, son nez retroussé braqué vers le plafond et ses cheveux sombres répandus sur l'oreiller comme l'aile déployée d'un oiseau. Il regarda sa large bouche, aux lèvres pleines, qu'il embrassait si souvent et avec tant de passion. Le soleil printanier révélait sur ses joues un duvet blond, sa barbe, comme il l'appelait quand il voulait la taquiner. C'était un rare plaisir que de la voir ainsi, au repos, le visage détendu, sans expression. D'ordinaire, elle était animée : elle riait, fronçait les sourcils, grimaçait, exprimait la surprise, le scepticisme ou la compassion; son expression la plus courante était un sourire malicieux, comme celui d'un petit garçon espiègle qui vient de préparer une plaisanterie particulièrement diabolique.

Elle n'était ainsi que quand elle dormait ou quand elle réfléchissait très fort ; pourtant c'était comme cela qu'il l'aimait le plus, dans ces moments-là, lorsqu'elle ne faisait pas attention, qu'elle n'était pas sur ses gardes, que tout en elle trahissait la langoureuse sensualité qui brûlait en elle sous la surface, comme un feu souterrain. Lorsqu'il la voyait ainsi, ses mains le démangeaient presque de l'envie de la toucher.

Cela l'avait toujours surpris. Lorsqu'il avait fait sa connaissance, peu après son arrivée à Paris, elle lui avait paru être le type même de ces mouches du coche comme on en rencontre toujours parmi les jeunes et les extrémistes des grandes capitales, présidant des comités, organisant des campagnes contre l'apartheid ou en faveur du désarmement nucléaire, menant une marche de protestation à propos du Salvador ou de la pollution, recueillant des fonds pour les victimes de la famine au Tchad ou essayant de faire connaître un jeune cinéaste talentueux. Les gens étaient attirés vers elle par sa frappante beauté, captivés par son charme, galvanisés par son enthousiasme. Il l'avait emmenée dîner deux ou trois fois, rien que pour le plaisir d'observer une jolie fille venir à bout d'un steak ; et puis – il n'arrivait jamais à se rappeler exactement comment cela s'était passé – il avait découvert que, chez cette fille émotive, il y avait aussi une femme passionnée ; il était tombé amoureux.

Son regard parcourut le petit studio. Il nota avec plaisir les quelques objets personnels qui démarquaient son chez-elle : une jolie lampe faite d'un petit vase chinois ; un rayonnage de livres sur l'économie et la pauvreté dans le monde ; un grand sofa confortable dans lequel on pouvait se noyer ; une photographie de son père, un bel homme en costume croisé, prise sans doute dans les années 60, une petite coupe en argent qu'elle avait gagnée sur son poney Pissenlit, datée de 1971, dix ans plus tôt. À cette époque-là, songea Ellis, elle avait treize ans et moi vingt-trois ; pendant qu'elle remportait des concours hippiques dans le Hampshire, j'étais au Laos, à poser des mines antipersonnel sur la piste Hô Chi Minh.

Lorsqu'il avait pour la première fois vu l'appartement, voilà près d'un an, elle venait d'y emménager, c'était plutôt nu, rien qu'une petite pièce mansardée avec une cuisine dans un coin, une douche dans un placard et des toilettes au bout du couloir. Peu à peu, elle en avait fait un nid agréable. Elle gagnait bien sa vie comme interprète, traduisant du français et du russe en anglais, mais le loyer était élevé – le studio était proche du boulevard Saint-Michel – aussi avait-elle acheté avec soin, économisant de l'argent pour la table en acajou, pour un bois de lit ancien et un tapis de Tabriz. Elle était ce que le père d'Ellis appellerait une fille qui a de la classe. Tu l'aimeras bien, papa, songea Ellis. Tu seras simplement fou d'elle.

Il roula sur le côté pour lui faire face et le mouvement la réveilla, comme il l'avait prévu. Ses grands yeux bleus fixèrent une fraction de seconde le plafond, puis elle le regarda, sourit et vint se blottir dans ses bras. « Bonjour », murmura-t-elle, et elle l'embrassa.

Tout de suite, il eut envie d'elle. Ils restèrent ainsi allongés un moment, à demi endormis, s'embrassant de temps en temps, puis elle passa une jambe par-dessus sa hanche et ils commencèrent à faire l'amour avec langueur, sans parler.

Lorsqu'ils étaient devenus amants, ils faisaient l'amour matin et soir et souvent l'après-midi. Ellis s'était dit qu'un désir aussi fort ne durerait pas, qu'au bout de quelques jours, ou peut-être deux ou trois semaines, l'attrait de la nouveauté s'atténuerait, qu'ils retomberaient à la moyenne classique de deux fois ou trois fois par semaine. Il s'était trompé. Un an plus tard, ils continuaient à faire l'amour comme des jeunes mariés.

Elle roula sur lui, laissant tout son poids reposer sur le corps d'Ellis. Il sentait contre la sienne sa peau moite. Il passa les bras autour de son corps menu, la serra fort tout en la pénétrant profondément. Elle sentit qu'il n'était pas loin de l'orgasme, elle leva la tête pour le regarder et puis l'embrassa de toutes ses forces pendant qu'il jouissait en elle. Tout de suite après, elle poussa un petit gémissement étouffé, il la sentit frissonner du long et doux orgasme ondulant du dimanche matin. Elle resta sur lui, encore à demi endormie. Il lui caressa les cheveux.

Au bout d'un moment, elle remua. «Tu sais quel jour on est? murmura-t-elle.

– Dimanche.

– Si c'est dimanche je vais faire le déjeuner.

– Je n'avais pas oublié.

– Bon.»

Il y eut un silence. «Qu'est-ce que tu vas me donner?

– Steak, pommes de terre, petits pois, fromage de chèvre, fraises et crème Chantilly.»

Elle leva la tête en riant. «C'est ce que tu fais toujours!

– Pas du tout. La dernière fois, nous avons eu des haricots verts.

– Et la fois d'avant, tu avais oublié, alors nous avons déjeuné dehors. Si tu variais un peu ta cuisine?

– Eh, attends un peu. Notre accord dit que chacun de nous prépare le déjeuner un dimanche sur deux. Personne n'a jamais parlé d'un menu *différent* chaque fois.»

Elle se laissa retomber contre le lit, feignant la défaite.

Il n'avait cessé de penser à ce qu'il avait à faire aujourd'hui. Il allait avoir besoin de l'aide inconsciente de Jane; le moment était venu de le lui demander. «Il faut que je vois Rahmi ce matin, commença-t-il.

– Très bien, je te retrouverai chez toi plus tard.

– Il y a un service que tu pourrais me rendre, si ça ne t'ennuie pas d'arriver là-bas un peu en avance.

– Quoi donc?

– Préparer le déjeuner. Non! Non! Non! Je plaisantais… Je voudrais que tu me donnes un coup de main pour un petit complot.

– Vas-y, dit-elle.

– Aujourd'hui, c'est l'anniversaire de Rahmi et son frère Mustafa est en ville, mais Rahmi ne le sait pas.» Si ça marche se dit Ellis, jamais plus je ne te mentirai. «Il faut que Mustafa arrive au déjeuner d'anniversaire de Rahmi comme une surprise. Mais j'ai besoin d'une complice.

– D'accord», fit-elle. Elle se laissa rouler sur le matelas, s'assit en croisant les jambes. Elle avait les seins comme des pommes, lisses, ronds et fermes. Une mèche de cheveux venait lui caresser la poitrine. «Qu'est-ce que tu vas faire ?

– Le problème est simple. Il faut que je dise à Mustafa où il doit aller, mais Rahmi n'a pas encore décidé où il veut déjeuner. Il faut donc que je passe le message à Mustafa à la dernière minute. Et Rahmi sera sans doute auprès de moi quand je téléphonerai.

– Alors la solution ?

– C'est moi qui t'appellerai. Je te dirai n'importe quoi. Ne fais attention à rien, sauf à l'adresse. Appelle Mustafa, donne-lui l'adresse et dis-lui comment aller là-bas. »

Tout cela semblait aller comme Ellis l'avait imaginé, mais maintenant cela lui paraissait bien peu plausible.

Jane pourtant ne parut pas méfiante. «Ça m'a l'air assez simple, dit-elle.

– Bon, lança Ellis en dissimulant son soulagement.

– Combien de temps après ton coup de fil rentreras-tu ?

– Moins d'une heure. Je veux attendre pour voir la surprise, mais je m'arrangerai pour ne pas déjeuner là-bas. »

Jane semblait songeuse. «Ils t'ont invité toi, pas moi. »

Ellis haussa les épaules. Il tendit la main pour prendre le bloc dans la table de nuit et écrivit *Mustafa* et le numéro de téléphone.

Jane sauta à bas du lit, traversa la pièce pour aller vers la douche. Elle ouvrit la porte, tourna le robinet. Son humeur avait changé. Elle ne souriait plus. «Qu'est-ce qui te met en colère ? demanda Ellis.

– Je ne suis pas en colère, dit-elle. Certaines fois, j'ai horreur de la façon dont tes amis me traitent.

– Mais tu sais comment sont les Turcs avec les filles.

– Exactement : les *filles*. Une femme respectable, ça va, mais moi, je suis une *fille*. »

Ellis soupira. «Ce n'est pas ton genre de te laisser agacer par les attitudes préhistoriques de quelques machos. Qu'est-ce que tu cherches vraiment à me dire ?»

Elle resta un moment songeuse, nue devant la douche, elle était si ravissante qu'Ellis eut envie de refaire l'amour. «Je veux sans doute dire, reprit-elle, que je n'aime pas mon statut. Je me sens engagée envers toi, tout le monde sait ça – je ne couche avec personne d'autre, je ne sors même pas avec d'autres hommes – mais toi, tu ne te sens pas lié. Nous vivons ensemble, très souvent je ne sais pas où tu vas ni ce que tu fais, nous n'avons jamais rencontré nos parents respectifs… Si les gens savent tout ça, alors ils me traitent comme une putain.

– Je crois que tu exagères.

– Tu dis toujours ça.» Elle passa dans la douche et claqua la porte derrière elle. Ellis prit son rasoir dans le tiroir où il rangeait sa trousse de toilette et entreprit de se raser au-dessus de l'évier. Ils avaient déjà eu cette discussion, bien plus longuement, il savait quel était le fond du problème : Jane voulait qu'ils vivent ensemble.

Il le voulait aussi, bien sûr; il désirait l'épouser et vivre avec elle jusqu'à la fin de ses jours. Mais il devait attendre que cette mission fût terminée; or il ne pouvait pas le lui avouer, à elle, il disait des choses comme : *je ne suis pas prêt, il me faut du temps*, ces propos évasifs la mettaient en fureur. Elle trouvait qu'un an, ça faisait longtemps pour aimer un homme sans obtenir de sa part le moindre engagement. Bien sûr, elle avait raison. Mais si tout allait bien aujourd'hui, il pourrait arranger les choses.

Il termina de se raser, enveloppa son rasoir dans une serviette, le rangea dans son tiroir. Jane sortit de la douche où il alla la remplacer. Ne discutons pas, se dit-il, c'est idiot.

Pendant qu'il se douchait, elle prépara le café. Il s'habilla en hâte – son jean délavé, un polo noir – et vint s'asseoir en face d'elle à la petite table d'acajou. Elle lui servit son café et dit : «Je veux avoir une conversation sérieuse avec toi.

– D'accord, répondit-il aussitôt, au déjeuner.

– Pourquoi pas maintenant ?

– Je n'ai pas le temps.

– Est-ce que l'anniversaire de Rahmi est plus important que notre relation ?

– Bien sûr que non.» Ellis sentait l'irritation percer dans son ton et une voix l'avertissait : *Sois gentil, tu pourrais la perdre.* «J'ai promis, et je trouve important de tenir mes promesses ; alors il ne me semble pas très important que nous ayons cette conversation maintenant ou plus tard.»

Le visage de Jane prit une expression figée, entêtée, qu'il connaissait bien : elle l'avait lorsqu'elle avait pris une décision et que quelqu'un essayait de l'en faire démordre. «Eh bien, c'est important pour *moi* que nous parlions *maintenant*.»

Un instant, il fut tenté de lui dire toute la vérité, là, sans plus attendre. Mais ce n'était pas ainsi qu'il l'avait prévu. Il était à court de temps. Il avait l'esprit ailleurs et il n'était pas prêt. Ce serait bien mieux plus tard, quand tous deux seraient détendus ; il pourrait lui annoncer que sa mission à Paris était terminée. Il se contenta donc de dire : «Je trouve que tu es ridicule et je ne vais pas me laisser harceler. Je t'en prie, discutons plus tard. Maintenant, il faut que j'y aille.» Il se leva.

Comme il se dirigeait vers la porte, elle lança : «Jean-Pierre m'a demandé d'aller en Afghanistan avec lui.»

C'était si totalement inattendu qu'il dut réfléchir un moment avant de comprendre. «Tu parles sérieusement ? dit-il, incrédule.

– Très sérieusement.»

Ellis savait que Jean-Pierre était amoureux de Jane. C'était le cas d'une demi-douzaine d'autres hommes : avec une fille comme ça, c'était inévitable. Mais aucun d'eux ne représentait un rival sérieux ; du moins l'avait-il cru jusqu'alors. Retrouvant son calme, il lui dit : «Pourquoi voudrais-tu te rendre dans une zone de guerre avec un demeuré ?

– Ça n'est pas une plaisanterie ! répliqua-t-elle brutalement. C'est de ma vie que je parle.»

Il secoua la tête comme s'il n'en croyait pas ses oreilles. «Tu ne peux pas partir pour l'Afghanistan.

– Pourquoi pas ?

– Parce que tu m'aimes.

– Ça ne me met pas à ta disposition.»

Au moins, elle n'avait pas dit, *non, je ne t'aime pas*. Il regarda sa montre. C'était ridicule : dans quelques heures il allait lui dire tout ce qu'elle souhaitait entendre. «Je n'en ai pas envie, dit-il. Si nous parlons de notre avenir, c'est une discussion qui demande du temps.

– Je n'attendrai pas indéfiniment, dit-elle.

– Je ne te demande pas d'attendre indéfiniment, je te demande d'attendre quelques heures.» Il lui caressa la joue. «Ne discutons pas pour quelques heures.»

Elle se leva et l'embrassa sur la bouche avec violence.

«Tu n'iras pas en Afghanistan, dit-il, n'est-ce pas?

– Je ne sais pas, répondit-elle d'un ton uni.

– En tout cas, fit-il en esquissant un sourire, pas avant le déjeuner.»

Elle lui rendit son sourire et acquiesça. «Pas avant le déjeuner.»

Il la regarda encore un moment, puis sortit.

Le large trottoir des Champs-Elysées était encombré de touristes, de Parisiens qui faisaient leur promenade matinale, piétinant comme les moutons d'un troupeau sous le chaud soleil printanier, et toutes les terrasses de cafés étaient pleines. Ellis se planta non loin du lieu de rendez-vous, avec un sac à dos qu'il avait acheté dans un magasin de bagages. Il avait l'air d'un Américain qui fait un tour d'Europe en auto-stop.

Il regrettait que Jane eût choisi ce matin-là pour une confrontation : elle devait être en train de faire la tête ou serait de méchante humeur lorsqu'il arriverait.

Eh bien, il n'aurait qu'à lui lisser les plumes un moment.

Il chassa Jane de son esprit et se concentra sur la tâche qui l'attendait.

Il y avait deux possibilités quant à l'identité de l'«ami» de Rahmi, celui qui finançait les groupes de terroristes. La première était qu'il s'agissait d'un riche turc amoureux de la liberté qui avait décidé, pour des raisons politiques personnelles, que la violence était justifiée contre la dictature militaire et ceux qui la soutenaient. Si c'était le cas, alors Ellis serait déçu.

La seconde possibilité était qu'il s'agissait de Boris.

« Boris » était un personnage de légende dans les milieux où évoluait Ellis : les étudiants révolutionnaires, les Palestiniens en exil, les prédicateurs politiques à mi-temps, les directeurs de journaux extrémistes mal imprimés, les anarchistes, les maoïstes, les Arméniens et les végétariens militants. On disait que c'était un Russe, un agent du KGB prêt à financer tout acte de violence gauchiste à l'Ouest. Bien des gens doutaient de son existence, surtout ceux qui avaient essayé, sans y réussir, d'obtenir des fonds des Russes. Mais Ellis avait remarqué que, de temps en temps, un groupe qui depuis des mois n'avait rien fait d'autre que se plaindre de ne pouvoir même pas faire l'achat d'un duplicateur cessait soudain de parler d'argent et devenait très pointilleux en matière de sécurité. Et puis, un peu plus tard, il y avait un enlèvement, une fusillade, ou l'explosion d'une bombe.

Il était certain, pensait Ellis, que les Russes donnaient de l'argent à des groupes comme les dissidents turcs : comment pourraient-ils résister à une façon si économique et aussi peu risquée de provoquer des troubles ? D'ailleurs, les Etats-Unis finançaient des kidnappings ou des assassinats en Amérique centrale, il n'arrivait pas à imaginer que l'Union soviétique se montrât plus scrupuleuse que son propre pays. Et, puisque dans ce genre d'activités, on ne gardait pas l'argent dans des comptes en banque, pas plus qu'on ne le faisait virer par télex, il fallait bien que quelqu'un remît en mains propres les billets ; il s'ensuivait donc qu'il devait y avoir un personnage genre Boris.

Ellis avait grande envie de le rencontrer.

Rahmi passa à dix heures trente précises, arborant une chemise Lacoste rose avec un pantalon beige au pli impeccable, l'air nerveux. Il lança un bref coup d'œil à Ellis, puis détourna la tête.

Ellis le suivit, à quelques mètres, en arrière, comme ils en étaient convenus.

24

À la terrasse suivante, on pouvait voir, installée à une table, la silhouette corpulente et musclée de Pepe Gozzi en costume d'alpaga noir comme s'il était allé à la messe, ce qui était sans doute le cas. Il tenait sur ses genoux un grand porte-documents. Il se leva, emboîta le pas à Ellis, mais de telle façon qu'on n'aurait pu assurer s'ils étaient ensemble ou non.

Rahmi remonta l'avenue vers l'Arc de Triomphe.

Ellis surveillait Pepe du coin de l'œil. Le Corse avait un instinct de conservation quasiment animal. Discrètement, il vérifiait qu'il n'était pas suivi : une fois, au moment de traverser, alors qu'il pouvait tout naturellement jeter un coup d'œil sur l'avenue tout en attendant que le feu passe au vert ; une autre fois, en passant devant une boutique d'angle, où il pouvait voir les gens derrière lui se refléter dans la vitre en diagonale.

Ellis aimait bien Rahmi, mais pas Pepe. Rahmi était sincère, il avait des principes ; les gens qu'il tuait méritaient sans doute de mourir. Avec Pepe, c'était tout autre chose. Il faisait cela pour de l'argent, parce qu'il était trop rustre et trop stupide pour survivre dans le monde des affaires légitimes.

Trois rues avant l'Arc de Triomphe, Rahmi prit à droite. Ellis et Pepe le suivirent. Rahmi leur fit traverser la rue latérale et entra dans l'hôtel Lancaster.

C'était donc là le lieu du rendez-vous. Ellis espérait que la rencontre aurait lieu dans un bar ou au restaurant de l'hôtel : il se sentirait plus en sécurité dans un lieu public.

Après la chaleur de la rue, le hall d'entrée dallé de marbre était frais. Ellis frissonna. Un serveur en smoking regarda de travers son jean. Rahmi entrait dans un petit ascenseur tout au bout du hall en forme de L. Le rendez-vous avait donc lieu dans une chambre d'hôtel. Ellis suivit Rahmi dans l'ascenseur et Pepe se tassa derrière eux. Ellis avait les nerfs tendus à se rompre. Ils montèrent au quatrième étage, Rahmi les conduisit jusqu'à la chambre 41 et frappa.

Ellis essaya de prendre un air calme et impassible.

La porte s'ouvrit lentement.

C'était Boris. Ellis le sut dès l'instant où il posa les yeux sur lui, il eut un frémissement de triomphe en même temps qu'un frisson de peur. L'homme était plus russe que nature, depuis sa coupe de cheveux démodée jusqu'à ses grosses chaussures robustes ; on retrouvait le style reconnaissable du KGB dans le pli brutal de la bouche, dans la façon dont son regard dur vous toisait. Cet homme n'était pas comme Rahmi ou comme Pepe ; ce n'était ni un idéaliste à la tête brûlée ni un mafioso sans envergure. Boris était un professionnel de la terreur au cœur de pierre, qui n'hésiterait pas à faire sauter la tête de n'importe lequel des trois hommes qui se tenaient maintenant devant lui.

Ça fait longtemps que je te cherche, songea Ellis.

Boris garda un moment la porte entrebâillée, s'abritant en partie derrière elle pendant qu'il les examinait, puis il recula d'un pas et dit en français : « Entrez. »

Ils pénétrèrent dans le salon d'une suite. La pièce était assez joliment décorée, meublée avec des fauteuils, des petites tables et une armoire qui semblait être du XVIIIe siècle. Sur une desserte, une cartouche de cigarettes Marlboro et une bouteille de cognac hors taxe. Tout au fond, une porte entrouverte qui donnait sur une chambre.

Rahmi fit nerveusement de rapides présentations.

« Pepe. Ellis. Mon ami. »

Boris était un homme aux épaules larges, vêtu d'une chemise blanche dont les manches retroussées révélaient des avant-bras robustes et poilus. Son pantalon de serge bleue était trop épais pour ce temps printanier. Sur le dossier d'un fauteuil était jetée une veste à carreaux marron et noirs qui ne devait pas aller du tout avec le pantalon bleu.

Ellis posa son sac à dos sur le tapis et s'assit.

Boris fit un geste vers la bouteille de cognac. « Un verre ? »

Ellis n'avait pas envie de cognac à onze heures du matin. Il dit : « Oui, volontiers… du café. »

Boris lança un regard hostile puis dit : « Nous allons tous prendre du café », et il se dirigea vers le téléphone. Il a l'habitude que tout le monde ait peur de lui, songea Ellis. Ça ne lui plaît pas que je le traite comme un égal.

26

Rahmi, de toute évidence, était pétrifié devant Boris et tripotait nerveusement le bouton du col de son polo rose, pendant que le Russe appelait le garçon d'étage.

Boris raccrocha et s'adressa à Pepe. «Je suis ravi de vous rencontrer, dit-il en français. Je crois que nous pouvons mutuellement nous rendre service.»

Pepe acquiesça sans un mot. Il était assis dans le fauteuil de velours, penché en avant, son corps massif dans le costume d'alpaga noir semblait étrangement vulnérable au milieu de cet élégant mobilier, comme si c'étaient les meubles qui risquaient de le casser, lui. Pepe a bien des points communs avec Boris, se dit Ellis. Ce sont tous les deux des hommes forts, cruels, sans respect humain ni compassion. Si Pepe était russe, il appartiendrait au KGB ; et, si Boris était français, il serait dans la Mafia.

«Montrez-moi la bombe», dit Boris.

Pepe ouvrit son porte-documents. Il était bourré de rectangles d'environ trente centimètres sur cinq d'une matière jaunâtre. Boris s'agenouilla sur la moquette et passa l'index sur un des blocs jaunes. La surface cédait sous le doigt comme de la pâte à modeler. Boris renifla. «Je présume que c'est du C3, pouvez-vous l'attester ?» Pepe hocha la tête.

«Où est le mécanisme ?

– Ellis l'a dans son sac à dos, dit Rahmi.

– Non, répondit Ellis, pas du tout.»

Un grand silence régna un moment dans la pièce. Une expression affolée se peignit sur le jeune et beau visage de Rahmi. «Comment ça ?» fit-il avec agitation. Son regard effrayé allait d'Ellis à Boris. «Tu avais dit… je lui avais assuré que tu…

– Taisez-vous», dit Boris d'un ton sec. Rahmi se tut. Boris regarda Ellis d'un air interrogateur.

Ellis répondit avec une nonchalance indifférente qu'il était loin d'éprouver. «Je craignais que ce ne soit un piège, alors j'ai laissé le mécanisme chez moi. Il peut être ici dans quelques minutes. Il suffit que je téléphone à ma petite amie.»

Boris le considéra quelques secondes. Ellis restait aussi impassible qu'il en était capable. Boris finit par dire : « Pourquoi pensiez-vous que ce pourrait être un piège ? »

Ellis décida qu'essayer de se justifier le ferait paraître sur la défensive. D'ailleurs, c'était une question stupide. Il lança à Boris un regard arrogant, puis haussa les épaules et ne répondit rien.

Boris continuait à le scruter du regard. Il dit enfin :

« C'est moi qui vais téléphoner. »

Ellis allait protester, il se retint à temps. C'était là un développement inattendu. Il garda soigneusement son air je m'en-fous-pas-mal tout en réfléchissant furieusement. Comment Jane réagirait-elle à la voix d'un inconnu ? Et si elle n'était pas là, si elle avait décidé de ne pas tenir parole ? Il regrettait d'avoir à l'utiliser. Mais il était trop tard maintenant.

« Vous êtes un homme prudent, dit-il à Boris.

– Vous aussi. Quel est votre numéro de téléphone ? »

Ellis le lui donna. Boris l'inscrivit sur le bloc posé auprès du téléphone et composa le numéro.

Les autres attendaient en silence.

« Allô ? fit Boris. Je téléphone de la part d'Ellis. »

Peut-être la voix inconnue ne la déconcerterait-elle pas, songea Ellis. De toute façon, elle s'attendait à un coup de téléphone un peu bizarre. *Ne tiens compte de rien sauf de l'adresse*, lui avait-il précisé.

« Quoi ? » fit Boris avec agacement, et Ellis se dit : Oh ! merde, qu'est-ce qu'elle raconte maintenant ? « Oui, en effet, mais peu importe, reprit Boris. Ellis demande que vous apportiez le mécanisme à la chambre 41 de l'hôtel Lancaster, rue de Berri. »

Nouveau silence.

Jane, se dit Ellis, joue le jeu.

« En effet, c'est un hôtel très agréable. »

Cesse de plaisanter ! Dis-lui que tu vas le faire – je t'en prie !

« Je vous remercie », dit Boris, et il ajouta d'un ton sarcastique : « Vous êtes tout à fait aimable. » Puis il raccrocha.

Ellis s'efforçait de paraître comme s'il s'était toujours attendu à ce qu'il n'y eût aucun problème.

« Elle savait que j'étais russe, dit Boris. Comment l'a-t-elle découvert ? »

Ellis fut un moment intrigué, puis il comprit. « C'est une linguiste, dit-il. Elle reconnaît les accents. »

Pour la première fois, Pepe prit la parole. « Donne-nous un peu l'argent en attendant l'arrivée de cette morue.

– Très bien », fit Boris en passant dans la chambre.

Profitant de son absence, Rahmi souffla à l'oreille d'Ellis : « Je ne m'attendais pas à ce que tu fasses ce coup-là !

– Bien sûr que tu ne t'y attendais pas », répondit Ellis d'un ton qui se voulait ennuyé. « Si tu avais su ce que j'allais faire, je n'aurais pas joué le rôle de garde-fou, n'est-ce pas ? »

Boris revint avec une grande enveloppe brune qu'il tendit à Pepe. Pepe l'ouvrit et se mit à compter les billets de cent francs.

Boris décacheta la cartouche de Marlboro et alluma une cigarette.

Ellis pensait : J'espère que Jane n'attend pas avant d'appeler « Mustafa ». J'aurais dû lui dire que c'était important de transmettre le message immédiatement.

Au bout d'un moment, Pepe dit : « Tout est là. » Il remit l'argent dans l'enveloppe, en lécha le rabat, la cacheta et la reposa sur une petite table.

Les quatre hommes gardèrent le silence quelques minutes.

Boris demanda à Ellis : « C'est loin, de chez vous à ici ?

– Un quart d'heure en scooter. »

On frappa à la porte. Ellis se crispa.

« Elle a roulé vite », dit Boris. Il ouvrit la porte. « C'est le café », annonça-t-il d'un ton écœuré, puis il revint s'asseoir.

Les deux serveurs en veste blanche poussèrent un chariot dans la pièce. Puis ils se redressèrent et se retournèrent, chacun tenant à la main un pistolet MAD de modèle D comme en portent tous les policiers français. « Personne ne bouge », fit l'un d'eux.

Ellis sentit Boris prêt à bondir. Pourquoi n'y avait-il que deux inspecteurs ? Si Rahmi était prêt à faire une bêtise et à se faire descendre, cela créerait une diversion suffisante pour qu'à eux deux Pepe et Boris réussissent à maîtriser les policiers.

La porte de la chambre s'ouvrit toute grande et deux autres hommes en tenue de serveurs apparurent, armés comme leurs collègues.

Boris se détendit et prit un air résigné.

Ellis se rendit compte qu'il retenait son souffle. Il poussa un long soupir.

Tout était fini.

Un sergent de ville en uniforme pénétra dans la pièce.

« Un piège, s'exclama Rahmi, c'est un piège !

— Taisez-vous », dit Boris et, de nouveau, son ton sans réplique imposa le silence à Rahmi.

Il s'adressa aux policiers : « Je proteste vigoureusement contre cet acte inqualifiable, commença-t-il. Veuillez noter que… »

Le policier le frappa en pleine bouche de son poing ganté.

Boris porta la main à sa lèvre, puis regarda le sang sur ses doigts. Il changea complètement d'attitude en se rendant compte que les choses étaient beaucoup trop sérieuses pour qu'il pût espérer s'en tirer en bluffant. « Rappelez-vous bien mon visage, dit-il au policier d'un ton glacial. Vous le reverrez.

— Qui est le traître ? s'écria Rahmi. Qui nous a trahis ?

— Lui, dit Boris en désignant Ellis.

— Lui ? fit Rahmi incrédule.

— Le coup de téléphone, dit Boris. L'adresse. »

Rahmi dévisagea Ellis. Il avait l'air blessé au vif.

D'autres agents de ville arrivèrent. Leur chef désigna Pepe. « C'est Gozzi », dit-il. Deux agents passèrent les menottes à Pepe et l'entraînèrent. L'inspecteur regarda Boris. « Qui êtes-vous ? »

Boris avait l'air de s'ennuyer. «Mon nom est Jan Hocht, répondit-il. Je suis de nationalité argentine.

– Ne vous fatiguez pas, dit l'officier d'un ton écœuré. Emmenez-le.» Il se tourna vers Rahmi. «Alors?

– Je n'ai rien à dire!» dit Rahmi, en s'efforçant de prendre un ton héroïque.

L'inspecteur fit un signe de tête et Rahmi à son tour se vit passer les menottes. Il regarda Ellis d'un air mauvais jusqu'au moment où l'on eut entraîné l'autre dehors.

On descendit les prisonniers par l'ascenseur l'un après l'autre. On jeta dans un sac en plastique le porte-documents de Pepe et l'enveloppe pleine de billets de cent francs. Un photographe de la police arriva et installa son trépied.

L'inspecteur dit à Ellis : «Il y a une DS noire garée devant l'hôtel.» Il ajouta après une hésitation : «Monsieur».

Me voilà de retour dans le camp de la loi, songea Ellis. Dommage que Rahmi soit beaucoup plus sympathique que ce flic.

Il descendit dans l'ascenseur. Dans le hall de l'hôtel, le directeur, en jaquette noire avec pantalon rayé, regardait d'un air consterné d'autres policiers envahir son établissement.

Ellis sortit dans le soleil. La Citroën noire stationnait de l'autre côté de la rue. Il y avait un chauffeur au volant et un passager à l'arrière. Ellis monta derrière. La voiture démarra aussitôt.

Le passager se tourna vers Ellis et dit : «Bonjour, John.»

Ellis sourit. Après plus d'un an, cela lui faisait un drôle d'effet de s'entendre appeler par son vrai nom.

«Comment ça va? demanda-t-il.

– Je suis soulagé! répondit-il. Pendant treize mois je n'ai eu aucune nouvelle de vous, sauf pour demander de l'argent. Et puis nous recevons un coup de téléphone péremptoire nous annonçant que nous avons vingt-quatre heures pour préparer une arrestation avec la police locale. Vous vous rendez compte de ce que nous avons dû faire pour persuader les Français de coopérer sans leur expliquer pourquoi! Une équipe devait être prête dans les parages des Champs-Elysées, mais pour avoir l'adresse exacte nous avons dû attendre un coup de téléphone d'une inconnue qui demandait Mustafa. C'est tout ce que nous savons!

– C'était la seule façon, dit Ellis d'un ton d'excuse.

– Eh bien, ça n'a pas été sans mal – je me trouve maintenant redevable envers pas mal de gens dans cette ville – mais nous y sommes arrivés. Alors, dites-moi si ça en valait la peine. Qui avons-nous dans le filet?

– Le Russe, dit Ellis, c'est Boris.»

Un large sourire s'épanouit sur le visage de Bill. «Ça alors, fit-il. Vous nous avez amené Boris. Sans blague.

– Sans blague.

– Bon sang, je ferais bien de le récupérer avant que les Français ne découvrent qui il est.»

Ellis haussa les épaules. «De toute façon, personne ne va obtenir beaucoup de renseignements de lui. C'est le genre dévoué à son service. Ce qui est important, c'est que nous l'avons retiré de la circulation. Il va bien leur falloir deux ans pour former un remplaçant et pour que le nouveau Boris reprenne des contacts. En attendant, nous avons vraiment donné un coup de freins à leur organisation.

– Je pense bien. Sensationnel.

– Le Corse, c'est Pepe Gozzi, un trafiquant d'armes, poursuivit Ellis. Il a fourni le matériel à pratiquement toutes les actions terroristes entreprises en France au cours des deux dernières années et bien plus encore dans d'autres pays. C'est lui qu'il faut interroger. Faites envoyer un inspecteur français pour parler à son père, Mémé Gozzi à Marseille. À mon avis, vous allez découvrir que le vieux n'a jamais aimé l'idée de voir la famille impliquée dans des crimes politiques. Proposez-lui un marché : l'immunité pour Pepe, si Pepe veut bien témoigner contre tous les responsables politiques à qui il a vendu de l'équipement, en laissant tomber les criminels ordinaires. Mémé marchera, parce que ça ne lui fera pas trahir ses amis. Et, si Mémé est d'accord, Pepe parlera. Les Français vont pouvoir exercer des poursuites pendant des années.

– Incroyable, fit Bill, abasourdi. En un jour vous avez épinglé sans doute les deux plus gros instigateurs du terrorisme dans le monde.

– En un jour ? fit Ellis en souriant. Ça m'a pris un an.

– Ça en valait la peine.

– Le jeune type s'appelle Rahmi Coskun », ajouta Ellis. Il se hâtait car il y avait quelqu'un d'autre à qui il voulait raconter tout cela. « C'est Rahmi et son groupe qui ont posé la bombe aux Turkish Airlines voilà des mois. Ce sont eux qui ont tué un attaché d'ambassade peu de temps avant. Si vous ramassez tout le groupe, vous trouverez sûrement des traces de tout cela.

– Sinon la police française les persuadera de passer aux aveux.

– Exactement. Donnez-moi un crayon et je vais vous inscrire les noms et les adresses.

– Laissez, dit Bill. Nous allons faire tout cela à l'ambassade.

– Je ne retourne pas à l'ambassade.

– John, il faut respecter le programme.

– Je vais vous donner ces noms, alors vous aurez tous les renseignements vraiment essentiels, même si je me fais écraser par un taxi cet après-midi. Si je survis, je vous retrouverai demain matin et je vous donnerai les détails.

– Mais pourquoi attendre ?

– J'ai un rendez-vous pour déjeuner. »

Bill leva les yeux au ciel. « Je pense que nous vous devons bien ça, dit-il à regret.

– C'est ce que je pensais.

– Avec qui avez-vous rendez-vous ?

– Jane Lander. Son nom était un de ceux que vous m'avez indiqués quand vous m'avez donné mes premières instructions.

– Je me souviens. Je vous ai dit que, si vous entriez dans ses bonnes grâces, elle vous présenterait à tout ce qui existe à Paris de gauchistes, de terroristes arabes, de survivants de la bande Baader Meinhof et de poètes d'avant-garde.

– C'est ce qui s'est passé, sauf que je suis tombé amoureux d'elle. »

Bill avait l'air d'un banquier de Boston à qui l'on vient d'annoncer que son fils va épouser la fille d'un milliardaire noir : il ne savait pas s'il devait en frémir d'excitation ou de consternation. « Ah ! ah ! comment est-elle vraiment ?

– Elle n'est pas folle, bien qu'elle ait des amis fous. Qu'est-ce que je peux vous dire ? Elle est jolie comme un cœur, futée comme une souris, et a un tempérament du feu de Dieu. Elle est merveilleuse. C'est la femme que j'ai recherché toute ma vie.

– Eh bien, je comprends pourquoi vous préférez arroser ça avec elle plutôt qu'avec moi. Qu'est-ce que vous allez faire ? »

Ellis sourit. « Je m'en vais ouvrir une bouteille de vin, faire griller deux steaks, lui dire que je gagne ma vie en attrapant des terroristes et lui demander de m'épouser. »

<hr />

2

Jean-Pierre se pencha à travers la table du réfectoire et fixa sur la petite brune un regard chargé de compassion.

« Je crois que je sais ce que vous éprouvez, dit-il avec chaleur. Je me souviens d'avoir été très déprimé vers la fin de ma première année de médecine. On a l'impression d'avoir emmagasiné plus de renseignements qu'un seul cerveau ne peut en absorber et de ne pas savoir comment on va les maîtriser à temps pour les examens.

– C'est exactement ça », dit-elle en acquiesçant avec vigueur. Elle était presque en larmes.

« C'est bon signe, dit-il pour la rassurer. Ça veut dire que vous êtes dans le peloton de tête. Les gens qui ne s'inquiètent pas, c'est ceux-là qui sont recalés. »

Les yeux bruns de la jeune fille étaient humides de gratitude.

« Vous croyez vraiment ?

– J'en suis certain. »

Elle le regardait avec adoration. Tu aimerais bien m'avoir dans ton assiette, n'est-ce pas ? songea-t-il. Elle changea de position sur son siège et l'échancrure de son chandail s'entrebâilla, révélant la dentelle de son soutien-gorge. Jean-Pierre fut un instant tenté. Dans l'aile droite de l'hôpital, il y avait une réserve de linge qu'on n'utilisait jamais après neuf heures et demie du matin. Jean-Pierre en avait profité plus d'une fois. On pouvait verrouiller la porte de l'intérieur et s'allonger sur une confortable pile de draps propres…

La petite brune soupira, porta à sa bouche un morceau de steak et, comme elle commençait à mâcher, Jean-Pierre se désintéressa totalement d'elle. Il avait horreur de regarder les gens manger. D'ailleurs, ce n'avait été qu'un simple entraînement, pour se prouver qu'il était encore capable de le faire : il n'avait pas vraiment envie de la séduire. Elle était très jolie, avec des cheveux bouclés, un teint chaud de Méditerranéenne et elle était fort bien faite, mais depuis quelque temps Jean-Pierre ne s'intéressait plus aux conquêtes faciles. La seule fille capable de le fasciner plus de quelques minutes, c'était Jane Lander – bien qu'elle ne voulût même pas l'embrasser.

Il détourna les yeux de la jolie brune et son regard parcourut le réfectoire de l'hôpital. Il ne vit personne de connaissance. La salle était presque déserte : il déjeunait de bonne heure parce qu'il faisait partie du premier tour de garde.

Cela faisait maintenant six mois qu'il avait pour la première fois aperçu le ravissant visage de Jane au milieu de la foule à un cocktail donné pour le lancement d'un nouvel ouvrage de gynécologie. Il lui avait affirmé que la *médecine*, ça n'existait pas, qu'il y avait simplement la bonne médecine et la mauvaise médecine. Elle avait répliqué que les mathématiques chrétiennes, ça n'existait pas non plus, mais qu'il fallait quand même un hérétique comme Galilée pour prouver que la terre tourne autour du soleil. Jean-Pierre s'était écrié : «Vous avez raison!» de son ton le plus désarmant. Ils étaient devenus amis.

Pourtant, elle résistait à ses charmes, même si elle n'y était pas tout à fait insensible : elle l'aimait bien, mais elle semblait n'avoir d'yeux que pour son Américain, même si Ellis était pas mal plus âgé qu'elle. Au fond, cela la rendait encore plus désirable pour Jean-Pierre. Si seulement Ellis disparaissait de la scène : s'il se faisait renverser par un autobus ou Dieu sait quoi... Ces temps derniers, la résistance de Jane lui avait paru plus affaiblie – ou bien prenait-il ses désirs pour des réalités?

La petite brune reprit : «C'est vrai que vous allez passer deux ans en Afghanistan?

– C'est exact.

– Pourquoi?

– Sans doute parce que je crois à la liberté. Et parce que je n'ai pas fait toutes ces études rien que pour faire des pontages à des hommes d'affaires empâtés dans leur graisse.»

Le mensonge venait tout naturellement à ses lèvres.

«Pourquoi deux ans? Les gens qui font ça partent généralement de trois à six mois, un an tout au plus. Deux ans, ça semble une éternité.

– Vous trouvez?» fit Jean-Pierre avec un sourire narquois. «Voyez-vous, c'est difficile d'arriver à quelque chose de valable en moins de temps que cela. Et l'idée d'envoyer des médecins là-bas pour une brève visite n'a aucun intérêt. Ce qu'il faut aux rebelles, c'est une sorte d'organisation médicale permanente, un hôpital qui reste au même endroit, qui garde au moins une partie du même personnel d'une année à l'autre. Actuellement, la moitié des gens ne savent pas où amener leurs malades et leurs blessés, ils ne suivent pas les prescriptions du médecin parce qu'ils n'arrivent jamais à le connaître assez bien pour lui faire confiance; personne n'a le temps de leur inculquer des principes d'hygiène. En outre, le coût que cela représente d'acheminer des volontaires jusque là-bas et de les ramener rend leurs services gratuits plutôt dispendieux.»

Jean-Pierre mettait une telle ardeur dans ces propos qu'il y croyait presque lui-même et qu'il devait faire un effort pour se rappeler le vrai motif de son départ pour l'Afghanistan, la vraie raison pour laquelle il devait rester là-bas deux ans.

Une voix derrière lui dit : « Qui va donner ces services gratuitement ? »

En se retournant, il aperçut un autre couple qui arrivait avec son petit plateau : Valérie, une interne comme lui et son petit ami, un radiologue. Ils s'assirent à la même table que Jean-Pierre et que la petite brune.

Ce fut cette dernière qui répondit à la question de Valérie.

« Jean-Pierre s'en va en Afghanistan travailler pour les résistants.

– Vraiment ? dit Valérie, surprise. J'avais entendu dire qu'on t'avait offert un poste fabuleux à Houston.

– Je l'ai refusé. »

Elle parut impressionnée. « Pourquoi ?

– Je considère que ça vaut la peine de sauver les vies de gens qui combattent pour la liberté ; mais quelques milliardaires texans de plus ou de moins ne changeront rien à rien. »

Le radiologue n'était pas aussi fasciné par Jean-Pierre que son amie. Il avala une bouchée de purée et dit : « Sans blague. Quand tu reviendras, tu n'auras aucun mal à retrouver la même offre : tu seras non seulement un médecin, mais un héros.

– Tu crois ? » dit Jean-Pierre d'un ton calme. Il n'aimait pas la tournure que prenait la conversation.

« Deux types de cet hôpital sont partis l'année dernière pour l'Afghanistan, reprit le radiologue. Ils ont tous les deux trouvé des postes superbes quand ils sont rentrés. »

Jean-Pierre eut un sourire indulgent. « C'est agréable de savoir que je serai utilisable si j'en réchappe.

– J'espère bien ! » s'exclama la petite brune avec indignation. « Après un tel sacrifice !

– Qu'est-ce que tes parents pensent de cette idée ? demanda Valérie.

– Ma mère approuve », dit Jean-Pierre. Bien sûr qu'elle approuvait. Elle adorait les héros. Jean-Pierre imaginait ce que son père dirait de jeunes médecins idéalistes qui s'en allaient travailler pour la résistance afghane. *Le socialisme ne signifie pas que chacun peut en faire à sa tête!* dirait-il de sa voix rauque et pressante, son visage s'empourprant quelque peu. *Qu'est-ce que tu crois que sont ces rebelles? Ce sont des bandits qui vivent aux dépens des paysans qui respectent l'ordre et la loi, il faut supprimer les installations féodales avant que le socialisme puisse s'installer*. Il donnerait un grand coup de poing sur la table. *On ne fait pas d'omelette sans casser des œufs : et pour arriver au socialisme, il faut casser des têtes!* Ne t'en fais pas, papa, je sais tout cela. « Mon père est mort! dit Jean-Pierre, mais il était lui-même un combattant de la liberté. Pendant la guerre, il était dans la Résistance.

– Qu'est-ce qu'il a fait? » demanda le radiologue toujours sceptique, mais Jean-Pierre n'eut pas à lui répondre, car il avait vu traversant le réfectoire Raoul Clermont, le directeur de *La Révolte*, en nage dans son costume du dimanche. Que diable ce gros journaliste faisait-il au réfectoire de l'hôpital?

« Il faut que je te dise deux mots », lança Raoul sans préambule. Il était hors d'haleine.

Jean-Pierre lui désigna une chaise. « Raoul…

– C'est urgent », dit Raoul en l'interrompant, presque comme s'il ne voulait pas que les autres entendissent son nom.

« Pourquoi ne pas déjeuner avec nous? Nous pourrions parler tranquillement.

– Je regrette, mais je ne peux pas. »

Jean-Pierre perçut un accent affolé dans la voix du gros homme. Il vit dans son regard que l'autre le suppliait de ne pas faire le pitre. Surpris, il se leva. « Bon, si tu veux. » Pour masquer la brusquerie de tout cela, il lança aux autres sur le ton de la plaisanterie : « Ne mangez pas mon déjeuner : je vais revenir. » Il prit le bras de Raoul et ils sortirent du réfectoire.

Jean-Pierre comptait s'arrêter pour discuter de l'autre

côté de la porte, mais Raoul continua à marcher dans le couloir. «M. Leblond m'envoie, dit-il.

– Je commençais à penser qu'il devait être derrière tout cela», dit Jean-Pierre. Il y avait un mois que Raoul l'avait emmené pour faire la connaissance de Leblond, qui lui avait demandé de partir pour l'Afghanistan, en apparence pour aider les résistants comme le faisaient de nombreux jeunes médecins français mais, en fait, afin d'espionner pour les Russes. Jean-Pierre avait éprouvé de la fierté, de l'appréhension et surtout de l'excitation à l'idée de faire quelque chose de vraiment spectaculaire pour la cause. Sa seule crainte avait été que les organismes qui envoyaient des médecins en Afghanistan allaient l'éconduire parce qu'il était communiste. Ils n'avaient aucun moyen de savoir qu'il était en fait membre du Parti, et ce n'était certainement pas lui qui irait le leur dire, mais ils pouvaient savoir qu'il était un sympathisant communiste. Cependant, il y avait des tas de communistes français hostiles à l'invasion de l'Afghanistan. La vague possibilité n'en subsistait pas moins qu'une organisation prudente ne suggérât que Jean-Pierre serait plus heureux à travailler pour un autre groupe de combattants de la liberté : on envoyait aussi des gens pour aider les rebelles au Salvador, par exemple. En fin de compte, cela ne s'était pas produit. Jean-Pierre avait été aussitôt accepté par *Médecins pour la Liberté*. Il avait annoncé la bonne nouvelle à Raoul et Raoul avait dit qu'il y aurait un autre rendez-vous avec Leblond. Peut-être était-ce de cela qu'il s'agissait. «Mais pourquoi cet affolement ?

– Il veut te voir maintenant.

– Maintenant ? fit Jean-Pierre, contrarié. Je suis de garde. J'ai des malades…

– Il y aura bien quelqu'un d'autre pour s'occuper d'eux.

– Mais pourquoi cette précipitation ? Je ne pars que dans deux mois.

– Il ne s'agit pas de l'Afghanistan.

– Alors de quoi s'agit-il ?

– Je ne sais pas. »

Alors qu'est-ce qui t'a effrayé ? se demanda Jean-Pierre. « Tu n'en as aucune idée ?

– Je sais que Rahmi Coskun a été arrêté.

– L'étudiant turc ?

– Oui.

– Mais pourquoi ?

– Je n'en sais rien.

– Et qu'est-ce que ça a à voir avec moi ? Je le connais à peine.

– M. Leblond va t'expliquer. »

Jean-Pierre leva les bras au ciel. « Je ne peux pas m'en aller comme ça.

– Qu'est-ce qui se passerait si tout d'un coup tu étais malade ? dit Raoul.

– Je préviendrais l'infirmière-chef et elle ferait venir un remplaçant. Mais…

– Alors appelle-la. » Ils étaient arrivés à l'entrée de l'hôpital, il y avait toute une batterie de téléphones intérieurs, le long du mur.

C'est peut-être une épreuve, songea Jean-Pierre ; un test de loyauté pour voir si je suis assez sérieux pour qu'on me confie cette mission. Il décida de risquer la colère des autorités de l'hôpital. Il décrocha le téléphone.

« On vient de m'appeler pour un problème familial urgent, dit-il dès qu'il eut la communication. Il faut que vous contactiez tout de suite le docteur Roche.

– Bien, docteur, répondit l'infirmière sans se démonter, j'espère que vous n'avez pas reçu de mauvaises nouvelles.

– Je vous le dirai plus tard, s'empressa-t-il de répondre. Au revoir. Oh !… une minute. » Il y avait une malade en post-opératoire qui avait fait une hémorragie pendant la nuit. « Comment va Mme Ferrier ?

– Très bien. Elle n'a pas eu de nouveau saignement.

– Bon. Surveillez-la bien.

– Entendu, docteur. »

Jean-Pierre raccrocha. « Très bien », fit-il à Raoul.

Ils allèrent jusqu'au parking et montèrent dans la Renault 5 de Raoul. Sous le soleil de midi, il faisait chaud dans la voiture. Raoul fonçait à travers les petites rues. Jean-Pierre était nerveux. Il ne savait pas exactement qui était Leblond, mais il présumait que c'était un agent du KGB. Jean-Pierre se prit à se demander s'il n'avait rien fait pour offenser cette redoutable organisation; et, si oui, quel allait être le châtiment.

Ils n'avaient tout de même pas pu découvrir la vérité à propos de Jane.

Et qu'il lui eût demandé de partir avec lui pour l'Afghanistan ne les regardait pas. De toute façon, il y avait sûrement d'autres personnes dans le groupe. Peut-être une infirmière pour aider Jean-Pierre là-bas, peut-être d'autres médecins se rendant dans diverses parties du pays : pourquoi Jane ne serait-elle pas parmi eux ? Elle n'était pas infirmière, mais elle pourrait suivre un cours accéléré et son grand avantage était qu'elle parlait le farsi, la langue persane, et que ce dialecte était utilisé dans le secteur où devait aller Jean-Pierre.

Il espérait qu'elle partirait avec lui par idéalisme et par sens de l'aventure. Il espérait qu'elle oublierait Ellis pendant qu'elle serait là-bas et qu'elle tomberait amoureuse de l'Européen le plus proche qui, bien sûr, serait Jean-Pierre. Il avait espéré aussi que le Parti ne saurait jamais qu'il l'avait encouragée à venir pour des raisons connues de lui seul. Ils n'avaient pas besoin de savoir. Ils n'avaient aucun moyen de le découvrir – du moins l'avait-il cru, peut-être s'était-il trompé. Peut-être étaient-ils furieux. Jusqu'ici, se dit-il, je n'ai rien fait de mal et, même si c'était le cas, on ne me lâcherait pas pour autant. C'est le vrai KGB auquel j'ai affaire, et pas l'institution mythique qui inspire la terreur aux abonnés du *Reader's Digest*.

Raoul gara la voiture. Ils s'étaient arrêtés devant un luxueux immeuble de la rue de l'Université. C'était là que Jean-Pierre avait rencontré Leblond la dernière fois. Ils descendirent de voiture et pénétrèrent dans l'immeuble. Le hall était lugubre. Ils grimpèrent l'escalier jusqu'au premier étage et sonnèrent. Comme ma vie a changé, songea Jean-Pierre, depuis la dernière fois où j'attendais devant cette porte !

M. Leblond vint leur ouvrir. C'était un petit homme pâle et aux cheveux ras. Avec son complet gris anthracite et sa cravate argentée il avait l'air d'un intellectuel. Il les emmena dans la pièce au fond de l'appartement, où il avait déjà reçu Jean-Pierre. Les hautes fenêtres et les moulures rococo du plafond indiquaient que ç'avait été jadis un salon élégant, mais il y avait maintenant une moquette en laine artificielle, un méchant bureau et des chaises en plastique de couleur orange.

«Attendez un moment», fit Leblond. Sa voix était calme, bien timbrée, et sèche comme un coup de trique. Un accent léger mais perceptible donnait à penser que son vrai nom n'était pas Leblond. Il sortit par une autre porte.

Jean-Pierre s'assit sur l'une des chaises de plastique. Raoul resta debout. C'est dans cette pièce, se rappela Jean-Pierre, que cette voix sèche m'a dit, *depuis votre enfance vous avez été un membre discrètement loyal du Parti, votre caractère et vos antécédents familiaux nous donnent à penser que vous serviriez bien le Parti dans un rôle clandestin.*

J'espère que je n'ai pas tout gâché à cause de Jane, songea-t-il.

Leblond revint avec un autre homme. Ils s'arrêtèrent tous les deux sur le pas de la porte et Leblond désigna Jean-Pierre. Le second homme le dévisagea comme s'il ne voulait jamais oublier son visage. Jean-Pierre soutint son regard. L'homme était très grand, avec de larges épaules comme celles d'un joueur de rugby. Il avait les cheveux longs sur les côtés, qui s'éclaircissaient en haut du crâne, il portait une moustache tombante. Il avait une veste de velours côtelé vert avec un accroc à la manche. Au bout de quelques secondes, il hocha la tête et repartit.

Leblond referma la porte derrière lui, s'assit derrière son bureau. « Il y a eu un désastre », annonça-t-il.

Dieu merci, songea Jean-Pierre, il ne s'agit pas de Jane.

Leblond poursuivit : « Il y a un agent de la CIA parmi vos amis.

– Mon Dieu ! s'écria Jean-Pierre.

– Ce n'est pas ça le désastre, fit Leblond avec agacement. Il n'est guère surprenant qu'il se soit trouvé un espion américain parmi vos amis. Il y a sans doute aussi des espions israéliens, sud-africains et français. Qu'est-ce que tous ces gens auraient à faire s'ils n'infiltraient pas les groupes de jeunes activistes ? Nous en avons un aussi, bien sûr.

– Qui donc ?

– Vous.

– Oh ! » Jean-Pierre fut surpris : il ne s'était pas tout à fait vu comme un espion. Mais qu'est-ce que cela voulait dire d'autre que *servir le Parti dans un rôle clandestin ?*

« Qui est l'agent de la CIA ? demanda-t-il avec curiosité.

– Un nommé Ellis Thaler. »

Jean-Pierre fut si stupéfait qu'il se leva. « Ellis ?

– Alors vous le connaissez ?

– Ellis est un agent de la CIA ?

– Asseyez-vous, fit Leblond tranquillement. Notre problème n'est pas qui il est, mais ce qu'il a fait. »

Jean-Pierre pensait : Si Jane apprend cela, elle laissera tomber Ellis. Me laisseront-ils le lui dire ? Sinon, l'apprendra-t-elle autrement ? Le croira-t-elle ? Est-ce qu'il ne va pas nier ?

Leblond continuait. Jean-Pierre s'obligea à se concentrer sur ce qui se disait. « Le désastre, c'est qu'Ellis a tendu un piège et qu'il y a pris quelqu'un d'assez important pour nous. »

Jean-Pierre se souvint que Raoul lui avait dit que Rahmi Coskun avait été arrêté. « Rahmi est important pour nous ?

– Pas Rahmi.

– Qui alors ?

– Vous n'avez pas besoin de le savoir.

– Alors pourquoi m'avez-vous fait venir ici?

– Pouvez-vous écouter?» lança Leblond et, pour la première fois, Jean-Pierre eut peur de lui. «Je n'ai bien entendu jamais rencontré votre ami. Malheureusement, Raoul non plus. Nous ne savons donc ni l'un ni l'autre à quoi il ressemble. Mais vous, si. Savez-vous aussi où habite Ellis?

– Oui. Il a une chambre au-dessus d'un restaurant rue de l'Ancienne-Comédie.

– Est-ce que la chambre donne sur la rue?»

Jean-Pierre fronça les sourcils. Il n'y était allé qu'une fois. Ellis n'invitait guère les gens chez lui. «Je crois que oui.

– Vous n'en êtes pas sûr?

– Laissez-moi réfléchir.»

Il y était allé tard dans la soirée, avec Jane et un groupe d'autres gens, après une projection à la Sorbonne. Ellis leur avait offert du café. C'était une petite pièce. Jane s'était assise par terre près de la fenêtre…

«Oui, la fenêtre donne sur la rue. Pourquoi est-ce important?

– Ça veut dire que vous pouvez nous faire un signal.

– Moi? Pourquoi? À qui?»

Leblond lui lança un regard inquiétant.

«Pardon», dit Jean-Pierre.

Leblond marqua une hésitation. Lorsqu'il reprit la parole, son ton était un rien moins sec, bien que son visage demeurât impassible. «Cela va être votre baptême du feu. Je regrette d'avoir à vous utiliser dans une… action de ce genre, alors que vous n'avez jamais rien fait encore pour nous. Mais vous connaissez Ellis, vous êtes ici, et pour l'instant nous n'avons personne d'autre qui le connaisse. Tout ce que nous pouvons faire perdra de son impact si ce n'est pas fait tout de suite. Alors, écoutez attentivement car c'est important. Vous allez vous rendre chez lui. S'il est là – vous trouverez bien un prétexte – approchez-vous de la fenêtre, penchez-vous dehors et assurez-vous que vous êtes bien vu par Raoul qui attendra dans la rue.»

Raoul s'agita comme un chien qui entend des gens mentionner son nom dans la conversation.

« Et si Ellis n'est pas là ? demanda Jean-Pierre.

— Parlez à ses voisins. Essayez de savoir où il est allé et quand il sera de retour. S'il semble n'être parti que pour quelques minutes, ou pour une heure, attendez-le. Quand il reviendra, procédez de la même façon. Entrez, approchez-vous de la fenêtre et arrangez-vous pour être vu par Raoul. Votre apparition à la fenêtre sera le signal qu'Ellis est là : alors, quoi que vous fassiez, n'approchez pas de la fenêtre s'il n'est pas là. Vous avez compris ?

— Je sais ce que vous voulez que je fasse, répondit Jean-Pierre, mais je ne comprends pas la raison de tout cela.

— C'est pour identifier Ellis.

— Et quand je l'aurai identifié ? »

Leblond lui donna la réponse que Jean-Pierre n'osait espérer, et il en frémit de ravissement. « Eh bien, nous allons le tuer, bien sûr. »

3

Jane déploya sur la petite table d'Ellis un tissu blanc rapiécé et disposa deux couverts. Dans le placard sous l'évier elle découvrit une bouteille de fleurie qu'elle ouvrit. Elle fut tentée de le goûter, puis décida d'attendre Ellis. Elle sortit des verres, du sel, du poivre, de la moutarde, et des serviettes en papier. Elle se demanda si elle devait commencer à faire la cuisine. Mieux valait lui laisser ce soin.

Elle n'aimait pas la chambre d'Ellis. C'était une pièce nue, exiguë et sans personnalité. Ç'avait été pour elle un choc la première fois qu'elle l'avait vue. Elle sortait depuis quelque temps avec cet homme plus âgé qu'elle, tendre et détendu, et elle s'attendait à le voir vivre dans un endroit qui reflétait sa personnalité, un appartement confortable et séduisant, abritant des souvenirs d'un passé riche d'expérience. Mais on ne se serait jamais douté que l'homme qui habitait là avait été marié, avait fait une guerre, pris du LSD, dirigé l'équipe de rugby de son école. Les murs d'un blanc froid étaient décorés de quelques affiches choisies à la hâte. La vaisselle venait de chez des brocanteurs et les casseroles étaient en méchant fer-blanc. Aucune inscription sur le recueil de poésies en édition de poche qu'elle voyait sur le rayonnage. Il rangeait ses jeans et ses chandails dans une valise en plastique sous le lit grinçant. Où étaient ses vieux livrets scolaires, les photographies de ses neveux et nièces, son exemplaire soigneusement annoté de *L'Attrape-cœurs*, ses canifs souvenirs de la tour Eiffel et des chutes du Niagara, son saladier en teck que tôt ou tard chacun reçoit de ses parents ? La pièce ne contenait rien de vraiment important, aucun de ces objets qu'on garde non pas pour ce qu'ils sont mais pour ce qu'ils représentent, aucune parcelle de son âme. C'était la chambre d'un homme replié sur lui-même, d'un homme secret, d'un homme qui jamais ne partagerait ses pensées les plus intimes avec qui que ce fût. Peu à peu, et avec une terrible tristesse, Jane en était arrivée à comprendre qu'Ellis était bien comme ça, comme sa chambre, froid et secret.

C'était incroyable. C'était un homme d'une telle assurance. Il marchait la tête haute, comme si jamais dans sa vie il n'avait eu peur de personne. Et, au lit, il n'avait aucune inhibition, il assumait totalement sa sexualité. Il exposait et disait n'importe quoi, sans angoisse ni hésitation. Jane n'avait jamais connu un homme comme ça. Mais il y avait eu trop d'occasions – dans le lit, au restaurant, simplement lorsqu'ils marchaient dans la rue – où elle riait avec lui, ou bien l'écoutait parler, ou encore regardait ses yeux se plisser lorsqu'il réfléchissait, ou bien lorsqu'elle serrait contre elle son corps tiède pour découvrir soudain que, brusquement, il n'était plus là. Dans ces moments d'absence, il n'était plus tendre, ni amusant, ni prévenant, ni courtois, ni attentif, il lui donnait le sentiment d'être exclue, d'être une étrangère, une intruse, dans son univers à lui. C'était comme si le soleil passait derrière un nuage.

Elle savait qu'elle devrait un jour le quitter. Elle l'aimait à en perdre la tête, mais il ne semblait pas capable de l'aimer de la même façon. Il avait trente-trois ans et il n'avait pas appris l'art de la vie à deux, il n'y parviendrait jamais.

Elle s'assit sur le divan et se mit à lire l'*Observer* qu'elle avait acheté en chemin. En première page, il y avait un reportage sur l'Afghanistan. Ça semblait un bon endroit où aller pour oublier Ellis.

L'idée l'avait tout de suite séduite. Elle avait beau aimer Paris et avoir un travail assez varié, elle voulait davantage : l'expérience, l'aventure, l'occasion de marquer un point pour la liberté. Elle n'avait pas peur. Et Jean-Pierre assurait que les médecins étaient trop précieux pour être envoyés dans la zone des combats. Il y avait des risques d'être touché par une bombe égarée ou pris dans une embuscade, mais ce n'était probablement pas pire que le danger d'être écrasé par un automobiliste parisien. Elle était extrêmement curieuse de connaître la façon de vivre des résistants afghans. « Que mangent-ils là-bas ? » avait-elle demandé à Jean-Pierre « Comment s'habillent-ils ? » « Comment vivent-ils sous la tente ? », « Ont-ils des toilettes ?

— Pas de toilettes, pas d'électricité, pas de routes. Pas de vin. Pas de voitures. Pas de chauffage central. Pas de dentistes. Pas de facteurs. Pas de téléphone. Pas de restaurants. Pas de publicité. Pas de Coca-Cola. Pas de bulletin météo, pas de cours de la bourse, pas de décorateurs, pas d'assistantes sociales, pas de rouge à lèvres, pas de cantates, pas de mode, pas de dîners, pas de taxis, ni de files d'attente aux arrêts de bus…

— Assez ! » avait-elle lancé pour l'interrompre : il pouvait continuer comme ça pendant des heures. « Il doit bien y avoir des autobus et des taxis.

— Pas dans la campagne. Je m'en vais dans une région qui

s'appelle la Vallée des Lions, un bastion de la résistance dans les collines au pied de l'Himalaya. C'était déjà primitif avant même les bombardements russes. »

Jane était persuadée qu'elle pourrait vivre heureuse sans salle de bain, ni rouge à lèvres, ni bulletin météo. Elle le soupçonnait de sous-estimer le danger, même en dehors de la zone des combats, mais au fond cela ne la décourageait pas. Bien sûr, sa mère serait folle, si elle savait ça. Son père, s'il était encore en vie, lui aurait dit : « Bonne chance, Jane ». Lui avait compris l'importance de faire quelque chose de valable avec sa vie. Bien qu'il eût été un bon médecin, il n'avait jamais gagné d'argent parce que, partout où ils vivaient – à Nassau, au Caire, à Singapour, et surtout en Rhodésie –, il soignait toujours gratis les pauvres gens si bien qu'ils venaient le consulter en foule et que cela avait toujours chassé les clients payants.

Tirée de sa rêverie par un bruit de pas dans l'escalier, elle se rendit compte qu'elle n'avait pas lu plus de quelques lignes de reportage. Elle tourna la tête, l'oreille aux aguets. Cela ne semblait pas être le pas d'Ellis. Et l'on frappa à la porte.

Jane reposa le journal et alla ouvrir. C'était Jean-Pierre. Il parut presque aussi surpris qu'elle. Ils se dévisagèrent en silence un moment. Puis Jane dit : « Tu as un air coupable. Et moi ?

– Toi aussi, fit-il en souriant.

– Justement, je pensais à toi. Entre. »

Il pénétra dans la pièce et regarda autour de lui. « Ellis n'est pas là ?

– Je l'attends d'une minute à l'autre. Assieds-toi. »

Jean-Pierre posa son long corps sur le divan. Jane se dit, et ce n'était pas la première fois, que c'était sans doute le plus bel homme qu'elle eût jamais rencontré. Il avait un visage parfaitement régulier, avec un front haut, un nez fort, et plutôt aristocratique, de grands yeux marron et une bouche sensuelle en partie cachée par une barbe brun foncé, avec quelques taches châtain dans la moustache.

Il était habillé simplement mais avec soin, il portait ses vêtements avec une élégance nonchalante, que Jane lui enviait.

Elle l'aimait beaucoup. Son grand défaut était qu'il avait trop bonne opinion de lui-même; mais, sur ce point, il était d'une naïveté désarmante et puérile. Elle aimait son idéalisme, son dévouement à la médecine, il avait énormément de charme. Il possédait aussi une imagination folle qui pouvait parfois être très drôle : prenant pour point de départ l'absurdité, parfois même un simple lapsus, il se lançait dans un monologue étourdissant qui pouvait durer dix à quinze minutes. Un jour où quelqu'un avait cité une remarque de Jean-Paul Sartre sur le football, Jean-Pierre s'était mis spontanément à commenter un match comme aurait pu le faire un philosophe existentialiste. Jane avait ri à en avoir mal aux côtes. On disait que sa gaieté avait son revers, qu'il sombrait parfois dans une crise de noire dépression, mais Jane n'en avait jamais été témoin.

«Prends un peu du vin d'Ellis, dit-elle en lui tendant la bouteille.

– Non, merci.

– Tu répètes pour vivre au pays musulman?

– Pas spécialement.»

Il avait l'air très grave. «Qu'est-ce qu'il se passe? demanda-t-elle.

– Il faut que j'aie une conversation sérieuse avec toi, dit-il.

– Nous l'avons déjà eue, voilà trois jours, tu ne te rappelles pas? répliqua-t-elle. Tu m'as demandé de plaquer mon jules et de partir pour l'Afghanistan avec toi – une proposition à laquelle peu de filles pourraient résister.

– Sois sérieuse.

– D'accord. Je n'ai pas encore pris ma décision.

– Jane. J'ai découvert quelque chose d'épouvantable à propos d'Ellis.»

Elle le regarda d'un air interrogateur. Qu'est-ce qu'il avait fait? Allait-il inventer une histoire, raconter un mensonge afin de la persuader de partir avec lui? Elle ne le pensait pas. «Bon, quoi donc?

– Il n'est pas ce qu'il prétend être», déclara Jean-Pierre.

Jane trouvait qu'il était terriblement mélo. «Pas la peine de parler d'une voix d'outre-tombe. Qu'est-ce que tu veux dire?

– Ce n'est pas un poète sans le sou. Il travaille pour le gouvernement américain.»

Jane fronça les sourcils. «Pour le gouvernement américain?» Sa première réaction fut que Jean-Pierre s'était mépris. «Il donne des leçons d'anglais à des Français qui travaillent pour le gouvernement américain.

– Ça n'est pas ce que je veux dire. Il espionne des groupes extrémistes. C'est un agent secret. Il travaille pour la CIA.»

Jane éclata de rire. «Tu es ridicule! As-tu cru que tu pourrais me décider à le quitter en me racontant ça?

– C'est la vérité, Jane.

– Absolument pas. Ellis ne pourrait pas être un espion. Tu ne penses pas que je le saurais? Je vis pratiquement avec lui depuis un an.

– Mais pas complètement, n'est-ce pas?

– Ça ne change rien. Je le connais.» En parlant, Jane se disait: Ça pourrait expliquer bien des choses. Elle ne connaissait pas vraiment Ellis. Mais elle le connaissait assez bien pour être sûre qu'il n'était pas ignoble, méprisable, que ce n'était pas un traître ni quelqu'un de foncièrement méchant.

«C'est de notoriété publique, poursuivait Jean-Pierre, Rahmi Coskun a été arrêté ce matin et tout le monde dit que c'est Ellis le responsable.

– Pourquoi Rahmi a-t-il été arrêté?

– Pour subversion, sans doute, dit Jean-Pierre en haussant les épaules. Quoi qu'il en soit, Raoul Clermont sillonne Paris en essayant de trouver Ellis et *quelqu'un* rêve de se venger.

– Oh! Jean-Pierre, tu es risible», dit Jane. Brusquement,

elle eut trop chaud. Elle s'approcha de la fenêtre et l'ouvrit toute grande. En jetant un coup d'œil dans la rue, elle aperçut la tête blonde d'Ellis qui s'engouffrait sous la porte cochère. «Tiens, dit-elle à Jean-Pierre, le voici qui arrive. Maintenant, il va falloir que tu lui répètes cette ridicule histoire.» Elle entendit le pas d'Ellis dans l'escalier.

«J'en ai bien l'intention, dit Jean-Pierre. Pourquoi crois-tu que je sois ici? Je suis venu le prévenir qu'il est poursuivi.»

Jane comprit que Jean-Pierre était sincère. Il croyait réellement à cette histoire. Eh bien, Ellis aurait tôt fait de rétablir la vérité.

La porte s'ouvrit et Ellis entra.

Il avait l'air très heureux, comme s'il avait plein de bonnes nouvelles à annoncer et, lorsqu'elle vit son visage rond, souriant, avec son nez cassé, ses yeux bleus au regard pénétrant, Jane se sentit pleine de remords à l'idée d'avoir flirté avec Jean-Pierre.

Ellis s'arrêta sur le pas de la porte, étonné de voir Jean-Pierre. Son sourire s'atténua quelque peu. «Bonjour, vous deux», dit-il. Il referma la porte derrière lui et poussa le verrou, comme c'était son habitude. Jane avait toujours considéré cela comme de l'excentricité, mais l'idée lui vint maintenant que c'était ce qu'un espion ferait tout naturellement. Elle chassa cette pensée de son esprit.

Ce fut Jean-Pierre qui parla le premier. «Ils sont après toi, Ellis, ils savent. Ils te cherchent.» Jane les regarda tour à tour. Jean-Pierre était plus grand qu'Ellis, mais Ellis était large d'épaules et costaud. Ils se regardaient comme deux chats se mesurent.

Jane se jeta au cou d'Ellis, l'embrassa d'un air coupable et dit : «On a raconté à Jean-Pierre une histoire idiote sur ton compte, que tu étais un espion de la CIA.»

Jean-Pierre, penché à la fenêtre, regardait dans la rue. Il se retourna pour leur faire face. «Dis-lui, Ellis?

– Où as-tu pris cette idée? lui demanda Ellis.

– Tout le monde le dit.

– Et de qui exactement tiens-tu cela ? demanda Ellis d'une voix coupante.

– De Raoul Clermont. »

Ellis hocha la tête. Passant à l'anglais, il dit : « Jane, voudrais-tu t'asseoir ?

– Je n'ai pas envie de m'asseoir, fit-elle avec agacement.

– J'ai quelque chose à te dire », déclara-t-il.

Ça ne pouvait pas être vrai, ça n'était pas possible. Jane sentit l'affolement lui serrer la gorge. « Alors dis-le-moi, lança-t-elle, et cesse de me demander de m'asseoir ! »

Ellis jeta un coup d'œil à Jean-Pierre. « Voudrais-tu nous laisser ? dit-il en français.

Jane commençait à s'énerver. « Qu'est-ce que tu vas me dire ? Et pourquoi ne réponds-tu pas simplement que Jean-Pierre se trompe ? Dis-moi que tu n'es pas un espion, Ellis, avant que je devienne folle !

– Ce n'est pas si simple, répondit Ellis.

– Mais si, c'est simple ! » Elle ne parvenait plus à se maîtriser. « Il prétend que tu es un espion, que tu travailles pour le gouvernement américain et que tu m'as menti, constamment, traîtreusement et sans remords depuis que je te connais. C'est vrai ? C'est vrai ou non ? Eh bien ? »

Ellis poussa un soupir. « Je pense que c'est vrai. »

Jane avait l'impression qu'elle allait exploser. « Salaud ! hurla-t-elle. Immonde salaud ! »

Le visage d'Ellis était impassible. « J'allais te l'expliquer aujourd'hui », dit-il.

On frappa à la porte. Ils n'en tinrent aucun compte. « Tu m'espionnais, moi et tous mes amis ! s'exclama Jane, j'ai tellement honte.

– Mon travail ici est terminé, annonça Ellis. Je n'ai plus besoin de te mentir.

– Tu n'en auras plus l'occasion. *Je ne veux plus jamais te revoir.* »

On frappa de nouveau et Jean-Pierre dit en français : « Il y a quelqu'un à la porte. »

Ellis reprit : « Tu ne peux pas dire ça, que tu ne veux plus me revoir.

— Tu ne comprends donc pas ce que tu m'as fait ? demanda-t-elle.

— Bon Dieu, fit Jean-Pierre, ouvre cette foutue porte ! »

Jane marmonna « Oh ! Seigneur », et se dirigea vers la porte. Elle ôta le verrou, ouvrit. Elle se trouva nez à nez avec un grand gaillard aux épaules larges habillé d'une veste de velours vert qui avait un accroc à la manche. Jane ne l'avait jamais vu. « Qu'est-ce que vous venez foutre ici ? » dit-elle. Et puis elle s'aperçut qu'il avait un pistolet à la main.

Les quelques secondes suivantes semblèrent s'écouler très lentement.

Jane comprit en un éclair que, si Jean-Pierre avait eu raison de dire qu'Ellis était un espion, alors sans doute c'était vrai aussi que quelqu'un voulait se venger ; et que dans ce monde où Ellis agissait en secret, le mot « vengeance » pouvait vraiment dire un coup frappé à la porte et un homme avec un pistolet au poing.

Elle ouvrit la bouche pour crier.

L'homme hésita une fraction de seconde. Il parut surpris comme s'il ne s'attendait pas à trouver une femme. Son regard alla de Jane à Jean-Pierre et revint à la jeune femme : il savait que son objectif n'était pas Jean-Pierre. Mais il était démonté parce qu'il ne pouvait pas voir Ellis qui était caché par la porte entrouverte.

Au lieu de hurler, Jane essaya de claquer la porte.

Au moment où elle la repoussait vers l'inconnu, il vit ce qu'elle était en train de faire et avança le pied. La porte heurta sa chaussure et rebondit. Mais en faisant un pas en avant, il avait écarté les bras, pour ne pas perdre l'équilibre et son pistolet maintenant était braqué vers le coin du plafond.

Il va tuer Ellis, songea Jane. Il va tuer Ellis.

Elle se jeta sur lui en martelant le visage de ses poings, car tout d'un coup, bien qu'elle détestât Ellis, elle ne voulait pas qu'il meure.

L'homme réagit très vite. D'un bras vigoureux il écarta Jane. Elle tomba lourdement sur le derrière, se meurtrissant le bas du dos. Elle vit ce qui se passa ensuite avec une terrifiante clarté.

Le bras qui l'avait repoussée ouvrit toute grande la porte. Au moment où l'homme faisait pivoter son pistolet, Ellis arriva sur lui en brandissant au-dessus de sa tête la bouteille de vin. Le coup de feu partit au moment où la bouteille s'abattait et le bruit de la détonation coïncida avec le fracas du verre qui se brisait.

Jane, horrifiée, regardait les deux hommes.

Puis le tueur s'effondra tandis qu'Ellis restait debout et elle se rendit compte que la balle ne l'avait pas touché.

Ellis se pencha et ramassa le pistolet du tueur.

Jane se releva péniblement.

«Ça va? demanda Ellis.

– Je suis en vie», dit-elle.

Il se tourna vers Jean-Pierre. «Combien sont-ils dans la rue?»

Jean-Pierre jeta un coup d'œil par la fenêtre. «Personne.»

Ellis parut surpris. «Ils doivent être cachés.» Il fourra l'arme dans sa poche et se dirigea vers le rayonnage. «Recule», dit-il en faisant basculer la bibliothèque. Derrière, il y avait une porte.

Ellis l'ouvrit.

Il regarda Jane un long moment, comme s'il avait quelque chose à dire et qu'il n'arrivât pas à trouver les mots. Puis il franchit le seuil et disparut.

Au bout d'un moment, Jane s'approcha lentement de la porte dérobée et regarda : il y avait un autre studio, à peine meublé et terriblement poussiéreux, comme s'il n'avait pas été occupé depuis des mois. Il y avait une porte ouverte et plus loin un escalier.

Elle tourna les talons et examina la chambre d'Ellis. Le tueur gisait sur le plancher, sans connaissance, au milieu d'une flaque de vin. Il avait essayé de tuer Ellis, ici même, dans cette chambre : déjà cela lui paraissait irréel. Tout semblait irréel : qu'Ellis soit un espion ; que Jean-Pierre le sache ; que Rahmi ait été arrêté et qu'Ellis se soit enfui dans ces conditions.

Il était parti. Je ne veux jamais te revoir, lui avait-elle dit quelques secondes plus tôt. Elle avait bien l'impression que son vœu allait être exaucé.

Elle entendit des pas dans l'escalier.

Elle détacha son regard de l'inconnu et regarda Jean-Pierre. Lui aussi semblait abasourdi. Au bout d'un moment, il traversa la pièce jusqu'à elle et la prit dans ses bras. Elle s'écroula sur son épaule et éclata en sanglots.

DEUXIÈME PARTIE

1982

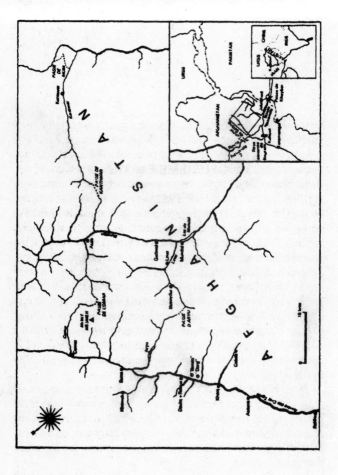

4

La rivière descendait du glacier, froide, claire, toujours
tumultueuse, elle emplissait la vallée de sa rumeur lorsqu'elle
dévalait les ravins et coulait en flots torrentueux devant les
champs de blé dans sa course folle vers les plaines lointaines.
Voilà plus d'un an que ce bruit n'avait cessé de résonner aux
oreilles de Jane : parfois très fort lorsqu'elle allait se baigner
ou qu'elle suivait le sentier qui sinuait au bord de la falaise
entre les villages ; parfois adouci, comme maintenant,
lorsqu'elle était en haut de la colline et que la rivière des Cinq
Lions n'était qu'un ruban étincelant, un murmure lointain.
Le jour où elle quitterait pour de bon la Vallée, elle trouverait le silence énervant, songea-t-elle, comme les citadins en
vacances à la campagne qui n'arrivent pas à dormir parce que
c'est trop calme. En tendant l'oreille, elle entendit autre chose,
et elle se rendit compte que ce bruit nouveau l'avait rendue
consciente de celui auquel elle était habituée. Dominant le
murmure de la rivière, elle perçut le ronronnement sourd d'un
avion à hélice.

Jane ouvrit les yeux. C'était un Antonov, l'avion de
reconnaissance qui évoluait avec les mouvements lents d'un
rapace et dont le grondement annonçait d'ordinaire l'arrivée
d'appareils à réaction plus rapides, plus bruyants, en mission
de bombardement. Elle se redressa et promena sur la Vallée
un regard inquiet.

Elle était dans son refuge secret, un rebord large et plat à
mi-hauteur d'une falaise. Au-dessus d'elle le surplomb la

dissimulait aux regards sans arrêter le soleil, et dissuaderait quiconque n'était pas un montagnard bien entraîné de faire la descente. En bas, l'approche de son refuge était une pente abrupte et pierreuse : personne ne pouvait grimper par là sans être entendu ni vu par Jane. D'ailleurs, personne n'avait de raison de venir ici. Jane n'avait découvert cet endroit qu'en s'égarant du sentier et en se perdant. Il était important pour elle d'y être tranquille car elle venait là pour ôter ses vêtements et s'allonger au soleil, et les Afghans étaient prudes comme des nonnes : s'ils l'apercevaient nue, elle serait lynchée.

À sa droite, le flanc poussiéreux de la colline descendait en pente rapide. À sa base, là où la pente commençait à s'adoucir près de la rivière, se trouvait le village de Banda, cinquante à soixante maisons accrochées à un bout de terrain rocheux et bosselé que personne ne pouvait cultiver. Les maisons étaient de pierres grises, de briques de boue ; chacune avait un toit plat de terre battue étalée sur des nattes. Auprès de la petite mosquée de bois se trouvait un groupe de maisons en ruine : un des bombardiers russes avait marqué un coup au but deux mois plus tôt. Jane distinguait clairement le village, bien qu'il fût à vingt minutes de marche. Elle parcourut du regard les toits, les cours entourées de murs, les sentiers boueux, cherchant des yeux les enfants égarés, mais par bonheur il n'y en avait pas : Banda était désert sous le brûlant ciel bleu.

À sa gauche, la Vallée s'élargissait. Les champs, petits, pierreux, parsemés de cratères de bombes et, sur les premiers contreforts des montagnes, quelques-uns des vieux murs en terrasses s'étaient écroulés. Les blés étaient mûrs, mais personne ne moissonnait.

Au-delà des champs, au pied de la falaise qui formait l'autre versant de la Vallée, coulait la rivière des Cinq Lions : plus ou moins puissante selon les endroits, tantôt large et tantôt étroite, toujours rapide et semée de rochers. Jane l'inspecta sur toute sa longueur. Il n'y avait pas de femmes en train de se baigner ni de laver le linge, pas d'enfants à jouer dans les criques, pas d'hommes à faire passer à gué des chevaux ou des ânes.

Jane songea à enfiler ses vêtements et à quitter son refuge pour escalader le flanc de la montagne jusqu'aux grottes. C'était là où se trouvaient les villageois, les hommes dormant après une nuit passée à travailler dans les champs, les femmes faisant la cuisine et essayant d'empêcher les enfants d'aller vagabonder, les vaches enfermées, les chèvres attachées et les chiens se disputant les restes. Elle était sans doute bien à l'abri ici, car les Russes bombardaient des villages, et non les flancs dénudés des collines. Mais il y avait toujours le risque d'une bombe perdue et une grotte la protégerait de tout sauf d'un coup au but.

Avant qu'elle se fût décidée, elle entendit le rugissement des avions à réaction. Elle clignota dans le soleil pour les regarder. Leur fracas emplissait la Vallée, noyant la rumeur de la rivière, tandis qu'ils passaient au-dessus d'elle volant vers le nord-est, très haut dans le ciel, mais piquant déjà, un, deux, trois, quatre tueurs argentés, le summum de l'ingéniosité humaine déployée pour mutiler des fermiers illettrés et démolir des maisons de boue séchée avant de regagner leur base à douze cents kilomètres à l'heure.

Dix minutes plus tard, ils avaient disparu. Banda aujourd'hui serait épargné. Lentement, Jane se détendit. Les avions à réaction la terrifiaient. Durant l'été, Banda avait échappé aux bombardements et la Vallée avait connu un répit durant l'hiver. Mais tout avait recommencé de plus belle ce printemps; Banda avait été touché à plusieurs reprises, dont une fois en plein centre du village. Depuis lors, Jane détestait ces appareils à réaction.

Le courage des villageois était stupéfiant. Chaque famille s'était installé un second foyer là-haut dans les grottes, et ils escaladaient chaque matin la colline pour passer la journée là-haut, rentrant au crépuscule, car il n'y avait pas de bombardements la nuit. Comme il était dangereux de travailler aux champs dans la journée, les hommes le faisaient de nuit – ou plutôt les aînés, car les jeunes hommes étaient la plupart du temps absents, occupés à tirer sur les Russes, à l'extrémité sud de la Vallée et plus loin encore. Cet été, le bombardement avait été plus intense que jamais dans tous les secteurs occupés par les résistants, à en croire ce que Jean-Pierre avait appris des guérilleros. Si les Afghans des autres régions du pays étaient comme ceux de la Vallée, sans doute pouvaient-ils s'adapter et survivre : en récupérant quelques précieuses possessions des ruines d'une maison bombardée, en replantant sans se lasser un jardin potager dévasté, en soignant les blessés, en enterrant les morts et en envoyant des adolescents de plus en plus jeunes rejoindre les chefs de la guérilla. Les Russes ne pourraient jamais vaincre cette population, estimait Jane, à moins de transformer tout le pays en un vaste désert radioactif. Quant à savoir si les résistants pourraient jamais vaincre les Russes, c'était une autre question. Ils étaient braves, indomptables, ils contrôlaient le pays, mais les tribus rivales se détestaient entre elles presque aussi fort qu'ils haïssaient les envahisseurs, et leurs fusils étaient inutiles contre les bombardiers à réaction, les hélicoptères blindés.

Elle chassa de son esprit toutes ces idées de guerre. C'était l'heure chaude de la journée, le moment de la sieste où elle aimait être seule et se détendre. Elle plongea la main dans une outre en peau de chèvre et commença à enduire de beurre la peau tendue de son ventre énorme, en se demandant comment elle avait pu être assez idiote pour se retrouver enceinte en Afghanistan.

Elle était arrivée avec une réserve de deux ans de pilules contraceptives, un diaphragme, et un carton entier de pommade spermicide ; pourtant, quelques semaines plus tard, elle avait oublié de reprendre la pilule après ses règles, puis oublié à plusieurs reprises de mettre son diaphragme. « Comment as-tu pu faire une telle bêtise ? » avait crié Jean-Pierre et elle n'avait pas su quoi lui répondre.

Maintenant, allongée au soleil, supportant gaiement sa grossesse, avec ses beaux seins gonflés et un mal de dos permanent, elle comprenait que ç'avait été une erreur délibérée :

elle avait envie d'un bébé et elle savait que Jean-Pierre n'en voulait pas, alors elle en avait fait un accidentellement.

Pourquoi donc est-ce que je tenais tellement à avoir un bébé? se demanda-t-elle. La réponse lui vint, comme ça : Parce que je me sentais seule.

C'est vrai? fit-elle pour elle. Quelle ironie ! Elle ne s'était jamais sentie seule à Paris où elle vivait en célibataire, faisait ses courses pour une personne, se parlait dans le miroir; mais, alors qu'elle était mariée, qu'elle passait chaque soir et chaque nuit avec son mari, qu'elle travaillait auprès de lui presque toute la journée, c'était alors qu'elle s'était sentie isolée, effrayée, très seule.

Ils s'étaient mariés à Paris juste avant de venir ici. Cela leur avait semblé, au fond, un élément naturel de l'aventure : un nouveau défi, un nouveau risque, un nouveau frisson. Tout le monde leur avait dit combien ils étaient heureux, beaux, graves, amoureux, et c'était vrai. Sans aucun doute, elle attendait trop de la vie. Elle avait hâte de trouver avec Jean-Pierre une intimité étroite, un amour qui ne cesserait de grandir. Elle avait cru qu'il lui parlerait de ses amours d'enfance, qu'il lui raconterait ce qui lui faisait vraiment peur et qu'il lui dirait si c'était vrai qu'après avoir fait pipi les hommes secouaient les gouttes. Elle avait cru qu'à son tour, elle lui dirait que son père avait été un alcoolique, qu'elle avait le fantasme d'être violée par un Noir et, que parfois, quand elle était inquiète, elle suçait son pouce. Mais Jean-Pierre semblait penser que les relations après le mariage devraient être exactement ce qu'elles étaient auparavant. Il la traitait avec courtoisie, la faisait rire avec ses inventions démentes, il s'effondrait désemparé dans ses bras quand il était déprimé, discutait avec elle de la politique et de la guerre, une fois par semaine il lui faisait l'amour, en amant expert, avec son corps jeune, musclé et ses mains robustes et sensibles de chirurgien : à tous égards il se comportait en petit ami plutôt qu'en mari. Elle n'arrivait toujours pas à aborder avec lui des sujets futiles et embarrassants : par exemple qu'un turban lui allongeait le nez et combien elle était encore furieuse d'avoir reçu une fessée pour avoir renversé de l'encre rouge sur le tapis du salon alors qu'en fait c'était sa sœur Pauline qui était coupable. Elle aurait voulu demander à quelqu'un : *est-ce comme ça que c'est censé être, ou bien est-ce que ça va s'améliorer* ? Mais ses amis et sa famille étaient tous très loin et les femmes afghanes auraient trouvé ces rêves ridicules. Elle avait résisté à la tentation de parler à Jean-Pierre de sa déception, un peu parce que ses doléances étaient si vagues, un peu parce qu'elle redoutait ce que pourrait être sa réponse.

Avec le recul, elle comprenait que l'idée d'avoir un bébé avait pris corps chez elle encore plus tôt, quand elle voyait Ellis Thaler. Cette année-là, elle avait quitté Paris pour aller à Londres au baptême du troisième enfant de sa sœur Pauline, ce que normalement elle n'aurait pas fait car elle avait horreur des réunions de famille. Elle s'était mise aussi à faire du baby-sitting pour un couple de son immeuble, un antiquaire nerveux et son aristocrate de femme, et ce qu'elle préférait, c'étaient les moments où le bébé s'était mis à pleurer et où elle avait dû le prendre dans ses bras pour le consoler.

Puis ici, dans la Vallée, si c'était son devoir d'encourager les femmes à espacer les naissances de leurs bébés pour avoir des enfants plus sains, elle s'était prise à partager la joie avec laquelle on saluait chaque nouvelle grossesse, même dans les foyers les plus pauvres, souvent les plus nombreux. Ainsi la solitude et l'instinct maternel avaient-ils conspiré contre le bon sens.

Y avait-il eu une fois – rien qu'un instant fugitif – où elle s'était rendu compte que son inconscient essayait de la rendre enceinte ? Avait-elle pensé *je pourrais avoir un bébé* à l'instant où Jean-Pierre la pénétrait, glissant en elle avec une lenteur gracieuse comme un navire qui entre au port, tandis qu'elle serrait les bras autour de lui ; ou bien dans la seconde d'hésitation, juste avant l'orgasme, où il fermait les yeux et semblait faire retraite en lui-même ; ou bien après, tandis qu'elle sombrait bienheureusement dans le sommeil, en sentant encore en elle la chaleur de sa semence ? « Est-ce que je m'en suis rendu compte ? » dit-elle tout haut ; penser à faire l'amour l'avait excitée et elle commença à se caresser voluptueusement de ses mains encore ruisselantes de beurre, oubliant son problème et laissant de vagues images de passion envahir son esprit.

Les hurlements des réacteurs la ramenèrent brutalement à la réalité. Elle ouvrit les yeux, effrayée, pour voir quatre autres bombardiers traverser la Vallée et disparaître. Quand le fracas des avions fut éteint, elle recommença à se toucher, mais le cœur n'y était plus. Elle resta allongée immobile au soleil en songeant à son bébé.

Jean-Pierre avait réagi à l'annonce de sa grossesse comme si elle l'avait préméditée. Il était si furieux qu'il avait voulu tout de suite pratiquer lui-même un avortement. Jane avait trouvé cette réaction horrible et, soudain, il lui avait paru un étranger. Mais le plus dur à supporter, c'était le sentiment d'avoir été rejetée. L'idée que son mari ne voulait pas de son bébé l'avait plongée dans une totale désolation. Il avait encore aggravé les choses en refusant de la toucher. Jamais de sa vie elle n'avait été aussi malheureuse. Pour la première fois, elle comprenait pourquoi des gens parfois essayaient de se suicider. Le refus de tout contact physique était la pire des tortures. Elle regrettait sincèrement que Jean-Pierre ne la battît pas plutôt, tant elle avait besoin d'être touchée. Lorsqu'elle se rappelait ces jours-là, elle lui en voulait encore, même si elle savait que c'était elle la responsable.

Puis, un beau matin, il l'avait prise dans ses bras en lui demandant d'excuser son attitude; bien qu'une partie d'elle eût envie de dire : « Ce n'est pas assez d'être navré, espèce de salaud », le reste d'elle attendait désespérément son amour et elle lui avait pardonné aussitôt. Il avait expliqué que déjà il avait peur de la perdre; et que, si elle devait être la mère de son fils, il serait absolument terrifié, car alors il les perdrait tous les deux.

Cette confession l'avait émue aux larmes, elle avait compris qu'en devenant enceinte elle s'était à jamais engagée envers Jean-Pierre et elle décida que, envers et contre tout, elle ferait de ce mariage une réussite.

Après cela, il avait été plus tendre avec elle. Il s'était intéressé au bébé à naître, il se préoccupait de la santé et de la sécurité de Jane, comme sont censés le faire les futurs pères. Leur mariage, songea Jane, serait une union imparfaite mais heureuse, et elle envisageait un futur idéal, avec Jean-Pierre en ministre de la Santé dans un gouvernement socialiste, elle en membre du Parlement européen et trois brillants enfants, l'un à la Sorbonne, l'autre à l'Ecole d'économie de Londres et le troisième au Conservatoire de New York.

Dans ce rêve, l'aînée, et la plus brillante des enfants, était une fille. Jane se tâta le ventre, pressant doucement du bout des doigts, pour sentir les contours du bébé. D'après Rabia Gul, la vieille sage-femme du village, ce serait une fille, car elle sentait le bébé sur le côté gauche, alors que les garçons se développaient sur le côté droit. Rabia avait donc prescrit un régime à base de légumes et notamment de poivron vert. Pour un garçon, elle aurait recommandé de la viande et du poisson en abondance. En Afghanistan, les mâles étaient mieux nourris, même avant leur naissance.

Jane fut interrompue dans ses pensées par un violent bang. Elle fut un moment désorientée, associant l'explosion avec les appareils à réaction qui l'avaient survolée quelques minutes plus tôt en route pour aller bombarder un autre village ; puis elle entendit, tout près, le hurlement aigu, continu d'un enfant qui avait mal et qui s'affolait.

Elle comprit tout de suite ce qui s'était passé. Les Russes, utilisant une tactique apprise des Américains au Vietnam, avaient parsemé la campagne de mines antipersonnel. Leur but avoué était de paralyser les lignes de ravitaillement de la guérilla ; mais comme les «lignes de ravitaillement de la guérilla» étaient les sentiers de montagne utilisés chaque jour par les vieillards, les femmes, les enfants, les animaux, leur véritable objectif était la terreur pure et simple. Ce hurlement signifiait qu'un enfant avait fait sauter une de ces mines.

Jane se leva d'un bond. Le son semblait venir du côté de la maison du mullah, qui se trouvait à moins d'un kilomètre du village, sur le sentier courant le long de la colline. Jane l'apercevait tout juste sur sa gauche et un peu plus bas. Elle enfila ses chaussures, empoigna ses vêtements et se précipita dans cette direction. Le premier long hurlement s'arrêta pour être remplacé par une série de petits cris terrifiés : Jane avait l'impression que l'enfant avait vu les ravages que la mine avait causés à son corps et que maintenant il poussait des cris d'effroi. Se précipitant à travers les broussailles, Jane se rendit compte qu'elle-même s'affolait, tant étaient impérieux les appels d'un enfant en détresse. Calme-toi, se dit-elle. Si elle devait faire une mauvaise chute, ils seraient deux en mauvaise posture sans personne pour les aider ; d'ailleurs, la pire chose, pour un enfant qui a peur, c'est un adulte qui a peur.

Elle était tout près maintenant. L'enfant devait être caché dans les buissons, non pas sur le sentier, car toutes les pistes étaient déblayées par les hommes chaque fois qu'elles étaient minées, mais il était impossible de déminer tout le flanc de la montagne.

Elle s'arrêta, l'oreille tendue. Elle haletait si bruyamment qu'elle dut retenir son souffle. Les cris venaient d'un buisson de joncs et de genévriers. Elle se fraya un chemin parmi les broussailles et aperçut un bout de tunique bleu clair. L'enfant devait être Mousa, un gamin de neuf ans, fils de Mohammed Khan, un des chefs de la guérilla.

Quelques instants plus tard, elle était auprès de lui.

Il était agenouillé sur le sol poussiéreux. De toute évidence, il avait essayé de ramasser la mine, elle lui avait arraché la main et maintenant il fixait d'un regard horrifié le moignon ensanglanté en criant de terreur.

Jane avait vu beaucoup de blessures au cours de l'année passée, mais celle-ci la bouleversa quand même. «Oh ! mon Dieu, fit-elle. Pauvre enfant. » Elle s'agenouilla devant lui, le serra contre elle en murmurant des phrases apaisantes. Au bout d'une minute il cessa de crier. Elle espérait qu'il allait se mettre à pleurer, mais il était trop choqué, il sombra dans le silence. Tout en le gardant serré contre elle, elle chercha et finit par trouver à l'aisselle le point qu'il fallait presser ; elle arrêta ainsi le jaillissement du sang.

Elle allait avoir besoin de son aide. Il fallait le faire parler. « Mousa, dit-elle en dari, qu'est-ce que c'était ? »

Il ne répondit pas. Elle lui reposa la question.

« J'ai cru… » Il ouvrit tout grand les yeux en se souvenant et se remit à hurler en disant : « J'ai cru que c'était une balle !

– Là, là, murmura-t-elle. Dis-moi ce que tu as fait.

– Je l'ai ramassée ! Je l'ai ramassée ! »

Elle le serra fort pour le calmer. « Et qu'est-il arrivé ? »

Sa voix tremblait encore mais n'était plus hystérique. « Ça a fait bang », dit-il. Il se calma rapidement.

Elle lui prit la main droite et la glissa sous son bras gauche. « Appuie là où est ma main », dit-elle. Elle guida ses doigts jusqu'au point précis, puis retira les siens. Le sang se remit à couler de la blessure. « Appuie fort », lui dit-elle. Il fit comme elle disait. Le flot s'arrêta. Elle l'embrassa sur le front, moite de sueur.

Elle avait laissé tomber son paquet de vêtements sur le sol auprès de Mousa. Sa tenue était celle des femmes afghanes, une robe en forme de sac par-dessus un pantalon de coton. Elle ramassa la robe et déchira en plusieurs bandes le tissu, puis entreprit de confectionner un garrot. Mousa l'observait, ouvrant de grands yeux sans un mot. Elle cassa une branche sèche d'un genévrier et s'en servit pour terminer le garrot.

Maintenant, il avait besoin d'un pansement, d'un calmant, d'un antibiotique pour prévenir l'infection et de sa mère pour prévenir le choc.

Jane enfila son pantalon et noua la ceinture. Elle regrettait d'avoir aussi précipitamment déchiré sa robe, car elle aurait pu en sauver assez pour couvrir son buste. Elle n'avait plus maintenant qu'à espérer ne pas rencontrer d'homme sur le chemin des grottes.

Mais comment allait-elle amener Mousa jusque-là ? Elle ne voulait pas essayer de le faire marcher. Elle ne pouvait pas le porter sur son dos car il ne pouvait pas se maintenir. Elle soupira : elle allait devoir le prendre dans ses bras. Elle se pencha, passa un bras autour de ses épaules, l'autre sous ses cuisses, le souleva en le prenant avec ses genoux plutôt qu'avec son dos, comme elle l'avait appris à son cours de gymnastique. Serrant l'enfant contre sa poitrine, le dos de Mousa reposant sur son ventre gonflé, elle se mit à gravir lentement la colline. Elle ne pouvait le faire que parce qu'il était sous-alimenté : un enfant européen de neuf ans aurait été trop lourd.

Elle ne tarda pas à émerger des buissons et à retrouver le sentier. Mais, au bout d'une cinquantaine de mètres, l'épuisement la gagna. Au cours des dernières semaines, elle avait constaté qu'elle se fatiguait très vite, et cela la rendait furieuse, mais elle avait appris à ne pas lutter contre cela. Elle reposa Mousa par terre, puis resta auprès de lui, en le serrant avec douceur pendant qu'elle se reposait, adossée à la falaise qui bordait un côté du sentier de montagne. Il était tombé dans un silence pétrifié qui l'inquiétait plus que ses cris. Dès qu'elle se sentit mieux elle le reprit dans ses bras et poursuivit sa marche.

Un quart d'heure plus tard, elle se reposait presque en haut de la colline, quand un homme apparut sur le chemin devant elle. Jane le reconnut. « Oh ! non, dit-elle en anglais. Il faut que je tombe sur lui : Abdullah. »

C'était un homme trapu d'environ cinquante-cinq ans, plutôt bedonnant malgré la pénurie de nourriture, un turban ocre, un large pantalon noir. Il portait un chandail à carreaux et un costume croisé bleu à rayures qui semblait avoir appartenu jadis à un agent de change londonien. Sa barbe luxuriante était teinte en rouge : c'était le mullah de Banda.

Abdullah se méfiait des étrangers, méprisait les femmes et détestait tous ceux qui pratiquaient la médecine occidentale. Comme Jane représentait les trois à la fois, elle n'avait jamais eu la moindre chance de gagner son affection. Pire encore, bien des gens dans la Vallée avaient compris que prendre les antibiotiques de Jane était un traitement bien plus efficace contre les infections que d'inhaler la fumée d'un bout de papier en train de se carboniser, sur lequel Abdullah avait griffonné quelque chose à l'encre au safran, et ainsi le mullah perdait-il de l'argent. En réaction, il traitait Jane de « putain occidentale », mais il ne pouvait guère en faire plus, car elle et Jean-Pierre étaient sous la protection d'Ahmed Shah Massoud, le chef de la guérilla, et même un mullah hésitait à croiser l'épée avec un aussi grand héros.

En l'apercevant, il s'arrêta net, une expression de totale incrédulité transformant son visage d'ordinaire solennel en un masque comique. Elle n'aurait pu faire plus mauvaise rencontre. Tout autre homme du village aurait été embarrassé et peut-être choqué de la voir à demi nue ; mais Abdullah allait être furieux.

Jane décida de bluffer. Elle dit en dari : « La paix soit avec toi. » C'était le début d'un échange formel de salutations qui pouvait parfois se poursuivre cinq à dix minutes. Mais Abdullah ne répondit pas par l'habituel *et avec toi*. Au lieu de cela, il ouvrit la bouche et se lança dans une série suraiguë d'invectives et d'imprécations où l'on retrouvait les mots dari pour *prostituée, pervertie* et *séductrice d'enfants*. Le visage rouge de fureur, il s'approcha d'elle en brandissant son bâton.

C'en était trop. Elle désigna Mousa, planté sans rien dire auprès d'elle, abasourdi par la douleur et affaibli par le sang qu'il avait perdu. « Regarde ! cria-t-elle à Abdullah. Tu ne vois donc pas… ! »

Mais la rage l'aveuglait. Sans lui laisser le temps de terminer ce qu'elle essayait de dire, il la frappa violemment sur le crâne avec son bâton. Jane poussa un cri de douleur. Elle était surprise de sentir à quel point ça faisait mal et furieuse de ce geste.

Il n'avait toujours pas remarqué la blessure de Mousa. Les yeux exorbités du mullah étaient fixés sur la poitrine de Jane et elle se rendit compte tout d'un coup que pour lui, voir en plein jour les seins nus d'une femme occidentale blanche et enceinte était un spectacle choquant et qu'il allait exploser. Il ne comptait pas la châtier en lui assenant un coup ou deux, comme il pourrait le faire avec sa femme si elle désobéissait. Il était résolu à la tuer. Soudain Jane eut très peur – pour elle-même, pour Mousa et pour son enfant à naître. Elle recula en trébuchant, pour se mettre hors de portée, mais il avança vers elle en levant de nouveau son bâton. Saisie d'une brusque inspiration, elle bondit vers lui et lui enfonça les doigts dans les yeux.

Il rugit comme un taureau blessé. Il n'était pas tant blessé qu'indigné à l'idée qu'une femme qu'il était en train de battre eût la témérité de riposter. Profitant de son aveuglement, Jane lui empoigna la barbe à deux mains et tira. Il trébucha en avant, perdit l'équilibre et tomba. Il dévala la pente sur deux ou trois mètres et s'arrêta dans un petit buisson.

Jane se dit : Oh! mon Dieu, qu'est-ce que j'ai fait?

Regardant le prêtre pompeux et malveillant ainsi humilié, Jane sut qu'il ne lui pardonnerait jamais. Il risquait d'aller se plaindre aux « barbes blanches », les anciens du village. Il risquait d'aller trouver Massoud pour exiger qu'on renvoie chez eux les médecins étrangers. Il pourrait même essayer d'inciter les hommes de Banda à lapider Jane. Mais, presque en même temps que cette pensée lui traversait l'esprit, l'idée lui vint que, pour formuler la moindre plainte, il lui faudrait raconter son histoire dans tous ses détails peu glorieux et que les villageois après cela le ridiculiseraient à jamais : les Afghans étaient cruels. Peut-être allait-elle donc s'en tirer.

Elle se retourna. Elle avait plus important à faire. Mousa était planté là où elle l'avait laissé, silencieux et sans expression, trop choqué encore pour comprendre ce qui s'était passé. Jane respira profondément, le prit dans ses bras et poursuivit sa marche.

Au bout de quelques pas, elle atteignit la crête de la colline et put marcher plus vite maintenant que le terrain était plat. Elle traversa le plateau rocailleux. Elle était épuisée, son dos lui faisait mal mais elle y était presque : les grottes étaient juste sous la crête de la montagne. Arrivée au bout de la corniche, elle entendit les voix des enfants et commença à descendre. Quelques instants plus tard, elle aperçut un groupe d'enfants de six ans qui jouaient au Ciel et à l'Enfer, un jeu dans lequel il fallait se tenir les pieds pendant que deux autres enfants vous portaient au Ciel – si on réussissait à ne pas lâcher ses doigts de pieds – ou bien en Enfer, d'ordinaire un tas d'ordures ou une latrine, si on lâchait prise. Elle comprit que Mousa jamais plus ne jouerait à ce jeu et elle se sentit soudain accablée par le tragique de la situation. Les gamins là-dessus l'aperçurent et, comme elle passait auprès d'eux, ils s'arrêtèrent de jouer pour la dévisager. L'un d'eux murmura : « Mousa », un autre répéta le nom, puis tous se mirent à courir devant Jane en criant la nouvelle.

La cachette des villageois de Banda ressemblait au campement dans le désert d'une tribu de nomades. Le sol poussiéreux, l'étincelant soleil de midi, les restes des feux de camp, les femmes voilées, les enfants crasseux. Jane traversa le petit espace de terrain plat devant les grottes. Les femmes convergeaient déjà vers la plus grande d'entre elles, où Jane et Jean-Pierre avaient installé leur clinique. Jean-Pierre entendant le remue-ménage sortit. Soulagée, Jane lui tendit Mousa et dit en français : « C'était une mine. Il a perdu sa main. Donne-moi ta chemise. »

Jean-Pierre porta Mousa à l'intérieur et le déposa sur le tapis qui servait de table d'examen. Avant de soigner l'enfant, il ôta sa chemise kaki pour la donner à Jane. Elle la passa.

Elle se sentait un peu étourdie. Elle se dit qu'elle allait se reposer au fond de la grotte où il faisait frais mais, après avoir fait deux pas dans cette direction, elle changea d'avis et s'assit aussitôt. Jean-Pierre dit : « Passe-moi de l'ouate. » Elle ne l'entendit pas. Halima, la mère de Mousa, entra en courant dans la grotte et se mit à hurler en apercevant son fils. Il faudrait que je la calme, songea Jane, pour qu'elle puisse consoler son enfant ; pourquoi est-ce que je n'arrive pas à me lever ? Je crois que je vais fermer les yeux. Juste une minute.

À la nuit tombante, Jane savait que son bébé arrivait.

Lorsqu'elle revint à elle après s'être évanouie dans la grotte, elle souffrait de ce qu'elle crut être un mal de dos – dû songea-t-elle au fait d'avoir porté une charge. Jean-Pierre, d'accord avec son diagnostic, lui donna de l'aspirine et lui dit de s'allonger. Rabia, la sage-femme, arriva dans la grotte pour voir Mousa et lança à Jane un long regard, mais sur le moment Jane n'en comprit pas la signification. Jean-Pierre nettoya et pansa le moignon de Mousa, lui donna de la pénicilline et lui fit une piqûre antitétanique. L'enfant ne mourrait pas d'infection comme cela aurait presque certainement été le cas sans médicaments occidentaux ; tout de même Jane se demanda si sa vie vaudrait la peine d'être vécue : la survie ici n'était pas facile, même pour les mieux adaptés, les enfants infirmes mouraient en général jeunes.

En fin d'après-midi, Jean-Pierre se prépara à partir. Il devait donner une consultation le lendemain dans un village à plusieurs kilomètres de là, et – pour des raisons que Jane n'avait jamais très bien comprises – il ne manquait jamais ce genre de rendez-vous, même s'il savait qu'aucun Afghan n'aurait été surpris s'il avait eu un jour, voire une semaine, de retard.

Quand il dit adieu à Jane, elle se demanda si son mal de dos ne pourrait pas être le commencement de l'accouchement, provoqué très naturellement par ses épreuves de la journée, mais comme elle n'avait jamais eu de bébé, elle n'en était pas sûre et cela lui paraissait peu probable. Elle posa la question à Jean-Pierre. « Ne t'inquiète pas, dit-il d'un ton détaché, tu as encore six semaines à attendre. » Elle lui demanda s'il ne devrait peut-être pas rester, à tout hasard, mais il estima cela tout à fait inutile et elle commença à se sentir stupide ; elle le laissa donc partir, avec son matériel médical chargé sur un poney squelettique, pour parvenir à destination avant la nuit, de façon à pouvoir attaquer son travail dès le petit matin.

Lorsque le soleil commença à se coucher derrière la paroi ouest de la falaise et que la vallée s'emplit d'ombre, Jane descendit avec les femmes et les enfants jusqu'au village que gagnait l'obscurité. Les hommes rallièrent les champs pour ramasser les récoltes pendant que les bombardiers dormaient.

La maison dans laquelle vivaient Jane et Jean-Pierre appartenait en fait au boutiquier du village qui avait perdu l'espoir de gagner de l'argent pendant la guerre – il n'y avait presque rien à vendre – et qui avait décampé avec sa famille pour gagner le Pakistan. La pièce de devant, jadis la boutique, avait servi à Jean-Pierre de clinique jusqu'au moment où, l'intensité des bombardements de l'été avait chassé les villageois dans les grottes, pendant la journée. La maison avait deux pièces au fond : l'une devait servir aux hommes et à leurs invités, l'autre aux femmes et aux enfants. Jane et Jean-Pierre les utilisaient comme chambre à coucher et comme salle de séjour. Sur le côté de la maison se trouvait une cour entourée de murs de boue séchée qui abritait le feu pour la cuisine et un petit bassin pour laver le linge, la vaisselle et les enfants. Le boutiquier avait laissé quelques meubles en bois de sa fabrication et les villageois avaient prêté à Jane de magnifiques tapis pour les sols. Jane et Jean-Pierre dormaient sur un matelas comme les Afghans mais, au lieu de couverture, ils avaient un sac de couchage en duvet. Comme les Afghans, ils roulaient le matelas pendant la journée, ou bien l'étalaient sur le toit plat pour l'aérer, quand il faisait beau. En été, tout le monde dormait sur les toits.

La marche de la grotte jusqu'à la maison eut sur Jane un effet particulier. Son mal de dos empira ; lorsqu'elle arriva chez elle, elle était prête à s'effondrer de douleur et d'épuisement. Elle avait une terrible envie de faire pipi, mais elle était trop fatiguée pour sortir jusqu'aux latrines, aussi utilisat-elle le pot d'urgence derrière le paravent de la chambre. Ce fut alors qu'elle remarqua à l'entrejambe de son pantalon de coton une petite tache de sang.

N'ayant pas l'énergie de grimper sur l'échelle extérieure jusqu'au toit pour reprendre le matelas, elle s'allongea sur un tapis dans la chambre. Le « mal de dos » arrivait par vagues. À la vague suivante, elle posa les mains sur son ventre et sentit la masse remuer, poussant en avant quand la douleur s'intensifiait, puis s'aplatissant lorsqu'elle se calmait. Elle n'avait plus de doute maintenant ; c'étaient des contractions.

Elle avait peur. Elle se rappelait avoir discuté avec sa sœur Pauline de l'accouchement. Après le premier bébé de Pauline, Jane était allée lui rendre visite et lui apporter une bouteille de champagne et un peu de marijuana. Une fois toutes deux bien détendues, Jane lui avait demandé ce que c'était vraiment que d'accoucher, Pauline avait répondu : «C'est comme chier un melon.» Elles en avaient ri pendant ce qui leur avait paru des heures.

Mais Pauline avait mis au monde son enfant à l'hôpital de University College au cœur de Londres, et non pas dans une masure en brique de boue séchée dans la Vallée des Lions.

Jane se dit : Mais qu'est-ce que je vais faire ?

Il ne faut pas que je m'affole. Il faut que je me lave à l'eau tiède et au savon ; que je trouve des ciseaux qui coupent bien et que je les plonge un quart d'heure dans de l'eau bouillante ; que je prenne des draps propres pour m'allonger ; que j'aie du liquide pour boire à petites gorgées, que je me détende. Mais avant qu'elle ait pu rien faire de tout cela, une autre contraction la secoua, celle-là vraiment douloureuse. Elle ferma les yeux et essaya de respirer lentement, profondément, sur un rythme régulier, comme Jean-Pierre le lui avait expliqué, mais c'était difficile de se maîtriser ainsi quand elle n'avait envie que de crier de peur et de souffrance.

Le spasme la laissa épuisée. Elle resta immobile, à retrouver ses forces. Elle se rendit compte qu'elle ne pouvait rien faire de tout ce qu'elle avait prévu : elle ne pouvait pas se débrouiller toute seule. Dès qu'elle se sentirait assez forte, elle allait se lever pour gagner la maison la plus proche et demander aux femmes d'aller chercher la sage-femme.

La contraction suivante arriva plus tôt qu'elle ne s'y attendait, après ce qui lui parut une minute ou deux. Comme la tension atteignait son maximum, Jane s'écria tout haut : «Pourquoi est-ce qu'on ne vous dit pas à quel point ça fait mal?»

Sitôt que la douleur commença à diminuer, elle se força à se mettre debout. La terreur d'accoucher toute seule lui donnait des forces. Elle se traîna de la chambre jusque dans la pièce de séjour. À chaque pas, elle se sentait un peu plus forte. Elle arriva jusque dans la cour puis, brusquement, elle sentit déferler entre ses cuisses un flux tiède et son pantalon se trouva immédiatement trempé : elle venait de perdre les eaux.

«Oh! non», gémit-elle. Elle s'appuya au chambranle de

la porte. Elle n'était pas sûre de pouvoir parcourir ne fût-ce que quelques mètres. Elle se sentit humiliée. «Il le faut», dit-elle; mais une nouvelle contraction se produisit et elle s'effondra sur le sol en pensant : «Il va falloir que je fasse ça toute seule.»

Lorsqu'elle rouvrit les yeux, il y avait un visage d'homme tout près du sien. On aurait dit un cheikh arabe; il avait la peau brune, les yeux noirs, une moustache noire et des traits aristocratiques : des pommettes hautes, un nez romain, des dents blanches, une longue mâchoire. C'était Mohammed Khan, le père de Mousa.

«Dieu soit loué, murmura Jane.

— Je suis venu vous remercier d'avoir sauvé la vie de mon fils, dit Mohammed en dari. Vous êtes malade?

— Je suis en train d'accoucher.

— Maintenant? dit-il, stupéfait.

— Bientôt. Aidez-moi à rentrer dans la maison.»

Il hésita – l'accouchement, comme tout ce qui était uniquement féminin, était considéré comme impur – mais il faut lui rendre cette justice que son hésitation ne fut que momentanée. Il l'aida à se remettre debout, la soutint tandis qu'elle traversait la pièce de séjour et gagnait la chambre. De nouveau, elle s'allongea sur le tapis. «Allez chercher de l'aide», lui dit-elle.

Il fronça les sourcils, ne sachant trop que faire, l'air soudain très puéril. «Où est Jean-Pierre?

— Il est allé à Khawak. J'ai besoin de Rabia.

— Bien, fit-il. Je vais envoyer ma femme.

— Avant de partir…

— Oui?

— Je vous en prie, donnez-moi de l'eau.»

Il parut choqué. On n'avait jamais vu un homme servir une femme, même pour lui apporter un verre d'eau.

Jane ajouta : «La cruche là-bas.» Elle avait toujours une cruche d'eau bouillie et filtrée pour boire : c'était sa seule façon d'éviter les nombreux parasites intestinaux dont presque tous les indigènes souffraient toute leur vie.

Mohammed décida de braver les conventions. «Bien

sûr», dit-il. Il passa dans la pièce voisine et revint quelques instants plus tard avec un verre d'eau. Jane le remercia et but avidement une gorgée.

«Je vais envoyer Halima chercher la sage-femme», dit-il. «Merci, dit Jane. Dites-lui de faire vite.»

Mohammed partit. Jane avait de la chance d'être tombée sur lui et non pas sur un des autres hommes. Les autres auraient refusé de toucher une femme malade, mais Mohammed était différent. C'était un des chefs les plus importants de la guérilla et, en fait, le représentant local du chef rebelle, Massoud. Mohammed n'avait que vingt-quatre ans, mais dans ce pays ce n'était pas trop jeune pour être un chef de guérilla ni pour avoir un fils de neuf ans. Il avait fait ses études à Kaboul, il parlait un peu français, il savait que les coutumes de la Vallée n'étaient pas les seules formes de comportement poli au monde. Sa principale responsabilité était d'organiser les convois qui se rendaient au Pakistan et qui en revenaient avec leur chargement vital d'armes, de munitions pour les rebelles. C'était un de ces convois qui avait amené Jane et Jean-Pierre dans la Vallée.

En attendant la contraction suivante, Jane se rappela cet horrible voyage. Elle se croyait alors quelqu'un de sain, d'actif, de robuste, capable sans mal de marcher toute une journée ; mais elle n'avait pas prévu la pénurie de nourriture, les pentes abruptes, les sentiers pierreux, la diarrhée qui l'affaiblissait. Une partie du voyage était faite de nuit, par crainte des hélicoptères soviétiques. Ils avaient dû aussi parfois éviter le contact avec des villageois hostiles : craignant que le convoi n'attire une attaque ennemie, les gens du pays refusaient de vendre aux guérilleros de quoi manger, se cachaient derrière leurs portes barricadées ou bien indiquaient aux guides une prairie ou un verger à quelques kilomètres de là, un endroit parfait pour dresser le camp, mais qui se révélait ne pas exister.

En raison des attaques russes, Mohammed ne cessait de changer d'itinéraire. Jean-Pierre s'était procuré à Paris des cartes américaines de l'Afghanistan – elles étaient mieux que tout ce qu'avaient les rebelles –, aussi Mohammed venait-il souvent chez eux pour les consulter avant de lancer un nouveau convoi.

Mohammed en fait venait plus souvent que ce n'était vraiment nécessaire. Il s'adressait aussi à Jane plus que ne le faisaient d'ordinaire les Afghans, il échangeait un peu trop souvent des regards avec elle et jetait trop de coups d'œil furtifs à son corps. Elle pensait qu'il était amoureux d'elle, ou du moins qu'il l'avait été jusqu'au moment où sa grossesse était devenue visible.

À son tour, elle avait été attirée vers lui au moment où elle était malheureuse avec Jean-Pierre. Mohammed était mince, brun, robuste, solidement bâti et, pour la première fois de sa vie, Jane avait été séduite par un chauviniste mâle à tous crins.

Elle aurait pu avoir une aventure avec lui. C'était un musulman pratiquant, comme tous les guérilleros, mais elle ne pensait pas que cela l'aurait arrêté. Elle croyait à la formule de son père : «La conviction religieuse peut étouffer un désir timide, mais rien ne peut arrêter une vraie convoitise.» Cette phrase avait toujours exaspéré sa mère. C'était vrai qu'il y avait autant qu'ailleurs d'adultères dans cette communauté paysanne et puritaine, comme Jane l'avait compris en écoutant les commérages des femmes au bord de la rivière, quand elles allaient chercher de l'eau ou se baigner. Jane savait aussi comment on s'y prenait. Mohammed lui avait dit : «Au crépuscule on peut voir des poissons sauter sous la cascade après le dernier moulin, avait-il expliqué un jour. Je vais là certains soirs pour en pêcher.» À la tombée de la nuit, les femmes étaient toutes occupées à faire la cuisine et les hommes étaient assis dans la cour de la mosquée, à discuter et à fumer : on n'aurait pas découvert des amoureux si loin du village et personne n'aurait remarqué l'absence de Jane ni de Mohammed.

L'idée de faire l'amour auprès d'une cascade avec ce beau nomade primitif avait tenté Jane; mais là-dessus elle avait été enceinte et Jean-Pierre lui avait avoué combien il avait peur de la perdre, alors elle avait décidé de consacrer toute son énergie à ce que, envers et contre tout, son mariage marche ; elle n'était donc jamais allée près de la cascade et, lorsque sa grossesse avait commencé à se voir, Mohammed avait cessé de regarder son corps.

Peut-être était-ce cette intimité latente qui avait enhardi Mohammed à entrer pour venir l'aider, alors que d'autres hommes auraient refusé et n'auraient peut-être même pas voulu franchir sa porte. Peut-être était-ce à cause de Mousa : Mohammed n'avait qu'un fils – et trois filles – sans doute se trouvait-il maintenant le débiteur de Jane. Aujourd'hui, songea-t-elle, je me suis fait un ami et un ennemi : Mohammed et Abdullah.

La douleur recommença, alors elle se rendit compte qu'elle avait profité d'un répit plus long que d'ordinaire. Les contractions devenaient-elles irrégulières ? Pourquoi ? Jean-Pierre ne lui avait rien dit là-dessus. Mais il avait oublié presque toute la gynécologie qu'il avait étudiée trois ou quatre ans plus tôt.

Cette contraction-là était la pire qu'elle eût supportée et la laissa frissonnante et nauséeuse. Que faisait donc la sage-femme ? Mohammed avait sûrement envoyé sa femme la chercher : il n'était pas homme à oublier ni à changer d'avis. Obéirait-elle à son mari ? Bien sûr que oui : les femmes afghanes étaient dociles. Peut-être marchait-elle d'un pas lent, potinant en chemin, s'arrêtant même dans une maison pour boire du thé. Si l'adultère existait dans la Vallée des Lions, il en allait de même de la jalousie, et Halima avait sûrement remarqué les sentiments de son mari pour Jane : les femmes s'apercevaient toujours de ces choses-là. Peut-être maintenant était-elle furieuse qu'on lui demandât de se précipiter au secours de sa rivale, l'étrangère exotique à la peau blanche qui fascinait à tel point son mari. Jane soudain se sentit furieuse contre Mohammed et contre Halima aussi. Je n'ai rien fait de mal, se dit-elle. Pourquoi m'ont-ils tous abandonnée ? Pourquoi mon mari n'est-il pas ici ?

Lorsqu'une autre contraction arriva, elle éclata en sanglots : c'en était trop. « Je ne peux pas tenir », dit-elle tout haut. Elle était secouée de frissons. Elle aurait voulu mourir avant que la douleur empirât. « Maman, au secours, maman », sanglota-t-elle.

Soudain, un bras robuste entoura ses épaules et une voix de femme lui murmura à l'oreille, en dari, des paroles incompréhensibles mais apaisantes. Sans ouvrir les yeux, Jane se cramponna à cette femme, pleurant et sanglotant tandis que les contractions devenaient plus intenses ; jusqu'à ce qu'enfin la douleur parût se dissiper, trop lentement, mais en lui laissant un sentiment de finalité comme si peut-être c'était la dernière, ou du moins la dernière à lui faire aussi mal.

Levant la tête, elle aperçut les yeux bruns, sereins et les pommettes en coquille de noix de la vieille Rabia, la sage-femme.

« Dieu soit avec toi, Jane. Debout. »

Jane se sentit soulagée, comme si on l'avait délivrée d'un fardeau qui l'écrasait. « Et avec toi, Rabia Gul », murmura-t-elle, éperdue de reconnaissance.

« Les douleurs viennent vite ?

– Toutes les deux minutes environ. »

Une autre voix de femme dit : « Le bébé arrive en avance. » Jane tourna la tête et aperçut Zahara Gul, la belle-fille de Rabia, une fille plantureuse de l'âge de Jane, avec de longs cheveux presque noirs et une grande bouche rieuse. De toutes les femmes du village, Zahara était celle dont Jane se sentait la plus proche. « Je suis heureuse que tu sois ici, dit-elle.

– C'est d'avoir porté Mousa sur la colline, dit Rabia, qui a provoqué l'accouchement.

– C'est suffisant ? demanda Jane.

– Largement. »

Elles ne savent donc pas que je me suis battue avec Abdullah, songea Jane. Il a décidé de garder ça pour lui.

Rabia reprit : « Veux-tu que je prépare tout pour le bébé ?

– Oui, je t'en prie. »

Dieu sait quel genre de gynécologie primitive m'attend, songea Jane ; mais je ne peux pas faire ça toute seule, je ne peux tout simplement pas.

« Veux-tu que Zahara te prépare du thé ? proposa Rabia.

– Oui, volontiers. »

Les deux femmes s'affairèrent. Leur seule présence rassurait Jane. Elle trouvait gentil que Rabia lui eût demandé la permission de l'aider : un médecin occidental serait arrivé là et aurait pris les choses en main comme si la maison lui appartenait. Rabia se lava les mains selon le rite, en demandant aux Prophètes de lui donner un visage rouge – ce qui signifiait réussir – puis elle se les relava, soigneusement, avec du savon et beaucoup d'eau. Zahara apporta un pot de rue sauvage et Rabia l'alluma. Jane se rappelait que les esprits mauvais, paraît-il, étaient effrayés par l'odeur de la rue qui brûlait. Elle se consola en pensant que l'âcre fumée servirait au moins à chasser les mouches.

Rabia était un peu plus qu'une sage-femme. Mettre au monde des bébés était sa principale vocation, mais elle connaissait aussi des potions d'herbes magiques pour accroître la fertilité des femmes qui avaient du mal à être enceintes. Elle connaissait des méthodes pour empêcher la conception et aussi pour provoquer l'avortement, mais il y avait beaucoup moins de demandes pour ces traitements-là : les femmes afghanes en général voulaient des tas d'enfants. C'était Rabia aussi que l'on consultait pour toutes les maladies « féminines ». Et c'était à elle en général qu'on demandait de laver les morts – une tâche que, comme l'accouchement, on considérait comme impure.

Jane la regarda circuler dans la pièce. C'était sans doute la femme la plus âgée du village, puisqu'elle avait une soixantaine d'années. Elle était petite – guère plus d'un mètre cinquante – très menue, comme la plupart des gens d'ici. Son visage brun, ridé, était encadré de cheveux blancs. Elle évoluait sans bruit, ses vieilles mains osseuses effectuant des gestes précis et efficaces.

Les relations de Jane avec elle avaient commencé sous le signe de la méfiance et de l'hostilité. Quand Jane avait demandé à qui Rabia faisait appel dans les cas d'accouchement difficile, cette dernière avait répliqué : « Que le diable soit sourd, je n'ai jamais connu de naissances difficiles et n'ai jamais perdu une mère ni un enfant. » Plus tard, lorsque les femmes du village venaient trouver Jane avec de petits problèmes de règles ou de grossesses sans histoires, Jane les envoyait à Rabia, au lieu de leur prescrire des placebos ; cela avait marqué le début d'une fructueuse collaboration. Rabia avait consulté Jane à propos d'une jeune accouchée qui souffrait d'une infection vaginale. Jane avait donné à Rabia une réserve de pénicilline et lui avait expliqué comment l'administrer. Le prestige de Rabia était monté en flèche lorsqu'elle s'était vu confier un médicament occidental ; Jane avait pu lui dire, sans la vexer, que c'était elle-même qui, sans doute, avait provoqué l'infection en pratiquant une lubrification manuelle des parois de l'utérus pendant l'accouchement.

Après cela, Rabia prit l'habitude de se rendre à la clinique une ou deux fois par semaine pour bavarder avec Jane et la regarder travailler. Jane en profitait pour lui expliquer, comme en passant, pourquoi, par exemple, elle se lavait les mains si souvent, pourquoi elle plongeait tous ses instruments dans l'eau bouillante après les avoir utilisés, pourquoi elle faisait beaucoup boire les bébés atteints de diarrhée.

Rabia, à son tour, avait confié à Jane certains de ses secrets. Jane avait été intéressée d'apprendre la composition de certaines potions qu'elle préparait, et compris comment certaines agissaient : des médicaments pour provoquer la grossesse contenaient de la cervelle de lapin ou de la vésicule biliaire de chat susceptibles de fournir les hormones qui manquaient au métabolisme de la patiente ; de même la menthe et l'herbe aux chats introduites dans de nombreuses préparations aidaient sans doute à soigner les infections et empêchaient la conception. Rabia avait aussi un remède que les épouses donnaient à leurs maris impuissants : Jane comprenait fort bien comment cela agissait, il contenait de l'opium.

La méfiance avait cédé la place à un respect mutuel et réservé : Jane toutefois n'avait pas consulté la sage-femme pour sa propre grossesse. C'était une chose d'admettre que le mélange de folklore et de sorcellerie que pratiquait Rabia pouvait convenir aux femmes afghanes, mais c'en était une autre que de s'y soumettre. D'ailleurs, Jane avait compté sur Jean-Pierre pour mettre au monde son bébé. Aussi, quand Rabia l'avait interrogée sur la position du bébé et avait prescrit un régime végétarien pour une fille, Jane lui avait bien fait comprendre que cette grossesse-là allait se passer à l'occidentale. Elle avait paru vexée, mais avait accepté la décision avec dignité. Voilà maintenant que Jean-Pierre était à Khawak et que Rabia se trouvait ici; Jane était donc trop heureuse d'avoir l'assistance d'une vieille femme qui avait mis au monde des centaines de bébés, et qui avait, pour sa part, donné naissance à neuf enfants.

Cela faisait un moment qu'elle n'avait plus de douleurs, mais depuis quelques minutes, et tandis qu'elle regardait Rabia évoluer sans bruit dans la pièce, Jane éprouvait des sensations nouvelles dans l'abdomen : l'impression très nette que quelque chose appuyait, accompagné d'une envie grandissante de pousser. Cette envie devint bientôt irrésistible et tout en poussant, elle se mit à gémir, non pas parce que cela lui faisait mal, mais tout simplement à cause de l'effort.

Elle entendit la voix de Rabia, comme si elle venait de loin, qui disait : «Ça commence. C'est bien.»

Au bout d'un moment, son envie passa. Zahara lui apporta une tasse de thé vert. Jane se redressa, en but une gorgée avec reconnaissance. C'était chaud et très sucré. Zahara a le même âge que moi, songea Jane, elle a déjà eu quatre enfants, sans compter les fausses couches ni les bébés mort-nés. Mais elle était une de ces femmes qui semblaient pleines de vitalité, comme une jeune tigresse rayonnante de santé. Les premiers jours elle avait accueilli Jane avec une franche curiosité, alors que la plupart des femmes étaient méfiantes, hostiles ; Jane avait découvert que Zahara était agacée par les coutumes et les traditions stupides de la Vallée, qu'elle avait hâte d'apprendre ce qu'elle pouvait de l'étrangère sur l'hygiène, les soins à donner aux enfants et la nutrition. Ainsi Zahara était-elle devenue non seulement l'amie de Jane mais le fer de lance de son programme d'hygiène.

Aujourd'hui, Jane découvrait les méthodes afghanes. Elle regarda Rabia déployer sur le sol une feuille de plastique (qu'utilisait-elle donc à l'époque où l'on n'avait pas encore inventé le plastique ?) qu'elle recouvrit ensuite d'une couche de terre sablonneuse que Zahara apporta dans un seau. Rabia avait disposé différentes choses sur une table basse et Jane eut la satisfaction d'apercevoir des tampons de coton propre et une lame de rasoir neuve encore dans son emballage.

L'envie de pousser revint et Jane ferma les yeux pour se concentrer. Ce n'était pas à proprement parler douloureux. Elle avait plutôt l'impression d'être incroyablement constipée. Elle constata que cela l'aidait de geindre en donnant son effort ; elle aurait voulu expliquer à Rabia que ce n'était pas un gémissement de souffrance ; mais elle était trop occupée à pousser pour parler.

À la pause suivante, Rabia s'agenouilla, dénoua le cordon du pantalon de Jane, puis l'en débarrassa. « Veux-tu faire pipi avant que je te lave ? demanda-t-elle.

– Oui. » Elle aida Jane à se lever, à passer derrière le paravent, puis elle lui soutint les épaules pendant que celle-ci s'asseyait sur le pot.

Zahara apporta une cuvette d'eau chaude puis repartit avec le pot. Rabia lava le ventre, les cuisses et le sexe de Jane, prenant pour la première fois un air plutôt guilleret. Et puis Jane retourna s'allonger. Rabia se lava les mains et les sécha. Elle montra à Jane une petite boîte de poudre bleue – du sulfate de cuivre, pensa Jane – et dit : « Cette couleur effraie les mauvais esprits.

– Que veux-tu faire ?

– En mettre un peu sur ton front.

– Très bien », dit Jane, puis elle ajouta : « Merci. »

Rabia étala un peu de la poudre sur le front de Jane. Peu m'importe la sorcellerie quand elle est inoffensive, songea Jane, mais que fera-t-elle si un vrai problème médical se pose ? Et combien exactement ce bébé a-t-il de semaines d'avance ?

Elle s'inquiétait encore lorsque la contraction suivante commença, si bien qu'elle ne se concentrait pas sur l'idée de suivre la pression qui montait et, en conséquence, ce fut très douloureux. Il ne faut pas que je fasse ça, se dit-elle, il faut que je me détende.

Après cela elle se sentit épuisée, un peu endormie. Elle ferma les yeux. Elle sentit Rabia lui déboutonner sa chemise : celle qu'elle avait empruntée à Jean-Pierre dans l'après-midi. Rabia entreprit de masser le ventre de Jane avec une sorte de lubrifiant, sans doute du beurre. Elle enfonça les doigts. Jane ouvrit les yeux et dit : « N'essaie pas de bouger le bébé. »

Rabia acquiesça mais continua son exploration, une main sur le haut du ventre de Jane et l'autre tout en bas. « La tête est en bas, annonça-t-elle enfin. Tout va bien. Mais le bébé va venir très bientôt. Il faudrait que tu te relèves maintenant. »

Zahara et Rabia aidèrent Jane à se mettre debout et à faire deux pas en avant jusqu'à la feuille de plastique recouverte de sable. Rabia se posta derrière elle et dit : « Appuie-toi sur mes pieds. »

Jane obéit, bien qu'elle ne comprît pas la logique de l'opération. Rabia la fit se mettre à croupetons et s'installa derrière elle dans la même position : c'était donc ainsi qu'on accouchait en Afghanistan. « Appuie-toi sur moi, dit Rabia. Je peux te tenir. » Jane laissa son poids reposer sur les cuisses de la vieille femme. Elle se trouva dans une position étonnamment confortable et rassurante.

Jane sentit ses muscles qui commençaient à se crisper de nouveau. Elle grinça des dents, se pencha en avant en gémissant. Zahara s'accroupit devant elle. Pendant un moment, Jane n'eut plus rien d'autre à l'esprit que cette sensation de pression. Puis elle finit par se calmer, retomba en arrière, épuisée, à demi endormie, laissant tout son corps reposer sur Rabia.

Quand cela recommença, elle éprouva une douleur nouvelle, une sensation de brûlure à l'aine. Zahara dit soudain : « Il arrive.

— Ne pousse plus, dit Rabia. Laisse le bébé sortir tout seul. »

La pression diminua. Rabia et Zahara changèrent de place. Rabia s'accroupit entre les jambes de Jane en observant avec attention ce qui se passait.

La pression reprit. Jane grinça des dents. Rabia lui dit :

« Ne pousse pas, sois calme. » Jane essaya de se détendre. Rabia la regarda, tendit les mains pour lui toucher le visage en disant : « Ne mords pas. Ouvre la bouche. » Jane desserra sa mâchoire et s'aperçut que cela l'aidait à se détendre.

La sensation de brûlure revint, plus forte que jamais. Jane comprit que le bébé était presque né : elle sentait sa tête qui poussait, élargissant incroyablement l'ouverture. Elle poussa un cri de douleur – et soudain la souffrance se calma ; pendant un moment elle ne sentit plus rien. Elle baissa les yeux. Rabia s'affairait entre ses cuisses, en lançant le nom du Prophète. À travers une brume de larmes, Jane aperçut quelque chose de rond et de brun entre les mains de la sage-femme.

« Ne tire pas, dit Jane. Ne tire pas la tête.

– Non », dit Rabia.

Jane sentit la pression revenir. Rabia lui dit alors : « Une petite poussée pour l'épaule. » Jane ferma les yeux et poussa doucement.

Quelques instants plus tard, Rabia reprit : « Maintenant l'autre épaule. » Jane poussa encore, puis la tension brusquement s'apaisa et elle sut que le bébé était né. Baissant la tête, elle aperçut la forme menue blottie sur le bras de Rabia. Elle avait la peau humide et fripée, la tête couverte de cheveux bruns tout mouillés. Le cordon ombilical paraissait bizarre, on aurait dit une grosse corde bleue qui palpitait comme une veine.

« Il est bien ? » demanda Jane.

Rabia ne répondit pas. Elle fronça les lèvres et souffla sur le visage immobile et crispé du bébé.

Oh ! mon Dieu, il est mort, se dit Jane.

« Il va bien ? » répéta-t-elle.

Rabia souffla de nouveau et le bébé ouvrit sa petite bouche et poussa un cri.

« Oh ! Dieu soit loué, dit Jane. Il vit. »

Rabia prit un tampon de coton propre sur la table basse et essuya le visage du bébé.

«Il est normal?» demanda Jane.

Rabia parla à l'enfant.

Elle regarda Jane dans les yeux, sourit et dit : «Oui, elle est normale.» Elle est normale, songea Jane. Elle. J'ai fait une petite fille. Une fille.

Tout d'un coup, elle se sentit complètement épuisée, elle était incapable de rester debout un instant de plus. «Il faut que je m'allonge», dit-elle.

Zahara l'aida à revenir jusqu'au matelas et disposa des coussins derrière elle pour qu'elle pût s'asseoir, pendant que Rabia tenait le bébé, toujours attaché à Jane par le cordon. Quand Jane fut installée, Rabia commença à le sécher en l'essuyant avec des tampons de coton.

Jane vit le cordon cesser de palpiter, se recroqueviller et devenir blanc. «Il faut couper le cordon, dit-elle à Rabia.

– Nous attendons toujours le délivre, expliqua Rabia.

– Fais-le maintenant, je t'en prie.»

Rabia semblait hésitante, mais elle obéit. Elle prit un bout de fil blanc sur la table et le noua autour du cordon à quelques centimètres du nombril du bébé. Ce devrait être plus près, se dit Jane, mais tant pis.

Rabia prit la lame de rasoir neuve dans son emballage.

«Au nom d'Allah, dit-elle en coupant le cordon.

– Donne-la-moi», dit Jane.

Rabia lui tendit le bébé en disant : «Ne la laisse pas téter.»

Jane savait que Rabia avait tort sur ce point. «Ça aide à faire venir le délivre», dit-elle. Rabia haussa les épaules. Jane posa le visage du bébé contre son sein. Elle avait les boutons grossis, délicieusement sensibles, comme quand Jean-Pierre les embrassait. Lorsque son bouton de sein toucha la joue du bébé, l'enfant par réflexe tourna la tête et ouvrit sa petite bouche. Sitôt le bouton entré, elle se mit à téter. Jane fut très étonnée de constater qu'elle trouvait cela excitant. Un moment, elle en fut choquée et gênée, puis elle se dit : «Et puis après!»

Elle sentit d'autres mouvements se produire dans son abdomen. Elle obéit à une nouvelle envie de pousser et puis sentit le placenta expulsé. Rabia l'enveloppa soigneusement dans un chiffon.

Le bébé ne tétait plus et semblait s'être endormi.

Zahara tendit à Jane une tasse pleine d'eau. Elle la vida d'un trait. C'était merveilleux. Elle en redemanda.

Elle se sentait endolorie, épuisée et merveilleusement heureuse. Elle regarda la petite fille qui dormait paisiblement sur son sein. Elle se sentait prête à dormir aussi.

Rabia lui dit : « Il faut envelopper la petite. »

Jane souleva le bébé – elle était légère comme une poupée – et la tendit à la vieille femme. « Chantal », dit-elle, lorsque Rabia la prit. « Elle s'appelle Chantal. » Et puis elle ferma les yeux.

5

Ellis Thaler prit la navette d'Eastern Airlines de Washington à New York. À l'aéroport de La Guardia, il prit un taxi jusqu'au Plaza Hotel à New York. Le taxi le déposa à l'entrée qui donnait sur la Cinquième Avenue. Ellis entra dans le bâtiment. Dans le hall, il tourna à gauche et se dirigea vers les ascenseurs du côté de la 58e Rue. Un homme en complet croisé et une femme portant un sac de chez Saks entrèrent dans la cabine avec lui. L'homme sortit au septième étage. Ellis descendit au huitième, la femme continua. Ellis suivit tout seul le long couloir jusqu'au moment où il arriva devant la batterie d'ascenseurs côté 59e Rue. Il descendit au rez-de-chaussée et quitta l'hôtel par l'entrée de la 59e Rue.

Assuré maintenant que personne ne le suivait, il héla un taxi sur Central Park South, se fit conduire à Penn Station et là prit le train pour Douglaston, à Queens.

Des vers de la *Berceuse* d'Auden sonnaient dans sa tête pendant le trajet :

*Le temps et les fièvres consument
la beauté personnelle
des enfants songeurs, et la tombe
montre que l'enfance est éphémère.*

Cela faisait déjà plus d'un an qu'il avait joué au jeune poète américain à Paris, mais il n'avait pas perdu le goût des vers.

Il continua à vérifier qu'il n'était pas suivi, car c'était là un rendez-vous dont ses ennemis ne devraient jamais rien savoir. Il descendit à Flushing et attendit sur le quai le train suivant. Il était le seul à attendre.

En raison de tout ce luxe de précautions, il était cinq heures lorsque Ellis arriva à Douglaston. De la gare, il marcha d'un pas vif pendant une demi-heure, repassant dans sa tête la façon dont il allait faire son entrée, les mots qu'il trouverait, les diverses réactions auxquelles il pourrait s'attendre.

Il arriva dans une rue où l'on voyait le chenal de Long Island, s'arrêta devant une maison proprette avec des piliers en imitation Tudor et des fenêtres à vitraux. Une voiture japonaise était garée dans l'allée. Comme il approchait, une fillette blonde d'environ treize ans ouvrit la porte.

« Bonjour, Petal, fit Ellis.

– Salut, papa », répondit-elle.

Il se pencha pour l'embrasser, éprouvant comme toujours un sentiment d'orgueil et, en même temps, une pointe de remords.

Il la toisa de la tête aux pieds. Sous son tee-shirt, elle portait un soutien-gorge. Il aurait juré que c'était nouveau. Elle devient une femme, songea-t-il.

« Tu veux entrer un moment ? proposa-t-elle poliment.

– Bien sûr. »

Il la suivit dans la maison. De dos, elle faisait encore plus femme. Cela lui rappela sa première petite amie. Il avait quinze ans, elle n'était guère plus âgée que Petal. Non… attends un peu, songea-t-il ; elle était plus jeune, elle avait douze ans.

Et je glissais ma main sous son chandail. Dieu protège ma fille des garçons de quinze ans.

Ils pénétrèrent dans une petite salle de séjour coquette.

« Assieds-toi, je t'en prie », dit Petal.

Ellis s'assit.

« Est-ce que je peux t'offrir quelque chose ? demanda-t-elle.

– Détends-toi, lui dit Ellis, tu n'as pas besoin d'être aussi polie. Je suis ton papa. »

Elle parut surprise et hésitante, comme si on lui avait reproché quelque chose dont elle ne savait pas que c'était mal. Au bout d'un moment, elle dit : « Il faut que je me brosse les cheveux. Ensuite nous pourrons sortir. Excuse-moi.

– Je t'en prie », fit Ellis. Elle sortit. Il trouvait sa courtoisie pénible. C'était le signe que pour elle il était encore un étranger. Il n'avait pas encore réussi à devenir un membre normal de sa famille.

Il l'avait vue au moins une fois par mois depuis un an, depuis son retour de Paris. Parfois, ils passaient toute une journée ensemble, mais le plus souvent il l'emmenait simplement dîner, comme il allait le faire aujourd'hui. Pour passer cette heure avec elle, il avait dû faire un voyage de cinq heures, en prenant un maximum de précautions, mais bien sûr, elle ne le savait pas. Son objectif était modeste ; sans drame ni tintouin, il voulait prendre une place toute petite, mais permanente, dans la vie de sa fille.

Cela l'avait obligé à changer de genre d'activité. Il avait renoncé à travailler sur le terrain. Ses supérieurs en avaient été extrêmement déçus. (Il y avait trop peu de bons spécialistes de l'action clandestine et des centaines de mauvais.) Lui aussi l'avait regretté, estimant que c'était son devoir d'employer son talent. Mais il ne pouvait gagner l'affection de sa fille s'il devait disparaître tous les quelques mois dans quelque endroit perdu, sans pouvoir lui dire où il allait ni pourquoi, ni même pour combien de temps. Et il ne pouvait pas non plus risquer de se faire tuer juste au moment où elle apprenait à l'aimer.

Ce qui lui manquait, bien sûr, c'était l'excitation, le danger, le frisson de la poursuite, l'impression de faire un travail important que personne d'autre ne pouvait faire tout à fait aussi bien. Mais trop longtemps ses seuls liens affectifs n'avaient été que passagers et, après avoir perdu Jane, il éprouvait le besoin d'avoir au moins une personne dont l'amour était constant.

Jill entra dans la pièce pendant qu'il attendait. Ellis se leva. Son ex-femme était calme et distante dans une robe d'été blanche. Il posa un baiser sur la joue qu'elle lui tendait. « Comment vas-tu ? demanda-t-elle.

– Toujours pareil. Et toi ?

– Je suis incroyablement occupée. » Elle commença à lui raconter en détail combien elle avait à faire et, comme toujours, Ellis très vite cessa d'écouter. Il l'aimait bien, mais elle l'ennuyait à mourir. C'était drôle de penser que jadis il avait été son mari. Elle était la plus jolie fille du département d'anglais, lui l'étudiant le plus astucieux, on était en 1967, où tout le monde sniffait un peu, où n'importe quoi pouvait arriver, surtout en Californie. Elle s'était mariée en blanc, à la fin de leur première année d'études et quelqu'un avait joué la marche nuptiale sur une cithare. Puis Ellis avait raté ses examens, s'était fait expulser du collège et avait donc été appelé dans l'armée ; au lieu de partir pour le Canada ou pour la Suède, il se rendit au bureau de recrutement comme un agneau qui va au massacre, à la stupéfaction de tout le monde, sauf de Jill, qui savait alors que le mariage n'allait pas durer et attendait simplement de voir comment Ellis allait se tirer de là.

Il était à l'hôpital de Saigon, avec une blessure au mollet – ce qui est classique pour un pilote d'hélicoptère, parce que son siège est blindé, mais pas le plancher – lorsque le divorce fut prononcé. Quelqu'un déposa une copie de l'acte sur son lit pendant qu'il était aux toilettes, il la trouva en revenant avec une nouvelle Feuille de Chêne, sa vingt-cinquième : on avait la médaille facile en ce temps-là. « *Je viens de divorcer* », avait-il dit, et le soldat installé dans le lit voisin avait répondu : « *Sans blague. Tu veux pas taper le carton ?* »

Elle ne lui avait pas parlé du bébé. Il l'apprit quelques années plus tard, quand, devenu espion, il avait retrouvé la trace de Jill, à titre d'exercice, et découvert qu'elle avait un enfant au prénom très fin des années 60, de Petal, et un mari du nom de Bernard qui consultait un spécialiste de la fertilité masculine. Ne pas lui parler de Petal était la seule chose vraiment moche qu'elle lui eût jamais faite, songea-t-il, bien qu'elle continuât à prétendre que ç'avait été pour son bien.

Il avait insisté pour voir Petal de temps en temps, et il l'avait empêchée de continuer à appeler Bernard «papa». Mais il n'avait pas cherché à faire partie de leur vie familiale, pas jusqu'à l'an dernier.

«Tu veux prendre ma voiture? proposa Jill.

– Si ça ne te gêne pas.

– Pas du tout.

– Merci.»

C'était gênant d'avoir à emprunter la voiture de Jill. Le trajet depuis Washington était vraiment long, mais Ellis ne voulait pas louer trop souvent des voitures dans cette région car, un jour, ses ennemis le découvriraient par les archives des agences de location ou par celles des sociétés de cartes de crédit. Dès lors ils seraient sur la bonne voie pour remonter jusqu'à l'existence de Petal. L'autre solution, c'était d'utiliser une identité différente chaque fois qu'il louait une voiture, mais les identités, ça coûtait cher, et l'Agence n'en fournissait pas aux bureaucrates. Il se servait donc de la Honda de Jill, ou bien du taxi local.

Petal revint, avec ses cheveux blonds flottant sur ses épaules. Ellis se leva. «Les clefs sont dans la voiture», dit Jill.

Il se tourna vers Petal : «Installe-toi, dit-il, j'arrive tout de suite.» Petal sortit. Il dit à Jill : «J'aimerais l'inviter à Washington pour un week-end.»

Jill se montra aimable mais ferme. «Si elle veut y aller, elle le peut certainement; mais si elle n'en a pas envie, je ne la forcerai pas.

– Tout à fait normal, acquiesça Ellis. À tout à l'heure.»

Il emmena Petal dans un restaurant chinois de Little Neck. Elle aimait bien la cuisine chinoise. Une fois sortie de la maison, elle se détendit un peu. Elle remercia Ellis de lui avoir envoyé un poème pour son anniversaire. « Je ne connais personne qui ait jamais reçu un poème pour son anniversaire », dit-elle.

Il ne savait pas trop si c'était bien ou mal. « J'espère que ça t'a paru mieux qu'une carte de vœux avec une photo de petits chatons.

– Oh ! oui, dit-elle en riant. Toutes mes amies te trouvent si romantique. Mon professeur d'anglais m'a demandé si tu avais jamais publié.

– Je n'ai jamais rien écrit d'assez bon, dit-il. Tu aimes toujours l'anglais ?

– J'aime bien mieux ça que les maths, je suis *nulle* en maths.

– Qu'est-ce que tu étudies ? Des pièces de théâtre ?

– Non, mais parfois des poèmes.

– Il y en a que tu aimes ? »

Elle réfléchit un moment. « J'aime bien celui sur les narcisses.

– Moi aussi, acquiesça Ellis.

– J'ai oublié qui l'avait écrit.

– William Wordsworth.

– Oh ! c'est vrai.

– Il y en a d'autres que tu aimes ?

– Pas vraiment. Je suis plutôt musique. Tu aimes Michael Jackson ?

– Je ne sais pas. Je ne suis pas sûr d'avoir entendu ses disques.

– Il est vraiment sensass. » Elle eut un petit rire gloussant. « Toutes mes amies sont folles de lui. »

C'était la seconde fois qu'elle parlait de « toutes ses amies ». Pour le moment, le groupe de ses pairs était ce qui comptait le plus dans sa vie. « J'aimerais bien un jour rencontrer quelques-unes de tes amies, dit-il.

– Oh ! papa, fit-elle d'un ton réprobateur. Tu n'aimerais pas ça… Ce ne sont que des filles. »

Devant cette rebuffade, Ellis se concentra quelque temps sur le contenu de son assiette. Il arrosait son repas d'un verre de vin blanc : il avait gardé ses habitudes françaises.

Lorsqu'il eut terminé, il dit : «Tu sais, j'ai réfléchi. Pourquoi ne viendrais-tu pas passer un week-end chez moi à Washington? Ce n'est qu'à une heure d'avion, et nous pourrions bien nous amuser.»

Elle parut très surprise. «Qu'est-ce qu'il y a à faire à Washington?

– Eh bien, nous pourrions visiter la Maison Blanche, où habite le Président. Et puis Washington possède un des plus beaux musées du monde. Et tu n'as jamais vu mon appartement. J'ai une chambre d'amis…» Il s'interrompit. Il sentait que cela ne l'intéressait pas.

«Oh! papa, je ne sais pas, dit-elle, j'ai tant à faire pendant les week-ends : des devoirs, des sorties, des courses, mes leçons de danse et tout ça…»

Ellis dissimula sa déception. «Ça ne fait rien, dit-il, peut-être que quand tu ne seras pas si occupée, tu pourras venir.

– Oui, d'accord, dit-elle visiblement soulagée.

– Je pourrais préparer la chambre d'amis pour que tu puisses venir quand tu veux.

– D'accord.

– De quelle couleur veux-tu que je la repeigne?

– Je ne sais pas.

– Quelle est ta couleur préférée?

– Rose, je crois.

– Alors, ce sera du rose.» Ellis eut un sourire forcé. «Allons-y.»

Dans la voiture, sur le trajet du retour, elle lui demanda s'il voulait bien qu'elle se fît percer les oreilles.

«Je ne sais pas, dit-il avec prudence. Qu'est-ce que maman en pense?

– Elle a dit qu'elle était d'accord si toi tu voulais bien.»

Jill avait-elle la délicatesse de le faire participer à la décision, ou bien se contentait-elle de lui refiler le bébé?»

«C'est une idée qui ne me plaît pas beaucoup, fit Ellis. Tu es peut-être un peu jeune pour commencer à te faire percer des trous pour la décoration.

– Penses-tu que je sois trop jeune pour avoir un petit ami?»

Ellis avait envie de répondre oui. Elle semblait beaucoup trop jeune. Mais il ne pouvait pas l'empêcher de grandir. «Tu es assez grande pour sortir avec des garçons, mais pas pour avoir un flirt», dit-il. Il jeta un coup d'œil pour voir sa réaction. Elle parut amusée. Peut-être qu'on ne parle plus de «flirt», se dit-il.

Lorsqu'ils arrivèrent à la maison, la Ford de Bernard était garée dans l'allée. Ellis arrêta la Honda derrière et entra avec Petal. Bernard était dans la salle de séjour. Petit homme aux cheveux très courts, il avait un caractère bon enfant et manquait totalement d'imagination. Petal l'accueillit avec enthousiasme, le serra dans ses bras et l'embrassa. Il avait l'air un peu gêné. Il donna à Ellis une poignée de main ferme en disant : «Le gouvernement, ça marche toujours, là-bas à Washington?

– Comme toujours», répondit Ellis. Ils croyaient qu'il travaillait au Département d'Etat et qu'il était chargé de lire les magazines et les quotidiens français afin de préparer un résumé journalier.

«Une bière?»

Ellis n'en avait pas vraiment envie, mais il accepta pour être aimable. Bernard alla en chercher dans la cuisine. Il était au service crédit d'un grand magasin de New York. Petal semblait l'aimer et le respecter et il lui témoignait une certaine affection. Jill et lui n'avaient pas d'autres enfants : son spécialiste de la virilité ne lui avait pas fait grand bien.

Il revint avec deux verres de bière et en tendit un à Ellis. «Va faire tes devoirs maintenant, dit-il à Petal. Ton père viendra te dire au revoir avant de partir.»

Elle l'embrassa de nouveau et sortit en courant. Lorsqu'elle se fut éloignée, Bernard reprit : «En général, elle n'est pas aussi affectueuse. On a l'impression qu'elle en rajoute quand vous êtes là. Je ne comprends pas.»

Ellis ne comprenait que trop bien, mais il n'avait pas envie d'y penser. «Ne vous en faites pas, dit-il. Comment vont les affaires?

— Pas mal. Les taux d'intérêts élevés ne nous ont pas touchés aussi durement que nous le craignions. On dirait que les gens sont toujours prêts à emprunter de l'argent pour faire des achats – à New York en tout cas.» Il s'assit et but une gorgée de bière.

Ellis avait toujours l'impression qu'il effrayait physiquement Bernard. Ça se voyait dans la façon dont l'autre évoluait, comme un chien qui n'a pas vraiment le droit d'entrer dans la maison et qui prend soin de rester hors de portée d'un coup de pied éventuel.

Ils discutèrent économie quelques minutes et Ellis but sa bière aussi vite qu'il le pouvait, puis se leva pour partir. Il s'arrêta au pied de l'escalier et cria: «Au revoir, Petal.»

Elle se montra sur le palier. «Alors, est-ce que je me fais percer les oreilles?

— Essaie de réfléchir, demanda-t-il.

— Bien sûr. Salut.»

Jill descendit. «Je vais te conduire à l'aéroport, dit-elle.

— Bon, fit Ellis, surpris. Merci.»

Lorsqu'ils furent sur la route, Jill dit: «Elle m'a expliqué qu'elle ne voulait pas venir passer un week-end avec toi.

— Ah! bon.

— Ça t'ennuie, n'est-ce pas?

— Ça se voit?

— Moi, je le vois. J'ai été ta femme, tu te rappelles?»

Elle marqua un temps. «Je suis désolée, John.

— C'est ma faute. Je n'ai pas réfléchi. Avant que j'arrive, elle avait une maman, un papa, un foyer – tout ce que veut un enfant. Je ne suis pas seulement superflu: par ma seule présence, je menace son bonheur. Je suis un intrus, un facteur de déstabilisation. C'est pourquoi elle est si tendre avec Bernard devant moi. Elle ne veut pas me faire de mal. Elle fait ça parce qu'elle a peur de le perdre, lui. Et moi je lui fais peur.

– Ça lui passera, dit Jill. L'Amérique est pleine de gosses qui ont deux pères.

– Ça n'est pas une excuse. J'ai tout gâché, autant le reconnaître. »

Elle le surprit de nouveau en lui tapotant le genou. « Ne te fais pas trop de reproches, dit-elle. Simplement, tu n'étais pas fait pour ça. Je l'ai su un mois après t'avoir épousé. Tu n'as pas envie d'avoir une maison, une situation en banlieue, des enfants. Tu es un peu bizarre. C'est pour ça que je suis tombée amoureuse de toi. C'est pour ça que je t'ai laissé partir si facilement. Je t'aimais parce que tu étais différent, un peu dingue, original, excitant. Tu étais prêt à faire n'importe quoi. Mais tu n'es pas un homme de famille. »

Il resta silencieux, réfléchissant à ce qu'elle avait dit. Elle était pleine de bonnes intentions et il lui en était reconnaissant ; mais avait-elle raison ? Il ne le pensait pas. Je n'ai pas envie d'un pavillon de banlieue, songea-t-il, mais j'aimerais bien avoir un foyer : peut-être une villa au Maroc, ou bien un grenier à Greenwich Village, ou un studio avec une terrasse à Rome. Je n'ai pas envie d'une femme qui tienne la maison pour moi, qui fasse la cuisine, le ménage, les courses, et qui revienne avec des comptes rendus de l'association des parents d'élèves ; mais j'aimerais une compagne, quelqu'un avec qui partager des livres, des films et des poèmes, quelqu'un avec qui parler le soir. J'aimerais même avoir des gosses et les élever pour qu'ils connaissent autre chose que Michael Jackson.

Il ne dit rien de tout cela à Jill.

Elle arrêta la voiture et il s'aperçut qu'ils étaient déjà à l'aérogare d'Eastern Airlines. Il regarda sa montre : huit heures cinquante. En se dépêchant, il pourrait attraper la navette de neuf heures. « Merci de m'avoir accompagné, dit-il.

– Ce qu'il te faut, c'est une femme comme toi, dans ton genre », dit Jill.

Ellis pensa à Jane. « J'en ai rencontré une, une fois.

– Qu'est-ce qui s'est passé ?

– Elle a épousé un beau médecin.

– Est-ce que le médecin est fou comme toi?

– Je ne crois pas.

– Alors, ça ne durera pas. Quand s'est-elle mariée?

– Il y a environ un an.

– Ah!» Jill calculait sans doute que c'était le moment où Ellis avait réapparu dans la vie de Petal; mais elle eut l'élégance de ne pas le dire. «Je vais te donner un conseil, dit-elle, tâche de la retrouver.»

Ellis descendit de la voiture. «À bientôt.

– Au revoir.»

Il claqua la portière et elle démarra.

Ellis entra dans le bâtiment. Il réussit à embarquer avec une ou deux minutes d'avance. Comme l'avion décollait, il trouva dans la pochette devant lui un magazine et il chercha un reportage sur l'Afghanistan.

Il suivait attentivement le déroulement de la guerre depuis qu'il avait appris de Bill, à Paris, que Jane avait mis à exécution son projet d'aller là-bas avec Jean-Pierre. La guerre ne faisait plus la une des journaux. Il s'écoulait souvent une semaine ou deux sans qu'on en parlât du tout. Mais maintenant, la pause de l'hiver était terminée, et il y avait un article dans la presse au moins une fois par semaine.

Le magazine contenait une analyse de la situation des Russes en Afghanistan. Ellis commença à le lire avec méfiance, car il savait que nombre de ces articles dans les magazines émanaient de la CIA : un journaliste obtenait une interview exclusive sur l'évaluation que faisait la CIA des événements; mais en fait il était le véhicule inconscient d'un élément de désinformation destiné aux services de renseignements d'un autre pays, l'article qu'il écrivait n'avait pas plus de rapport avec la vérité qu'un reportage dans la *Pravda*.

Cet article toutefois semblait honnête. On observait, disait le journaliste, une concentration de troupes et de matériels russes, en préparation d'une grande offensive d'été. Pour Moscou, c'était cet été ou jamais : il fallait anéantir la résistance cette année, sinon les Russes seraient contraints d'arriver à une forme d'accord avec les rebelles. Ellis trouva le raisonnement fort juste : il allait vérifier pour voir ce qu'en disaient les gens de la CIA à Moscou, mais il avait le sentiment que cela se tenait.

Parmi les zones cruciales, l'article citait la Vallée du Panshir.

Ellis se souvenait que Jean-Pierre parlait de la Vallée des Cinq Lions. Ellis avait appris quelques mots de farsi en Iran, et il croyait se rappeler que *Panshir* signifiait «cinq lions», mais Jean-Pierre avait toujours dit : «Cinq Tigres» peut-être parce qu'il n'y avait pas de lions en Afghanistan. L'article mentionnait aussi Massoud, le chef rebelle. Ellis se souvenait d'avoir entendu Jean-Pierre prononcer son nom.

Il regarda par le hublot le soleil se coucher. Il songea, le cœur serré, que sans aucun doute Jane allait courir de graves dangers cet été.

Mais ce n'était pas son affaire. Aujourd'hui, elle était mariée à un autre. D'ailleurs, Ellis n'y pouvait rien.

Il se replongea dans son magazine, tourna la page et commença un article sur le Salvador. L'avion poursuivait sa route vers Washington. À l'ouest, le soleil disparut et la nuit tomba.

Allen Winderman emmena Ellis Thaler déjeuner dans un restaurant de poissons qui donnait sur le Potomac. Winderman arriva avec une demi-heure de retard. Il était le type même du Washingtonien : costume gris foncé, chemise blanche, cravate à rayures, lisse comme un requin. Comme c'était la Maison Blanche qui payait, Ellis commanda du homard et un verre de vin blanc. Winderman demanda du Perrier et une salade. Tout chez Winderman était un peu tendu : son sourire, son emploi du temps, son calme apparent.

Ellis était sur ses gardes. Il ne pouvait pas refuser pareille invitation d'un assistant du Président, mais il n'aimait pas les déjeuners discrets, officieux, et il n'aimait pas Allen Winderman.

Winderman en vint droit au fait. J'ai besoin de votre avis», commença-t-il.

Ellis l'arrêta. « Tout d'abord, j'ai besoin de savoir si vous avez prévenu l'Agence de notre rendez-vous. » Si la Maison Blanche voulait organiser une action clandestine sans avertir la CIA, Ellis ne voulait pas en entendre parler.

« Bien sûr, répondit Winderman. Que savez-vous de l'Afghanistan ? »

Ellis se sentit soudain glacé. Tôt ou tard, il va s'agir de Jane, songea-t-il. Ils connaissent son existence, bien sûr. Je n'en ai pas fait un secret. J'ai dit à Bill, à Paris, que j'allais lui demander de m'épouser. J'ai ensuite appelé Bill pour savoir si elle était vraiment partie pour l'Afghanistan. Tout cela est inscrit dans mon dossier. Maintenant, ce salaud sait qu'elle existe et il va utiliser cette information. « Je ne connais pas grand-chose », dit-il prudemment, puis il se rappela les vers de Kipling et les récita :

Quand tu seras blessé et abandonné dans les plaines
[d'Afghanistan,
Et que les femmes viendront pour découper tes
[restes,
Attrape ton fusil et fais-toi sauter la cervelle,
Et va-t'en trouver ton Dieu comme un soldat.

Pour la première fois, Winderman parut mal à l'aise. « Après avoir joué deux ans les poètes, vous devez connaître pas mal de trucs comme ça.

— Tout comme les Afghans, répondit Ellis. Ce sont tous des poètes, comme tous les Français sont des gourmets et tous les Gallois des chanteurs.

— Vraiment ?

— C'est parce qu'ils ne savent ni lire ni écrire. La poésie est une forme d'art parlé. » De toute évidence, Winderman commençait à s'impatienter : il n'y avait pas place dans son emploi du temps pour la poésie. Ellis poursuivit : « Les Afghans sont des montagnards farouches, déguenillés et fiers, à peine sortis du Moyen Age. On dit qu'ils sont d'une politesse raffinée, qu'ils sont braves comme des lions et d'une cruauté sans pitié. Leur pays est rude, aride et dénudé. Que savez-vous d'eux ?

– Un Afghan, ça n'existe pas, répondit Winderman. Il y a six millions de Pathans dans le Sud, trois millions de Tadjiks à l'Ouest, un million d'Ouzbeks au Nord, et encore une douzaine de nationalités qui comptent moins d'un million de personnes. Les frontières modernes ne signifient pas grand-chose pour eux : il y a des Tadjiks en Union soviétique et des Pathans au Pakistan. Certains d'entre eux sont divisés en tribus. Ils sont comme les Peaux-Rouges, qui ne sont jamais considérés comme des Américains, mais comme des Apaches, des Algonquins ou des Sioux. Et ils se battraient aussi bien entre eux que contre les Russes. Notre problème est d'obtenir des Apaches et des Sioux qu'ils s'unissent contre les Visages pâles.

– Je vois », fit Ellis en hochant la tête. Il se demandait : Quand donc Jane intervient-elle dans tout cela ? Il reprit : « Alors la question est donc : qui va être le Grand Chef ?

– Ça, c'est facile. Le plus prometteur de tous les chefs de la guérilla est de loin Ahmed Shah Massoud, dans la Vallée du Panshir. »

La Vallée des Cinq Lions. Où veut-on en venir, salopard ? Ellis examina le visage lisse de Winderman. L'autre était imperturbable. Ellis demanda : « Qu'est-ce qui rend Massoud si spécial ?

– La plupart des chefs rebelles se contentent de contrôler leurs tribus, de percevoir des impôts et de refuser au gouvernement l'accès de leur territoire. Massoud fait plus que cela. Il sort de son repaire dans les montagnes pour attaquer. Il est à portée de trois objectifs stratégiques : la capitale, Kaboul ; le tunnel de Salang, sur la seule route qui relie Kaboul à l'Union soviétique ; Bagram, la principale base aérienne militaire. Il est en position d'infliger des dégâts importants et il ne s'en prive pas. Il a étudié l'art de la guerre de partisans. Il a lu Mao. C'est certainement le plus brillant esprit militaire du pays. Il a des finances. Dans sa vallée on extrait des émeraudes qu'on vend au Pakistan ; Massoud prélève un impôt de dix pour cent sur toutes les ventes et utilise ces fonds pour l'entretien de son armée. Il a vingt-huit ans et un charisme étonnant : les gens l'adorent. Enfin, c'est un Tadjik. Le groupe le plus important, ce sont les Pathans, et tous les autres les détestent, si bien que le chef ne peut pas être un Pathan. La nationalité la plus importante après eux, ce sont les Tadjiks. Sans doute pourraient-ils s'unir sous le commandement d'un Tadjik.

– Et nous voulons faciliter cette union ?

– Exactement. Plus les rebelles sont forts, plus ils peuvent causer de dommages aux Russes. J'ajouterai que pour la communauté américaine du renseignement, un triomphe serait fort utile cette année. »

Peu importait à Winderman et aux gens de sa sorte que les Afghans combattissent pour leur liberté contre un brutal envahisseur, songea Ellis. La moralité n'était plus de mode à Washington : tout ce qui comptait, c'était le jeu du pouvoir. Si Winderman était né à Leningrad au lieu de Los Angeles, il aurait été tout aussi heureux, tout aussi brillant, tout aussi puissant et il aurait utilisé exactement les mêmes tactiques pour combattre que dans l'autre camp.

« Que voulez-vous de moi ? lui demanda Ellis.

– Je veux avoir votre avis. Y a-t-il un moyen qui permette à un agent de promouvoir une alliance entre les différentes tribus afghanes ?

– Je pense que oui », dit Ellis. Leur commande arriva, ce qui l'interrompit et lui donna quelques instants pour réfléchir. Lorsque le serveur se fut éloigné, il poursuivit : « Ce devrait être possible, à condition qu'il y ait quelque chose, qu'eux veuillent de nous – et j'imagine que ce serait des armes.

– Tout juste. » Winderman commença à manger, un peu hésitant, comme un homme qui souffre d'un ulcère. Entre deux bouchées il reprit : « Pour l'instant, ils achètent leurs armes au Pakistan, de l'autre côté de la frontière. Tout ce qu'ils peuvent trouver là-bas, ce sont des copies de fusils britanniques du temps de la reine Victoria – ou, sinon des copies, le modèle original, vieux de cent ans et qui fonctionne encore. Ils récupèrent aussi des Kalachnikov sur les soldats russes tués. Mais ils ont désespérément besoin d'artillerie légère – des canons antiaériens et des lance-missiles terrestres – pour pouvoir abattre les avions et les hélicoptères.

– Sommes-nous disposés à leur fournir ces armes ?

– Oui. Pas directement : nous voudrions dissimuler notre intervention en les leur faisant parvenir par des intermédiaires. Mais ce n'est pas le problème. Nous pourrions utiliser les Saoudiens.

– Bon. » Ellis se servit un peu de homard. Il était délicieux. Laissez-moi vous dire ce qui, à mon avis, est la première mesure à prendre. Dans chaque groupe de guérilla, il vous faut un noyau d'hommes qui connaissent et comprennent Massoud et qui aient confiance en lui. Ce noyau devient alors le groupe de liaison pour les communications avec Massoud. Leur rôle peu à peu prend de l'ampleur : échange de renseignements d'abord, puis coopération et, enfin, plan de bataille coordonné.

– Ça n'a pas l'air mal, dit Winderman. Comment pourrait-on organiser ça ?

– Je ferais diriger par Massoud un programme d'entraînement dans la Vallée des Cinq Lions. Chaque groupe rebelle enverrait quelques jeunes hommes pour se battre quelque temps avec Massoud et apprendre les méthodes qui lui permettent d'avoir de tels succès. Ils apprendraient aussi à le respecter et à se fier à lui, s'il est un aussi bon chef que vous le dites. »

Winderman hocha la tête d'un air songeur. « C'est le genre de proposition qui pourrait être acceptée par les chefs de tribus enclins à repousser tout plan qui les amènerait à recevoir des ordres de Massoud.

– Y a-t-il un chef tribal en particulier dont la coopération est indispensable à toute alliance ?

– Oui. En fait, il y en a deux : Jahan Kamil et Amal Azizi, tous deux Pathans.

– Alors, j'enverrais un agent là-bas avec pour mission de réunir ces deux-là autour d'une table avec Massoud. Lorsqu'il serait revenu avec leurs trois signatures sur un bout de papier, nous acheminerions le premier chargement de lance-fusées. L'envoi de nouveaux engins dépendrait de la réussite du programme d'entraînement. »

Winderman reposa sa fourchette et alluma une cigarette. Il a sûrement un ulcère, se dit Ellis. Winderman continua : « C'est exactement le genre de projet que j'avais à l'esprit. »

Ellis devina que l'autre calculait déjà comment il allait s'approprier l'idée. Dès demain il dirait : *nous avons conçu un plan pendant le déjeuner* et son rapport préciserait *: les spécialistes de l'action clandestine ont considéré mon plan comme viable.* « Quel est en contrepartie le risque ? »

Ellis réfléchit. « Si les Russes s'emparaient de cet agent, ils pourraient tirer de tout cela des arguments précieux pour leur propagande. Ils ont pour l'instant ce que la Maison Blanche appellerait un "problème d'image" en Afghanistan. Leurs alliés du tiers monde n'aiment pas les voir mettre sous leur coupe un petit pays primitif. Leurs amis musulmans, en particulier, ont tendance à sympathiser avec les rebelles. Aujourd'hui, la thèse des Russes c'est que les prétendus rebelles ne sont que des bandits, financés et armés par la CIA. Ils seraient ravis de pouvoir le prouver en capturant vivant un véritable agent de la CIA dans le pays et de le faire passer en jugement. En termes de politique globale, j'imagine que ça pourrait nous faire beaucoup de tort.

— Quelles sont les chances que les Russes mettent la main sur notre homme ?

— Elles sont minces. S'ils n'arrivent pas à prendre Massoud, pourquoi parviendraient-ils à faire prisonnier un agent envoyé pour rencontrer Massoud ?

— Bon, fit Winderman en écrasant sa cigarette. Je veux que vous soyez cet agent. »

Ellis fut pris au dépourvu. Il aurait dû le voir venir, comprit-il, mais il était plongé dans le problème. « Je ne fais plus ce genre de choses », dit-il, mais sa voix manquait de conviction et il ne put s'empêcher de penser : Je verrais Jane. Je verrais Jane !

« J'ai parlé à votre patron au téléphone, reprit Winderman.

Selon lui, une mission en Afghanistan pourrait vous tenter assez pour vous faire reprendre du service sur le terrain. »

C'était donc un coup monté. La Maison Blanche voulait obtenir un résultat spectaculaire en Afghanistan, alors elle avait demandé à la CIA de lui prêter un agent. La CIA voulait qu'Ellis cesse de faire du travail de bureau, alors elle avait dit à la Maison Blanche de lui proposer cette mission, sachant ou se doutant que la perspective de retrouver Jane était presque irrésistible.

Ellis avait horreur d'être manipulé.

Mais il avait envie d'aller dans la Vallée des Cinq Lions.

Le silence s'était prolongé. Winderman demanda avec impatience : « Vous allez accepter ?

– Je vais y réfléchir », répondit Ellis.

Le père d'Ellis eut un rot discret, s'excusa et dit : « C'était bon. »

Ellis repoussa son assiette de clafoutis nappé de crème Chantilly. Pour la première fois de sa vie, il allait lui falloir surveiller son foie. « C'est vraiment bon, maman, mais je n'en peux plus, dit-il d'un ton d'excuse.

– Personne ne mange plus comme autrefois », dit-elle. Elle se leva et se mit à débarrasser. « C'est parce qu'on va partout en voiture. »

Son père repoussa sa chaise. « J'ai des chiffres à vérifier.

– Tu n'as toujours pas de comptable ? demanda Ellis.

– Personne ne veille sur ton argent aussi bien que toi, répliqua son père. Tu le découvriras si jamais tu en gagnes. » Il quitta la pièce et se dirigea vers son cabinet de travail.

Ellis aida sa mère à débarrasser la table. La famille était venue s'installer dans cette maison de quatre chambres à Teaneck, dans le New Jersey, quand Ellis n'avait que treize ans, mais il se souvenait du déménagement comme si c'était hier. L'opération était prévue littéralement depuis des années. Son père avait bâti la maison, d'abord tout seul, puis plus tard en utilisant des employés de son entreprise de construction qui ne cessait de se développer, mais toujours en faisant le travail dans les périodes creuses pour l'abandonner quand les affaires reprenaient. Lorsqu'ils avaient emménagé, ce n'était pas vraiment fini : le chauffage ne fonctionnait pas, il n'y avait pas de placards dans la cuisine, et rien n'avait été peint. Ils n'eurent d'eau chaude que le lendemain parce que maman menaça sans cela de divorcer. Mais, un beau jour, la maison fut enfin terminée et Ellis et ses frères et sœurs eurent toute la place du monde pour grandir. C'était aujourd'hui trop grand pour son père et sa mère, mais il espérait qu'ils ne s'en sépareraient pas : lui-même y était très attaché.

Lorsqu'ils eurent empli le lave-vaisselle, il lui dit : «Maman, tu te souviens de cette valise que j'ai laissée ici quand je suis rentré d'Asie ?

– Bien sûr, elle est dans la penderie de la petite chambre.

– Merci. Il faut que je cherche quelque chose dedans.

– Alors, vas-y. Je vais finir ici. »

Ellis gravit les escaliers et entra dans la chambre tout en haut de la maison. On l'utilisait rarement et, autour du lit à une personne, s'entassaient deux chaises cassées, un vieux canapé et quatre ou cinq cartons contenant des livres d'enfants et des jouets. Ellis ouvrit le placard et y prit une valise en matière plastique noire. Il la posa sur le lit, forma la combinaison et ouvrit le couvercle. Tout cela sentait le moisi : la valise n'avait pas été ouverte depuis dix ans. Tout était là : les médailles, les deux balles qu'on lui avait extraites du corps, un manuel militaire FM. 5-31, intitulé *Les Pièges*, une photo d'Ellis debout auprès d'un hélicoptère, son premier Huey, l'air souriant, et (mais oui) mince ; un mot de Frankie Amalfi qui disait : *Au salaud qui m'a volé ma jambe* – une courageuse plaisanterie, car Ellis avait délacé avec douceur les bottes de Frankie, puis en tirant sur la semelle s'était retrouvé avec le pied et la moitié de sa jambe, sectionnée au genou par une pale de rotor ; la montre de Billie Jones arrêtée à jamais à cinq heures et demie – *Gardez-la, mon garçon*, avait dit à Ellis le père de Billie à travers les brumes de l'alcool, *parce que vous étiez son copain et c'est plus que je n'ai jamais été*, et puis le journal.

Il en feuilleta les pages. Il n'avait qu'à en lire quelques mots pour se rappeler toute une journée, une semaine, un combat. Le journal commençait sur un ton plein d'entrain, avec un sentiment d'aventure et une certaine gêne ; puis le ton devenait progressivement désenchanté, sombre, lugubre, désespéré, parfois suicidaire. Les phrases amères lui évoquaient une scène bien précise : *ces foutus Arvins n'ont pas voulu sortir de l'hélicoptère : s'ils tiennent tant à ce qu'on les sauve du communisme, comment se fait-il qu'ils ne se battent pas ?* Et puis : *le capitaine Johnson a toujours été une ordure, je pense, mais en voilà une façon de mourir, tué par la grenade d'un de ses hommes,* et plus loin : *les femmes ont des fusils sous leur jupe et les gosses des grenades dans leur chemise, alors, bon Dieu, qu'est-ce qu'on est censés faire : nous rendre ?* Sur la dernière page on lisait : *l'ennui avec cette guerre, c'est que nous sommes du mauvais côté. Nous sommes les salauds. C'est pour ça que les jeunes fuient le recrutement, c'est pour ça que les Vietnamiens refusent de se battre, c'est pour ça que nous tuons des femmes et des enfants ; c'est pour ça que les généraux mentent aux politiciens, que les politiciens mentent aux journalistes et que les journaux mentent au public.* Après cela, ses pensées étaient devenues trop séditieuses pour qu'il les transcrivît sur le papier, ses remords trop grands pour être expiés par de simples mots. Il lui semblait qu'il devrait passer le restant de sa vie à réparer tout le mal qu'il avait fait dans cette guerre. Après toutes ces années, il continuait à le penser. Lorsqu'il faisait le total des meurtriers qu'il avait fait jeter en prison depuis lors, des kidnappeurs, des détourneurs d'avions et des poseurs de bombes qu'il avait arrêtés, tout cela n'était rien en face des tonnes d'explosifs qu'il avait lâchées et des milliers de cartouches qu'il avait tirées au Vietnam, au Laos et au Cambodge.

C'était irrationnel, il le savait. Il l'avait compris lorsqu'il était rentré de Paris et qu'il avait réfléchi quelque temps à la façon dont son métier lui avait gâché la vie. Il avait décidé de ne plus essayer de racheter les péchés de l'Amérique.

Cela… cela, c'était différent. On lui offrait là une chance de combattre pour le plus faible, de lutter contre les généraux menteurs, les courtiers en pouvoir et les journalistes porteurs de guerre ; l'occasion pas seulement de se battre, pas seulement d'apporter une modeste contribution, mais de faire une vraie différence, de changer le cours d'une guerre, de modifier le destin d'un pays et de frapper un grand coup pour la liberté.

Et puis il y avait Jane.

La simple possibilité de la revoir avait rallumé sa passion. Voilà quelques jours encore il était capable de penser à elle et aux dangers qu'elle courait, puis de chasser cette pensée de son esprit, de revenir aux magazines qu'il était en train de lire. Maintenant, il n'arrivait plus à cesser de penser à elle. Il se demandait si elle avait les cheveux longs ou courts, si elle avait grossi ou maigri, si elle était contente de ce qu'elle faisait de sa vie ; les Afghans l'aimaient-ils et – surtout – aimait-elle encore Jean-Pierre ? « Suis mon conseil, avait dit Jill, et tâche de la retrouver. » Jill avait raison.

Il pensa enfin à Petal. J'ai essayé, se dit-il ; j'ai vraiment essayé, je ne crois pas que je m'y sois trop mal pris : je crois que c'était un projet foutu d'avance. Jill et Bernard lui donnent tout dont elle a besoin. Il n'y a pas de place pour moi dans sa vie. Elle est heureuse sans moi.

Il referma le journal et le rangea dans la valise. Il prit ensuite une méchante boîte à bijoux. Dedans, il y avait une petite paire de boucles d'oreilles en or, chacune avec une perle au milieu. La femme à qui elles étaient destinées, une fille aux yeux en amande avec des seins menus qui lui avait appris que rien n'est tabou, était morte – tuée par un soldat ivre dans un bar de Saigon – avant qu'il les lui eût offertes. Il n'était pas amoureux d'elle, seulement il l'aimait bien et éprouvait à son égard de la reconnaissance. Les boucles d'oreilles devaient être un cadeau d'adieu.

Il prit dans sa poche une carte et son stylo. Il réfléchit une minute puis écrivit :

« Pour Petal,
» Oui, tu peux te les faire percer.
» Mille tendresses de

» Papa. »

6

La rivière des Cinq Lions n'était jamais chaude, mais elle semblait un peu moins froide maintenant, dans le soir embaumé à la fin d'une journée poussiéreuse, lorsque les femmes descendaient pour se baigner sur la petite portion de berge qui leur était réservée. Jane serra les dents et avança dans l'eau avec les autres, soulevant peu à peu sa robe à mesure qu'elle avançait, jusqu'à ce qu'elle fût retroussée jusqu'à la taille et, là, elle commença à se laver : au prix d'une longue pratique, elle avait fini par acquérir le rare talent des Afghanes pour faire une toilette complète sans se déshabiller.

Lorsqu'elle eut fini, elle sortit de la rivière en frissonnant et s'installa près de Zahara, qui était en train de se laver les cheveux dans une flaque d'eau au milieu des cris et des éclaboussures, ce qui ne l'empêchait pas de poursuivre une conversation animée. Zahara plongea une dernière fois la tête dans l'eau, puis voulut prendre sa serviette. Elle la chercha dans un creux du sable, mais la serviette n'était pas là. « Où est-elle passée ? cria-t-elle. Je l'avais posée dans ce trou. Qui me l'a volée ? »

Jane la ramassa derrière Zahara et dit : « La voilà : tu t'étais trompée de trou.

– C'est ce que dit la femme du mullah ! » s'exclama Zahara et les autres éclatèrent de rire.

Jane était maintenant acceptée par les femmes du village comme l'une d'entre elles. Les derniers vestiges de réserve ou de méfiance avaient disparu après la naissance de Chantal qui, semblait-il, avait confirmé le fait que Jane était une femme comme n'importe quelle autre. Les conversations au bord de la rivière étaient d'une étonnante franchise – peut-être parce qu'on laissait les enfants à la garde des sœurs aînées ou des grand-mères, mais plus probablement à cause de Zahara. Sa voix forte, son regard vif et son grand rire un peu rauque dominaient la scène. À n'en pas douter, elle se montrait d'autant plus extravertie qu'elle devait se maîtriser tout le reste de la journée. Elle avait un sens de l'humour assez vulgaire que Jane n'avait rencontré chez aucun autre Afghan, homme ou femme, mais les remarques paillardes de Zahara, ses plaisanteries à double sens débouchaient souvent sur des discussions sérieuses. Jane parvenait ainsi parfois à faire de la séance de bain du soir un cours d'hygiène impromptu. Le contrôle des naissances était le sujet le plus populaire, même si les femmes de Banda s'intéressaient plus aux moyens d'assurer la grossesse que de l'empêcher. Elles ne repoussaient toutefois pas complètement une des idées chères à Jane qui était qu'une femme était mieux à même de nourrir ses enfants et de s'occuper d'eux s'ils naissaient à deux ans d'intervalle plutôt que tous les douze ou quinze mois. La veille, elles avaient parlé du cycle menstruel et elle avait découvert que les femmes afghanes croyaient que leur période de fécondité se situait juste avant et juste après leurs règles. Jane leur avait expliqué que c'était entre le douzième et le seizième jour et elles avaient semblé l'admettre, mais elle ne pouvait s'empêcher de penser qu'elles croyaient qu'*elle* avait tort et qu'elles étaient trop polies pour le dire.

Il régnait aujourd'hui une certaine excitation. Le dernier convoi en provenance du Pakistan devait rentrer. Les hommes apporteraient de petites gâteries – un châle, des oranges, des conserves de viande – en même temps que les fusils, les munitions et les explosifs qui étaient essentiels à la poursuite de la guerre.

Ahmed Gul, le mari de Zahara et un des fils de Rabia, la sage-femme, était le chef du convoi. Zahara était visiblement excitée à l'idée de le revoir. Lorsqu'ils étaient ensemble, ils se comportaient comme tous les couples afghans : elle silencieuse et docile, lui plein d'une autorité nonchalante. Mais Jane voyait bien, à la façon dont ils se regardaient, qu'ils étaient amoureux ; il était clair, à entendre parler Zahara, que leur amour était extrêmement physique. Aujourd'hui, elle était presque hors d'elle de désir, cependant qu'avec une énergie frénétique elle se frottait les cheveux pour les sécher. Jane compatissait : elle avait éprouvé cela parfois. Sans doute étaient-elles devenues amies parce que chacune reconnaissait chez l'autre une âme sœur. Jane sécha presque aussitôt dans l'air chaud et sec. On était maintenant au plus fort de l'été et chaque jour était long et brûlant. Le beau temps allait encore durer un mois ou deux, puis tout le restant de l'année il ferait un froid mordant.

Zahara s'intéressait encore à leur conversation de la veille. Elle s'arrêta un moment de se sécher les cheveux pour dire : « Malgré tout ce qu'on dit, la meilleure façon d'être enceinte, c'est de Le Faire tous les jours. » Halima, la brune et taciturne épouse de Mohammed Khan, renchérit : « La seule façon de ne pas être enceinte, c'est de ne jamais le faire. » Elle avait quatre enfants, mais un seul – Mousa – était un garçon, et elle avait été déçue d'apprendre que Jane ne connaissait aucun moyen d'améliorer ses chances d'avoir un fils.

« Mais alors, reprit Zahara, qu'est-ce que tu dis à ton mari quand il rentre après avoir passé six semaines avec un convoi ?

– Tu fais comme la femme du mullah, et tu te sers du mauvais trou. »

Zahara éclata d'un grand rire. Jane sourit. C'était une méthode de contrôle des naissances qu'on ne lui avait pas enseignée dans le cours accéléré qu'elle avait suivi à Paris mais, de toute évidence, les méthodes modernes mettraient bien des années à parvenir jusqu'à la Vallée des Cinq Lions, aussi des moyens traditionnels devraient-ils faire l'affaire – aidés peut-être par un peu d'éducation.

On se mit à parler des moissons. La vallée était une mer

de blé doré et d'orge barbue, mais une grande partie de la récolte pourrirait dans les champs, car les jeunes hommes, la plupart du temps, étaient au loin à se battre et les anciens trouvaient que c'était long de moissonner à la lueur de la lune. Vers la fin de l'été, toutes les familles rassembleraient leurs sacs de farine, leurs paniers de fruits séchés, inspecteraient leurs poulets, leurs chèvres, et compteraient leur argent ; puis ils songeraient à la pénurie prochaine d'œufs, de viande et se hasarderaient à deviner ce qu'allaient être cet hiver les prix du riz et du yoghourt ; certains d'entre eux réuniraient leurs plus précieuses possessions et se lanceraient dans la longue marche à travers les montagnes pour aller s'installer dans les camps de réfugiés du Pakistan, comme l'avait fait le villageois qui tenait la boutique, avec des millions d'autres Afghans.

Jane craignait de voir les Russes élever cette évacuation au niveau d'une politique : incapables de vaincre les guérillas, n'allaient-ils pas essayer de détruire les communautés qui les abritaient, tout comme l'avaient fait les Américains au Vietnam, en arrosant de bombes des secteurs entiers du pays, si bien que la Vallée des Cinq Lions deviendrait une zone dévastée, inhabitée et que Mohammed, Zahara et Rabia s'en iraient rejoindre les occupants sans foyer, sans Etat et sans but des camps ? Les rebelles ne pourraient même pas commencer à résister à un bombardement intensif, car ils n'avaient pratiquement pas d'armes antiaériennes.

Les femmes afghanes ne savaient rien de tout cela. Elles ne parlaient jamais de la guerre, mais seulement de ses conséquences. Elles semblaient ne rien éprouver à propos des étrangers qui amenaient dans leur vallée la mort brutale et la lente famine. Elles considéraient les Russes comme un accident de la nature, au même titre que le temps ; un raid de bombardement était comme une gelée, désastreuse mais qu'on ne pouvait reprocher à personne.

La nuit tombait. Les femmes commencèrent à regagner le village. Jane marchait avec Zahara, n'écoutant qu'à demi son babil tout en pensant à Chantal. Les sentiments que lui inspirait le bébé étaient passés par divers stades. Juste après la naissance, elle s'était sentie grisée de soulagement, du triomphe et de la joie d'avoir mis au monde un bébé parfait. Lorsque la réaction était venue, Jane s'était sentie profondément misérable. Elle ne savait pas s'occuper d'un bébé, contrairement à ce qu'on disait, elle n'avait en ce domaine aucune connaissance instinctive. Elle avait peur du bébé. Il n'y avait pas eu le moindre déferlement d'amour maternel. Au lieu de cela, elle avait connu des rêves, des fantasmes bizarres et terrifiants au cours desquels le bébé mourait – noyé dans la rivière, tué par une bombe ou emporté la nuit par le tigre des neiges. Elle n'avait encore rien dit à Jean-Pierre de ces visions pour qu'il ne la crût pas folle.

Elle avait eu des discussions avec sa sage-femme, Rabia Gul. Cette dernière disait que les femmes ne devaient pas donner le sein pendant les trois premiers jours, parce que ce qui sortait n'était pas du lait. Jane décida que c'était ridicule de croire que la nature ferait produire par le sein des femmes quelque chose de nocif pour le nouveau-né, et elle ne tint aucun compte de l'avis de la vieille femme. Rabia prétendait aussi qu'il ne fallait pas laver le bébé pendant quarante jours, mais Chantal était baignée chaque jour comme n'importe quel bébé occidental. Là-dessus, Jane avait surpris Rabia en train de donner à Chantal du beurre mélangé à du sucre, qu'elle faisait manger à l'enfant en tartinant le bout de son vieux doigt ridé; Jane alors s'était mise en colère. Le lendemain, Rabia était au chevet d'une nouvelle accouchée et elle envoya une de ses nombreuses petites-filles, une gamine de treize ans qui s'appelait Fara, pour aider Jane. Fara n'avait aucune idée préconçue sur les soins à donner aux enfants et se contentait de faire ce qu'on lui disait. Elle ne demandait aucun salaire. Elle travaillait pour sa pitance – qui était meilleure chez Jane que chez ses parents – et pour le privilège d'apprendre à soigner un bébé en prévision de son propre mariage, qui aurait sans doute lieu d'ici un an ou deux. Jane croyait aussi que Rabia s'efforçait de faire de Fara une future sage-femme, auquel cas la jeune fille tirerait un certain prestige d'avoir aidé l'infirmière occidentale à élever son bébé.

Une fois Rabia écartée, Jean-Pierre était intervenu. Il se montrait doux mais plein d'assurance avec Chantal tout en étant prévenant et affectueux avec Jane. C'était lui qui avait suggéré, non sans fermeté, qu'on pouvait donner à Chantal du lait de chèvre bouilli lorsqu'elle s'éveillait la nuit, et il avait confectionné un biberon à partir du matériel dont il disposait de façon à pouvoir se lever pour lui donner à boire. Bien sûr, Jane se réveillait toujours quand Chantal pleurait et elle restait éveillée pendant que Jean-Pierre la nourrissait ; mais c'était beaucoup moins fatigant et elle avait fini par se débarrasser de ce sentiment de profond et désespérant épuisement qui l'avait si longtemps déprimée.

Enfin, bien qu'elle fût toujours anxieuse et peu sûre d'elle, elle avait trouvé en elle une patience qu'elle n'avait jamais eue ; même si ce n'était pas la connaissance instinctive et l'assurance qu'elle espérait, cela lui permettait néanmoins d'affronter d'une âme égale les crises quotidiennes. Même aujourd'hui, elle s'en rendait compte, cela faisait près d'une heure qu'elle avait quitté Chantal sans en éprouver d'inquiétude.

Le groupe des femmes atteignit le rassemblement de maisons qui constituait le cœur du village et, une par une, elles disparurent derrière les murs de boue qui enfermaient leurs cours. Jane dut faire fuir une volée de poulets et chasser une vache efflanquée pour entrer chez elle. À l'intérieur, elle trouva Fara qui chantait une berceuse à Chantal à la lueur d'une lampe. Le bébé, bien éveillé, ouvrait de grands yeux, apparemment passionné par le chant de la jeune fille. C'était une comptine avec des paroles simples et une mélodie orientale complexe. C'est un si joli bébé, songea Jane, avec ses grosses joues, son petit nez et ses yeux d'un bleu si bleu.

Elle envoya Fara préparer le thé. La jeune fille était d'une terrible timidité et elle était arrivée tremblante de peur à l'idée de travailler pour les étrangers ; mais sa nervosité commençait à s'apaiser. La crainte que Jane lui inspirait les premiers temps se changeait peu à peu en quelque chose qui ressemblait plutôt à de l'adoration.

Jean-Pierre arriva quelques minutes plus tard. Son large pantalon de cotonnade et sa chemise étaient sales et tachés de sang, il avait de la poussière dans ses longs cheveux bruns et dans sa barbe. Il paraissait épuisé. Il était allé à Khenj, un village à une quinzaine de kilomètres plus loin dans la vallée, pour soigner les survivants d'un bombardement aérien. Jane se dressa sur la pointe des pieds pour l'embrasser. «Comment était-ce? demanda-t-elle en français.

– Moche.» Il la serra un instant contre lui, puis alla se pencher au-dessus de Chantal. «Bonjour, bout de chou», puis il sourit et Chantal se mit à gazouiller.

«Qu'est-il arrivé? interrogea Jane.

– C'était une famille dont la maison était à une certaine distance du reste du village, alors ils se sont crus en sûreté.» Jean-Pierre haussa les épaules. «Là-dessus, on m'a amené des guérilleros blessés dans une escarmouche plus au sud. C'est pour ça que je suis si en retard.» Il s'assit sur un tas de coussins. «Il y a du thé?

– Il arrive, dit Jane. Quel genre d'escarmouche?»

Il ferma les yeux. «Comme d'habitude. Les Russes sont arrivés en hélicoptère et ont occupé un village pour des raisons connues d'eux seuls. Les habitants se sont enfuis. Les hommes se sont regroupés, ont reçu des renforts et se sont mis à harceler les Russes depuis le flanc des collines. Il y a eu des pertes dans les deux camps. Les guérilleros ont fini par se trouver à court de munitions et ont battu en retraite.»

Jane hocha la tête. Elle plaignait Jean-Pierre : c'était déprimant de soigner les victimes d'une bataille perdue. Banda n'avait jamais connu de raid, mais elle vivait dans la crainte constante qu'il y en eût un : elle se voyait dans un cauchemar s'enfuir en courant, avec Chantal dans ses bras, pendant que les hélicoptères brassaient l'air au-dessus d'elle et que les balles des mitrailleuses s'enfonçaient à ses pieds dans le sol poussiéreux.

Fara arriva avec du thé vert brûlant, un peu de pain sans

levain, qu'on appelait *man*, et un pot en pierre de beurre frais. Jane et Jean-Pierre commencèrent à manger. Le beurre était un luxe rare. En général, ils trempaient leur *man* du soir dans du yoghourt, du lait caillé ou de l'huile. À midi, ils mangeaient d'ordinaire du riz avec une sauce au goût de viande. Une fois par semaine, ils avaient du poulet ou de la chèvre. Jane, qui continuait à manger pour deux, se permettait le luxe d'un œuf tous les jours. À cette époque de l'année, il y avait des fruits frais en abondance : des abricots, des prunes, des pommes et des mûres par pleins sacs. Jane trouvait ce régime très sain, alors que la plupart des Anglais auraient considéré cela comme un rationnement de famine et que certains Français y auraient trouvé des raisons de se suicider. Elle sourit à son mari. «Encore un peu de béarnaise avec ton steak ?

– Non, merci.» Il lui tendit sa tasse. «Peut-être encore une goutte de château cheval blanc.» Jane lui versa un peu de thé et il fit semblant de le déguster comme si c'était un grand cru. «Le 1962 était une année sous-estimée, venant après l'inoubliable 61, mais j'ai toujours pensé que sa bonhomie et ses manières impeccables donnent presque autant de plaisir que la parfaite élégance et la marque austère de son distingué prédécesseur.»

Jane sourit, il commençait à se sentir de nouveau lui-même.

Chantal se mit à pleurer et Jane en réponse éprouva aussitôt un pincement au sein. Elle prit le bébé et commença à le nourrir. Jean-Pierre continuait son repas. «Laisse un peu de beurre pour Fara, dit Jane.

– Entendu.» Il emporta dehors les reliefs de leur repas et revint avec une coupe pleine de mûres. Jane en mangea pendant que Chantal tétait. Le bébé ne tarda pas à s'endormir, mais Jane savait qu'elle se réveillerait dans quelques minutes et qu'elle voudrait encore téter.

Jean-Pierre repoussa la coupe de fruits et dit : «Quelqu'un s'est encore plaint de toi aujourd'hui.

– Qui ça ?» répliqua Jane.

Jean-Pierre semblait sur la défensive mais résolu. «Mohammed Khan.

116

« – Il ne parlait pas pour lui ?

– Peut-être que non.

– Qu'a-t-il dit ?

– Que tu as enseigné aux femmes du village à être stériles. »

Jane poussa un soupir. Ce n'était pas tant la stupidité des hommes du village qui l'agaçait, mais la complaisance avec laquelle Jean-Pierre écoutait leurs doléances. Elle aurait voulu qu'il la défendît et non pas se rendît à l'avis de ceux qui l'accusaient. « Bien sûr, c'est Abdullah Karim qui doit dire tout cela », dit-elle. La femme du mullah était souvent au bord de la rivière et sans nul doute rapportait-elle à son mari tout ce qu'elle entendait.

« Il va peut-être falloir que tu arrêtes, dit Jean-Pierre.

– Que j'arrête quoi ? siffla Jane.

– De leur dire comment éviter d'être enceintes. »

Ce n'était pas là une juste description de ce que Jane avait tenté d'apprendre aux femmes, mais elle n'était pas disposée à se défendre ni à s'excuser. « Pourquoi faudrait-il que je m'arrête ? dit-elle.

– Ça crée des difficultés, dit Jean-Pierre, avec un air patient qui irrita Jane. Si nous offensons gravement le mullah, nous devrons peut-être quitter l'Afghanistan. Ce qui est plus important, cela donnerait mauvaise réputation à *Médecins pour la Liberté* et les rebelles risqueraient de refuser l'arrivée de nouveaux soignants. C'est une guerre sainte, tu sais : la santé spirituelle compte plus que la santé physique. Ils pourraient décider de se passer de nous. »

Il existait d'autres organisations qui envoyaient en Afghanistan de jeunes médecins français idéalistes, mais Jane se garda d'en parler. Elle se contenta de dire d'un ton neutre : « Nous n'aurons qu'à courir ce risque.

– Vraiment ? » fit-il et elle sentit qu'il se mettait en colère. « Et pourquoi le ferions-nous ?

– Parce qu'il n'y a vraiment qu'une chose d'une valeur permanente que nous puissions donner à ces gens, c'est de les informer. C'est très bien de panser leurs blessures et de leur donner des médicaments pour tuer les microbes, mais

117

ils n'auront jamais assez de chirurgiens ni assez de remèdes. Nous pouvons améliorer leur santé de façon permanente en leur enseignant des principes élémentaires de nutrition, d'hygiène et de soins. Mieux vaut offenser Abdullah que d'arrêter cela.

– Je regrette quand même que tu te sois fait un ennemi de cet homme.

– Il m'a frappée avec un bâton ! » s'écria Jane, furieuse.

Chantal se mit à pleurer. Jane se força à rester calme. Elle berça un moment Chantal, puis recommença à la nourrir. Pourquoi Jean-Pierre ne pouvait-il pas comprendre la lâcheté de son attitude ? Comment pouvait-il se laisser intimider par la menace d'être expulsé de ce foutu pays ? Jane soupira. Chantal détourna son visage du sein de Jane pour émettre des grognements mécontents. Avant que la discussion ait pu reprendre, ils entendirent des cris au loin.

Jean-Pierre, les sourcils froncés, tendit l'oreille, puis se leva. Une voix d'homme arrivait de leur cour. Jean-Pierre prit un châle et le drapa autour des épaules de Jane. Elle en tira les pans devant elle : pour les Afghans, elle n'était pas assez couverte, mais elle refusait tout net de quitter la pièce comme une citoyenne de seconde classe si un homme entrait dans sa maison alors qu'elle donnait le sein à son bébé ; elle l'avait annoncé : ceux qui n'étaient pas d'accord feraient mieux de ne pas venir voir le médecin.

Jean-Pierre cria en dari : « Entrez. »

C'était Mohammed Khan. Jane s'apprêtait à lui dire ce qu'elle pensait de lui et du reste des hommes du village, mais elle hésita en voyant la tension qui se lisait sur son beau visage. Pour une fois, ce fut à peine s'il la regarda. «Le convoi est tombé dans une embuscade, déclara-t-il sans préambule. Nous avons perdu vingt-sept hommes – et tout le matériel. »

Jane ferma les yeux sous le choc. Elle avait voyagé avec un convoi comme celui-là lorsqu'elle était arrivée dans la Vallée des Cinq Lions, et elle ne pouvait s'empêcher d'imaginer l'embuscade : la file, éclairée par le clair de lune, d'hommes à la peau brune et de chevaux décharnés s'allongeant sur une piste pierreuse dans une vallée étroite, noyée d'ombre ; le battement des pales d'hélicoptères dans un brusque crescendo ; la lueur des fusées éclairantes, les grenades, le tir des mitrailleuses ; la panique tandis que les hommes cherchaient un abri sur le flanc nu de la colline ; les coups de feu sans espoir tirés sur les hélicoptères invulnérables ; et puis, enfin, les cris des blessés et les hurlements des mourants.

Elle songea soudain à Zahara : son mari était avec le convoi. «Et… et Ahmed Gul ?

– Il est revenu.

– Oh ! Dieu soit loué, murmura Jane.

– Mais il est blessé.

– Qui du village est mort ?

– Personne. Banda a eu de la chance. Mon frère Matullah est indemne, tout comme Alishan Karim, le frère du mullah. Il y a trois autres survivants – deux d'entre eux sont blessés.»

Jean-Pierre dit : «J'arrive tout de suite.» Il passa dans la pièce du devant, là où jadis étaient la boutique, puis la clinique et qui était maintenant la pharmacie.

Jane déposa Chantal dans son berceau improvisé au fond de la pièce et s'empressa de se rajuster. Elle pourrait sans doute aider Jean-Pierre et, de toute façon, Zahara aurait besoin d'un peu de compassion.

«Nous n'avons presque pas de munitions», dit Mohammed.

Jane n'en éprouvait pas grand regret. Cette guerre la révoltait, elle ne verserait pas une larme si les rebelles pour un moment étaient obligés de renoncer à tuer de malheureux soldats russes de dix-sept ans en proie au mal du pays.

«Nous avons perdu quatre convois en un an, poursuivit Mohammed. Trois seulement sont passés.

– Comment les Russes parviennent-ils à les trouver ?» demanda Jane.

Jean-Pierre, qui écoutait la conversation de la pièce voisine, lança par la porte ouverte : «Ils ont dû intensifier leur surveillance des cols en augmentant les patrouilles d'hélicoptères – ou peut-être même avec des photographies prises par satellite. »

Mohammed secoua la tête. « Ce sont les Pathans qui ont trahi. » Jane pensait que c'était possible. Dans les villages qu'ils traversaient, on considérait parfois que les convois attiraient les raids ; l'on pouvait imaginer que certains villageois étaient prêts à acheter leur sécurité en révélant aux Soviétiques où se trouvaient les convois – mais Jane ne savait pas très bien comment ils pouvaient leur transmettre ces renseignements.

Elle songeait à ce convoi. Elle avait demandé davantage d'antibiotiques, des seringues hypodermiques et tout un lot de pansements stériles. Jean-Pierre avait rédigé une longue liste de médicaments. L'organisation *Médecins de la Liberté* avait un représentant à Peshawar, la ville du nord-ouest du Pakistan où les guérilleros achetaient leurs armes. Sans doute avaient-ils pu se procurer l'essentiel du matériel localement, mais ils avaient dû faire venir par avion les médicaments d'Europe occidentale. Quel gâchis ! Il faudrait peut-être des mois avant le nouvel arrivage. Pour Jane, c'était une bien plus grande perte que les munitions.

Jean-Pierre revint, sa trousse à la main. Ils sortirent tous les trois dans la cour. Il faisait nuit. Jane s'arrêta pour dire à Fara de changer Chantal, puis elle emboîta le pas aux deux hommes.

Elle les rattrapa au moment où ils approchaient de la mosquée. Ce n'était pas un bâtiment bien impressionnant. Il n'avait rien des couleurs somptueuses ni de la décoration raffinée qu'on trouvait dans les albums illustrés sur l'art islamique. C'était une construction ouverte sur les côtés, au toit de paille soutenu par des colonnes en pierre, et Jane trouvait qu'elle ressemblait à un abribus ou peut-être à la véranda d'une maison coloniale en ruine. Un portail au milieu du bâtiment menait à une cour entourée de murs. Les villageois traitaient la mosquée avec un respect mitigé. Ils y priaient, mais ils utilisaient aussi le lieu comme salle de réunion, comme marché, comme salle de classe et comme hôtellerie. Ce soir, ce serait un hôpital.

Des lampes à huile accrochées aux colonnes de pierre éclairaient maintenant la mosquée. Les villageois s'étaient groupés à gauche du portail. Ils étaient silencieux. Quelques femmes sanglotaient sans bruit, l'on entendait les voix de deux hommes, l'un qui posait des questions et l'autre qui répondait. La foule s'écarta pour laisser passer Jean-Pierre, Mohammed et Jane.

Les six survivants de l'embuscade s'étaient regroupés sur le sol en terre battue. Les trois qui étaient indemnes étaient accroupis sur leurs talons, encore coiffés de leur casquette ronde de Chitranis, l'air sale, découragé, épuisé. Jane reconnut Matullah Khan, une version plus jeune de son frère Mohammed, Alishan Karim, plus mince que son frère le mullah, l'air tout aussi peu engageant. Deux des blessés étaient assis sur le sol, le dos appuyé au mur, l'un avec un pansement crasseux et ensanglanté autour de la tête, l'autre avec le bras en écharpe. Jane ne les connaissait ni l'un ni l'autre. Machinalement, elle évalua leurs blessures ; au premier abord, elles semblaient sans gravité.

Le troisième blessé, Ahmed Gul, était allongé sur une civière composée de deux bâtons et d'une couverture. Il avait les yeux clos, le teint terreux. Sa femme, Zahara, était accroupie derrière lui, lui tenant la tête sur ses genoux, lui caressant les cheveux et pleurant en silence. Jane ne voyait pas où il avait été blessé, mais elle sentait que ce devait être grave.

Jean-Pierre réclama une table, de l'eau chaude et des serviettes, puis s'agenouilla auprès d'Ahmed. Au bout de quelques secondes, il leva les yeux vers les autres guérilleros et dit en dari : « A-t-il été pris dans une explosion ?

– Les hélicoptères avaient des roquettes, dit un de ceux qui n'avaient rien. Il y en a une qui a éclaté auprès de lui. »

Jean-Pierre revint au français pour parler à Jane : « Il est dans un triste état. C'est un miracle qu'il ait survécu au trajet. »

Jane distingua les taches sur le menton d'Ahmed : il avait craché du sang, ce qui voulait dire qu'il avait des lésions internes.

Zahara lança à Jane un regard suppliant. « Comment est-il ? demanda-t-elle en dari.

– Je suis désolée, mon amie, répondit Jane aussi doucement qu'elle le pouvait. Il ne va pas bien. »

Zahara acquiesça, résignée : elle le savait, mais cette confirmation amena de nouvelles larmes sur son beau visage.

Jean-Pierre dit à Jane : « Ausculte les autres pour moi : avec lui, je ne veux pas perdre une minute. »

Jane examina les deux autres blessés. « La blessure à la tête n'est qu'une égratignure, dit-elle au bout d'un moment.

– Occupe-t'en, dit Jean-Pierre. Je vais surveiller les hommes en train de soulever Ahmed pour l'installer sur une table. »

Elle regarda l'homme avec le bras en écharpe. Il était plus sérieusement touché : une balle, semblait-il, lui avait fracassé un os. « Ça a dû faire mal », dit-elle au guérillero en dari. Il hocha la tête en souriant. Ces hommes étaient de fer. « La balle a brisé l'os », annonça-t-elle à Jean-Pierre.

Jean-Pierre ne leva pas les yeux d'Ahmed. « Fais-lui une anesthésie locale, nettoie la plaie, retire les éclats et remets-lui une écharpe propre. Nous réduirons la fracture plus tard. »

Elle se mit à préparer la piqûre. Quand Jean-Pierre aurait besoin de son aide, il l'appellerait. Cela promettait d'être une longue nuit.

Ahmed mourut peu après minuit et Jean-Pierre en aurait pleuré – non pas de tristesse, car il connaissait à peine Ahmed, mais de simple frustration, car il savait qu'il aurait pu sauver la vie du blessé, si seulement il avait eu un anesthésiste, de l'électricité et une salle d'opération.

Il recouvrit le visage du mort, puis se tourna vers la femme qui était là, immobile, à l'observer depuis des heures. « Je suis navré », dit-il. Elle hocha la tête. Il était heureux qu'elle fût calme. On l'accusait parfois de ne pas tout essayer : ils avaient l'air de croire qu'il en savait tant qu'il pouvait tout soigner, et il aurait voulu leur crier : Je ne suis pas Dieu, mais cette femme-là semblait comprendre.

Il se détourna du cadavre. Il était recru de fatigue. Il avait travaillé toute la journée sur des corps mutilés, et c'était le premier patient qu'il perdait. Les gens qui l'avaient observé, pour la plupart des parents du mort, s'approchèrent alors pour s'occuper du corps. Une vieille se mit à gémir et Jane l'entraîna.

Jean-Pierre sentit une main sur son épaule. En se retournant, il aperçut Mohammed, le guérillero qui organisait les convois. Il se sentit coupable.

« C'est la volonté d'Allah », dit Mohammed.

Jean-Pierre acquiesça. Mohammed prit un paquet de cigarettes pakistanaises et en alluma une. Jean-Pierre commença à rassembler ses instruments pour les ranger dans sa trousse. Sans regarder Mohammed, il demanda : « Que vas-tu faire maintenant ?

— Envoyer immédiatement un autre convoi, dit Mohammed. Il nous faut des munitions. »

Malgré sa fatigue, Jean-Pierre retrouva soudain sa vivacité.

« Tu veux regarder les cartes ?

— Oui. »

Jean-Pierre referma sa trousse et les deux hommes quittèrent la mosquée. Les étoiles éclairèrent leurs pas à travers le village jusqu'à la maison du boutiquier. Dans la pièce de séjour, Fara dormait sur un tapis auprès du berceau de Chantal. Elle s'éveilla aussitôt et se leva. « Tu peux rentrer chez toi maintenant », lui dit Jean-Pierre. Elle partit sans un mot.

Jean-Pierre posa sa trousse sur le sol, puis prit avec précaution le berceau et le porta dans la chambre. Chantal ne s'éveilla que lorsqu'il reposa le berceau par terre et se mit à pleurer. « Allons, qu'est-ce que c'est que ça ? » lui murmura-t-il. Il regarda sa montre et comprit qu'elle avait sans doute faim. « Maman arrive bientôt », lui dit-il. Cela n'eut aucun effet. Il la prit dans ses bras et se mit à la bercer. Elle se calma. Il revint avec elle dans l'autre pièce.

Mohammed, debout, attendait. «Tu sais où sont les cartes», lui dit Jean-Pierre.

Mohammed acquiesça; il ouvrit un coffre de bois, prit une grosse liasse de cartes pliées, en choisit quelques-unes et les étala sur le sol. Jean-Pierre, tout en berçant Chantal, regardait par-dessus l'épaule de Mohammed. «Où a eu lieu l'embuscade?» demanda-t-il.

Mohammed désigna un point tout proche de la ville de Jalalabad.

Les pistes qu'empruntaient les convois de Mohammed ne figuraient pas plus sur ces cartes-là que sur aucune autre. Toutefois, les cartes de Jean-Pierre montraient certaines des vallées, des plateaux et des torrents saisonniers où il pouvait y avoir des pistes. Parfois Mohammed savait de mémoire ce qu'il y avait là. Parfois, il lui fallait deviner; alors il discutait avec Jean-Pierre l'interprétation précise des courbes de niveaux ou bien des détails topographiques plus obscurs, comme les moraines.

«Tu pourrais, suggéra Jean-Pierre, passer plus au nord de Jalalabad.»

Au-dessus de la plaine où se trouvait la ville, il y avait un dédale de vallées qui s'étendaient comme une toile d'araignée entre les rivières Comar et Nuristan.

Mohammed alluma une autre cigarette – comme la plupart des guérilleros, c'était un gros fumeur – et il secoua la tête d'un air dubitatif tout en exhalant la fumée. «Il y a eu trop d'embuscades dans ce secteur, dit-il. S'ils ne nous trahissent pas déjà, ils ne tarderont pas à le faire. Non; le prochain convoi passera au *sud* de Jalalabad.»

Jean-Pierre fronça les sourcils : «Je ne vois pas comment c'est possible. Au sud, ce n'est que du terrain découvert depuis la passe de Khaybar. Vous seriez tout de suite repérés.

– Nous ne prendrons pas la passe de Khaybar», dit Mohammed. Il posa un doigt sur la carte, puis suivit le tracé de la frontière entre l'Afghanistan et le Pakistan vers le sud. «Nous franchirons la frontière à Teremengal.» Son doigt atteignit la ville qu'il venait de citer, puis traça une route de là jusqu'à la Vallée des Lions.

Jean-Pierre hocha la tête, en dissimulant sa jubilation. « C'est une excellente solution. Quand le nouveau convoi partira-t-il d'ici ? »

Mohammed commença à replier les cartes. « Après-demain. Il n'y a pas de temps à perdre. » Il rangea les cartes dans le coffre, puis se dirigea vers la porte.

Jane entra juste au moment où il sortait. Il lui dit « bonsoir » d'un air absent. Jean-Pierre se félicitait de ce que le beau guérillero ne fît plus les doux yeux à Jane depuis sa grossesse. Jean-Pierre trouvait qu'elle était beaucoup trop excitée et tout à fait capable de se laisser séduire : qu'elle eût une aventure avec un Afghan aurait causé des ennuis sans fin.

La trousse de Jean-Pierre était posée sur le sol, là où il l'avait laissée, Jane se pencha pour la ramasser. Il tressaillit et s'empressa de la lui prendre. Elle lui jeta un regard un peu surpris. « Je vais la ranger, dit-il. Occupe-toi de Chantal : elle a faim. » Il lui tendit le bébé.

Il emporta sa trousse et une lampe dans la pièce du devant tandis que Jane s'installait pour donner le sein à Chantal. Des cartons de produits pharmaceutiques s'entassaient sur le sol en terre battue. Des boîtes déjà entamées étaient rangées sur les étagères rudimentaires laissées par le boutiquier. Jean-Pierre posa sa trousse sur le comptoir en carrelage bleu, en tira une petite boîte en plastique noire qui avait à peu près la forme et la taille d'un téléphone portable. Il mit l'objet dans sa poche de pantalon.

Puis il vida sa trousse, mettant de côté les instruments pour les stériliser et rangeant sur les étagères les produits qui n'avaient pas servi.

Il revint dans la pièce de séjour. « Je descends à la rivière me baigner, dit-il à Jane. Je suis trop sale pour me coucher comme ça. »

Elle lui adressa le sourire rêveur et satisfait qu'elle arborait souvent lorsqu'elle nourrissait le bébé. « Fais vite », dit-elle.

Il sortit.

Le village allait enfin s'endormir. Des lampes brûlaient encore dans quelques maisons, il entendit par une fenêtre les sanglots d'une femme qui pleurait, mais presque partout tout était calme et noir. En passant devant la dernière maison du village, il entendit une voix de femme qui se lamentait et un moment il sentit le poids accablant des morts qu'il avait provoquées ; puis il chassa cette pensée de son esprit.

Il suivit un sentier rocailleux entre deux champs d'orge, regardant sans cesse autour de lui et tendant l'oreille : les hommes du village devaient maintenant être au travail. Dans un champ, il entendit le sifflement des faux. Et sur une étroite terrasse, il vit deux hommes qui sarclaient à la lueur d'une lampe. Il ne leur parla pas.

Parvenu à la rivière, il traversa le gué et gravit le chemin qui montait en lacet sur la falaise d'en face. Il savait qu'il ne risquait rien, et pourtant il se sentait de plus en plus tendu à mesure qu'il montait.

Au bout de dix minutes, il arriva au point élevé qu'il cherchait. Il tira la radio de sa poche, en déploya l'antenne télescopique. C'était le modèle le plus récent et le plus sophistiqué d'émetteur miniature que possédait le KGB, mais malgré cela celui-ci était si impropre aux transmissions radio que les Russes avaient bâti un relais spécial en haut d'une colline, juste à l'intérieur du territoire qu'ils contrôlaient, pour capter ses signaux et les retransmettre.

Il pressa le bouton et dit en anglais codé : « Ici Simplex. Répondez s'il vous plaît. »

Il attendit, puis répéta son appel.

À la troisième tentative, il obtint une réponse crépitante et avec un fort accent. *« Ici le Chauffeur. Allez-y, Simplex.*

– Votre réception était très réussie.

– *Je répète : la réception était très réussie*, dit son interlocuteur.

– Il est venu vingt-sept personnes et une autre est arrivée plus tard.

– *Je répète : il est venu vingt-sept personnes et une est arrivée plus tard.*

– Pour préparer la prochaine, j'ai besoin de trois chameaux. » En code cela signifiait « rendez-vous dans trois jours ».

«*Je répète : vous avez besoin de trois chameaux.*

– Je vous verrai à la mosquée.» Ça aussi, c'était un code : La «mosquée» était un lieu à quelques kilomètres de là où se rejoignaient trois vallées.

«*Je répète : à la mosquée.*

– Aujourd'hui, c'est dimanche.» Ce n'était pas du code, c'était une précaution contre la possibilité que l'abruti qui notait tout cela ne se rendît pas compte qu'il était plus de minuit si bien que le contact de Jean-Pierre arriverait un jour trop tôt au rendez-vous.

«*Je répète : aujourd'hui c'est dimanche.*

– Terminé.»

Jean-Pierre replia l'antenne et remit la radio dans sa poche de pantalon.

Il se déshabilla rapidement. Dans la poche de sa chemise, il prit une brosse à ongles et un petit morceau de savon. Le savon était rare en Afghanistan, mais en tant que médecin, Jean-Pierre était servi en priorité.

Il entra à pas hésitants dans la rivière des Cinq Lions, s'agenouilla et s'aspergea tout le corps d'eau glacée. Il se savonna la peau et les cheveux, puis prit la brosse et se mit à se frotter : les jambes, le ventre, le torse, le visage, les bras, les mains. Il se brossa les mains avec soin, les savonnant et les savonnant encore. Agenouillé dans l'eau peu profonde, nu et frissonnant sous les étoiles, il se brossa encore et encore, comme s'il n'allait jamais s'arrêter.

7

«Cet enfant a la rougeole, une gastro-entérite et la teigne, annonça Jean-Pierre. Il est également extrêmement sale et sous-alimenté.

– C'est leur cas à tous», fit Jane.

Ils parlaient français, comme ils le faisaient en général tous les deux et la mère de l'enfant promenait son regard de l'un à l'autre en les entendant parler, se demandant ce qu'ils disaient. Jean-Pierre, remarquant son inquiétude, s'adressa à elle en dari, pour lui dire simplement : « Ton fils ira bien. »

Il se dirigea vers l'autre côté de la grotte et ouvrit son coffre à médicaments. Tous les enfants amenés à la clinique étaient immédiatement vaccinés contre la tuberculose. Tout en préparant l'injection de BCG, il observait Jane du coin de l'œil. Elle donnait à l'enfant de petites gorgées d'un liquide destiné à le réhydrater – un mélange de glucose, de sel, de bicarbonate de soude et de chlorate de potasse dissous dans de l'eau distillée –, et entre deux gorgées, elle lavait avec douceur son visage crasseux. Ses mouvements étaient vifs et gracieux, comme ceux d'un artisan : on aurait dit un potier en train de modeler de la terre glaise, ou un maçon maniant une truelle. Il regarda ses mains fines tandis qu'elle prodiguait à l'enfant affolé des caresses légères et rassurantes. Il aimait bien ses mains.

Lorsqu'il prit l'aiguille, il se détourna, pour que l'enfant ne la vît pas, puis il la tint cachée par sa manche et revint vers lui, en attendant Jane. Il examinait son visage tandis qu'elle nettoyait la peau du jeune garçon à la hauteur de l'épaule droite et qu'elle la frottait avec un tampon imbibé d'alcool. C'était un visage espiègle, avec de grands yeux, un nez retroussé, une grande bouche qui souriait souvent. L'expression maintenant était grave et elle remuait la mâchoire d'un côté à l'autre, comme si elle serrait les dents – ce qui voulait dire qu'elle se concentrait. Jean-Pierre connaissait toutes ses expressions et aucune de ses pensées.

Il se demandait souvent – presque continuellement en fait – à quoi elle pensait, mais il n'osait pas le lui demander, car ce genre de conversation pourrait facilement les emmener en territoire interdit. Il devait être si constamment sur ses gardes, comme un mari infidèle, de crainte qu'une de ses paroles – ou même l'expression de son visage – n'allât le trahir. Il n'était pas question de parler de vérité et de malhonnêteté, de confiance et de trahison, de liberté ou de tyrannie ; pas davantage de sujets qui pourraient les amener là, comme l'amour, la guerre et la politique. Il se méfiait même lorsqu'il abordait des sujets tout à fait innocents. Il y avait donc dans leur mariage un étrange manque d'intimité. Même faire l'amour était étrange. Il constatait qu'il ne pouvait arriver à un orgasme que lorsqu'il fermait les yeux en s'imaginant qu'il était ailleurs. Ça avait été un soulagement pour lui d'avoir à s'abstenir ces dernières semaines à cause de la naissance de Chantal.

« Quand tu voudras », dit Jane et il se rendit compte qu'elle lui souriait.

Il prit le bras de l'enfant et dit en dari : « Quel âge as-tu ?
– Sept ans. »

Au moment où l'enfant répondit, Jean-Pierre lui enfonça l'aiguille dans le bras. Le jeune garçon se mit aussitôt à crier. Le son de sa voix rappela à Jean-Pierre l'époque où lui-même avait sept ans et où, montant sur sa première bicyclette, il était tombé et s'était mis à pleurer exactement de la même façon : un hurlement de protestation devant une douleur inattendue. Il contempla le visage crispé de son jeune patient, en se souvenant combien cela faisait mal et comme il était furieux. Il se prit à penser : Comment en suis-je donc arrivé où j'en suis ?

Il lâcha l'enfant qui s'en alla retrouver sa mère. Il compta trente comprimés de vingt-cinq centigrammes de Griséofulvine, qu'il remit à la femme. « Fais-lui-en prendre un chaque jour jusqu'à ce qu'il n'y en ait plus, expliqua-t-il simplement en dari. N'en donne à personne d'autre : il a besoin du tout. » Cela le débarrasserait de sa teigne. La rougeole et la gastro-entérite disparaîtraient en temps voulu. « Garde-le au lit jusqu'à ce que les taches disparaissent et veille à ce qu'il boive beaucoup. »

La femme acquiesça.

« A-t-il des frères et sœurs ? demanda Jean-Pierre.

– Cinq frères et deux sœurs, répondit fièrement la femme.

– Il doit dormir seul, sinon ils seront malades aussi. » La femme eut un air hésitant : sans doute n'avait-elle qu'un seul lit pour tous ses enfants. Jean-Pierre n'y pouvait rien. Il poursuivit : « S'il ne va pas mieux quand il aura pris tous les comprimés, ramène-le-moi. » Ce dont l'enfant avait vraiment besoin, c'était d'une chose que ni Jean-Pierre ni sa mère ne pouvaient lui procurer : une nourriture bonne et saine en abondance. Ils repartirent tous les deux, l'enfant malade et décharné et la mère frêle et fatiguée. Sans doute avaient-ils fait plusieurs kilomètres, elle portant l'enfant pendant presque tout le trajet, maintenant ils allaient rentrer à pied. Le jeune garçon mourrait peut-être de toute façon. Mais pas de tuberculose.

Il y avait encore un patient pour la consultation : le *malang*. C'était le saint homme de Banda. À moitié fou, souvent plus qu'à moitié nu, il déambulait dans la Vallée des Cinq Lions, de Comar, à une quarantaine de kilomètres en amont de Banda, à Charikar, dans la plaine contrôlée par les Russes, à près de cent kilomètres au sud-ouest. Il tenait des propos désordonnés et il avait des visions. Les Afghans croyaient que les malangs portaient bonheur, et non seulement supportaient leur comportement mais leur donnaient à manger, à boire et leur fournissaient des vêtements.

Il arriva, les reins ceints de haillons et coiffé d'une casquette d'officier russe. Il se tenait le ventre à deux mains, mimant la souffrance. Jean-Pierre prit dans un flacon une poignée de comprimés de Diamorphine et les lui donna. Le vieux fou partit en courant, serrant précieusement ses comprimés d'héroïne synthétique.

« Il doit être intoxiqué maintenant, dit Jane, avec une nuance de désapprobation dans la voix.

– Il l'est, reconnut Jean-Pierre.

– Pourquoi lui en donnes-tu ?

– Ce malheureux a un ulcère. Qu'est-ce que je devrais faire : l'opérer ?

– C'est toi le docteur. »

Jean-Pierre se mit à préparer sa trousse. Le lendemain matin il avait une consultation à Cobak, à dix ou douze kilomètres dans les montagnes – et il avait un rendez-vous en chemin.

Les pleurs du petit garçon de sept ans avaient ramené dans la grotte un air du passé, comme un parfum de vieux jouets, ou une étrange lumière qui vous fait vous frotter les yeux. Jean-Pierre était un peu désorienté. Il ne cessait de voir des personnages de son enfance dont les visages se superposaient aux objets qui l'entouraient, comme des scènes d'un film projetées par un appareil sur le dos des spectateurs au lieu de l'écran. Il aperçut ainsi son premier professeur, Mlle Médecin, avec ses lunettes d'acier ; Jacques Lafontaine, qui l'avait fait saigner du nez parce que Jean-Pierre l'avait traité de con ; sa mère, maigre, mal vêtue et toujours affolée ; et surtout son père, un grand homme robuste et coléreux.

Il fit un effort pour se concentrer sur le matériel et les médicaments dont il pouvait avoir besoin à Cobak. Il emplit un flacon d'eau distillée pour boire en route. Quant à la nourriture, elle lui serait fournie par les villageois là-bas.

Il emporta les sacs dehors et les chargea sur la vieille jument acariâtre qu'il utilisait pour ce genre de déplacements. La bête voulait bien marcher toute la journée en ligne droite mais répugnait fort à prendre des tournants ; c'est pour cela que Jane l'avait prénommée Maggie, par référence au Premier ministre britannique Margaret Thatcher.

Jean-Pierre était prêt. Il retourna dans la grotte et vint poser un baiser sur les douces lèvres de Jane. Au moment où il s'en allait, Fara arriva avec Chantal. Le bébé pleurait. Jane déboutonna sa chemise et donna aussitôt le sein à Chantal. Jean-Pierre caressa la joue rose de sa fille et dit : « Bon appétit. » Puis il partit.

Il fit descendre à Maggie la montagne jusqu'au village abandonné et se dirigea vers le sud-ouest, en suivant la berge de la rivière. Il marchait d'un pas vif et sans fatigue sous le soleil brûlant : il y était habitué.

À mesure qu'il laissait derrière lui son personnage de médecin et songeait au rendez-vous qui l'attendait, il commençait à se sentir anxieux. Anatoly serait-il là ? Il aurait pu être retardé. Il aurait pu même être capturé. Dans ce cas, avait-il parlé ? Avait-il trahi sous la torture ? Y aurait-il un groupe de guérilleros attendant Jean-Pierre, sans merci et décidés à se venger?

Car, malgré toute leur poésie et leur piété, c'étaient des barbares, ces Afghans. Leur sport national était le *buzkashi,* un jeu dangereux et sanglant : on plaçait au milieu d'un champ le corps décapité d'un veau, deux équipes opposées s'alignaient à cheval puis, au signal donné par un coup de feu, tous chargeaient en direction de la carcasse. Le but du jeu était de la ramasser et de la transporter, jusqu'à un point situé à un bon kilomètre et demi puis de la rapporter au milieu du cercle sans laisser aucun des joueurs de l'équipe adverse vous l'arracher. Quand la macabre proie était déchiquetée, comme c'était souvent le cas, un arbitre était là pour décider quelle équipe avait entre les mains la part la plus grande. Jean-Pierre était tombé ainsi sur des joueurs l'hiver dernier, juste à côté de la ville de Rokha, plus bas dans la vallée, il avait suivi la partie quelques minutes avant de comprendre qu'ils ne jouaient pas avec un veau, mais avec un homme, *et que l'homme était encore vivant.* Ecœuré, il avait tenté d'arrêter la partie, mais quelqu'un lui avait dit que l'homme était un officier russe, comme si cette explication justifiait tout. Les joueurs ignorèrent Jean-Pierre ; et il ne put rien faire pour attirer l'attention de la cinquantaine de cavaliers fortement excités et tout à leur jeu sanguinaire. Il n'était pas resté pour regarder l'homme mourir, mais peut-être aurait-il dû, car l'image qui restait dans son esprit, et qui lui revenait chaque fois qu'il s'inquiétait à l'idée d'être découvert, c'était celle de ce Russe, impuissant et ruisselant de sang, qu'on déchiquetait tout vivant.

Le sentiment du passé était toujours avec lui et, regardant les parois des roches brunes du goulet par lequel il passait, il revoyait des scènes de son enfance qui alternaient avec des cauchemars où il était pris par les guérilleros. Son plus vieux souvenir était celui du procès et de l'accablante impression d'injustice qu'il avait ressentie lorsqu'on avait envoyé son père en prison. Il savait à peine lire, mais il reconnaissait le nom de son père dans les gros titres des journaux. À cet âge-là – il devait avoir quatre ans – il ne savait pas ce que cela voulait dire que d'être un héros de la Résistance. Il savait que son père était un communiste, tout comme les amis de son père, le prêtre, le cordonnier et l'homme assis derrière le comptoir au bureau de poste du village ; mais il croyait qu'on l'appelait Roland le Rouge à cause de son teint coloré. Lorsque son père fut reconnu coupable de trahison et condamné à cinq ans de prison, on avait dit à Jean-Pierre que c'était à cause d'oncle Abdul, un homme à la peau brune et à l'air effrayé qui avait passé plusieurs semaines à la maison et qui appartenait au FLN, mais Jean-Pierre ne savait pas ce que c'était que le FLN et croyait qu'ils parlaient de l'éléphant du zoo. La seule chose qu'il comprit clairement et dont il demeura toujours convaincu, c'était que la police était cruelle, les juges malhonnêtes et que le peuple était dupé par la presse.

Comme les années passaient, il comprit davantage, souffrit plus fort et son sentiment de criante injustice s'accentua. Lorsqu'il alla à l'école, les autres garçons disaient que son père était un traître. Il leur répliquait qu'au contraire son père s'était bravement battu et avait risqué sa vie pendant la guerre, mais ils ne le croyaient pas. Sa mère et lui s'en allèrent vivre quelque temps dans un autre village, mais on ne sait comment les voisins découvrirent qui ils étaient et recommandèrent à leurs enfants de ne pas jouer avec Jean-Pierre. Mais le pire, c'étaient les visites à la prison. Son père changeait visiblement, il maigrissait, il était pâle et avait l'air malade ; mais ce qui était encore pire, c'était de le voir ainsi confiné, vêtu de la sinistre tenue des prisonniers, avec un air de chien battu et disant « Monsieur » à des brutes arrogantes armées de matraques. Au bout d'un moment, l'odeur de la prison donnait la nausée à Jean-Pierre, il se mettait à vomir à peine en avait-il franchi les portes ; sa mère cessa donc de l'emmener.

Ce ne fut que quand son père fut sorti de prison que Jean-Pierre lui parla longuement et finit par tout comprendre et par voir que l'injustice de tout ce qui s'était passé était encore plus flagrante qu'il ne l'avait pensé. Pendant l'occupation allemande, les communistes français, déjà organisés en cellules, avaient joué un rôle capital dans la Résistance. Une fois la guerre terminée, son père avait poursuivi le combat contre ce qu'il appelait la tyrannie de la droite. À cette époque, lui avait expliqué son père, l'Algérie était une colonie française dont la population était opprimée et exploitée. De jeunes Français mobilisés dans l'armée étaient contraints de lutter contre les Algériens dans une guerre cruelle ; le FLN, que Jean-Pierre associait toujours avec l'image d'un vieil éléphant galeux dans un zoo de province, c'était le Front de Libération nationale du peuple algérien.

Le père de Jean-Pierre était l'une des cent vingt et une personnalités à avoir signé une pétition en faveur de la liberté pour les Algériens. La France était en guerre, la pétition fut considérée comme séditieuse, car on pouvait l'interpréter comme encourageant les soldats français à déserter. Mais son père avait fait pire que cela : il avait été un « porteur de valise », il avait pris une valise pleine d'argent recueilli en France pour le FLN et l'avait transportée en Suisse pour déposer les fonds dans une banque ; en outre, il avait abrité l'oncle Abdul, qui n'était pas un oncle du tout, mais un Algérien recherché par la police.

C'étaient le genre de choses qu'il avait faites pendant la guerre contre les nazis, avait-il expliqué à Jean-Pierre. Il continuait à mener le même combat. L'ennemi n'avait jamais été les Allemands, tout comme l'ennemi en ce temps-là n'était pas le peuple français : c'étaient les capitalistes, les possédants, les riches et les privilégiés, la classe dirigeante prête à utiliser n'importe quels moyens pour protéger ses positions. Ces gens-là étaient si puissants qu'ils contrôlaient la moitié du monde : mais il y avait quand même de l'espoir pour les pauvres, pour les malheureux, les opprimés car, à Moscou, c'était le peuple qui gouvernait et, dans le reste du monde, les classes laborieuses se tournaient vers l'Union soviétique pour y trouver assistance et inspiration dans le combat pour la liberté.

À mesure que Jean-Pierre grandissait, l'image se ternissait et il découvrit que l'Union soviétique n'était pas le paradis. Mais rien de ce qu'il apprit ne vint changer sa conviction fondamentale que le mouvement communiste, guidé de Moscou, était le seul espoir pour les peuples opprimés du monde et le seul moyen de détruire les juges, la police et la presse qui avaient si brutalement trahi son père.

Le père avait réussi à transmettre le flambeau au fils. Et, comme s'il le savait, le père de Jean-Pierre avait commencé à décliner. Jamais il ne retrouva son teint coloré. Il n'allait plus aux manifestations, il n'organisait plus de bals pour recueillir des fonds, il n'écrivait plus de lettres aux journaux locaux. Il occupa une série d'emplois de bureau peu glorieux. Il appartenait au Parti, bien sûr, il était membre d'un syndicat, mais il ne reprit pas la présidence de comités, la rédaction de comptes rendus, la préparation d'ordres du jour. Il continuait à jouer aux échecs et à boire le pastis avec le prêtre, le cordonnier et le receveur des postes, mais leurs discussions politiques, qui jadis avaient été passionnées, manquaient maintenant d'éclat ; comme si la révolution pour laquelle ils avaient travaillé si dur se trouvait indéfiniment remise. Au bout de quelques années, son père était mort. Ce fut seulement alors que Jean-Pierre découvrit qu'il ne s'était jamais remis d'une tuberculose contractée en prison. On lui avait pris sa liberté, on lui avait brisé l'âme et ruiné la santé. Mais la pire chose qu'on lui avait faite, ç'avait été de le qualifier de traître. C'était un héros qui avait risqué sa vie pour ses compatriotes, mais il était mort accusé de trahison.

Ils le regretteraient aujourd'hui, papa, s'ils savaient quelle revanche je prends, songeait Jean-Pierre tout en guidant sa jument décharnée au flanc d'une montagne afghane. Grâce aux renseignements que je leur ai fournis, les communistes ont réussi à couper les lignes de ravitaillement de Massoud. L'hiver dernier, il n'a pas pu amasser d'armes ni de munitions. Cet été, au lieu de lancer des attaques sur la base aérienne, les centrales électriques, les convois de ravitaillement, il lutte pour se défendre contre les raids du gouvernement sur son territoire à lui. À moi tout seul, papa, j'ai presque anéanti l'efficacité de ce barbare qui veut ramener son pays aux âges sombres de la sauvagerie, du sous-développement et de la superstition islamique.

Bien sûr, étrangler les lignes de ravitaillement de Massoud ne suffisait pas. L'homme était déjà un personnage de stature nationale. En outre, il avait l'intelligence et la force de caractère suffisantes pour passer de la situation de chef rebelle à celle de président légitime. C'était un Tito, un de Gaulle, un Mugabe. Il fallait non seulement le neutraliser, mais l'anéantir : qu'il fût pris par les Russes, mort ou vivant.

La difficulté était que Massoud se déplaçait vite et sans bruit, un peu comme un cerf dans la forêt, émergeant soudain des sous-bois et disparaissant ensuite tout aussi brusquement. Mais Jean-Pierre était patient et les Russes aussi : il viendrait un moment, tôt ou tard, où Jean-Pierre saurait, avec certitude, l'endroit exact où devait être Massoud pour les vingt-quatre heures à venir – peut-être s'il était blessé ou s'il projetait d'assister à un enterrement – et alors Jean-Pierre utiliserait sa radio pour transmettre un message spécial, et le faucon frapperait.

Il regrettait de ne pouvoir dire à Jane ce qu'il faisait vraiment ici. Peut-être parviendrait-il même à la convaincre que sa cause était juste. Il lui ferait remarquer que leur travail de médecin était inutile, car aider les rebelles ne servait qu'à perpétuer la plaie de la pauvreté et de l'ignorance dans lesquelles vivait le peuple et retarder le moment où l'Union soviétique pourrait littéralement empoigner ce pays par la peau du cou et le traîner malgré ses cris et ses protestations dans le XXe siècle. Elle pourrait bien comprendre cela. Pourtant, il savait d'instinct qu'elle ne lui pardonnerait pas de l'avoir trompée comme il l'avait fait. En fait, elle serait furieuse. Il pouvait l'imaginer sans remords, implacable et fière. Elle le quitterait immédiatement, comme elle avait quitté Ellis Thaler. Elle serait doublement furieuse d'avoir été trompée exactement de la même façon par deux hommes de suite.

Aussi, dans sa terreur de la perdre, continuait-il à la tromper, comme un homme au bord d'un précipice, paralysé par la peur.

Elle savait, bien sûr, qu'il y avait *quelque chose*; il le sentait à la façon dont elle le regardait parfois. Mais, il en était certain, elle avait l'impression que c'était un problème dans leurs rapports : l'idée ne lui venait pas que toute sa vie à lui n'était qu'une monumentale imposture.

La sécurité absolue n'était pas possible, mais il prenait toutes les précautions pour éviter d'être découvert par elle ou par qui que ce fût. Lorsqu'il utilisait la radio, il parlait en code, non pas parce que les rebelles risquaient de l'écouter – ils n'avaient pas de radio – mais parce que l'armée afghane pourrait le faire et qu'elle était si infestée de traîtres qu'elle n'avait pas de secrets pour Massoud. L'émetteur de Jean-Pierre était assez petit pour être dissimulé dans le double fond de sa trousse de médecin, ou dans la poche de son large pantalon à l'afghane lorsqu'il n'avait pas sa trousse. L'inconvénient était qu'il ne fût assez puissant que pour de très courtes conversations avec l'avant-poste russe le plus proche, la base aérienne de Bagram, à quatre-vingts kilomètres. Il aurait fallu une très longue émission pour donner tous les détails des itinéraires et des heures de passage des convois – surtout en code. Il aurait fallu un poste et des piles beaucoup plus encombrants. Jean-Pierre et M. Leblond n'avaient pas jugé cela utile. Jean-Pierre devait donc rencontrer son contact pour lui transmettre ses renseignements.

Il arriva en haut d'une pente et regarda vers le bas. Il était à l'entrée d'une petite vallée. Le chemin sur lequel il se trouvait donnait sur une autre vallée, perpendiculaire à celle-ci et coupée en deux par un torrent de montagne qui étincelait dans le soleil de l'après-midi. De l'autre côté de la rivière, une autre vallée conduisait par les montagnes jusqu'à Cobak, son ultime destination. Là où les trois vallées se rejoignaient, sur ce côté-ci de la rivière, il y avait une petite cabane en pierre. La région était parsemée de ces constructions primitives. Jean-Pierre pensait qu'elles avaient été construites par les nomades et les négociants ambulants qui les utilisaient la nuit.

Il descendit la colline, tenant Maggie par la bride. Anatoly était sans doute déjà là. Jean-Pierre ne connaissait pas son vrai nom ni son rang, mais sans doute appartenait-il au KGB et il pensait, d'après une phrase que le Russe avait eue un jour sur les généraux, qu'il était colonel. Mais quel que fût son rang, ce n'était pas un bureaucrate. Entre ici et Bagram, il y avait quatre-vingts kilomètres de pays de montagne, et Anatoly les parcourait seul, en un jour et demi. C'était un Russe d'Asie, avec de hautes pommettes et une peau jaune et, en costume afghan, il passait pour un Ouzbek, un membre du groupe ethnique des Mongols du Nord de l'Afghanistan. Cela expliquait son dari hésitant : les Ouzbeks avaient leur propre langue. Anatoly était brave : bien sûr, il ne parlait pas la langue ouzbek, aussi risquait-il d'être démasqué ; et lui aussi savait que les guérilleros jouaient au buzkashi avec les officiers russes qu'ils capturaient.

Les risques que courait Jean-Pierre lors de ces rencontres étaient un peu moindres. Ses constants déplacements vers des villages éloignés pour donner des consultations n'étonnaient guère. Il risquait toutefois d'éveiller les soupçons si l'on remarquait qu'il tombait plus d'une fois ou deux sur le même Ouzbek errant. Et, bien sûr, si par hasard un Afghan qui parlait français (comme c'était le cas de ceux qui avaient de l'instruction) surprenait la conversation du docteur avec cet Ouzbek vagabond, Jean-Pierre ne pourrait qu'espérer mourir vite.

Ses sandales ne faisaient aucun bruit sur le sentier et les sabots de Maggie s'enfonçaient sans bruit dans la terre, aussi lorsqu'il approcha de la cabane se mit-il à siffloter au cas où quelqu'un d'autre qu'Anatoly se trouverait à l'intérieur : il prenait soin de ne pas surprendre les Afghans qui étaient tous armés et nerveux. Il baissa la tête et entra dans la cabane. À sa surprise, il n'y avait personne à l'intérieur. Il s'assit, adossé au mur de pierre, et s'installa pour attendre. Au bout de quelques minutes, il ferma les yeux. Il était fatigué, mais trop tendu pour dormir. C'était ce qu'il y avait de pire dans sa mission : le mélange de peur et d'ennui qui l'envahissait durant ces longues attentes. Il avait appris à accepter les retards dans ce pays sans montres, mais il n'avait jamais acquis la patience imperturbable des Afghans. Il ne put s'empêcher d'imaginer les diverses catastrophes qui auraient pu arriver à Anatoly. Quelle ironie du sort ce serait si Anatoly avait marché sur une mine russe antipersonnel et avait eu le pied arraché ! Ces mines blessaient en fait plus de bétail que d'êtres humains, mais elles n'en étaient pas moins efficaces pour autant : la perte d'une vache pouvait tuer une famille afghane aussi sûrement que si leur maison avait été bombardée quand ils se trouvaient tous à l'intérieur. Jean-Pierre ne riait plus lorsqu'il voyait une vache ou une chèvre avec une patte en bois rudimentaire.

Dans sa rêverie, il perçut une présence étrangère et ouvrit les yeux pour voir le visage oriental d'Anatoly à quelques centimètres du sien.

« J'aurais pu vous voler, dit Anatoly dans un français parfait.

– Je ne dormais pas. »

Anatoly s'assit en tailleur sur le sol en terre battue. Il avait une silhouette trapue et musclée dans sa chemise et son large pantalon de coton, avec son turban, son foulard à carreaux et une couverture de laine brune qu'on appelait un *pattu*, autour des épaules ; il laissa tomber son foulard et sourit, révélant des dents gâtées par le tabac. « Comment allez-vous, mon ami ?

– Bien.

– Et votre femme ? »

Il y avait quelque chose de sinistre dans la façon dont Anatoly demandait toujours des nouvelles de Jane. Les Russes s'étaient montrés violemment opposés à l'idée qu'il emmène Jane en Afghanistan, en affirmant qu'elle le gênerait dans son travail. Jean-Pierre avait fait remarquer que, de toute façon, il devait emmener une infirmière avec lui – c'était la politique de *Médecins pour la Liberté* de toujours envoyer des couples – et qu'il coucherait sans doute avec quiconque l'accompagnerait, à moins qu'elle ne ressemblât à King-Kong. Les Russes avaient fini par accepter, mais à contrecœur. « Jane va bien, dit-il. Elle a eu son bébé voilà six semaines. Une fille.

– Félicitations ! dit Anatoly qui semblait sincèrement ravi, mais n'était-ce pas un peu prématuré ?

– Si. Par chance tout s'est bien passé : en fait c'est la sage-femme du village qui a mis le bébé au monde.

– Pas vous ?

– Je n'étais pas là. J'étais avec vous.

– Mon Dieu, fit Anatoly, l'air horrifié. Dire qu'il a fallu que je vous retienne un jour aussi important… »

Jean-Pierre était content de la sollicitude d'Anatoly, mais il ne le montra pas. « D'ailleurs, ça en valait la peine : vous avez touché le convoi dont je vous avais parlé.

– Vos renseignements sont excellents. Encore toutes mes félicitations. »

Jean-Pierre était très fier, mais il essaya de prendre un ton détaché : « Notre système a l'air de très bien fonctionner », dit-il d'un ton modeste.

Anatoly acquiesça : « Comment ont-ils réagi à l'embuscade ?

– Ils sont désespérés. » Jean-Pierre se rendait compte, tout en parlant, qu'un autre avantage de ces rencontres directes était de pouvoir fournir ce genre de renseignements, de décrire des sentiments, des impressions, tout ce qui n'était pas assez concret pour être transmis par radio en message codé. « Ils ne cessent maintenant d'être à court de munitions.

– Et le prochain convoi… quand va-t-il partir ?

– Il s'est mis en route hier.

– C'est vrai qu'ils sont désespérés. Bien. » Anatoly fouilla dans sa chemise et en retira une carte. Il la déplia sur le sol. Elle montrait la région s'étendant entre la Vallée des Cinq Lions et la frontière pakistanaise.

Jean-Pierre se concentra, évoquant les détails qu'il avait appris par cœur durant sa conversation avec Mohammed et entreprit de tracer pour Anatoly la route que le convoi suivrait au retour du Pakistan. Il ne savait pas exactement quand ils allaient revenir, car Mohammed ne savait pas combien de temps ils allaient passer à Peshawar pour acheter ce dont ils avaient besoin. Anatoly toutefois avait à Peshawar des gens qui lui feraient savoir quand partirait le convoi pour la Vallée des Cinq Lions et, à partir de là, il pourrait mettre au point l'horaire des opérations.

Anatoly ne prit aucune note mais se contenta d'apprendre par cœur chaque mot que prononçait Jean-Pierre. Lorsqu'ils eurent terminé, ils reprirent tout, Anatoly répétant à Jean-Pierre pour vérifier.

Le Russe replia la carte, la remit dans sa chemise : « Et Massoud ? demanda-t-il tranquillement.

— Nous ne l'avons pas vu depuis la dernière fois que je vous ai parlé, dit Jean-Pierre. J'ai seulement vu Mohammed — et il n'est jamais très sûr de l'endroit où se trouve Massoud ni du moment où il va apparaître.

— Massoud est un vrai renard, dit Anatoly.

— Nous le capturerons, dit Jean-Pierre.

— Oh ! nous le prendrons, c'est sûr. Il sait que la chasse bat son plein, alors il couvre ses traces. Mais les chiens sont sur sa piste, il ne peut toujours nous échapper : nous sommes si nombreux, si forts et notre sang bout dans nos veines. » Il prit soudain conscience qu'il révélait ses sentiments. Il sourit et redevint plus terre à terre : « Des piles », dit-il en tirant de sa poche de chemise un paquet.

Jean-Pierre prit le petit émetteur radio dans le double fond de sa trousse, en retira les piles usées qu'il remplaça par les neuves. Ils faisaient cela chaque fois qu'ils se rencontraient, pour s'assurer que Jean-Pierre ne perdrait pas contact tout simplement faute de courant. Anatoly rapportait les piles usées jusqu'à Bagram, car c'était inutile de courir le risque de jeter des piles de fabrication soviétique ici, dans la Vallée des Cinq Lions, où personne n'avait d'appareil électrique.

Tandis que Jean-Pierre remettait la radio dans sa trousse, Anatoly demanda : « Vous n'avez rien contre les ampoules ? Mes pieds... » Puis il s'arrêta soudain, fronça les sourcils puis pencha la tête, l'oreille aux aguets.

Jean-Pierre se crispa. Jusque-là, on ne les avait jamais vus ensemble. Cela devait arriver tôt ou tard, ils le savaient, ils avaient prévu ce qu'ils feraient, comment ils se comporteraient comme des étrangers partageant un abri et reprendraient leur conversation une fois l'intrus parti – ou bien, si l'intrus faisait mine de s'attarder, ils partiraient ensemble comme s'ils se trouvaient voyager dans la même direction. Ils étaient convenus de tout cela par avance mais, néanmoins, Jean-Pierre sentait que sa culpabilité devait se lire sur son visage.

Un instant plus tard, il entendit un pas dehors et le bruit de quelqu'un qui respirait fort ; une ombre obscurcit l'entrée inondée de soleil et Jane pénétra dans la cabane.

« Jane ! » dit-il.

Les deux hommes se levèrent d'un bond.

« Qu'y a-t-il ? fit Jean-Pierre. Pourquoi es-tu ici ?

– Dieu merci, je t'ai rattrapé ! » fit-elle, hors d'haleine.

Du coin de l'œil Jean-Pierre vit Anatoly se couvrir le visage avec son écharpe, détourner la tête, comme le ferait un Afghan en voyant surgir une femme effrontée. Ce geste aida Jean-Pierre à se remettre de la surprise de voir Jane. Il jeta un rapide regard autour de lui. Par chance, Anatoly avait rangé les cartes quelques minutes plus tôt. Mais l'émetteur – l'émetteur dépassait de la trousse médicale de quelques centimètres. Jane pourtant ne l'avait pas vu... pas encore.

« Assieds-toi, dit Jean-Pierre. Reprends ton souffle. » Il s'assit en disant cela et en profita pour déplacer sa trousse de façon que la radio dépassât du côté qui lui faisait face et non pas vers Jane. « Que se passe-t-il ? dit-il.

– Un problème médical que je n'arrive pas à résoudre. »

Jean-Pierre se détendit quelque peu : il craignait qu'elle ne l'eût suivi parce qu'elle se doutait de quelque chose. « Prends un peu d'eau », dit-il. Il plongea une main dans son sac et, de l'autre, poussa la radio dedans pendant qu'il fourrageait parmi ses affaires. Une fois l'émetteur dissimulé, il prit sa gourde d'eau distillée et la lui tendit. Ses battements de cœur commençaient à redevenir normaux. Il recouvrait sa présence d'esprit. La preuve était maintenant hors de vue. Qu'y avait-il d'autre là pour éveiller ses soupçons ? Peut-être avait-elle entendu Anatoly parler français : mais ce n'était pas aussi inhabituel : quand un Afghan parlait une seconde langue, c'était souvent le français et un Ouzbek pouvait fort bien parler le français mieux que le dari. Que disait donc Anatoly lorsqu'elle était arrivée ? Jean-Pierre se rappela : il lui demandait une pommade contre les ampoules. C'était parfait. Les Afghans demandaient toujours des médicaments lorsqu'ils rencontraient un médecin, même s'ils étaient en parfaite santé.

Jane but une gorgée d'eau et se mit à parler. « Quelques minutes après ton départ, ils ont amené un garçon de dix-huit ans avec une très vilaine blessure à la cuisse. » Elle but une autre gorgée. Elle ne se souciait pas de la présence d'Anatoly et Jean-Pierre se rendit compte qu'elle était si préoccupée par cette urgence médicale que c'était à peine si elle avait remarqué la présence d'un étranger. « Il a été blessé dans les combats près de Rokha, et son père l'a porté jusqu'à la Vallée : cela lui a pris deux jours. Quand ils sont arrivés, la blessure était vilainement gangrenée. Je lui ai donné six cents milligrammes de pénicilline en cristaux injectés dans la fesse, et puis j'ai nettoyé la plaie.

– Tout à fait correct, dit Jean-Pierre.

– Quelques minutes plus tard, il a été pris de sueurs froides et s'est mis à délirer. J'ai pris son pouls : rapide mais faible.

– Est-ce qu'il est devenu pâle ou gris, est-ce qu'il avait du mal à respirer ?

– Oui.

– Qu'as-tu fait ?

– Je l'ai soigné pour un choc – je lui ai soulevé les pieds, je l'ai enveloppé dans une couverture, je lui ai donné du thé – et puis je suis partie à ta recherche. » Elle était au bord des larmes. « Son père l'a porté pendant deux jours : je ne pouvais pas le laisser mourir.

– Ça n'est pas nécessaire, dit Jean-Pierre. Le choc allergique est une réaction rare mais fort bien connue aux injections de pénicilline. Le traitement consiste en un demi-millilitre d'adrénaline en injection intramusculaire; suivi d'un antihistaminique – par exemple, six millilitres de Diphenhydramine. Veux-tu que je revienne avec toi?» Tout en faisant cette proposition, il jeta un coup d'œil à Anatoly, mais le Russe ne broncha pas.

Jane soupira. «Non, dit-elle : il y aura sans doute quelqu'un d'autre en train de mourir de l'autre côté de la colline. Va à Cobak.

– Si tu es sûre.

– Oui.»

La flamme d'une allumette jaillit tandis qu'Anatoly allumait une cigarette. Et Jane lui jeta un coup d'œil puis son regard revint à Jean-Pierre. «Un demi-millilitre d'adrénaline et puis six millilitres de Diphenhydramine.» Elle se releva. «Oui.» Jean-Pierre se leva avec elle et l'embrassa. «Tu es sûre que tu peux te débrouiller?

– Absolument.

– Il faut que tu fasses vite.

– Oui.

– Veux-tu prendre Maggie?»

Jane réfléchit un moment. «Je ne crois pas. Sur ce sentier, ça va plus vite de marcher.

– Comme tu préfères.

– Au revoir.

– Au revoir, Jane.»

Jean-Pierre la regarda partir. Il resta immobile un moment. Ni lui ni Anatoly ne disaient rien. Au bout d'une minute ou deux, il s'approcha de l'entrée et regarda dehors. Il aperçut Jane, à deux ou trois cents mètres de là, frêle petite silhouette dans sa robe de coton, qui suivait d'un pas décidé la vallée, toute seule dans le paysage couleur de poussière. Il la regarda jusqu'à ce qu'elle eût disparu derrière un contrefort des collines.

Il revint à l'intérieur et se rassit le dos au mur. Anatoly et lui se regardèrent. «Bon Dieu, dit Jean-Pierre. Nous l'avons échappé belle.»

8

Le garçon mourut. Il était mort depuis près d'une heure lorsque Jane arriva, en nage, couverte de poussière, recrue de fatigue. Le père l'attendait à l'entrée de la grotte, l'air hébété et lourd de reproches. Elle comprit à son attitude résignée et au regard calme de ses yeux bruns que tout était fini. Elle ne dit rien. Elle entra dans la grotte et vint regarder le garçon. Trop épuisée pour éprouver de la colère, elle était terriblement déçue. Jean-Pierre était loin, Zahara était plongée dans le deuil, elle n'avait donc personne avec qui partager son chagrin.

Elle pleura plus tard, allongée dans son lit sur le toit de la maison, avec Chantal, installée auprès d'elle sur un matelas, qui de temps en temps dans son sommeil poussait de petits murmures satisfaits. Elle pleurait pour le père aussi bien que pour l'enfant mort. Comme elle, il s'était poussé au-delà des forces humaines pour essayer de sauver son fils. Longtemps ses larmes brouillèrent pour Jane la vision des étoiles, puis elle finit par s'endormir.

Elle rêva que Mohammed venait jusqu'à son lit et lui faisait l'amour sous les yeux du village tout entier ; puis il lui racontait que Jean-Pierre avait une aventure avec Simone, la femme de Raoul Clermont, le gros journaliste, que les deux amants se retrouvaient à Cobak alors que Jean-Pierre était censé y donner une consultation.

Le lendemain, elle avait des courbatures partout : c'était le résultat d'avoir fait en courant presque tout le trajet jusqu'à la petite cabane de pierre. C'était de la chance, songea-t-elle tout en vaquant à ses tâches quotidiennes, que Jean-Pierre se fût arrêté – sans doute pour se reposer – à ce petit abri, ce qui lui avait permis de le rattraper. Elle avait été si soulagée de voir Maggie attachée dehors et de trouver Jean-Pierre dans la cabane avec ce drôle de petit Ouzbek. Les deux hommes avaient sursauté en la voyant entrer : c'en était presque comique. C'était la première fois qu'elle avait jamais vu un Afghan se lever quand une femme arrivait.

Elle remonta le flanc de la colline avec sa trousse de médicaments pour aller donner sa consultation dans la case. Et, tout en traitant les cas habituels de sous-alimentation, de malaria, de blessures purulentes, d'infections dues à des parasites intestinaux, elle repensait à la crise de la veille. Jamais elle n'avait entendu parler de choc allergique. Sans doute les gens qui devaient faire des piqûres de pénicilline avaient-ils appris en général ce qu'il fallait faire dans ces circonstances, mais elle avait suivi un entraînement si précipité qu'on avait négligé beaucoup de choses. En fait, on s'était presque totalement dispensé des détails médicaux, sous prétexte que Jean-Pierre était médecin et qu'il serait là pour lui dire quoi faire.

Quelle période angoissante ça avait été, ces cours qu'elle avait suivis, parfois avec des infirmières stagiaires, parfois toute seule, en essayant d'assimiler les principes et les procédés de la médecine et de l'hygiène, tout en se demandant ce qui l'attendait en Afghanistan. On lui avait tenu parfois des propos rien moins que rassurants. Sa première tâche, lui avait-on dit, serait de se construire pour elle des latrines. Pourquoi ? Parce que la façon la plus rapide d'améliorer la santé des gens dans les pays sous-développés, c'était de les empêcher d'utiliser les rivières et les cours d'eau comme des toilettes : pour cela le mieux était de leur montrer l'exemple. Stéphanie, son professeur, une femme d'une quarantaine d'années au nez chaussé de lunettes, qui portait une salopette et des sandales, avait souligné elle aussi les dangers de prescrire trop généreusement des médicaments. La plupart des maladies et des blessures mineures guérissaient sans aide médicale, mais les peuplades primitives (et pas si primitives) réclamaient toujours des comprimés et des potions. Jane se rappela que le petit Ouzbek avait demandé à Jean-Pierre une pommade contre les ampoules. Il avait dû parcourir toute sa vie

146

de longues distances et, pourtant, parce qu'il avait rencontré un docteur, il avait dit qu'il avait mal aux pieds. L'ennui des prescriptions abusives – outre le gaspillage des médicaments – c'était qu'un produit conseillé pour une affection sans gravité risquait d'amener le patient à acquérir une tolérance si bien que, lorsqu'il était sérieusement atteint, le traitement serait sans effet. Stéphanie avait conseillé aussi à Jane d'essayer de travailler avec, plutôt que contre, les guérisseurs traditionnels de la communauté. Elle y était parvenue avec Rabia, la sage-femme, mais pas avec Abdullah, le mullah.

Apprendre la langue avait été le plus facile. À Paris, avant même d'avoir l'idée de partir pour l'Afghanistan, elle avait étudié le farsi, la langue persane, pour améliorer son bagage d'interprète. Le farsi et le dari étaient des dialectes de la même langue. L'autre grande langue parlée en Afghanistan était le pashto, pratiqué par les Pathans, mais le dari était le langage tadjik et la Vallée des Cinq Lions se trouvait en territoire tadjik. Les rares Afghans qui voyageaient – les nomades, par exemple – parlaient d'ordinaire aussi bien le pashto que le dari. S'ils connaissaient une langue européenne, c'était l'anglais ou le français. L'Ouzbek de la cabane parlait français à Jean-Pierre. C'était la première fois que Jane avait entendu parler le français avec un accent ouzbek. On aurait dit un accent russe.

Toute la journée, ses pensées ne cessèrent de revenir à l'Ouzbek. Ce souvenir la tracassait. C'était une impression qu'elle avait parfois lorsqu'elle savait qu'elle était censée faire quelque chose d'important mais qu'elle n'arrivait pas à se rappeler quoi. Peut-être avait-il quelque chose de bizarre.

À midi, elle arrêta la consultation, nourrit Chantal, la changea, puis prépara un déjeuner à base de riz et de sauce de viande qu'elle partagea avec Fara. La jeune fille était extrêmement dévouée à Jane, empressée à tout faire pour lui plaire et répugnait à rentrer chez elle le soir. Jane s'efforçait de la traiter plutôt comme une égale, mais cela ne semblait que faire accroître son adoration.

Après le déjeuner, en pleine chaleur, Jane laissa Chantal avec Fara et descendit jusqu'à sa retraite secrète, la corniche ensoleillée cachée sous un surplomb au flanc de la montagne. Elle fit là ses mouvements de gymnastique postnatale, bien décidée qu'elle était à retrouver sa silhouette. Et, tout en contractant ses muscles du bassin, elle ne cessait de revoir l'Ouzbek se levant dans la petite cabane et l'expression de stupéfaction qui se peignait sur son visage oriental. Pour on ne sait quelle raison, elle éprouvait un sentiment de tragédie imminente.

Lorsqu'elle comprit la vérité, ce ne fut pas comme une brusque révélation, mais plutôt comme une avalanche, commençant par de petits détails mais se développant inexorablement jusqu'à tout balayer.

Aucun Afghan ne se plaindrait d'ampoules aux pieds, même pour faire semblant, car il ne savait pas que ces choses-là existaient : c'était aussi invraisemblable qu'un fermier du Gloucestershire disant qu'il avait le béribéri. Et aucun Afghan, si surpris fût-il, ne réagirait en se levant à l'arrivée d'une femme. S'il n'était pas afghan, alors qu'était-il ? Son accent le fit comprendre à Jane, et pourtant peu de gens l'auraient reconnu : c'était seulement parce qu'elle était une linguiste, parlant aussi bien le russe que le français qu'elle put reconnaître qu'il avait parlé français avec un accent russe.

Jean-Pierre avait donc rencontré un Russe déguisé en Ouzbek dans une cabane de pierre en plein milieu de nulle part. Etait-ce un accident ? C'était une possibilité, mais elle évoqua le visage de son mari lorsqu'elle était entrée et elle lisait maintenant l'expression que, sur le moment, elle n'avait pas remarquée : un air coupable.

Non, ce n'était pas une rencontre accidentelle : c'était un rendez-vous. Et peut-être pas le premier. Jean-Pierre se rendait constamment dans des villages éloignés pour donner des consultations ; il s'efforçait même de façon étonnamment scrupuleuse de respecter son programme de visites, avec une insistance ridicule dans un pays où l'on ignorait calendriers et agendas, mais pas si ridicule s'il y avait un autre programme, une série de rendez-vous secrets.

Et pourquoi rencontrait-il le Russe ? Cela aussi était évident, et de grosses larmes s'amassèrent dans les yeux de Jane lorsqu'elle se rendit compte que ce qui le guidait, ce devait être la trahison. Il leur donnait des renseignements, bien sûr. Il leur parlait des convois. Il connaissait toujours les itinéraires parce qu'il voyait les hommes partir, de Banda et des autres villages de la Vallée des Cinq Lions. De toute évidence, il transmettait ces renseignements aux Russes ; et c'était pourquoi les Russes au cours de l'année passée avaient obtenu de tels succès en tendant des embuscades aux convois ; c'était pourquoi il y avait maintenant dans la vallée tant de veuves éplorées et tant d'orphelins.

Mais qu'est-ce que j'ai donc ? songea-t-elle en s'apitoyant soudain sur elle-même, tandis que des larmes ruisselaient sur ses joues. D'abord, Ellis, puis Jean-Pierre... Pourquoi faut-il que je choisisse toujours des salauds ? Il y a quelque chose chez un homme dissimulé qui m'attire ? Est-ce le défi d'abattre ses défenses ? Est-ce que je suis folle à ce point-là ?

Elle se rappela Jean-Pierre affirmant que l'invasion des Soviétiques en Afghanistan était justifiée. À un moment, il avait changé d'avis, et elle avait cru l'avoir convaincu de son erreur. De toute évidence, ce changement était feint. Lorsqu'il avait décidé de venir en Afghanistan espionner pour le compte des Russes, il avait adopté un point de vue antisoviétique en guise de couverture.

Son amour aussi était-il feint ?

Rien que de se poser la question lui brisait le cœur. Elle s'enfouit le visage dans ses mains. C'était presque impensable. Elle était tombée amoureuse de lui, elle l'avait épousé, elle avait embrassé sa vieille chipie de mère, elle s'était habituée à sa façon de faire l'amour, elle avait survécu à leur première querelle, avait lutté pour faire d'eux un vrai couple, donné naissance à son enfant dans la crainte et la douleur : avait-elle fait tout cela pour une illusion, pour une ombre de mari, pour un homme qui se moquait bien d'elle ? C'était comme quand elle avait parcouru en marchant et en courant tant de kilomètres pour demander comment on pouvait soigner ce garçon de dix-huit ans et qu'elle était rentrée pour le trouver déjà mort. C'était même pire que cela. C'était sans doute ce qu'avait éprouvé le père du garçon qui avait porté son fils deux jours durant pour le voir mourir.

Elle éprouvait une sensation de plénitude dans les seins et se rendit compte que ce devait être l'heure de la tétée de Chantal. Elle se rhabilla, s'essuya le visage avec sa manche et remonta le flanc de la montagne. À mesure que le premier choc du chagrin s'apaisait, alors qu'elle commençait à réfléchir avec plus de lucidité, il lui sembla qu'elle avait tout au long de leur année de mariage connu une vague insatisfaction, et maintenant elle pouvait le comprendre. Au fond, elle avait toujours senti la trahison de Jean-Pierre. À cause de cette barrière entre eux, ils n'avaient pas réussi à partager une véritable intimité.

Lorsqu'elle regagna la grotte, Chantal pleurait bruyamment et Fara la berçait. Jane prit le bébé et le porta à son sein. Chantal se mit à téter. Jane éprouva une première impression d'inconfort, comme une crampe dans le ventre, puis une sensation qui n'était pas désagréable et presque érotique. Elle avait envie d'être seule. Elle dit à Fara d'aller faire la sieste dans la grotte de sa mère.

Nourrir Chantal l'apaisait. La trahison de Jean-Pierre lui en semblait moins catastrophique. Elle était certaine que son amour pour elle n'était pas feint. À quoi bon feindre ? Pourquoi l'aurait-il amenée ici ? Elle ne lui servait à rien dans son travail d'espion. Il avait dû le faire parce qu'il l'aimait.

Et s'il l'aimait, tous les autres problèmes pourraient trouver leur solution. Bien sûr, il devrait cesser de travailler pour les Russes. Pour le moment, elle ne se voyait pas très bien l'affrontant : allait-elle, par exemple, lui dire : « J'ai tout découvert ! » ? Non. Mais les mots lui viendraient quand elle en aurait besoin. Alors, il devrait les ramener, Chantal et elle, en Europe…

En Europe. Lorsqu'elle comprit qu'ils devraient rentrer, elle fut envahie par un sentiment de soulagement. Elle en fut surprise. Si on lui avait demandé si elle aimait l'Afghanistan, elle aurait dit que ce qu'elle faisait là était passionnant, que ça en valait la peine, qu'elle faisait parfaitement face à la situation, que même elle était contente. Mais, maintenant que la perspective de retrouver la civilisation se présentait à elle, son bel entrain s'effondrait et elle s'avouait que les rudes paysages, l'âpre froid de l'hiver, la vie parmi ces étrangers, les bombardements, le flot incessant d'hommes et de garçons estropiés et mutilés avaient fini par lui user les nerfs.

La vérité, se dit-elle, c'est qu'ici c'est *épouvantable*.

Chantal s'arrêta de téter et s'endormit. Jane la posa par terre, la changea, l'installa sur son matelas, tout cela sans l'éveiller. L'inébranlable bonne humeur du bébé était une bénédiction. Elle dormait à travers toutes les crises : aucun bruit, aucun mouvement ne la réveillait si elle avait l'estomac plein et si elle était bien installée. Pourtant, elle était sensible à l'humeur de sa mère et s'éveillait souvent quand Jane était déprimée, même quand il n'y avait pas beaucoup de bruit.

Jane s'assit en tailleur sur son matelas, regardant son bébé endormi et pensant à Jean-Pierre. Elle aurait voulu qu'il fût là maintenant pour qu'elle pût lui parler tout de suite. Elle se demanda pourquoi elle n'était pas plus en colère – pour ne pas dire scandalisée – à l'idée qu'il avait trahi les guérilleros pour les Russes. Etait-ce parce qu'elle était habituée à l'idée que tous les hommes étaient des menteurs ? En était-elle arrivée à croire que les seuls innocents dans cette guerre étaient les mères, les épouses et les filles dans l'un comme dans l'autre camp ? Le fait d'être une épouse et une mère avait-il changé sa personnalité au point qu'une telle trahison ne la choquait plus ? Ou bien était-ce simplement qu'elle aimait Jean-Pierre ? Elle n'en savait rien. Il était temps en tout cas de penser à l'avenir, et pas au passé. Ils allaient rentrer à Paris où il y avait des facteurs, des librairies et l'eau courante. Chantal aurait de jolies robes, une voiture d'enfant et des couches en cellulose. Ils habiteraient tous les trois un petit appartement dans un quartier intéressant où le seul véritable danger serait les chauffeurs de taxi. Jane et Jean-Pierre repartiraient de zéro et cette fois ils arriveraient à vraiment bien se connaître. Ils travailleraient tous deux à faire du monde un endroit meilleur à vivre par des moyens progressifs et légitimes, sans intrigue ni tricherie. Leur expérience en Afghanistan les aiderait à trouver des postes dans le développement du tiers monde, peut-être avec l'Organisation mondiale de la santé. La vie conjugale serait ce qu'elle l'avait imaginée : tous trois feraient le bien, seraient heureux et vivraient en sécurité.

Fara arriva, l'heure de la sieste était terminée. Elle salua Jane avec respect, regarda Chantal puis, s'apercevant que le bébé dormait, s'assit en tailleur sur le sol en attendant des instructions. Elle était la fille du fils aîné de Rabia, Ismaël Gul, qui se trouvait à présent avec le convoi…

Jane eut un sursaut, Fara lui lança un regard inquisiteur. Jane eut un petit geste de la main et Fara détourna les yeux.

Son père est avec le convoi, songea Jane.

Jean-Pierre avait donné aux Russes l'itinéraire de ce convoi, le père de Fara allait mourir dans l'embuscade – à moins que Jane ne pût faire quelque chose pour l'empêcher, mais quoi ? Elle pourrait envoyer un messager à la passe de Khaybar, à la rencontre du convoi, pour lui faire prendre un nouveau chemin. Mohammed pourrait arranger cela. Mais Jane serait obligée de lui dire comment elle savait que le convoi devait tomber dans une embuscade – et alors Mohammed, à n'en pas douter, tuerait Jean-Pierre, sans doute de ses mains nues.

Si l'un d'eux doit mourir, que ce soit Ismaël plutôt que Jean-Pierre, se dit Jane.

Puis elle pensa à la trentaine d'autres hommes de la Vallée qui étaient avec le convoi et une pensée la frappa : faut-il qu'ils meurent *tous* pour sauver mon mari : Kahmir Khan, avec sa petite barbiche ; et Abdur Mohammed à qui il manque ses dents de devant ; et le vieux Shahazaï tout couturé de cicatrices ; et Youssouf Gul, qui chante si bien ; et Sher Kador le petit chevrier ; et Ali Ghanim, qui a quatorze enfants ? Il devait y avoir une autre solution.

Elle s'approcha de l'entrée de la grotte, se planta là pour regarder dehors. Maintenant que la sieste était finie, les enfants étaient sortis des abris, ils avaient repris leurs jeux parmi les rochers et les buissons d'épines. Il y avait le petit Mousa, neuf ans, le fils unique de Mohammed – encore plus gâté maintenant qu'il n'avait plus qu'une main – qui brandissait le couteau neuf que son père lui avait offert. Elle vit la mère de Fara qui gravissait la colline avec un tas de fagots sur la tête. Il y avait la femme du mullah, en train de laver la chemise d'Abdullah. Elle ne vit pas Mohammed ni sa femme, Halima. Elle savait qu'il était ici, à Banda, car elle l'avait vu dans la matinée. Il avait dû prendre son repas avec sa femme et ses enfants dans leur grotte : la plupart des familles avaient une grotte. Il devait y être maintenant, mais Jane hésitait à aller le chercher ouvertement, car cela scandaliserait la communauté, elle avait besoin de se montrer discrète.

Que faut-il que je lui dise ? se demanda-t-elle.

Elle envisagea une supplication directe : *Fais ça pour moi parce que je te le demande*. Ça aurait marché avec n'importe quel Occidental qui serait tombé amoureux d'elle, mais les musulmans ne semblaient pas avoir une conception bien romanesque de l'amour : ce que Mohammed éprouvait pour elle, c'était plutôt une sorte de tendre désir. Cela ne le mettait certainement pas à sa disposition. D'ailleurs, elle n'était pas sûre qu'il éprouvait encore ce sentiment. Alors quoi ? Il ne lui devait rien. Elle ne l'avait jamais soigné, pas plus que sa femme. Mais elle avait guéri Mousa : elle lui avait sauvé la vie. Mohammed avait envers elle une dette d'honneur.

Fais ça pour moi parce que j'ai sauvé ton fils. Ça pourrait marcher.

Mais Mohammed lui demanderait pourquoi.

D'autres femmes apparaissaient, venant chercher de l'eau, balayant leur grotte, s'occupant des animaux, préparant le repas du soir. Jane savait qu'elle allait bientôt voir Mohammed. Qu'est-ce que je vais lui dire ?

Les Russes connaissent l'itinéraire du convoi.

Comment l'ont-ils su ?

Je ne sais pas, Mohammed.

Alors, qu'est-ce qui te rend si sûre ?

Je ne peux pas te le dire, j'ai surpris une conversation. J'ai reçu un message du service britannique. J'ai eu une intuition. Je l'ai vu dans les cartes. J'ai fait un rêve.

Voilà : un rêve.

Elle l'aperçut enfin. Il émergeait de sa grotte, grand et beau, en tenue de voyage : la casquette ronde des Chitralis, comme celle de Massoud, comme en portaient la plupart des guérilleros ; le pattu couleur de boue qui lui servait de cape, de serviette, de couverture, de camouflage ; et les hautes bottes qu'il avait prises sur le cadavre d'un soldat russe. Il traversa la clairière du pas d'un homme qui a un long chemin à faire avant la tombée de la nuit. Il emprunta le sentier qui descendait la montagne vers le village abandonné.

Jane regarda sa haute silhouette disparaître. C'est maintenant ou jamais, se dit-elle ; elle le suivit. Tout d'abord elle marcha d'un pas lent, nonchalant pour ne pas sembler de façon trop évidente courir après Mohammed ; puis, lorsqu'elle fut hors de vue des grottes, elle hâta le pas.

Elle glissait et trébuchait sur le sentier poussiéreux en pensant : je me demande si toute cette course est bien indiquée pour moi. Lorsqu'elle vit Mohammed à quelques pas devant elle, elle l'appela. Il s'arrêta, se retourna et l'attendit.

« Dieu soit avec toi, Mohammed Khan », dit-elle lorsqu'elle l'eut rattrapé.

« Et avec toi, Jane Debout », répondit-il poliment.

Elle s'arrêta pour reprendre haleine. Il l'observait avec une expression de tolérance amusée. « Comment va Mousa ? demanda-t-elle.

– Il va bien, il est heureux et il apprend à se servir de sa main gauche. Un jour, avec cette main, il tuera des Russes. »

C'était une petite plaisanterie : la main gauche servait traditionnellement aux besognes « sales », la droite à manger. Jane sourit pour montrer qu'elle avait compris l'astuce, puis dit : « Je suis si heureuse que nous ayons pu lui sauver la vie. »

S'il trouvait son insistance de mauvais goût, il n'en montra rien. «Je suis à jamais ton débiteur», dit-il.

C'était ce qu'elle attendait. «Il y a une chose que tu pourrais faire pour moi», dit-elle.

Mohammed avait un air impénétrable. «Si c'est en mon pouvoir…»

Elle chercha du regard un endroit où s'asseoir. Ils se trouvaient auprès d'une maison bombardée. Des pierres et de la terre provenant de la façade s'étaient répandues sur le chemin et on distinguait l'intérieur du bâtiment où il ne restait pour tout ameublement qu'un pot fendu et, ridiculement, une photo en couleurs d'une Cadillac épinglée à un mur. Jane s'assit sur les décombres et, après un instant d'hésitation, Mohammed vint s'asseoir auprès d'elle.

«C'est en ton pouvoir, dit-elle. Mais cela te donnera un peu de mal.

– De quoi s'agit-il?

– Tu vas peut-être penser que c'est le caprice d'une femme stupide.

– Peut-être.

– Tu seras tenté de me tromper en acceptant ma requête et puis en "oubliant" de le faire.

– Non.

– Je te demande d'être franc avec moi, que tu refuses ou non.

– Je le serai.»

Ça suffit, songea-t-elle. «Je veux que tu envoies un messager trouver le convoi pour ordonner aux hommes de changer de route pour rentrer.»

Il fut très surpris : sans doute s'attendait-il à quelque demande futile et sans importance. «Mais pourquoi? dit-il.

– Est-ce que tu crois aux rêves, Mohammed Khan?»

Il haussa les épaules. «Les rêves sont les rêves», dit-il d'un ton évasif.

C'était peut-être la mauvaise approche, se dit-elle; une vision ferait peut-être mieux. «Pendant que j'étais allongée toute seule dans ma grotte, dans la chaleur de l'après-midi, j'ai cru voir un pigeon blanc.»

Il fut soudain attentif, et elle sut qu'elle avait trouvé la bonne expression : les Afghans croyaient que les pigeons blancs étaient parfois habités par des esprits.

Jane poursuivit : «Mais j'ai dû rêver, car l'oiseau a essayé de me parler.

— Ah !» Il prend cela pour le signe d'une vision, et non pas d'un rêve, se dit Jane. Elle reprit : «Je n'ai pas pu comprendre ce qu'il disait, et pourtant j'ai écouté aussi fort que j'ai pu. Je crois qu'il parlait pashto.»

Mohammed ouvrait de grands yeux. «Un messager du territoire pathan…

— J'ai vu alors Ismaël Gul, le fils de Rabia, le père de Fara, qui était debout derrière le pigeon.» Elle posa la main sur le bras de Mohammed et le regarda dans les yeux en pensant : Je pourrais t'allumer comme une lampe, pauvre imbécile. «Il y avait un poignard dans son cœur et il pleurait des larmes de sang. Il me montrait le manche du couteau, comme s'il voulait que je le lui arrache de la poitrine. Et le manche était incrusté de joyaux.» Quelque part au fond de son esprit elle se demandait : Où est-ce que je suis allée chercher tout ça ? «Je me suis levée de mon lit, pour m'approcher de lui. J'avais peur, mais il fallait que je lui sauve la vie. Et alors, comme je tendais la main pour empoigner le couteau…

— Quoi donc ?

— Il a disparu. Je crois que je me suis réveillée.»

Mohammed referma la bouche, retrouva son calme et fronça les sourcils comme s'il considérait avec soin l'interprétation du rêve. C'est le moment, se dit Jane, de le flatter un peu.

«Tout ça est peut-être stupide, dit-elle en prenant une expression de petite fille toute prête à se soumettre à son jugement supérieur de mâle. C'est pourquoi je te demande de faire ça pour moi, pour moi qui ai sauvé la vie de ton fils ; pour me donner la paix de l'âme.»

Il prit aussitôt un air un peu hautain. «Inutile d'invoquer une dette d'honneur.

— Ça veut dire que tu vas le faire ?»

Il répondit par une question. « Quel genre de pierre y avait-il sur le manche du poignard ? »

Oh ! mon Dieu, se dit-elle, quelle est censée être la réponse correcte ? Elle faillit dire des « émeraudes », mais on les associait avec la Vallée des Cinq Lions, et cela pourrait laisser entendre qu'Ismaël avait été tué par un traître de la Vallée. « Des rubis », dit-elle.

Il hocha lentement la tête. « Ismaël ne t'a pas parlé ?

– Il semblait essayer de parler, mais sans y arriver. »

Il se remit à hocher la tête et Jane songea : Allons, décide-toi, bon sang. Il finit par dire : « Le présage est clair. Le convoi doit être détourné. »

Dieu soit loué, se dit Jane. « Je suis si soulagée, dit-elle avec sincérité. Je ne savais pas quoi faire. Maintenant je peux être sûre qu'Ahmed sera sauvé. » Elle se demanda ce qu'elle pourrait faire pour coincer Mohammed et s'assurer qu'il ne changerait pas d'avis. Elle ne pouvait pas le faire jurer. Elle se demanda si elle devait lui serrer la main. Finalement, elle décida de sceller sa promesse par un geste encore plus ancien : elle se pencha et lui posa sur la bouche un baiser rapide mais tendre, sans lui laisser la possibilité ni de refuser ni de réagir.

« Merci ! fit-elle. Je sais que tu es un homme de parole. » Elle se leva. Le laissant assis là, l'air un peu abasourdi, elle tourna les talons et remonta le sentier en direction des grottes.

Arrivée en haut, elle s'arrêta pour regarder derrière elle. Mohammed descendait la colline à grands pas, déjà loin de la petite maison bombardée, la tête haute et balançant les bras. Ce baiser l'a tout excité, songea Jane. Je devrais avoir honte, j'ai joué sur sa superstition, sa vanité et sa sexualité. En tant que féministe, je ne devrais pas exploiter ces préjugés – une femme un peu voyante, une femme soumise, une femme coquette – pour le manipuler. Mais ça a marché, Ça a marché !

Elle continua sa route. Il lui fallait maintenant s'occuper de Jean-Pierre. Il allait rentrer vers la tombée de la nuit : il aurait attendu jusqu'au milieu de l'après-midi, quand le soleil était un peu moins brûlant, pour faire le trajet, tout comme l'avait fait Mohammed. Elle avait le sentiment que Jean-Pierre serait plus facile à manier que Mohammed. Tout d'abord, elle pourrait dire la vérité à Jean-Pierre. Et ensuite, c'était lui qui avait tort.

Elle arriva aux grottes. Une grande animation régnait dans le petit campement. Un vol d'appareils à réaction russes traversait le ciel. Tout le monde s'arrêta de travailler pour les regarder, bien qu'ils fussent trop haut et trop loin pour bombarder. Lorsqu'ils eurent disparu, les petits garçons étendirent leurs bras comme des ailes et se mirent à courir en imitant le bruit des réacteurs. Dans leurs vols imaginaires, se demanda Jane, qui bombardaient-ils donc ?

Elle entra dans la grotte, jeta un coup d'œil à Chantal, sourit à Fara et prit le livre de bord. Jean-Pierre et elle y notaient quelque chose presque chaque jour. C'étaient surtout des archives médicales et ils comptaient le rapporter en Europe avec eux pour que cela servît aux autres qui les suivraient en Afghanistan. On les avait encouragés à noter aussi leurs sentiments personnels, leurs problèmes, de façon que les autres sachent à quoi s'attendre ; Jane avait rempli de pleines pages sur sa grossesse et sur la naissance de Chantal ; mais c'était un compte rendu fortement censuré de sa vie affective qu'elle avait noté là.

Elle s'assit, le dos appuyé à la paroi de la grotte, le gros cahier sur ses genoux et elle se mit à rédiger l'histoire du garçon de dix-huit ans qui était mort d'un choc allergique. Cela lui donnait un sentiment de tristesse, mais pas de dépression : une réaction plutôt saine, se dit-elle.

Elle ajouta de brefs détails sur les cas mineurs de la journée puis, distraitement, elle se mit à feuilleter le volume. Les notes rédigées de l'écriture haute et anguleuse de Jean-Pierre étaient extrêmement abrégées, composées presque exclusivement de symptômes, de diagnostics, de traitements et de résultats : il écrivait par exemple Vers ou bien *Malaria,* et puis *guéri* ou bien *stable* ou parfois *mort.* Jane avait tendance à écrire des phrases telles que : ce matin *elle s'est sentie mieux* ou bien *la mère est tuberculeuse*. Elle lut les passages concernant les premiers jours de sa grossesse, avec des histoires de boutons de sein douloureux, d'épaississement des cuisses et de nausées matinales. Cela l'intéressa de voir que près d'un an plus tôt elle avait écrit : *j'ai peur d'Abdullah*. Elle avait oublié cela.

Elle rangea le journal. Fara et elle passèrent les deux heures suivantes à nettoyer la grotte et à y mettre de l'ordre ; puis le moment arriva de descendre au village et de faire les préparatifs pour la nuit. Tout en descendant le chemin puis en s'affairant dans la maison du boutiquier, Jane songea comment elle allait confondre Jean-Pierre. Elle savait quoi faire – elle l'emmènerait faire un tour, se dit-elle – mais elle ne savait pas très bien quoi lui dire.

Elle n'avait encore rien décidé lorsqu'il arriva quelques minutes plus tard. Elle essuya la poussière qui lui maculait le visage avec une serviette humide, elle lui apporta du thé vert dans une tasse de porcelaine. Il était plein d'une agréable lassitude plutôt qu'épuisé, elle le savait : il était capable de parcourir de bien plus grandes distances ; elle s'assit auprès de lui pendant qu'il buvait son thé, en essayant de ne pas le regarder et en pensant : il m'a menti. Lorsqu'il se fut reposé un moment, elle proposa : « Allons nous promener, comme nous le faisions autrefois. »

Il eut l'air un peu surpris. « Où veux-tu aller ?

– N'importe où. Tu ne te souviens pas, l'été dernier, comme nous allions simplement profiter de la fraîcheur du soir ? » Il sourit. « Si, je me souviens. » Elle l'adorait quand il souriait comme ca. « Est-ce que nous emmenons Chantal ? demanda-t-il.

– Non, répondit Jane, qui ne voulait pas être distraite. Elle sera très bien avec Fara.

– Parfait », dit-il, quand même un peu surpris.

Jane dit à Fara de préparer leur repas du soir – du thé, du pain et du yoghourt – puis Jean-Pierre et elle quittèrent la maison. Le jour déclinait, l'air du soir était doux et chargé de parfums. En été, c'était la meilleure heure de la journée.

Comme ils déambulaient parmi les champs jusqu'à la rivière, elle se rappela les sentiments qu'elle éprouvait l'été dernier sur ce même sentier : de l'anxiété, un peu de désarroi, de l'excitation et la volonté de réussir. Elle était fière de s'être aussi bien débrouillée, mais heureuse que l'aventure fût sur le point de se terminer.

Comme le moment de la confrontation approchait, elle commença à se sentir tendue, même si elle ne cessait de se répéter qu'elle n'avait rien à cacher, rien à se reprocher et rien à craindre. Ils pataugèrent dans la rivière jusqu'à un endroit où elle s'étalait, large et peu profonde, sur une grande dalle, puis ils s'engagèrent sur un sentier qui montait en serpentant au flanc de la falaise sur l'autre rive. Arrivés en haut, ils s'assirent par terre, les jambes pendant au-dessus du précipice. Une trentaine de mètres plus bas, la rivière des Cinq Lions coulait, bousculant les galets, bouillonnant d'écume à l'endroit des rapides. Jane contempla la Vallée. Les terres cultivées étaient sillonnées de canaux d'irrigation, de murets soutenant des terrasses. Le vert vif et l'or des moissons mûres faisaient ressembler les champs à des éclats de verre colorés provenant d'un jouet cassé. Çà et là, des dégâts causés par des bombes venaient abîmer le tableau : des murs écroulés, des fossés obstrués, des cratères boueux parmi les blés qui ondulaient au vent. De loin en loin, une casquette ronde ou un turban sombre montrait que certains des hommes étaient déjà au travail, engrangeant leurs moissons pendant que les Russes garaient leurs avions et rangeaient leurs bombes pour la nuit. Les silhouettes plus petites et les têtes enroulées dans un foulard étaient celles des femmes et des enfants plus âgés qui leur prêteraient la main tant qu'il ferait jour. À l'autre bout de la Vallée, les terres cultivées s'efforçaient de grimper sur les premiers contreforts de la montagne, mais cédaient bientôt la place aux rochers poussiéreux. Du groupe de maisons, sur la gauche, la fumée de quelques feux montait en lignes droites comme des traits de crayon qu'une brise légère venait parfois déranger. La même brise apportait des bruits de conversations inintelligibles : c'étaient les femmes qui se baignaient de l'autre côté d'un coude de la rivière, en amont. Les voix étaient assourdies et l'on n'entendait plus le grand rire de Zahara, car elle était en deuil. Cela à cause de Jean-Pierre…

Cette pensée donna du courage à Jane. «Je veux que tu me ramènes à la maison», dit-elle brusquement.

Tout d'abord, il se méprit. «Nous venons d'arriver», dit-il avec agacement; puis il la regarda et reprit son calme. «Oh!», fit-il.

Il y avait dans son ton quelque chose d'imperturbable que Jane trouva menaçant, elle se rendit compte qu'elle n'arriverait peut-être pas à ses fins sans quelque lutte. «Oui, dit-elle d'un ton ferme. Je veux rentrer chez moi.»

Il la prit par les épaules. «Il y a des moments où ce pays vous déprime», dit-il. Ce n'était pas elle qu'il regardait, mais la rivière qui coulait tout en bas. «Et tu es particulièrement vulnérable à la dépression, juste après la naissance. Dans quelques semaines, tu verras…

– Ne prends pas tes airs protecteurs!» lança-t-elle. Elle n'allait pas le laisser s'en tirer avec ce genre d'âneries. «Garde tes airs de docteur pour tes patients.

– Très bien, fit-il en retirant son bras. Nous avons décidé, avant de venir, que nous resterions ici deux ans. Les séjours brefs ne donnent rien, nous en sommes convenus, à cause du temps et de l'argent gaspillé pour l'entraînement, le voyage et l'installation. Nous étions décidés à obtenir vraiment des résultats, alors nous nous sommes engagés à passer ici deux ans…

– Et puis nous avons eu un bébé.

– Ça n'est pas moi qui en ai eu l'idée!

– Quoi qu'il en soit, j'ai changé d'avis.

– Mais tu n'as pas le droit de changer d'avis.

– Je ne t'appartiens pas! dit-elle avec colère.

– C'est hors de question. Cessons d'en discuter.

– Nous ne faisons que commencer», répliqua-t-elle. L'attitude de Jean-Pierre l'exaspérait. La conversation avait tourné sur une discussion sur ses droits en tant qu'individu, or elle ne voulait pas l'emporter en lui disant qu'elle savait qu'il espionnait, du moins pas encore ; elle voulait le faire admettre qu'elle était libre de prendre ses décisions. « Tu n'as pas le droit de m'ignorer ni de tenir aucun compte de mes souhaits, dit-elle. Je veux partir cet été.

– La réponse est non. »

Elle décida de chercher à le raisonner. « Nous avons passé un an ici et nous avons obtenu des résultats. Nous avons fait aussi des sacrifices considérables, plus que nous ne l'avions prévu. Ça n'est pas suffisant ?

– Nous étions d'accord pour deux ans, répéta-t-il avec obstination.

– C'était il y a longtemps, et avant d'avoir Chantal.

– Alors, vous n'avez qu'à partir toutes les deux et me laisser ici. »

Jane un moment envisagea cette solution. Voyager avec un convoi jusqu'au Pakistan avec le bébé était difficile et dangereux. Sans mari, ce serait un cauchemar. Mais ce n'était pas impossible. Seulement cela voudrait dire laisser Jean-Pierre ici. Il pourrait continuer à livrer les convois, et toutes les quelques semaines, d'autres maris et d'autres fils de la Vallée mourraient. Puis il y avait une autre raison pour laquelle elle ne pouvait pas le laisser : cela détruirait leur mariage. « Non, fit-elle. Je ne peux pas partir seule. Il faut que tu viennes aussi.

– Il n'en est pas question, dit-il, furieux. Je ne partirai pas ! »

Il lui fallait maintenant le confronter avec ce qu'elle avait découvert. Elle prit une profonde inspiration. « Il le faudra bien, commença-t-elle.

– Rien ne m'y oblige », dit-il en l'interrompant. Il braqua son doigt sur elle, elle le regarda dans les yeux et vit là quelque chose qui l'effraya. « Tu ne peux pas me forcer. N'essaie pas.

– Mais si, je peux…

– Je ne te le conseille pas », dit-il d'un ton glacial.

Soudain il lui parut un étranger, un homme qu'elle ne connaissait pas. Elle resta silencieuse un moment à réfléchir. Elle regarda un pigeon s'envoler du village et se diriger vers elle. Il alla se percher sur le flanc de la falaise juste sous ses pieds. Je ne connais pas cet homme! se dit-elle, affolée. Au bout de toute une année, je ne sais toujours pas qui il est! «Est-ce que tu m'aimes? lui demanda-t-elle.

– T'aimer ne veut pas dire que je doive faire tout ce que tu veux.

– C'est un oui?»

Il la dévisagea. Elle soutint son regard sans flancher. Peu à peu, la lueur dure et cruelle disparut de ses yeux, il se détendit. Il finit par sourire. «C'est un oui!» dit-il. Elle se pencha vers lui et il la reprit dans ses bras. Oui, je t'aime», murmura-t-il. Il lui embrassa le haut de la tête.

Elle reposa sa joue contre la poitrine de Jean-Pierre, regarda la Vallée. Le pigeon s'envola de nouveau. C'était un pigeon blanc, comme celui de sa vision inventée. Il s'éloignait en planant sans effort vers l'autre berge de la rivière. Jane se dit : Oh! mon Dieu, et maintenant qu'est-ce que je fais?

Ce fut Mousa, le fils de Mohammed – qu'on appelait maintenant Main gauche – qui fut le premier à repérer le convoi quand il arriva. Il se précipita en courant dans la clairière devant les grottes en criant à pleins poumons : «Ils sont rentrés! Ils sont rentrés!» Personne n'avait besoin de demander qui *ils* étaient.

On était au milieu de la matinée, Jane et Jean-Pierre étaient dans la case qui leur servait de cabinet de consultation. Jane regarda Jean-Pierre. L'esquisse d'un haussement de sourcils surpris traversa son visage : il se demandait pourquoi les Russes n'avaient pas agi d'après ses informations et tendu une embuscade au convoi. Jane se détourna pour l'empêcher de voir le triomphe qu'elle éprouvait. Elle leur avait sauvé la vie! Youssouf chanterait ce soir, Sher Kador compterait ses chèvres et Ali Ghanim embrasserait chacun de ses quatorze enfants. Youssouf était un des fils de Rabia : lui avoir sauvé la vie payait Rabia de l'avoir aidée à mettre Chantal au monde. Toutes les mères et les filles qui auraient dû être plongées dans l'affliction allaient maintenant se réjouir.

Elle se demanda quels étaient les sentiments de Jean-Pierre. Était-il furieux, déçu? C'était difficile d'imaginer quelqu'un de déçu parce que des gens n'avaient *pas* été tués. Elle lui jeta un coup d'œil furtif, mais son visage était impassible : je voudrais bien savoir ce qui se passe dans son esprit, songea-t-elle.

En quelques minutes, leurs patients avaient disparu : tout le monde descendait au village pour accueillir le retour des voyageurs. «On descend? dit Jane.

– Vas-y, dit Jean-Pierre. Je vais finir ici, et puis je te rejoindrai.

– D'accord», fit Jane. Il avait besoin d'un peu de temps pour se remettre, pensa-t-elle, pour pouvoir faire semblant d'être ravi de les retrouver sains et saufs quand il les verrait.

Elle prit Chantal dans ses bras, s'engagea sur le sentier abrupt qui menait au village. Elle sentait la chaleur de la pierre à travers les minces semelles de ses sandales. Elle n'avait toujours pas affronté Jean-Pierre. Mais cette situation ne pouvait se prolonger indéfiniment. Tôt ou tard, il allait découvrir que Mohammed avait envoyé un messager pour détourner le convoi de la route prévue. Tout naturellement il lui demanderait pourquoi on avait fait cela et l'Afghan lui parlerait de la «vision» de Jane. Mais Jean-Pierre savait bien que Jane ne croyait pas aux visions…

Pourquoi ai-je peur? se demanda-t-elle. Ce n'est pas moi le coupable : c'est lui. Et pourtant j'ai l'impression que son secret est une chose dont je dois avoir honte. J'aurais dû lui en parler tout de suite, le soir où nous sommes montés en haut de la falaise. En gardant cela si longtemps pour moi, moi aussi j'ai plongé dans la tromperie. C'est peut-être ça. Ou c'est peut-être le regard bizarre qu'il a parfois…

Elle n'avait pas renoncé à sa décision de rentrer au pays mais, jusqu'à maintenant, elle n'avait pas réussi à trouver un moyen de persuader Jean-Pierre de partir. Elle avait imaginé une douzaine de plans bizarres : prétendre avoir reçu un message annonçant que sa mère était mourante, empoisonner le yoghourt de Jean-Pierre avec un produit qui déclencherait chez lui les symptômes d'une maladie et qui l'obligerait à rentrer se faire soigner en Europe. La plus simple de ses idées, la moins invraisemblable c'était de menacer de dire à Mohammed que Jean-Pierre était un espion. Bien sûr, elle ne le ferait jamais, car le démasquer reviendrait pratiquement à le tuer. Mais Jean-Pierre croirait-il qu'elle pourrait mettre sa menace à exécution? Sans doute que non. Il faudrait un homme dur, sans pitié, au cœur de pierre pour la croire capable de faire tuer ainsi son mari – et si Jean-Pierre était aussi dur, aussi impitoyable et sans cœur, ce pourrait bien être lui qui tuerait Jane.

Malgré la chaleur, elle frissonna. Cette idée de tuer était grotesque. Quand deux êtres prennent autant de plaisir que nous à savourer le corps de l'autre, se dit-elle, comment peuvent-ils se livrer l'un contre l'autre à des actes de violence?

En arrivant au village, elle entendit tout de suite la fusillade désordonnée et exubérante qui marquait toute célébration en Afghanistan. Elle se dirigea vers la mosquée: tout se passait à la mosquée. Le convoi était dans la cour; les hommes, les chevaux, le chargement entourés de femmes radieuses et d'enfants qui criaient de joie. Jane resta au bord de la foule à regarder. Ça valait la peine, songea-t-elle. Ça valait l'inquiétude, la peur et ça valait l'effort de manipuler Mohammed de cette façon indigne pour voir ça, les hommes ayant retrouvé sains et saufs leurs épouses, leurs mères, leurs fils et leurs filles.

Ce qui arriva ensuite fut sans doute le plus grand choc de sa vie.

Voilà que dans la foule, parmi les casquettes et les turbans apparut une tête couronnée de cheveux blonds et bouclés. Tout d'abord elle ne la reconnut pas, même si quelque chose de familier faisait vibrer son cœur. Puis la tête émergea de la foule et elle aperçut, dissimulée derrière une barbe blonde, incroyablement broussailleuse, le visage d'Ellis Thaler.

Jane sentit soudain ses genoux fléchir. Ellis? Ici?

C'était impossible.

Il s'approcha d'elle. Il portait le costume vague, comme un pyjama, des Afghans et une couverture sale autour de ses larges épaules. Le peu de son visage qu'on distinguait au-dessus de la barbe était profondément hâlé, si bien que ses yeux d'un bleu de ciel étaient encore plus frappants que d'habitude, comme des bleuets dans un champ de blé mûr.

Jane était sans voix.

Ellis se planta devant elle, le visage grave. «Bonjour, Jane.»

Elle comprit qu'elle ne le détestait plus. Un mois plus tôt, elle l'aurait maudit encore de l'avoir trompée et d'avoir espionné ses amis; mais maintenant sa colère avait disparu. Elle n'aurait jamais d'affection pour lui, mais elle pourrait le tolérer. Et c'était agréable d'entendre parler anglais pour la première fois depuis plus d'un an.

«Ellis, dit-elle d'une petite voix. Au nom du Ciel, qu'est-ce que tu fais ici?

– La même chose que toi», dit-il. Qu'est-ce que ça voulait dire? Qu'il espionnait? Non, Ellis ne savait pas ce qu'était Jean-Pierre.

Ellis vit l'expression déconcertée de Jane et dit : «Je veux dire que je suis ici pour aider les rebelles.»

Allait-il découvrir la vérité sur Jean-Pierre? Jane eut soudain peur pour son mari. Ellis pourrait le tuer…

«À qui appartient le bébé? demanda Ellis.

– À moi. Et à Jean-Pierre. Elle s'appelle Chantal.» Jane vit qu'Ellis soudain avait l'air bien triste. Elle se rendit compte qu'il avait espéré la trouver malheureuse avec son mari. Oh! mon Dieu, je crois qu'il est toujours amoureux de moi, se dit-elle. Elle essaya de changer de sujet. «Mais comment vas-tu aider les rebelles?»

Il souleva son sac. C'était un grand sac de toile kaki en forme de saucisse, un peu comme les musettes de soldats d'autrefois. «Je m'en vais leur apprendre à faire sauter des routes et des ponts, dit-il. Alors, tu vois, dans cette guerre, je suis du même côté que toi.»

Mais pas du même côté que Jean-Pierre, songea-t-elle. Que

va-t-il se passer maintenant ? Les Afghans pas un instant ne soupçonnaient Jean-Pierre, mais Ellis avait l'habitude de la traîtrise. Tôt ou tard, il allait deviner ce qui se passait. «Combien de temps vas-tu rester ici ? » lui demanda-t-elle. Si c'était un court séjour, peut-être n'aurait-il pas le temps d'avoir des soupçons.

«Pour l'été », répondit-il vaguement.

Peut-être ne passerait-il pas beaucoup de temps dans les parages de Jean-Pierre. «Où vas-tu habiter ? lui demanda-t-elle.

– Dans ce village.

– Oh ! »

Il perçut la déception dans sa voix et eut un sourire amer. «Je n'aurais sans doute pas dû m'attendre à ce que tu sois heureuse de me voir... »

Les pensées se bousculaient dans l'esprit de Jane. Si elle arrivait à persuader Jean-Pierre de s'arrêter, il ne risquerait plus rien. Elle se sentit soudain capable de l'affronter. Pourquoi donc ? se demanda-t-elle. Parce que je n'ai plus peur de lui. Pourquoi n'ai-je plus peur de lui ? Parce que Ellis est ici.

Je ne m'étais pas rendu compte que j'avais peur de mon mari.

«Au contraire », dit-elle à Ellis en pensant : Quel calme j'affiche ! «Je suis contente que tu sois ici. »

Il y eut un silence. Ellis, de toute évidence, ne comprenait pas la réaction de Jane. au bout d'un moment il dit : «Eh bien, j'ai un tas d'explosifs et de matériel au milieu de ce zoo. Je ferais mieux de m'en occuper. »

Jane acquiesça. «D'accord. »

Ellis se détourna et disparut dans la cohue. Jane sortit à pas lents de la cour, un peu abasourdie. Ellis était ici, dans la Vallée des Cinq Lions, apparemment toujours amoureux d'elle.

Comme elle arrivait à la maison du boutiquier, Jean-Pierre en sortait. Il s'était arrêté là sur le chemin de la mosquée, sans doute pour déposer sa trousse. Jane ne savait trop

167

quoi lui dire. « Le convoi a amené quelqu'un que tu connais, commença-t-elle.

– Un Européen ?

– Oui.

– Ah ! qui donc ?

– Va voir. Tu seras surpris. »

Il partit en hâte. Jane entra. Qu'allait faire Jean-Pierre à propos d'Ellis ? se demanda-t-elle. À coup sûr, il voudrait prévenir les Russes. Et les Russes voudraient tuer Ellis. Cette pensée la mit en colère. « Assez de tueries ! dit-elle tout haut. Je ne le permettrai pas ! » Sa voix fit pleurer Chantal. Jane la berça et elle se calma.

Qu'est-ce que je vais faire ? se demanda Jane.

Il faut que je l'empêche de communiquer avec les Russes. Comment ?

Son contact ne peut pas le rencontrer ici, au village. Alors tout ce que j'ai à faire, c'est de garder Jean-Pierre ici.

Je vais lui dire : Il faut que tu me promettes de ne pas quitter le village. Si tu refuses, je dirai à Ellis que tu es un espion et lui s'assurera que tu ne quittes pas le village.

Et si Jean-Pierre promet puis ne tient pas sa promesse ?

Eh bien, je saurai alors qu'il est sorti du village, je saurai qu'il a rencontré son contact et je pourrai prévenir Ellis.

A-t-il un autre moyen de communiquer avec les Russes ?

Il doit bien avoir la possibilité de les contacter en cas d'urgence.

Mais il n'y a pas de téléphone ici, pas de courrier, pas de pigeons voyageurs…

Il doit avoir un émetteur radio.

S'il a une radio, je n'ai aucun moyen de l'arrêter.

Plus elle y pensait, plus elle était convaincue qu'il avait une radio. Il avait besoin d'arranger ses rendez-vous dans les cabanes de pierre. Théoriquement, ils auraient pu être tous prévus avant son départ de Paris mais, dans la pratique, c'était presque impossible : qu'arrivait-il lorsqu'il était empêché, ou quand il était en retard, ou lorsqu'il avait besoin de rencontrer son contact de façon urgente ? Il devait avoir un émetteur.

168

Qu'est-ce que je peux faire s'il a une radio ?

Je peux la lui prendre.

Elle posa Chantal dans son berceau et inspecta la maison. Elle passa dans la pièce du devant. Là, sur le comptoir carrelé au milieu de ce qui avait été la boutique, se trouvait la trousse de Jean-Pierre.

C'était la cachette idéale. Personne n'était autorisé à ouvrir la trousse sauf Jane, et elle n'avait jamais aucune raison de le faire.

Elle défit le fermoir et examina le contenu de la trousse, en prenant les objets un par un.

Pas d'émetteur.

Ce n'allait pas être si facile.

Il doit en avoir un, se dit-elle, et il faut que je le trouve : sinon, ou bien Ellis le tuera ou alors il tuera Ellis.

Elle décida de fouiller la maison.

Elle vérifia les réserves de médicaments sur les étagères, inspectant toutes les boîtes et tous les paquets dont les cachets avaient été brisés, se hâtant de crainte qu'il ne revienne avant qu'elle en eût terminé. Elle ne trouva rien.

Elle passa dans la chambre. Elle fouilla parmi ses vêtements puis dans le matériel de couchage hivernal qui était rangé dans un coin. Rien. Précipitamment, elle alla dans la salle de séjour, chercha frénétiquement du regard des cachettes possibles. Coffre aux cartes ! Elle l'ouvrit. Il n'y avait là que les cartes. Elle referma bruyamment le couvercle. Chantal s'agita mais ne pleura pas, bien qu'il fût presque l'heure de sa tétée. Tu es un gentil bébé, songea Jane ; Dieu merci ! Elle regarda derrière le buffet et souleva même le tapis au cas où il y aurait un trou caché dans le plancher.

Rien

Il devait bien être quelque part. Elle ne pouvait imaginer qu'il prendrait le risque de cacher l'émetteur en dehors de la maison, car il y aurait le risque qu'on le découvrît accidentellement.

Elle revint dans la boutique. Si seulement elle pouvait trouver sa radio, tout irait bien : il n'aurait d'autre choix que de céder.

Sa trousse était une cachette si évidente, car il l'emportait avec lui partout où il allait. Elle la souleva. Elle était lourde. Elle fouilla encore à l'intérieur. Le fond de la trousse était épais.

Elle eut une brusque inspiration.

Il pourrait y avoir un double fond.

Elle tâta avec ses doigts. Il doit être là, se dit-elle, il doit y être.

Elle passa les doigts et le souleva. Le faux fond céda facilement.

Le cœur serré, elle regarda à l'intérieur.

Là, dans le compartiment secret, il y avait une boîte en matière plastique noire. Elle la prit.

C'est ça, se dit-elle, il les appelle sur cette petite radio.

Alors pourquoi les rencontre-t-il aussi?

Peut-être qu'il ne peut pas leur dire de secrets par radio de crainte que quelqu'un n'écoute. Peut-être l'émetteur ne sert-il qu'à prendre des rendez-vous et pour les urgences.

Par exemple, quand il ne peut pas quitter le village.

Elle entendit la porte du fond s'ouvrir. Terrifiée, elle laissa le poste tomber par terre et pivota sur elle-même pour regarder vers la salle de séjour. Elle vit Fara arriver avec un balai. « Oh! Seigneur », fit-elle tout haut. Elle se retourna, le cœur battant.

Il fallait se débarrasser du poste avant le retour de Jean-Pierre.

Mais comment? Elle ne pouvait pas le jeter : on le retrouverait.

Il fallait le casser.

Avec quoi?

Elle n'avait pas de marteau.

Alors une pierre.

En courant, elle traversa la grande pièce et sortit dans la cour. Le mur extérieur était fait de pierres sèches maintenues par un mortier à base de sable. Elle leva les bras et fit bouger une des pierres de la rangée du haut. Elle semblait tenir. Elle essaya la suivante, puis celle d'à côté : la quatrième pierre semblait moins bien tenir. Elle s'y cramponna et tira dessus ; elle bougea un peu. « Allons, viens », cria-t-elle. Elle tira plus fort. Les aspérités de la pierre lui tailladaient les mains. Elle tira de toutes ses forces et la pierre se détacha. Elle sauta en arrière pour l'éviter lorsqu'elle tomba par terre. Elle avait à peu près la taille d'une boîte de haricots : juste ce qu'il fallait. Elle la prit à deux mains et regagna en hâte la maison.

Elle entra dans la grande pièce. Elle ramassa sur le sol l'émetteur en plastique noir, le posa sur le comptoir carrelé. Puis elle souleva la pierre au-dessus de sa tête et l'abattit de toutes ses forces sur le poste.

Le coffrage en plastique se fendit.

Il fallait frapper plus fort.

Elle souleva la pierre et l'abattit de nouveau. Cette fois la boîte se brisa, révélant les entrailles de l'appareil : elle aperçut un circuit imprimé, le cône d'un haut-parleur et deux piles avec des inscriptions en russe. Elle arracha les piles et les jeta par terre, puis elle entreprit de fracasser le mécanisme.

Deux bras soudain la saisirent par-derrière et la voix de Jean-Pierre cria : « Qu'est-ce que tu fais ? »

Elle lutta pour se dégager, se libéra un instant et frappa un nouveau coup sur le petit émetteur.

Il l'empoigna par les épaules et la poussa de côté. Elle trébucha et tomba par terre. Elle atterrit maladroitement, se tordant le poignet.

Il contemplait l'émetteur. « Il est fichu ! dit-il. C'est irréparable ! » Il la saisit par le devant de sa chemise et l'obligea à se relever. « Tu ne sais pas ce que tu as fait ! » hurla-t-il. Il y avait dans ses yeux du désespoir et de la rage.

« Lâche-moi ! » lui cria-t-elle. Il n'avait pas le droit de se conduire ainsi alors que c'était lui qui lui avait menti à elle. « Comment *oses-tu* me brutaliser !

— Comment *j'ose ?* » Il lâcha sa chemise, recula le bras et la frappa à toute volée. Le coup la toucha en plein abdomen. Pendant une fraction de seconde, elle fut simplement paralysée par le choc ; puis elle eut mal, en profondeur, là où elle était encore endolorie d'avoir accouché de Chantal, elle se mit à crier, penchée en avant, les mains crispées sur son ventre.

Elle avait les yeux fermés, si bien qu'elle ne vit pas le second coup arriver.

Son poing la toucha en plein sur la bouche. Elle poussa un hurlement. Elle avait du mal à croire qu'il lui faisait ça. Elle ouvrit les yeux et le regarda, terrifiée à l'idée qu'il allait encore la frapper.

«Comment j'ose? hurla-t-il. Comment j'ose?»

Elle tomba à genoux sur la terre battue et se mit à sangloter sous l'effet du choc, de la douleur et de la détresse. Sa bouche lui faisait si mal que c'était à peine si elle pouvait parler. «Je t'en prie, ne me frappe pas, réussit-elle à articuler. Ne me frappe plus.» Elle brandit une main devant son visage dans un geste de défense.

Il s'agenouilla, repoussa sa main, approcha son visage de celui de Jane. «Depuis quand sais-tu?» siffla-t-il.

Elle se passa la langue sur ses lèvres qui enflaient déjà. Elle les tamponna avec sa manche : elles saignaient. «Depuis que je t'ai vu dans la cabane, dit-elle, quand… tu allais à Cobak.

— Mais tu n'as rien vu!

— Il parlait avec un accent russe et a dit qu'il avait des ampoules. J'ai deviné à partir de là.»

Il y eut un silence pendant qu'il digérait cette révélation.

«Pourquoi maintenant? dit-il. Pourquoi n'as-tu pas cassé le poste plus tôt?

— Je n'osais pas.

— Et maintenant?

— Ellis est ici.

— Et alors?»

Jane rassembla le peu de courage qu'elle avait. «Si tu n'arrêtes pas… si tu n'arrêtes pas d'espionner… je préviendrai Ellis, et lui t'en empêchera.»

Il la prit à la gorge. «Et si je t'étrangle, petite garce?

— S'il m'arrive quelque chose… Ellis voudra savoir pourquoi. Il est toujours amoureux de moi.»

Elle le dévisagea : elle vit la haine qui brûlait dans son regard. « Maintenant, je ne l'aurai jamais ! » dit-il. Elle se demanda de qui il voulait parler. D'Ellis ? Non. De Massoud ? Est-ce que par hasard, l'ultime objectif de Jean-Pierre serait de tuer Massoud ? Il avait toujours les mains autour de sa gorge. Elle sentit son étreinte se resserrer. Elle le regarda, terrifiée.

Là-dessus, Chantal se mit à pleurer.

L'expression de Jean-Pierre changea de façon spectaculaire. L'hostilité disparut de ses yeux et son regard pétrifié par la colère s'adoucit ; enfin, à la stupéfaction de Jane, il porta les mains à ses yeux et éclata en sanglots.

Elle le contempla d'un air incrédule. Elle se prit à le plaindre et songea : Ne sois pas idiote, ce salaud vient de te rosser. Mais malgré elle, elle était touchée par ses larmes. « Ne pleure pas », murmura-t-elle. Sa voix était étonnamment douce. Elle lui caressa la joue.

« Je suis désolé, dit-il. Je suis désolé de ce que je t'ai fait. Le travail de toute ma vie… et tout ça pour rien. »

Elle comprit avec stupeur et un peu d'écœurement qu'elle n'était plus en colère contre lui, malgré ses lèvres gonflées et la douleur sourde qui persistait dans son ventre. Elle céda au sentiment et passa ses bras autour de lui, en lui tapotant le dos comme pour consoler un enfant.

« Juste à cause de l'accent d'Anatoly, marmonna-t-il : juste à cause de ça.

— Oublie Anatoly, dit-elle. Nous allons quitter l'Afghanistan et rentrer en Europe. Nous partirons avec le prochain convoi. »

Il ôta les mains de son visage pour la regarder. « Quand nous serons rentrés à Paris…

— Oui ?

— Quand nous serons rentrés… je veux que nous soyons encore ensemble. Est-ce que tu pourras me pardonner ? Je t'aime – c'est vrai, je t'ai toujours aimée : et nous sommes mariés. Et puis il y a Chantal. Je t'en prie, Jane… je t'en prie, ne me quitte pas. S'il te plaît ? »

À sa surprise, elle n'éprouva aucune hésitation. C'était

l'homme qu'elle aimait, son mari, le père de son enfant ; il avait des ennuis et l'appelait à l'aide. «Je ne m'en vais nulle part, répondit-elle.

– Promets, dit-il, promets que tu ne me quitteras pas.»

Elle lui sourit avec sa bouche qui saignait un peu. «Je t'aime, dit-elle : je promets de ne pas te quitter.»

9

Ellis était déçu, impatient et furieux. Il était déçu parce que cela faisait sept jours qu'il était dans la Vallée des Cinq Lions et qu'il n'avait pas encore vu Massoud. Il était impatient parce que c'était un purgatoire quotidien pour lui de voir Jane et Jean-Pierre vivre ensemble, travailler ensemble et partager le plaisir d'avoir cette heureuse petite fille. Il était furieux parce que c'était lui, et personne d'autre, qui s'était mis dans cette horrible situation.

On lui avait dit qu'il rencontrerait Massoud aujourd'hui mais, jusqu'à maintenant, le grand homme ne s'était pas montré. La veille, Ellis avait marché toute la journée pour arriver ici. Il était à l'extrémité sud-ouest de la Vallée des Cinq Lions, en territoire contrôlé par les Russes. Il avait quitté Banda escorté de trois guérilleros – Ali Ghanim, Matullah Khan et Youssouf Gul – mais ils en avaient récolté deux ou trois autres à chaque village et maintenant ils étaient une trentaine. Ils étaient assis en cercle sous un figuier, près du haut de la colline, ils mangeaient des figues en attendant.

Au pied de la crête où ils étaient installés, commençait une plaine sans relief qui s'étendait vers le sud, jusqu'à Kaboul en fait, bien que la ville fût à quatre-vingts kilomètres de là et qu'on ne pût pas la voir. Dans la même direction, mais beaucoup plus près, se trouvait la base aérienne de Bagram, à une quinzaine de kilomètres : on ne voyait pas ses bâtiments, mais on apercevait de temps en temps un appareil à réaction qui décollait. La plaine était une mosaïque fertile de champs et de vergers, sillonnés de cours d'eau qui tous se jetaient dans la rivière des Cinq Lions qui coulait, plus large et plus profonde maintenant, mais tout aussi rapide, vers la capitale. Un chemin de terre passait au pied de la colline et remontait la Vallée jusqu'à la ville de Rokha, qui marquait la limite nord du territoire occupé par les Russes dans cette région. Il n'y avait pas beaucoup de circulation sur la route : quelques chariots de paysans et, de temps en temps, une voiture blindée. Là où la route franchissait la rivière, il y avait un nouveau pont bâti par les Russes.

C'était ce pont qu'Ellis allait faire sauter.

Les leçons dans le maniement des explosifs, qu'il donnait afin de masquer le plus longtemps possible le véritable objet de sa mission, avaient beaucoup de succès et il avait été obligé de limiter le nombre des participants, malgré son dari hésitant. Il se rappelait un peu de farsi de Téhéran, et il avait appris pas mal de dari en venant ici avec le convoi, si bien qu'il pouvait parler du paysage, de la nourriture, des chevaux et des armes, mais qu'il était encore incapable de dire des choses comme *une indentation dans le matériel explosif a pour effet de concentrer le souffle*. Néanmoins, l'idée de faire sauter des choses avait tant d'attraits pour le machisme afghan qu'il avait toujours un auditoire attentif. Il ne pouvait pas leur enseigner les formules pour calculer la quantité de TNT nécessaire chaque fois, ou même leur montrer comment utiliser sa règle à calculer de l'armée américaine, car aucun d'eux ne possédait les rudiments les plus élémentaires d'arithmétique et la plupart ne savaient pas lire. Il put néanmoins leur montrer comment détruire des objectifs de façon plus efficace tout en utilisant moins de matériel – ce qui était très important pour eux, car tout le matériel d'artillerie était en quantité limitée. Il avait essayé aussi de les amener à prendre des précautions de sécurité fondamentales mais, sur ce point, il avait échoué. Pour eux, la prudence, c'était de la lâcheté.

En attendant, il était torturé par la présence de Jane.

Il était jaloux lorsqu'il la voyait toucher Jean-Pierre; il était envieux quand il les voyait tous les deux dans la grotte où ils donnaient leurs consultations, travaillant ensemble avec une telle harmonieuse efficacité; il était consumé de désir quand il apercevait le sein gonflé de Jane lorsqu'elle nourrissait son bébé. La nuit, il restait éveillé dans son sac de couchage, chez Ismaël Gul où il habitait, il ne cessait de se retourner, tantôt en sueur et tantôt frissonnant, n'arrivant pas à trouver le confort sur le sol en terre battue et essayant de ne pas entendre les bruits étouffés d'Ismaël et de sa femme en train de faire l'amour à quelques mètres de là dans la chambre voisine.

Il n'avait de reproches à faire à personne qu'à lui-même pour tout cela. Il s'était porté volontaire pour cette mission dans le fol espoir qu'il pourrait reconquérir Jane. C'était un manque de professionnalisme tout autant qu'un manque de maturité. Tout ce qu'il lui restait à faire, c'était de partir le plus tôt possible. Cependant, il ne pouvait rien faire avant d'avoir rencontré Massoud.

Il se leva, se mit à déambuler nerveusement, prenant soin quand même de rester à l'ombre de l'arbre de façon à ne pas être visible de la route. A quelques mètres de là, il y avait un amas de métal tordu, à l'endroit où un hélicoptère s'était écrasé. Il aperçut un mince bout d'acier qui avait environ la taille et la forme d'une assiette, et cela lui donna une idée. Il se demandait comment démontrer l'effet de charges mises en forme et il entrevoyait maintenant un moyen d'y parvenir.

Il prit dans sa musette un petit morceau bien plat de TNT et un canif. Les guérilleros se groupèrent autour de lui. Parmi eux se trouvait Ali Ghanim, un petit homme contrefait – le nez de travers, les dents mal alignées et un dos un peu bossu – qui, disait-on, avait quatorze enfants. Ellis grava dans le TNT le nom d'Ali en caractères persans. Il les leur montra. Ali reconnut son nom. «Ali», dit-il en souriant, révélant ses dents affreuses.

Ellis disposa l'explosif sur le bout d'acier. «J'espère que

176

ça va marcher», dit-il avec un sourire, et tous sourirent à leur tour, bien qu'aucun d'eux ne parlât anglais. Il prit dans son vaste sac un rouleau de cordeau et en coupa une longueur d'un peu plus d'un mètre. Il prit sa boîte d'amorces dont il tira une capsule explosive et inséra l'extrémité du cordeau dans la capsule cylindrique. Puis il fixa celle-ci par du ruban adhésif au TNT.

Il regarda en bas de la colline jusqu'à la route, mais n'aperçut aucune circulation. Il prit sa petite bombe et alla la déposer une cinquantaine de mètres plus bas. Il alluma le cordeau avec une allumette, puis revint auprès du figuier.

Le cordeau était à combustion lente. Ellis se demanda, tout en attendant, si Massoud le faisait surveiller et évaluer par les autres guérilleros. Le chef rebelle voulait-il s'assurer qu'Ellis était quelqu'un de sérieux que les guérilleros pourraient respecter ? Le protocole était toujours important dans une armée, fût-elle révolutionnaire. Mais Ellis ne pouvait pas traîner plus longtemps. Si Massoud ne se montrait pas aujourd'hui, Ellis n'aurait plus qu'à laisser tomber toutes ces histoires de spécialiste en explosifs, avouer qu'il était un envoyé de la Maison Blanche et exiger une rencontre immédiate avec le chef rebelle.

Il y eut un modeste bang et un petit nuage de poussière. Les guérilleros semblaient déçus par une aussi faible explosion. Ellis ramassa le bout de métal, en le prenant avec son écharpe au cas où il serait trop chaud. Le nom d'Ali s'inscrivait en caractères persans grossièrement découpés. Il montra l'objet aux guérilleros qui manifestèrent aussitôt la plus grande excitation pour prouver que l'explosif était plus puissant lorsqu'il portait des indentations, contrairement à ce que suggérait le bon sens.

Les guérilleros soudain se turent. Ellis se retourna et vit un groupe de sept ou huit hommes qui approchaient par la colline. Leurs fusils et leurs casquettes rondes chitralis les designaient comme des guérilleros. Comme ils approchaient, Ali se redressa, presque au garde-à-vous. «Qui est-ce ? demanda Ellis.

« – Massoud, répondit Ali.

– Lequel est-ce ?

– Celui qui est au milieu. »

Ellis fixa le personnage central du groupe. Au premier abord, Massoud ressemblait aux autres : un homme mince de taille moyenne, vêtu d'un costume kaki et de bottes russes. Ellis scruta son visage. Il avait la peau claire, avec une moustache peu fournie, la barbe naissante d'un adolescent, un long nez un peu crochu. Ses yeux noirs au regard vif étaient entourés de rides profondes qui le faisaient paraître au moins cinq ans de plus que les vingt-huit ans qu'on lui donnait. Ce n'était pas un beau visage mais on y lisait un air d'intelligence éveillée et de calme autorité qui le distinguait des hommes qui l'entouraient.

Il alla droit vers Ellis, la main tendue. « Je suis Massoud.

– Ellis Thaler », fit Ellis en lui serrant la main.

« Nous allons faire sauter ce pont, dit Massoud en français.

– Vous voulez qu'on s'y mette tout de suite ?

– Oui. »

Ellis rangea son matériel dans sa musette pendant que Massoud faisait le tour des guérilleros, serrant la main de certains, en saluant d'autres, en embrassant un ou deux, adressant quelques mots à chacun.

Lorsqu'ils furent prêts, ils descendirent la colline par petits groupes dans l'espoir – supposa Ellis – que si on les voyait on les prendrait pour une bande de paysans plutôt que pour une unité de l'armée rebelle. Lorsqu'ils eurent atteint le pied de la colline, on ne les voyait plus de la route mais n'importe qui les survolant en hélicoptère aurait remarqué leur présence : Ellis supposait qu'ils se mettraient à l'abri s'ils entendaient un hélico. Ils se dirigèrent vers la rivière en suivant un sentier à travers les champs cultivés. Ils passèrent devant plusieurs petites maisons et furent aperçus par des gens qui travaillaient dans les champs, dont certains les ignorèrent avec application pendant que d'autres les saluaient de la voix et du geste. Les guérilleros arrivèrent à la rivière et

178

en suivirent la rive, se protégeant comme ils pouvaient derrière les rochers et la végétation peu fournie qui poussait au bord de l'eau. Ils se trouvaient à environ trois cents mètres du pont lorsqu'un petit convoi de camions militaires commença à le traverser ; ils se cachèrent tous pendant que les lourds véhicules passaient en grondant, en direction de Rokha. Ellis s'allongea sous un saule et Massoud vint le rejoindre. « Si nous détruisons ce pont, dit Massoud, nous couperons leur ligne de ravitaillement avec Rokha. »

Une fois les camions partis, ils attendirent quelques minutes, puis firent le chemin qui les séparait du pont et se regroupèrent dessous, invisibles de la route.

En son centre, le pont était à environ six mètres au-dessus de la rivière qui semblait avoir à cet endroit une profondeur d'à peu près trois mètres. Ellis constata que c'était un simple pont à longerons : deux longues poutrelles métalliques supportant une dalle plate de béton et s'étendant d'une rive à l'autre sans support intermédiaire. Le béton était un poids mort : c'étaient les longerons qui supportaient la tension. Il n'y avait qu'à les briser et le pont était démoli.

Ellis commença ses préparatifs. Son TNT était en blocs jaunes d'une livre. Il fit un tas de dix blocs qu'il entoura de ruban adhésif. Puis il fit trois autres tas identiques en utilisant toute sa réserve d'explosifs. Il utilisait le TNT parce que c'était la substance qu'on trouvait le plus souvent dans les bombes, les obus, les mines, les grenades à main et que la meilleure source d'approvisionnement des guérilleros, c'étaient les engins russes qui n'avaient pas explosé. Du plastic aurait mieux convenu à leurs besoins, car on pouvait le bourrer dans des trous, l'entourer autour de poutrelles et, en général, lui donner toute forme qu'on souhaitait – mais ils devaient travailler avec les matériaux qu'ils pouvaient trouver et voler. De temps en temps, ils arrivaient à se procurer un peu de plastic auprès des hommes du génie russe en l'échangeant contre de la marijuana cultivée dans la Vallée, mais la transaction – qui impliquait toujours des intermédiaires dans l'armée régulière afghane – était risquée et les quantités limitées. Tous ces renseignements, c'était l'homme de la CIA à Peshawar qui les avait fournis à Ellis, et ils s'étaient révélés exacts.

Les poutrelles au-dessus de lui étaient séparées par un vide de près de deux mètres cinquante. Ellis dit en dari : «Que quelqu'un me trouve un bâton de cette longueur», en désignant l'espace qui séparait les poutrelles. L'un des guérilleros s'avança sur la berge et déracina un jeune arbre. «Il m'en faut un autre juste de la même taille», dit Ellis.

Il posa un paquet de TNT sur la partie inférieure d'une des poutrelles et demanda à un guérillero de la maintenir en place. Il posa un autre tas sur l'autre poutrelle dans une position similaire ; puis il coinça le jeune arbre entre les deux charges pour les maintenir en place.

Il traversa la rivière en pataugeant et opéra exactement de même à l'autre extrémité du pont.

Il décrivait tout ce qu'il faisait dans un mélange de dari, de français et d'anglais où les Afghans comprenaient ce qu'ils pouvaient : le plus important pour eux était de voir ce qu'il faisait et les résultats qu'il obtenait. Il amorça les charges avec du Primacord, le cordeau détonant qui transmettait l'onde de choc à six mille mètres/seconde et il relia entre eux les quatre paquets d'explosifs pour que les déflagrations fussent simultanées. Il fit ensuite une grande boucle en enroulant le Primarcord sur lui-même. Cela aurait pour effet, expliqua-t-il à Massoud en français, que le cordeau brûlerait jusqu'aux charges de TNT par les deux bouts si bien que si, par hasard, il était sectionné à un endroit, la charge exploserait quand même. Il recommandait cette méthode à titre de précaution de routine.

Tout en travaillant, il se sentait étrangement heureux. Il y avait quelque chose d'apaisant dans les tâches mécaniques et le calcul sans passion des charges d'explosif. Maintenant que Massoud avait fini par se montrer, il allait pouvoir poursuivre sa mission.

Il fit passer le Primacord dans l'eau pour qu'on le vît moins – le cordeau fonctionnerait parfaitement sous l'eau – et le fit ressortir sur l'autre berge. Il fixa une capsule explosive à l'extrémité du cordeau, puis ajouta une longueur de quatre minutes de cordeau à transmission lente.

« Prêt ? » demanda-t-il à Massoud.

Massoud répondit : « Oui. »

Ellis alluma le cordeau.

Ils s'éloignèrent tous rapidement, remontant la rive vers l'amont. Ellis éprouvait secrètement une sorte de joie puérile à l'idée de l'énorme bang qu'il allait déclencher. Les autres semblaient excités aussi et il se demanda s'il réussissait aussi mal qu'eux à dissimuler son enthousiasme. Il était en train de les regarder lorsqu'il vit leur expression changer de façon spectaculaire : soudain ils furent tous sur leurs gardes, comme des oiseaux qui guettent le bruit des vers dans le sol ; puis Ellis entendit à son tour le bruit : le grondement lointain des chars en marche.

D'où ils étaient, on ne voyait pas la route, mais un des guérilleros eut tôt fait d'escalader un arbre. « Ils sont deux », annonça-t-il.

Massoud prit le bras d'Ellis. « Peux-tu détruire le pont pendant que les chars sont dessus ? » demanda-t-il.

Oh ! merde, songea Ellis ; c'est une épreuve. « Oui ! », fit-il sans réfléchir.

Massoud hocha la tête avec un petit sourire. « Bon. »

Ellis grimpa dans l'arbre auprès du guérillero et son regard balaya les champs jusqu'à la route. Deux chars noirs avançaient pesamment sur l'étroite route empierrée qui venait de Kaboul. Il se sentit très tendu : c'était la première fois qu'il voyait l'ennemi. Avec leur blindage et leurs énormes canons, ils semblaient invulnérables, surtout en face de guérilleros en guenilles, armés de fusils ; pourtant la vallée était jonchée des restes de chars que les guérilleros avaient détruits avec des mines de fabrication artisanale, des grenades bien placées et des fusées volées.

Il n'y avait pas d'autre véhicule avec les chars. Ce n'était donc pas une patrouille ni un groupe chargé d'un raid ; on ramenait sans doute les chars à Rokha après les avoir réparés à Bagram, ou peut-être étaient-ils tout juste arrivés d'Union soviétique.

Il commença ses calculs.

Les chars avançaient à une quinzaine de kilomètres à l'heure ; ils atteindraient donc le pont dans une minute et demie. Le cordeau brûlait depuis moins d'une minute : il restait donc au moins trois minutes. Dans les conditions actuelles, les chars auraient franchi le pont et seraient à bonne distance avant l'explosion.

Il sauta à bas de l'arbre et se mit à courir en pensant : Ça fait combien d'années depuis la dernière fois que je me suis trouvé dans une zone de combats ?

Il entendit des pas derrière lui et jeta un coup d'œil. Ali le suivait en courant, et deux autres hommes étaient sur ses talons. Les autres se cachaient le long de la berge.

Quelques instants plus tard, il arriva au pont et s'agenouilla auprès de son cordeau à combustion lente, faisant glisser à terre la musette accrochée à son épaule. Tout en fouillant dans le sac, il poursuivait ses calculs et cherchait son canif. Les chars étaient maintenant à une minute du pont, songea-t-il. Le cordeau explosif brûlait au rythme de trente centimètres toutes les trente ou quarante secondes. Ce rouleau-ci était-il lent, moyen ou rapide ? Il crut se rappeler qu'il était rapide. Mettons alors trente centimètres pour trente secondes. En trente secondes il pouvait franchir en courant cent cinquante mètres – ça suffisait pour se mettre à l'abri, tout juste.

Il ouvrit le canif et le tendit à Ali qui s'était agenouillé auprès de lui. Ellis saisit le cordeau à une trentaine de centimètres de l'endroit où il rejoignait la capsule explosive et le tint à deux mains pour le faire couper par Ali. Il avait dans sa main gauche l'extrémité sectionnée et dans la droite la partie qui se consumait. Il ne savait pas avec certitude si le moment était encore venu de rallumer le bout sectionné. Il fallait voir à quelle distance se trouvaient les chars.

Il remonta sur la berge, tenant toujours les deux bouts de cordeau. Derrière lui, le Primacord traînait dans la rivière. Il passa la tête par-dessus le parapet du pont. Les gros chars noirs approchaient régulièrement. Dans combien de temps seraient-ils là? Il essayait de calculer. Il compta quelques secondes pour mesurer leur progression; puis, sans calculer mais en espérant que tout irait bien, il appliqua la partie en train de se consumer du cordeau à l'extrémité sectionnée dont l'autre bout était encore relié aux charges explosives.

Il reposa le cordeau avec précaution sur le sol et se mit à courir.

Ali et les deux autres guérilleros le suivirent.

Au début, ils étaient cachés des chars par la berge mais, à mesure que les engins approchaient, les quatre hommes qui détalaient étaient nettement visibles. Ellis comptait les secondes tandis que le grondement des chars se transformait en un vacarme assourdissant.

Les canonniers des chars n'hésitèrent qu'un instant : des Afghans qui s'enfuyaient en courant étaient sans doute des guérilleros aptes à servir de cibles. Il y eut un double boum et deux obus passèrent au-dessus de la tête d'Ellis. Il changea de direction, piquant vers le côté, s'éloignant de la rivière en songeant : le canonnier ajuste sa portée… il braque le canon vers moi… il vise… maintenant. Il plongea de nouveau, revenant vers la rivière et, une seconde plus tard, il entendit un nouveau boum. Le prochain va me toucher, se dit-il, à moins que cette foutue charge ne saute d'abord. Bon sang! Pourquoi ai-je éprouvé le besoin de montrer à Massoud quel sacré macho j'étais? Là-dessus il entendit une mitrailleuse ouvrir le feu. C'est difficile de bien viser à partir d'un char en mouvement, songea-t-il; mais peut-être vont-ils s'arrêter. Il imagina la grêle de balles de mitrailleuse déferlant sur lui et se mit à zigzaguer. Il se rendit compte tout d'un coup qu'il pouvait deviner exactement ce que les Russes allaient faire : ils allaient arrêter les chars là où ils auraient la vue la plus dégagée sur les guérilleros en fuite, et ce serait sur le pont. Mais les charges sauteraient-elles avant que les mitrailleurs ne touchent leurs cibles? Il courut plus vite, le cœur battant et respirant à grandes goulées. Je ne veux pas mourir, même si elle l'aime, se dit-il. Il vit des balles écornifler un rocher presque devant lui. Il fit un brusque saut de côté, mais le flot de projectiles le suivit. La situation semblait désespérée : il était une trop belle cible. Il entendit un des guérilleros derrière lui pousser un cri, puis il fut touché, deux fois de suite : il sentit une douleur brûlante sur sa hanche puis un choc, comme un coup brutal, à la fesse droite. Le second projectile paralysa un instant sa jambe, il trébucha et tomba, s'égratignant la poitrine, puis il roula sur le dos. Il parvint à s'asseoir, ignorant la souffrance et essaya de bouger. Les deux chars s'étaient arrêtés sur le pont. Ali, qui était juste derrière lui, prit Ellis par les aisselles et essaya de le soulever. Ils faisaient à eux deux des cibles superbes : les canonniers des chars ne pouvaient pas les manquer.

Sur ces entrefaites, les charges explosèrent.

Ce fut magnifique.

Les quatre explosions simultanées sectionnèrent le pont aux deux extrémités, laissant la partie centrale – où se trouvaient les deux chars – totalement sans soutien. Elle commença par s'effondrer avec lenteur, ses extrémités brisées grinçant horriblement ; puis elle se libéra et plongea de façon spectaculaire dans les eaux torrentueuses de la rivière, arrivant en bas avec un flac monstrueux. Les eaux s'écartèrent majestueusement ; révélant un instant le lit de la rivière, puis elles se refermèrent dans un fracas de tonnerre.

Quand le bruit se fut calmé, Ellis entendit les guérilleros qui poussaient des vivats.

Quelques-uns d'entre eux sortirent de leurs abris et se précipitèrent vers les chars à demi submergés. Ali aida Ellis à se lever. Ses jambes retrouvèrent aussitôt leur sensibilité et il se rendit compte qu'il avait mal. «Je ne suis pas sûr de pouvoir marcher», dit-il à Ali en dari. Il fit un pas et serait tombé si Ali ne l'avait pas soutenu. «Oh ! merde, fit Ellis en anglais : je crois que j'ai une balle dans le cul.»

Il entendit des coups de feu. Levant les yeux, il vit les Russes survivants qui essayaient de s'échapper des chars et les guérilleros qui les canardaient à mesure qu'ils émergeaient. Ça n'étaient pas les sentiments qui les étouffaient, ces

Afghans. Baissant les yeux, il vit que la jambe droite de son pantalon était trempée de sang. Ça devait venir d'une blessure superficielle, estima-t-il : il avait l'impression que la balle bouchait encore l'autre plaie.

Massoud s'approcha avec un large sourire. « Beau travail, le pont, dit-il en français avec un fort accent. Magnifique !

– Merci, dit Ellis. Mais je ne suis pas venu ici pour faire sauter les ponts. » Il se sentait affaibli et un peu étourdi, mais le moment était venu de révéler sa mission. « Je suis venu pour conclure un accord. »

Massoud le regarda avec curiosité. « D'où viens-tu ?

– De Washington. De la Maison Blanche. Je représente le président des Etats-Unis. »

Massoud hocha la tête, nullement surpris. « Bon. Je suis ravi. »

Ce fut à cet instant qu'Ellis s'évanouit.

Ce soir-là il exposa son projet à Massoud.

Les guérilleros improvisèrent un brancard et le remontèrent de la Vallée jusqu'à Astana, où ils s'arrêtèrent à la tombée de la nuit. Massoud avait déjà envoyé un messager à Banda pour chercher Jean-Pierre, qui arriverait dès le lendemain pour extraire la balle logée dans le postérieur d'Ellis. En attendant, ils s'installèrent tous dans la cour d'une ferme. La douleur d'Ellis s'était atténuée, mais le trajet l'avait affaibli. Les guérilleros avaient posé des pansements sommaires sur ses blessures.

Une heure environ après leur arrivée, on lui servit du thé vert brûlant qui le ranima quelque peu et, un peu plus tard, ils eurent tous pour dîner des mûres et du yoghourt. Cela se passait en général comme ça avec les guérilleros, comme l'avait observé Ellis en voyageant avec le convoi depuis le Pakistan jusqu'à la Vallée : une heure ou deux après leur arrivée quelque part, la nourriture apparaissait. Ellis ne savait pas s'ils l'achetaient, la réquisitionnaient ou si on la leur offrait, mais il pensait qu'on devait la leur donner gratis, parfois de bon gré, et parfois à contrecœur.

Lorsqu'ils se furent restaurés, Massoud s'assit auprès d'Ellis et, au cours des quelques minutes suivantes, la plupart des autres guérilleros s'éloignèrent discrètement, laissant Massoud et deux de ses lieutenants seuls avec Ellis. Ellis savait qu'il devrait parler à Massoud maintenant, car peut-être n'y aurait-il pas d'autre occasion avant une semaine. Pourtant, il se sentait trop faible, trop épuisé pour cette tâche subtile et délicate.

« Voilà bien des années, dit Massoud, un pays étranger a demandé au roi d'Afghanistan cinq cents guerriers pour l'aider dans une guerre. Le roi afghan a envoyé cinq hommes de notre vallée avec un message disant que mieux vaut avoir cinq lions que cinq cents renards. C'est ainsi que notre vallée a pris le nom de Vallée des cinq Lions. » Il sourit. « Aujourd'hui, tu as été un lion.

– J'ai entendu raconter une légende, dit Ellis, d'après laquelle il y avait cinq grands guerriers, connus comme les cinq lions, dont chacun gardait un des cinq chemins menant dans la Vallée. Et l'on m'a dit que c'est pourquoi l'on t'appelle le sixième lion.

– Assez de légendes, dit Massoud avec un sourire. Qu'as-tu à me dire ? »

Ellis avait répété cette conversation et, dans son texte à lui, elle ne commençait pas de façon aussi abrupte. De toute évidence, les méandres à l'orientale n'étaient pas dans le style de Massoud. Ellis dit : « Il faut d'abord que je te demande ton opinion sur cette guerre. »

Massoud hocha la tête, réfléchit quelques secondes et dit : « Les Russes ont douze mille soldats dans la ville de Rokha, la porte de la Vallée. Leur dispositif est le même que d'habitude : d'abord des champs de mines, puis des troupes afghanes, puis des troupes russes pour empêcher les Afghans de s'enfuir. Ils attendent douze cents hommes de plus en renfort. Ils comptent lancer une grande offensive dans la Vallée d'ici deux semaines. Leur but est de détruire nos forces. »

Ellis se demanda comment Massoud obtenait des renseignements aussi précis, mais il n'eut pas la grossièreté de l'interroger. Il se contenta de dire : « Et l'offensive réussira-t-elle ?

— Non, dit Massoud, avec une tranquille assurance. Lorsqu'ils attaqueront, nous nous fondrons dans les collines, si bien qu'ils ne trouveront personne ici à combattre. Quand ils s'arrêteront, nous les harcèlerons des hauteurs et nous couperons leurs lignes de communication. Peu à peu, nous les userons. Ils se trouveront dépenser de vastes ressources pour tenir un territoire qui ne leur donne aucun avantage militaire. Ils finiront par battre en retraite. C'est toujours comme ça. »

C'était un véritable récit conforme aux manuels de la guerre de partisans, songea Ellis. Aucun doute que Massoud ne pût en apprendre beaucoup aux autres chefs de tribus. « Combien de temps à ton avis les Russes pourront-ils continuer à lancer des attaques aussi vaines ? »

Massoud haussa les épaules. « C'est entre les mains de Dieu.

— Parviendrez-vous jamais à les chasser de votre pays ?

— Les Vietnamiens ont bien chassé les Américains, dit Massoud avec un sourire.

— Je sais… j'y étais, dit Ellis. Sais-tu comment ils s'y sont pris ?

— Un facteur important, à mon avis, est que les Vietnamiens recevaient des Russes les armes les plus modernes et, notamment, des missiles sol-air portables. C'est la seule façon dont des forces de guérilla peuvent lutter contre l'aviation et les hélicoptères.

— Je suis d'accord, dit Ellis. Ce qui est plus important, le gouvernement des Etats-Unis est d'accord. Nous aimerions vous aider à vous procurer de meilleures armes. Mais nous aurions besoin de vous voir réaliser des progrès réels contre vos ennemis avec ces armes. Le peuple américain aime en avoir pour son argent. Dans combien de temps, à ton avis, la résistance afghane pourra-t-elle lancer des attaques unifiées à l'échelon du pays, contre les Russes, comme les Vietnamiens l'ont fait vers la fin de la guerre ? »

Massoud secoua la tête d'un air dubitatif. « L'unification de la résistance en est à son tout début.

« – Quels sont les principaux obstacles ? » Ellis retint son souffle priant que Massoud lui donne la réponse attendue.

« Le principal obstacle, c'est le manque de confiance entre les différents groupes de combattants. »

Ellis dissimula un soupir de soulagement.

« Nous sommes, reprit Massoud, des tribus différentes, des nations différentes et nous avons des commandants différents. D'autres groupes de guérilleros tendent des embuscades à mes convois pour me piller.

– Le manque de confiance, répéta Ellis. Quoi d'autre ?

– Les communications. Nous avons besoin d'un réseau régulier de messagers. Il nous faudra en fin de compte utiliser des liaisons radio, mais c'est pour un avenir lointain.

– Le manque de confiance et des communications insuffisantes. » C'était ce qu'Ellis espérait entendre. « Parlons d'un autre point. » Il se sentait terriblement fatigué : il avait perdu pas mal de sang. Il lutta contre un puissant désir de fermer les yeux. « Vous autres dans la Vallée, vous avez développé l'art de la guerre de partisans mieux que n'importe où ailleurs en Afghanistan. D'autres chefs continuent à gaspiller leurs ressources en défendant les basses terres et en attaquant des positions fortes. Nous voudrions que tu entraînes des hommes d'autres régions du pays aux tactiques de la guérilla moderne. Voudrais-tu y penser ?

– Oui… et je crois que je vois où tu veux en venir, dit Massoud. Au bout d'un an ou deux, il y aurait dans chaque zone de la résistance un petit cadre d'hommes qui auraient été entraînés dans la Vallée des Cinq Lions. Ils formeraient un réseau de communication. Ils se comprendraient les uns les autres, ils me feraient confiance… » Sa voix s'éteignit, mais Ellis lut sur son visage qu'il songeait encore à tout ce que cela impliquait.

« Très bien », dit Ellis. Il était à bout de forces, mais il en avait presque fini. « Voici le marché que je te propose. Si tu peux obtenir l'accord d'autres commandants pour mettre sur pied ce programme d'entraînement, les Etats-Unis te fourniront des lance-roquettes RPG-7, des missiles sol-air et de l'équipement radio. Mais il y a deux autres commandants en particulier qui doivent absolument faire partie de l'accord. Ce sont Jahan Kamil, dans la vallée de Pitch et Amal Azizi, le commandant de Faizabad. »

Massoud eut un sourire narquois. «Tu as choisi les plus coriaces.

– Je sais, dit Ellis. Peux-tu y arriver?

– Laisse-moi y réfléchir, dit Massoud.

– Entendu. » Epuisé, Ellis s'allongea sur le sol glacé et ferma les yeux. Quelques instants plus tard, il dormait.

10

Jean-Pierre marchait sans but dans les champs baignés par le clair de lune, en proie à une noire dépression. Une semaine plus tôt, il était le maître heureux et comblé de la situation, en train de faire du bon travail tout en attendant sa grande chance. Maintenant tout était fini, il se sentait inutile, un raté.

C'était sans issue. Il repassait inlassablement dans sa tête les possibilités, mais il en arrivait toujours à la même conclusion : il lui fallait partir.

Son utilité en tant qu'espion était finie. Il n'avait aucun moyen de contacter Anatoly : même si Jane n'avait pas fracassé l'émetteur, il n'était pas en mesure de quitter le village pour retrouver Anatoly, car Jane le saurait immédiatement et préviendrait Ellis. Peut-être aurait-il pu trouver un moyen de réduire Jane au silence *(n'y pense pas, n'y pense même pas)*, mais, s'il lui arrivait quelque chose, Ellis voudrait savoir pourquoi. Tout revenait à Ellis. J'aimerais tuer Ellis, songea-t-il, s i j'en avais le cran. Mais comment ? Je n'ai pas d'arme. Qu'est-ce que je ferais, je lui couperais la gorge avec un scalpel? Il est bien plus fort que moi : je ne pourrais jamais le maîtriser.

Il songea à la façon dont les choses avaient mal tourné. Anatoly et lui s'étaient montrés négligents. Ils auraient dû se retrouver dans un endroit d'où ils pouvaient surveiller toutes les voies d'accès alentour si bien qu'ils auraient pu voir quiconque en approchait. Mais qui aurait cru que Jane le suivrait? Il était la victime de la plus consternante malchance : que le garçon blessé fût allergique à la pénicilline, que Jane eût entendu Anatoly parler, qu'elle eût reconnu un accent russe; et qu'Ellis fût survenu pour lui donner courage. C'était vraiment de la malchance. Mais les livres d'histoire ne se souviennent pas des hommes qui ont presque atteint la grandeur. J'ai fait de mon mieux, papa, songea-t-il; il crut entendre la réponse de son père : Ça ne m'intéresse pas que tu aies fait de ton mieux, je veux savoir si tu as réussi ou échoué.

Il approchait du village. Il décida d'aller se coucher. Il dormait mal, mais il n'avait rien d'autre à faire que d'aller au lit. Il prit la direction de la maison.

Curieusement, le fait d'avoir encore Jane n'était guère une consolation. Qu'elle eût découvert son secret semblait les avoir éloignés plus que rapprochés. Une distance nouvelle s'était établie entre eux, même s'ils projetaient de rentrer et même s'ils parlaient de la vie nouvelle qu'ils mèneraient là-bas en Europe.

Malgré tout, ils continuaient à s'étreindre au lit la nuit. C'était déjà quelque chose.

Il arriva à la maison du boutiquier. Il s'attendait à trouver Jane déjà au lit mais, à sa surprise, elle était toujours debout. A peine fut-il entré qu'elle lui adressa la parole. «Massoud t'a envoyé un messager. Il faut que tu ailles à Astana. Ellis est blessé.»

Ellis blessé. Jean-Pierre sentit son cœur battre plus vite.

«Où ça?

– Rien de grave. Je crois qu'il a une balle dans le derrière.

– J'irai dès demain matin.»

Jane acquiesça. «Le messager partira avec toi. Tu pourras être de retour pour la nuit.

– Je vois.» Jane s'assurait qu'il n'avait aucune occasion de rencontrer Anatoly. Ces précautions étaient inutiles, Jean-Pierre n'avait aucun moyen d'arranger un pareil rendez-vous. Jane d'ailleurs cherchait à éviter un péril mineur et en négligeait un plus important : Ellis était *blessé*. Cela le rendait vulnérable. Ce qui changeait tout.

Maintenant, Jean-Pierre pouvait le tuer.

Jean-Pierre resta éveillé toute la nuit à y réfléchir. Il imaginait Ellis, allongé sur un matelas à l'ombre d'un figuier, serrant les dents pour lutter contre la douleur d'un os fracassé, peut-être pâle et affaibli par le sang qu'il avait perdu. Il s'imaginait préparant une piqûre. «C'est un antibiotique pour prévenir l'infection», dirait-il, puis il lui injecterait une trop forte dose de digitaline, ce qui lui donnerait une crise cardiaque.

Une crise cardiaque d'origine naturelle était peu probable, mais nullement impossible, chez un homme de trente-quatre ans, surtout chez quelqu'un qui avait fourni de gros efforts après une longue période de travail relativement sédentaire. En tout cas, il n'y aurait pas d'enquête, pas d'autopsie, pas de soupçons : en Occident, on ne douterait pas qu'Ellis avait été blessé au combat et qu'il était mort de ses blessures. Ici, dans la Vallée, tous accepteraient le diagnostic de Jean-Pierre. On lui faisait autant confiance qu'à n'importe lequel des plus proches lieutenants de Massoud – et c'était bien naturel, car ils devaient penser qu'il avait sacrifié autant qu'aucun d'eux à la cause. Non, la seule à douter serait Jane. Et que pourrait-elle faire ?

Il ne savait pas trop. Jane était un redoutable adversaire lorsqu'elle était soutenue par Ellis; mais Jane seule n'en était pas un. Jean-Pierre parviendrait peut-être à la persuader de rester encore un an dans la Vallée : il pourrait promettre de ne plus livrer les convois, puis trouver un moyen de rétablir le contact avec Anatoly et attendre alors l'occasion de repérer Massoud pour les Russes.

Il donna à Chantal son biberon de deux heures puis retourna se coucher. Il n'essayait même pas de dormir. Il était trop anxieux, trop excité, trop effrayé. Allongé là, à attendre le lever du soleil, il songea à tout ce qui pourrait tourner mal : Ellis pourrait refuser le traitement, lui, Jean-Pierre, pourrait mal calculer la dose, peut-être Ellis n'avait-il qu'une simple égratignure et circulait-il normalement, peut-être Ellis et Massoud avaient-ils déjà quitté Astana.

Le sommeil de Jane fut troublé par des rêves. Elle s'agitait et se retournait auprès de lui, murmurant de temps en temps des syllabes incompréhensibles. Seule Chantal dormait bien. Jean-Pierre se leva juste avant l'aube, alluma le feu et alla se baigner dans la rivière. Lorsqu'il revint, le messager était dans la cour, en train de boire du thé préparé par Fara et de manger les restants de pain de la veille. Jean-Pierre but un peu de thé mais fut incapable de manger.

Jane donnait le sein à Chantal sur le toit. Jean-Pierre monta leur faire ses adieux. Chaque fois qu'il touchait Jane, il se rappelait comment il l'avait frappée et il se sentait frissonner de honte. Elle semblait lui avoir pardonné, mais lui n'arrivait pas à se pardonner.

Il conduisit sa vieille jument à travers le village et descendit jusqu'à la rivière puis, escorté du messager, il continua dans le sens du courant. Entre ici et Astana, il y avait une route, ou du moins ce qui passait pour une route dans la Vallée des Cinq Lions : une bande de terre rocailleuse, large de deux mètres cinquante à trois mètres, plus ou moins plate, qui convenait aux chariots ou aux jeeps, mais qui détruirait une voiture ordinaire en quelques minutes. La Vallée se composait d'une série d'étroites gorges rocheuses qui s'élargissaient par endroits pour former de petites plaines cultivées longues de deux ou trois kilomètres, larges d'un, où les villageois arrachaient une maigre pitance au sol ingrat au prix d'un travail ardu et d'une irrigation habile. La route était assez bonne pour permettre à Jean-Pierre de parcourir à cheval les descentes : la jument n'était pas assez bonne pour qu'il pût le faire dans les montées.

La Vallée avait dû être un lieu idyllique autrefois, songeait-il, tout en progressant vers le sud dans le brillant soleil matinal. Arrosée par la rivière des Cinq Lions, protégée par les hauts murs des falaises, organisée suivant d'antiques traditions et sans être dérangée par personne d'autre que quelques porteurs de beurre du Nuristan ou quelques vendeurs de rubans de Kaboul, on devait y mener une vie qui n'avait pas changé depuis le Moyen Age. Aujourd'hui le XXe siècle s'en était vraiment emparé. Presque chaque village avait souffert des bombardements : un moulin en ruine, un pré criblé de cratères, un vieil aqueduc en bois fracassé, un pont réduit à quelques pierres de gué dans le rapide courant de la rivière. L'effet de tout cela sur la vie économique de la Vallée apparaissait clairement au regard attentif de Jean-Pierre. Cette maison-ci était une échoppe de boucher mais, sur la table de bois devant, pas un morceau de dinde. Ce carré-là de mauvaises herbes avait jadis été un jardin potager, mais son propriétaire s'était enfui au Pakistan. Là, c'était un verger, avec des fruits qui pourrissaient par terre alors qu'ils auraient dû être en train de sécher sur un toit et prêts à être emmagasinés pour le long froid de l'hiver : la femme et les enfants qui, d'ordinaire, s'occupaient du verger étaient morts et le mari était pris à plein temps par la guérilla. Ailleurs, cet entassement de poutres et de boue avait été une mosquée, et les villageois avaient décidé de ne pas la reconstruire car sans doute serait-elle de nouveau bombardée. Tout ce gâchis, toute cette destruction parce que des hommes comme Massoud tentaient de résister au flux de l'histoire et persuadaient des paysans crédules de les soutenir. Une fois débarrassé de Massoud, tout cela se terminerait.

Et une fois débarrassé d'Ellis, Jean-Pierre pourrait s'occuper de Massoud.

Il se demanda, tandis que vers midi ils approchaient d'Astana, s'il aurait du mal à enfoncer l'aiguille. L'idée de tuer un patient était si absurde qu'il ne savait pas comment il réagirait. Bien sûr, il avait vu des malades mourir; mais même alors il était dévoré par le regret de n'avoir pu les sauver. Lorsqu'il aurait Ellis impuissant devant lui et l'aiguille dans la main, serait-il torturé par le doute comme Macbeth ou vacillerait-il comme Raskolnikov dans *Crime et Châtiment* ?

Ils traversèrent Sangana, avec son cimetière et sa plage de sable, puis suivirent la route qui épousait un coude de la rivière. Devant eux s'étendaient quelques terres cultivables et un groupe de maisons au flanc de la colline. Une ou deux minutes plus tard, un garçon de onze ou douze ans vint à leur rencontre à travers champs et les conduisit, non pas au village sur la colline, mais jusqu'à une grande maison à la lisière des terres cultivables.

Jean-Pierre n'éprouvait toujours aucun doute, aucune hésitation ; juste une sorte d'appréhension anxieuse, comme dans l'heure qui précède un examen important.

Il prit sa trousse de médecin accrochée à la selle, tendit les rênes au garçon qui les avait guidés et entra dans la cour de la ferme.

Une vingtaine, au moins, de guérilleros étaient dispersés là, assis en tailleur et regardant dans le vide, attendant avec une patience ancestrale. Massoud n'était pas là, observa Jean-Pierre en jetant un coup d'œil autour de lui, mais il y avait deux de ses plus proches adjoints. Ellis était dans un coin à l'ombre, allongé sur une couverture.

Jean-Pierre s'agenouilla auprès de lui. De toute évidence, la balle faisait souffrir Ellis. Il était allongé à plat ventre. Il avait le visage crispé, les dents serrées. Il était pâle et la sueur perlait sur son front. Son souffle semblait un peu rauque.

« Ça fait mal, hein ? dit Jean-Pierre en anglais.

— Je pense bien », dit Ellis entre ses dents.

Jean-Pierre retira le drap. Les guérilleros avaient découpé ses vêtements et appliqué un pansement de fortune sur la plaie. Jean-Pierre l'ôta et constata aussitôt que la blessure n'était pas grave. Ellis avait beaucoup saigné et la balle toujours logée dans le muscle lui faisait, de toute évidence, un mal de chien, mais elle était loin de tous os ou de tout vaisseau sanguin important : il guérirait vite.

Mais non, se rappela Jean-Pierre. Il ne guérira pas du tout.

« Je vais d'abord vous donner quelque chose pour calmer la douleur, dit-il.

– J'en serais ravi », dit Ellis avec ferveur.

Jean-Pierre remonta la couverture. Ellis avait une grande cicatrice en forme de croix dans le dos. Jean-Pierre se demanda quelle en était l'origine.

Je ne le saurai jamais, songea-t-il.

Il ouvrit sa trousse. Maintenant, je m'en vais tuer Ellis, se dit-il. Je n'ai jamais tué personne, même par accident. Quel effet cela fait-il d'être un meurtrier ? Des gens font cela tous les jours dans le monde entier : des hommes tuent leur femme, des femmes tuent leurs enfants, des assassins tuent des politiciens, des cambrioleurs tuent des propriétaires, des bourreaux tuent des meurtriers. Il prit une grosse seringue et se mit à l'emplir de digitoxine : le produit était conditionné en petites ampoules et il dut en vider quatre pour arriver à une dose mortelle.

Quelle impression cela ferait-il de regarder Ellis mourir ? Le premier effet du médicament serait d'accroître le rythme cardiaque d'Ellis. Il le sentirait et cela le rendrait anxieux et mal à l'aise. Puis, à mesure que le poison affecterait le mécanisme régulateur de son cœur, il aurait des extrasystoles, il se sentirait terriblement mal. Enfin, les battements de cœur deviendraient totalement irréguliers, les deux ventricules battraient indépendamment et Ellis mourrait dans la souffrance et la terreur. Qu'est-ce que je ferai, songea Jean-Pierre, lorsqu'il poussera des cris de douleur en me demandant à moi, le médecin, de l'aider ? Est-ce que je lui dirai que je veux qu'il meure ? Devinera-t-il que je l'ai empoisonné ? Vais-je prononcer des paroles apaisantes, en bon docteur, pour essayer de faciliter son agonie ? *Détendez-vous, c'est un effet secondaire normal du calmant, tout ira bien.*

L'injection était prête.

Je peux le faire, comprit Jean-Pierre. Je peux le tuer. Je ne sais simplement pas ce qui m'arrivera ensuite.

Il découvrit la partie supérieure du bras d'Ellis et, d'un geste machinal, frictionna un morceau de peau avec un tampon imbibé d'alcool.

Sur ces entrefaites, Massoud arriva.

Jean-Pierre ne l'avait pas entendu approcher, il lui parut donc surgir de nulle part, ce qui fit sursauter Jean-Pierre. Massoud lui posa une main sur le bras. « Je vous ai fait peur, monsieur le docteur », dit-il. Il s'agenouilla auprès d'Ellis. « J'ai étudié la proposition du gouvernement américain », dit-il en français à Ellis.

Jean-Pierre restait agenouillé là, figé sur place avec la seringue à la main. Quelle proposition ? De quoi diable s'agissait-il ? Massoud parlait ouvertement, comme si Jean-Pierre n'était qu'un autre de ses camarades – ce qu'il était dans une certaine mesure – mais Ellis… Ellis allait peut-être suggérer qu'ils en discutent en privé.

Ellis se souleva péniblement sur un coude. Jean-Pierre retint son souffle. Mais tout ce qu'Ellis dit, ce fut : « Continue. »

Il est trop épuisé, se dit Jean-Pierre, et il a trop mal pour penser à un luxe de précautions et, d'ailleurs, il n'a pas plus de raisons de me suspecter que Massoud.

« C'est une proposition intéressante, disait Massoud. Mais je me suis demandé comment j'allais remplir ma part du contrat. »

Bien sûr ! se dit Jean-Pierre. Les Américains n'ont pas envoyé ici un important agent de la CIA rien que pour enseigner à quelques guérilleros à faire sauter des ponts et des tunnels. Ellis est ici pour conclure un accord !

Massoud reprit :

« Ce plan pour former des cadres dans les autres zones, il faut l'expliquer aux autres commandants. C'est cela qui va être difficile. Ils vont être méfiants – surtout si c'est moi qui présente le projet. Je crois que c'est vous qui devrez le leur expliquer, et leur dire ce que votre gouvernement leur offre. »

Jean-Pierre était fasciné. Un plan pour former des cadres dans d'autres zones ! Qu'est-ce que c'était que cette folie ?

Ellis parlait avec une certaine difficulté. « Je serais heureux de le faire. Mais il faudra que vous les rassembliez.

– Oui, fit Massoud en souriant. Je vais convoquer une conférence de tous les chefs de la résistance qui se tiendra dans la Vallée des Cinq Lions, dans le village de Darg, d'ici huit jours. Je vais envoyer des messagers aujourd'hui pour annoncer qu'un représentant du gouvernement des Etats-Unis est ici pour discuter du ravitaillement en armes. »

Une conférence ! Le ravitaillement en armes ! Les termes de l'accord commençaient à devenir clairs pour Jean-Pierre. Mais que devrait-il faire ?

« Viendront-ils ? demanda Ellis.

– Beaucoup viendront, répondit Massoud. Nos camarades du désert de l'Ouest ne viendront pas : c'est trop loin et ils ne nous connaissent pas.

– Et les deux que nous tenons particulièrement à avoir : Kamil et Azizi ? »

Massoud haussa les épaules. « C'est entre les mains de Dieu. »

Jean-Pierre tremblait d'excitation. Ce serait l'événement le plus important de l'histoire de la résistance afghane.

Ellis fouillait dans son sac posé par terre près de sa tête. « Je vais peut-être pouvoir t'aider à persuader Kamil et Azizi », disait-il. Il tira de sa musette deux petits paquets et en ouvrit un. Il contenait une plaque rectangulaire de métal jaune. « De l'or, dit Ellis. Chacune de ces plaques vaut environ cinq mille dollars. »

C'était une fortune : cinq mille dollars représentaient plus de deux ans de revenus pour l'Afghan moyen.

Massoud prit la plaque d'or et la soupesa dans sa main. « Qu'est-ce que c'est ? dit-il, en désignant un dessin gravé au milieu du rectangle.

– Le sceau du président des Etats-Unis », dit Ellis.

Habile, se dit Jean-Pierre. Juste ce qu'il faut pour impressionner les chefs tribaux et les rendre en même temps irrésistiblement curieux de rencontrer Ellis.

« Cela aidera-t-il à persuader Kamil et Azizi ? » demanda Ellis.

Massoud acquiesça. « Je crois qu'ils viendront. »

Je te parie bien qu'ils viendront, songea Jean-Pierre.

Et soudain il sut exactement ce qu'il avait à faire. Massoud, Kamil et Azizi, les trois grands chefs de la résistance, allaient dans huit jours se trouver rassemblés au village de Darg.

Il fallait prévenir Anatoly. Ensuite Anatoly pourrait les tuer tous.

Ça y est, se dit Jean-Pierre ; c'est le moment que j'attends depuis que je suis arrivé dans la Vallée. Je tiens Massoud – et les deux autres chefs rebelles aussi.

Mais comment puis-je prévenir Anatoly ?

Il doit y avoir un moyen.

«Une réunion au sommet», disait Massoud. Il souriait avec une certaine fierté. «Ce sera un bon début pour la nouvelle unité de la résistance, n'est-ce pas ?»

Ou bien le commencement de la fin, pensa Jean-Pierre. Il abaissa la main, pointa l'aiguille vers le sol et pressa le piston, vidant la seringue. Il regarda le poison absorbé par la terre poussiéreuse. Un nouveau début ou le commencement de la fin.

Jean-Pierre administra à Ellis un anesthésique, procéda à l'extraction de la balle, nettoya la plaie, fit un nouveau pansement et lui donna des antibiotiques pour prévenir l'infection. Il s'occupa ensuite des deux guérilleros qui, eux aussi, avaient reçu des blessures sans gravité dans l'escarmouche. Entre-temps, la nouvelle s'était répandue dans le village que le médecin était ici ; un petit groupe de patients était rassemblé dans la cour de la ferme. Jean-Pierre traita un bébé bronchitique, trois infections sans gravité et un mullah qui avait des vers. Puis il déjeuna. Vers le milieu de l'après-midi, il rangea ses affaires et enfourcha Maggie pour faire le voyage du retour.

Il laissa Ellis sur place. Ellis ferait mieux de rester où il était pour quelques jours : la blessure cicatriserait plus vite, s'il restait allongé et tranquille. Jean-Pierre, paradoxalement, tenait beaucoup maintenant à ce qu'Ellis demeurât en bonne santé car, s'il venait à mourir, la conférence serait annulée.

Tout en chevauchant la vieille haridelle dans la Vallée, il se creusa la tête pour trouver un moyen d'entrer en contact avec Anatoly. Bien sûr, il pouvait tout simplement faire demi-tour, descendre la Vallée jusqu'à Rokha et se rendre aux Russes. À condition qu'ils ne tirent pas sur lui à vue, en un rien de temps il serait en présence d'Anatoly. Mais alors Jane saurait où il était allé, ce qu'il avait fait, elle le dirait à Ellis. Ellis changerait la date et le lieu de la conférence.

Il lui fallait, d'une façon ou d'une autre, envoyer une lettre à Anatoly. Mais qui la porterait ?

Il y avait un constant défilé de gens qui traversaient la Vallée pour se rendre à Charikar, la ville occupée par les Russes à cent ou cent vingt kilomètres plus loin dans la plaine, ou bien à Kaboul, la capitale, à cent soixante kilomètres. Il y avait les fermiers du Nuristan avec leur beurre et leurs fromages ; des marchands ambulants qui vendaient des pots et des casseroles ; des bergers conduisant au marché de petits troupeaux de moutons ; des familles de nomades vaquant à leurs mystérieuses affaires de nomades. On pouvait acheter n'importe lequel d'entre eux pour porter une lettre jusqu'à un bureau de poste ou même pour simplement la remettre aux mains d'un soldat russe. Kaboul était à trois jours de voyage, Charikar à deux, Rokha, où il y avait des soldats russes, mais pas de bureau de poste, n'était qu'à un jour de marche. Jean-Pierre était quasiment certain de pouvoir trouver quelqu'un pour se charger de cette commission. Il y avait le risque, bien sûr, que la lettre fût ouverte et lue. Jean-Pierre alors serait découvert, torturé et tué. Ce risque-là, il était prêt à le courir. Mais il y avait un autre risque. Quand le messager aurait empoché l'argent, remettrait-il la lettre ? Rien ne l'empêchait de la « perdre » en chemin. Jean-Pierre pourrait ne jamais savoir ce qu'il en était advenu. Tout ce plan était quand même trop incertain.

Il n'avait pas résolu le problème lorsqu'il parvint au crépuscule à Banda. Jane était sur le toit de la maison, à profiter de la brise du soir avec Chantal sur ses genoux. Jean-Pierre leur fit signe, puis entra dans la maison et posa sa trousse sur un comptoir carrelé dans l'arrière-boutique. Ce fut en vidant la trousse, au moment où il vit les comprimés de diamorphine, qu'il se rendit compte qu'il y avait une personne à qui il pouvait confier la lettre pour Anatoly.

Il trouva dans son sac un crayon. Il prit le papier qui emballait un paquet de coton et en déchira un rectangle régulier : il n'y avait pas de papier à lettres dans la Vallée. Il écrivit en français :

« Au colonel Anatoly du KGB. »

Cela semblait ridiculement mélodramatique, mais il ne savait pas par quelle autre formule commencer. Il ne connaissait pas le nom de famille d'Anatoly et n'avait pas son adresse. Il continua :

« Massoud a convoqué la réunion d'un Conseil des chefs de la rébellion. La réunion doit avoir lieu dans huit jours, le jeudi 27 août, à Darg, qui est le premier village au sud de Banda. Ils vont probablement tous dormir dans la mosquée cette nuit-là et passer ensemble toute la journée du vendredi, qui est un jour saint. Le but de la réunion est de leur faire rencontrer un agent de la CIA que je connais sous le nom d'Ellis Thaler et qui est arrivé dans la Vallée il y a une semaine. C'est notre chance ! »

Il ajouta la date et signa *Simplex*.

Il n'avait pas d'enveloppe : il n'en avait pas vu depuis qu'il avait quitté l'Europe. Il se demanda quel serait le meilleur moyen de fermer la lettre. En regardant autour de lui, il aperçut un carton plein de petits cubes en plastique pour mettre des comprimés. On les livrait avec des étiquettes autocollantes que Jean-Pierre n'utilisait jamais parce qu'il ne savait pas écrire le persan. Il roula sa lettre en cylindre et la glissa dans un des tubes.

Il se demanda comment l'adresser. À un moment de son voyage, le paquet tomberait entre les mains d'un soldat russe. Jean-Pierre imaginait dans un bureau glacé un employé ambitieux et chaussé de lunettes, ou peut-être une brute stupide montant la garde devant une clôture de barbelés. À n'en pas douter, l'art de passer la responsabilité au voisin était aussi développé dans l'armée russe qu'il l'était dans l'armée française quand Jean-Pierre avait fait son service militaire. Il se demanda comment il pourrait donner à l'objet un air assez important pour qu'il fût transmis à un officier supérieur. Inutile d'écrire *important* ou *KGB* ni rien en français, en anglais ou même en dari car le soldat serait incapable de lire les caractères occidentaux ou persans. Jean-Pierre ne connaissait pas l'alphabet russe. C'était une ironie du sort que de songer que la femme sur le toit, dont il entendait précisément la voix chanter une berceuse, parlait couramment le russe et aurait pu lui dire comment se tirer d'affaire, si elle l'avait voulu. Il finit par écrire *Anatoly – KGB* en caractères occidentaux et par coller l'étiquette sur le tube, puis il plaça le tube dans un petit carton à médicaments vide qui portait l'inscription *poison* en quinze langues ainsi que trois symboles internationaux. Il attacha la boîte avec de la ficelle.

Il s'empressa de remettre le tout dans sa trousse et de remplacer les produits qu'il avait utilisés à Astana. Il prit une poignée de comprimés de diamorphine qu'il fourra dans sa poche de chemise. Puis il enveloppa la boîte marquée *poison* dans une serviette usée jusqu'à la corde.

Il sortit de la maison. « Je m'en vais me laver à la rivière, cria-t-il à Jane.

– Entendu. »

Il traversa d'un pas vif le village, saluant brièvement une ou deux personnes, coupa à travers champs. Il était plein d'optimisme. Son plan comportait toutes sortes de risques, mais une fois de plus il pouvait espérer un grand triomphe. Il longea un champ de trèfle appartenant au mullah et descendit par une succession de terrasses. À quinze cents mètres environ du village, sur une saillie rocheuse de la montagne, se trouvait une chaumière solitaire qui avait été bombardée. Il faisait nuit quand Jean-Pierre arriva en vue de la cabane. Il s'en approcha lentement, marchant à pas prudents sur le sol inégal, regrettant de ne pas avoir emporté une lampe.

Il s'arrêta devant le monceau de décombres qui jadis était la façade de la maison. Il songea à entrer, mais l'odeur autant que l'obscurité l'en dissuadèrent. Il cria : «Hé!»

Une vague silhouette se leva devant lui qui lui fit peur. Il fit un bond en arrière, en jurant.

Le malang était planté devant lui.

Jean-Pierre scruta le visage squelettique, la barbe en broussaille du vieux fou. Retrouvant son calme, il dit en dari :

«Dieu soit avec toi, saint homme.

– Et avec toi, docteur.»

Jean-Pierre l'avait surpris dans une phase de cohérence. Tant mieux. «Comment va ton ventre ?»

L'homme mima des douleurs intestinales : comme toujours, il voulait des médicaments. Jean-Pierre lui donna un comprimé de diamorphine, lui laissant voir les autres en les remettant dans sa poche. Le malang avala son héroïne et dit : «J'en veux d'autres.

– Tu peux en avoir d'autres, lui dit Jean-Pierre. Beaucoup d'autres.»

L'homme tendit la main.

«Mais il faut que tu fasses quelque chose pour moi», dit Jean-Pierre.

Le malang acquiesça avec énergie.

«Il faut que tu ailles à Charikar et que tu remettes ceci à un soldat russe.» Jean-Pierre s'était décidé pour Charikar, malgré la journée supplémentaire de marche que cela représentait, car il craignait que Rokha, ville rebelle provisoirement occupée par les Russes, ne fût dans un état de grande confusion et que le paquet ne se perdît, alors que Charikar était de façon permanente en zone russe. Et il s'était décidé pour un soldat plutôt que pour un bureau de poste comme destination, car le malang risquait de ne pas savoir acheter un timbre et expédier quelque chose.

Il examina avec soin le visage mal lavé de l'homme. Il s'était demandé si l'autre comprendrait même ces simples instructions, mais l'air de frayeur qui se peignit sur son visage en l'entendant parler d'un soldat russe indiqua qu'il avait parfaitement compris.

Maintenant, y avait-il un moyen pour Jean-Pierre de s'assurer que le malang suivrait bien ses ordres ? Lui aussi pourrait jeter le paquet et revenir en jurant qu'il avait accompli sa mission, car s'il était assez intelligent pour comprendre ce qu'il avait à faire, il pourrait être capable de mentir aussi.

Jean-Pierre eut une idée. « Et achète un paquet de cigarettes russes », dit-il.

Le malang tendit ses mains vides. « Pas d'argent. »

Jean-Pierre savait qu'il n'avait pas d'argent. Il lui donna cent afghanis. Voilà qui l'assurerait que l'autre irait vraiment à Charikar. Y avait-il un moyen de l'obliger à remettre le paquet ?

« Si tu fais cela, reprit Jean-Pierre, je te donnerai tous les comprimés que tu voudras. Mais ne me trompe pas – car si tu le fais, je le saurai et je ne te donnerai plus jamais de comprimés, tes maux de ventre seront de plus en plus douloureux, tu gonfleras et puis ton ventre explosera comme une grenade et tu mourras dans d'atroces souffrances. Tu comprends ?

– Oui. »

Jean-Pierre le dévisagea dans la pénombre. Les blancs de ses yeux de fou brillaient dans la nuit. Il semblait terrifié. Jean-Pierre lui donna le restant des comprimés de diamorphine. « Prends-en un chaque matin jusqu'à ce que tu reviennes à Banda. »

Il acquiesça vigoureusement de la tête.

« Va maintenant et n'essaie pas de me tromper. »

L'homme tourna les talons et partit en courant sur le sentier dans sa bizarre démarche d'animal. En le regardant disparaître dans l'obscurité, Jean-Pierre songea : l'avenir de ce pays est entre tes mains crasseuses, pauvre fou. Puisse Dieu être avec toi.

Une semaine plus tard, le malang n'était pas rentré.

Le mercredi, veille de la conférence, Jean-Pierre était affolé. À chaque heure, il se disait que l'homme pourrait être ici dans l'heure suivante. À la fin de chaque journée, il se disait qu'il arriverait le lendemain.

Comme pour ajouter aux soucis de Jean-Pierre, l'activité aérienne dans la vallée s'était accrue. Toute la semaine, les appareils à réaction étaient passés au-dessus d'eux en grondant pour bombarder les villages. Banda avait eu de la chance : une seule bombe était tombée, qui n'avait fait qu'un grand trou dans le champ de trèfle d'Abdullah ; mais le bruit et le danger constant rendaient tout le monde irritable. Cette tension amena à la consultation de Jean-Pierre un afflux prévisible de patients à bout de nerfs et qui souffraient des symptômes les plus divers : fausses couches, accidents domestiques, vomissements et migraines inexplicables. C'étaient les enfants qui souffraient le plus de migraines. En Europe, Jean-Pierre aurait recommandé la psychiatrie. Ici, il les envoyait au mullah. Ni la psychiatrie ni l'islam ne leur feraient grand bien, car ce qui affectait ces enfants, c'était la guerre.

Il examina machinalement les patients du matin, posant ses questions habituelles en dari, énonçant en français son diagnostic à Jane, pansant les plaies, faisant des piqûres et remettant des tubes de comprimés et des flacons emplis de médicaments colorés. Il aurait dû falloir deux jours au malang pour aller à pied jusqu'à Charikar.

Une journée pour rassembler le courage d'aborder un soldat russe et une nuit pour s'en remettre. En partant, le lendemain matin, il avait encore deux jours de voyage. Il aurait dû être de retour l'avant-veille. Qu'était-il arrivé ? Avait-il perdu le paquet et n'avait-il pas osé rentrer ? Avait-il pris tous les comprimés d'un coup, ce qui l'aurait rendu malade ? Etait-il tombé dans la rivière et s'était-il noyé ? Les Russes s'étaient-ils servis de lui pour s'entraîner au tir ?

Jean-Pierre regarda sa montre : dix heures et demie. D'une

minute à l'autre maintenant le malang pouvait arriver, apportant un paquet de cigarettes russes comme preuve qu'il était allé à Charikar. Jean-Pierre se demanda un instant comment il expliquerait à Jane la présence des cigarettes, car il ne fumait pas. Il décida qu'aucune explication n'était nécessaire pour les actes d'un dément.

Il était en train de panser un petit garçon de la vallée voisine qui s'était brûlé la main à la flamme d'un feu quand il entendit dehors des pas et des salutations, ce qui voulait dire que quelqu'un venait d'arriver. Jean-Pierre réprima son impatience et continua à envelopper de bandages la main de l'enfant. Lorsqu'il entendit Jane parler, il se retourna et, à son immense déception, constata que ce n'était pas le malang mais deux inconnus qui se trouvaient là.

Le premier des deux dit : « Dieu soit avec toi, docteur.

– Et avec toi », dit Jean-Pierre. Pour éviter un trop long échange de civilités, il ajouta : « Que se passe-t-il ?

– Il y a eu un terrible bombardement à Skabun. Beaucoup de gens sont morts et il y a de nombreux blessés. »

Jean-Pierre regarda Jane. Il ne pouvait toujours pas quitter Banda sans sa permission, car elle craignait que, d'une façon ou d'une autre, il n'entrât en contact avec le Russe. Mais de toute évidence il n'aurait pas pu inventer cet appel. « Est-ce que j'y vais ? lui dit-il en français. Ou veux-tu y aller ? » Il n'avait vraiment pas envie d'aller là-bas, car cela signifierait selon toute probabilité y passer la nuit, et il avait hâte de voir le malang.

Jane hésita. Jean-Pierre savait qu'elle pensait que, si elle partait, elle devrait emmener Chantal. D'ailleurs, elle se savait incapable de traiter des blessures graves.

« À toi de décider, dit Jean-Pierre.

– Vas-y, dit-elle.

– Très bien. » Skabun était à deux heures du village. S'il travaillait vite et s'il n'y avait pas trop de blessés, il pourrait tout juste en partir à la tombée de la nuit, se dit-il. « Je vais essayer de rentrer ce soir », annonça-t-il.

Elle s'approcha et l'embrassa sur la joue. « Merci », dit-elle.

Il vérifia en hâte sa trousse : de la morphine pour calmer la douleur, de la pénicilline pour prévenir l'infection des blessures, des aiguilles et du fil chirurgical, beaucoup de pansements. Il enfonça une casquette sur sa tête et jeta une couverture sur ses épaules.

«Je ne vais pas prendre Maggie, dit-il à Jane. Skabun n'est pas loin et le sentier est très mauvais.» Il l'embrassa encore, puis se tourna vers les deux messagers. «Allons-y», dit-il.

Ils descendirent jusqu'au village, puis franchirent la rivière à gué et gravirent les pentes abruptes de l'autre rive. Jean-Pierre pensait au baiser qu'il avait donné à Jane. Si son plan réussissait et que les Russes tuent Massoud, comment réagirait-elle ? Elle saurait qu'il était derrière tout cela. Mais elle ne le trahirait pas, il en était sûr. L'aimerait-elle encore ? Il avait besoin d'elle. Depuis qu'ils étaient ensemble, il souffrait de moins en moins des crises de dépression qui autrefois l'assaillaient régulièrement. Rien qu'en l'aimant, elle lui donnait le sentiment d'aller bien. Il avait besoin de cela. Mais il voulait aussi réussir dans cette mission. Il songea : Je veux sans doute le succès plus que le bonheur et c'est pourquoi je suis prêt à risquer de la perdre pour tuer Massoud.

Les trois hommes marchaient en direction du sud-ouest en suivant le sentier qui courait en haut de la falaise, avec en bas le bruit de la rivière qui tourbillonnait autour des rochers. Jean-Pierre demanda : «Combien de morts ?

– Beaucoup», dit un des messagers.

Jean-Pierre était habitué à ce genre de choses. Patiemment, il dit : «Cinq ? Dix ? Vingt ? Quarante ?

– Cent.»

Jean-Pierre ne le croyait pas, il n'y avait pas cent habitants à Skabun. «Combien de blessés ?

– Deux cents.»

C'était ridicule. L'homme ne le savait-il donc pas ? se demanda Jean-Pierre. Ou bien n'exagérait-il pas de crainte que, s'il citait des chiffres trop modestes, le docteur ne fît demi-tour et ne rentrât ? Peut-être était-ce simplement qu'il ne savait pas compter plus loin que dix. « Quel genre de blessures ? demanda Jean-Pierre.

– Des trous, des coupures et des plaies qui saignent. »

Ça ressemblait plutôt à des blessures de combat. Les bombardements provoquaient des contusions, des brûlures et des lésions provoquées par des chutes de pierres. Cet homme était de toute évidence un piètre témoin. Inutile de le questionner davantage.

À trois kilomètres de Banda, ils quittèrent le sentier de la falaise et prirent vers le nord sur un chemin que Jean-Pierre ne connaissait pas. « C'est la route de Skabun ? demanda-t-il.

– Oui. »

C'était évidemment un raccourci qu'il n'avait jamais découvert.

Ils marchaient en tout cas dans la bonne direction.

Quelques minutes plus tard, ils aperçurent une des petites cabanes de pierre où les voyageurs pouvaient se reposer ou passer la nuit. À la surprise de Jean-Pierre, les messagers se dirigèrent vers une entrée sans porte. « Nous n'avons pas le temps de nous reposer, leur dit-il avec agacement. Des malades m'attendent. » Là-dessus, Anatoly sortit de la cabane.

Jean-Pierre était abasourdi. Il ne savait pas s'il devait exulter parce que maintenant il pouvait parler à Anatoly de la conférence ou bien être terrifié à l'idée que les Afghans allaient tuer Anatoly.

« Ne vous inquiétez pas, dit Anatoly, en voyant son expression. Ce sont des soldats de l'armée régulière afghane. Je les ai envoyés vous chercher.

– Mon Dieu ! » C'était une brillante idée. Il n'y avait pas eu de bombardement à Skabun : ç'avait été une ruse, inventée par Anatoly, pour faire venir Jean-Pierre. « Demain, dit Jean-Pierre, tout excité, demain doit se passer quelque chose de terriblement important…

– Je sais, je sais : j'ai reçu votre message. C'est pourquoi je suis ici.

– Alors vous allez prendre Massoud… ? »

Anatoly eut un sourire sans joie, qui révéla ses dents jaunies par le tabac. «Nous aurons Massoud. Calmez-vous.»

Jean-Pierre se rendit compte qu'il se conduisait comme un enfant énervé au moment de Noël. Au prix d'un grand effort, il maîtrisa son enthousiasme. «Quand le malang n'est pas revenu, j'ai cru…

— Il est arrivé à Charikar hier, dit Anatoly. Dieu sait ce qu'il a fait en route. Pourquoi n'avez-vous pas utilisé votre radio?

— Elle est cassée», dit Jean-Pierre. Il n'avait pas envie de donner d'explications sur Jane pour l'instant. «Le malang fera n'importe quoi pour moi parce que je lui fournis de l'héroïne et qu'il est drogué.»

Anatoly eut un long regard vers Jean-Pierre, et dans ses yeux il y avait quelque chose comme de l'admiration. «Je suis content que vous soyez de mon côté», dit-il.

Jean-Pierre sourit.

«Je veux en savoir plus», reprit Anatoly. Il passa un bras autour des épaules de Jean-Pierre et l'entraîna dans la cabane. Ils s'assirent sur le sol en terre battue et Anatoly alluma une cigarette. «Comment êtes-vous au courant de cette conférence?» commença-t-il.

Jean-Pierre lui parla d'Ellis, de sa blessure, de la conversation de Massoud avec Ellis au moment où Jean-Pierre allait lui faire sa piqûre, des plaques d'or, du plan d'entraînement et des armes promises.

«C'est fantastique, dit Anatoly. Où se trouve Massoud en ce moment?

— Je n'en sais rien. Mais il va arriver à Darg sans doute aujourd'hui. Demain au plus tard.

— Comment le savez-vous?

— C'est lui qui a décidé la réunion… Comment peut-il ne pas venir?»

Anatoly acquiesça. «Décrivez-moi l'homme de la CIA.

— Eh bien, un mètre soixante-quinze, soixante-dix kilos, cheveux blonds et yeux bleus, trente-quatre ans mais il paraît un peu plus âgé, études universitaires.

– Je vais faire passer tout ça dans l'ordinateur », fit Anatoly en se levant. Il sortit et Jean-Pierre le suivit.

Anatoly prit dans sa poche un petit émetteur radio. Il en déploya l'antenne télescopique, pressa un bouton et se mit à murmurer dans l'appareil en russe. Puis il se retourna vers Jean-Pierre.

« Mon ami, vous avez réussi dans votre mission », dit-il.

C'est vrai, songea Jean-Pierre. J'ai réussi.

« Quand allez-vous frapper ? demanda-t-il.

– Demain, bien sûr. »

Demain. Jean-Pierre sentit une vague de joie sauvage. Demain.

Les autres levaient la tête. Il suivit leur regard et vit un hélicoptère qui descendait : Anatoly avait dû l'appeler avec son émetteur. Les Russes maintenant jetaient toute prudence au vent : la partie était presque finie, c'était la dernière manche, la clandestinité et le déguisement allaient être remplacés par la hardiesse et la rapidité. L'appareil descendit et se posa, non sans mal, sur un petit coin de terrain plat à une centaine de mètres d'eux.

Jean-Pierre s'approcha de l'hélicoptère avec les trois autres hommes. Il se demandait où aller quand ils seraient repartis. Il n'avait rien à faire à Skabun, mais il ne pouvait pas rentrer tout de suite à Banda sans révéler qu'il n'avait eu aucune victime de bombardement à soigner. Il décida qu'il ferait mieux de rester quelques heures dans la cabane avant de rentrer.

Il tendit la main pour faire ses adieux à Anatoly. « Au revoir. »

Anatoly ne lui prit pas la main. « Montez.

– Quoi ?

– Montez dans l'hélicoptère. »

Jean-Pierre était décontenancé. « Pourquoi ?

– Vous venez avec nous.

– Où ça ? À Bagram ? En territoire russe ?

– Oui.

– Mais je ne peux pas…

– Cessez de pérorer et écoutez, dit Anatoly avec patience. Tout d'abord, votre travail est fait. Votre mission en Afghanistan est terminée. Vous avez atteint votre objectif. Demain, nous capturerons Massoud. Vous pourrez rentrer. Ensuite, vous êtes maintenant un risque pour la sécurité. Vous savez ce que nous comptons faire demain. Alors, pour garder le secret, vous ne pouvez pas rester en territoire rebelle.

– Mais je ne le dirai à personne !

– Et s'ils vous torturaient ? Et s'ils torturaient votre femme sous vos yeux ? Et s'ils arrachaient un par un les membres de votre petite fille devant votre femme ?

– Mais que leur arrivera-t-il si je vais avec vous ?

– Demain, au cours d'un raid, nous les ferons prisonnières et nous vous les amènerons.

– Je ne peux pas y croire. » Jean-Pierre savait qu'Anatoly avait raison, mais l'idée de ne pas rentrer à Banda était tellement inattendue qu'elle le désorientait. Jane et Chantal seraient-elles en sûreté ? Les Russes iraient-ils vraiment les chercher ? Anatoly les laisserait-il rentrer tous les trois à Paris ? Dans combien de temps pourraient-ils partir ?

« Montez », répéta Anatoly.

Les deux messagers afghans encadraient Jean-Pierre. Il comprit qu'il n'avait pas le choix : s'il refusait de monter, ils l'empoigneraient et le mettraient de force dans l'appareil.

Il grimpa dans l'hélicoptère.

Anatoly et les Afghans sautèrent après lui et l'hélico décolla. Personne ne ferma la porte.

Tandis que l'hélicoptère s'élevait, Jean-Pierre eut pour la première fois une vue aérienne de la Vallée des Cinq Lions. La rivière blanche zigzaguant au milieu des terres brunes lui rappelait la cicatrice d'une vieille blessure au couteau sur le front brun de Shahazaï Gul, le frère de la sage-femme. Il distinguait le village de Banda, avec le damier jaune et vert de ses champs. Il regarda avec attention le haut de la colline où se trouvaient les grottes, mais il ne vit aucun signe d'occupation : les villageois avaient bien choisi leur cachette. L'hélicoptère prit de l'altitude, changea de cap et perdit de vue Banda ; il chercha d'autres repères. J'ai passé un an de ma vie là-bas, songea-t-il, et dire que maintenant je ne reverrai jamais cet endroit. Il reconnut le village de Darg, avec sa mosquée qui demain serait un piège. Cette Vallée était le bastion de la résistance, se dit-il. Demain ce sera un monument à la mémoire d'une rébellion manquée. Et tout cela à cause de moi.

Soudain l'hélicoptère vira vers le sud, franchit la montagne et, en quelques secondes, la Vallée disparut à son regard.

11

Quand Fara apprit que Jane et Jean-Pierre allaient partir par le prochain convoi, elle pleura toute une journée. Elle s'était beaucoup attachée à Jane et vouait une grande affection à Chantal. Jane en était ravie, mais un peu gênée : elle avait l'impression parfois que Fara la préférait à sa propre mère. Fara toutefois parut s'habituer à l'idée du départ de Jane et, le lendemain, elle était comme d'habitude aussi dévouée que jamais mais elle n'était plus désespérée.

Jane, pour sa part, s'inquiétait en pensant au voyage de retour. De la Vallée, jusqu'à la passe de Khaybar, il y avait deux cent cinquante kilomètres. À l'aller, cela leur avait pris quatorze jours. Elle avait souffert d'ampoules et de diarrhées et aussi des inévitables courbatures. Elle allait devoir faire maintenant le trajet de retour en portant un bébé de deux mois. Il y aurait des chevaux mais, sur une grande partie du chemin, ce serait risqué de les monter, car les convois passaient par les sentiers de montagne les plus étroits et les plus pentus, souvent la nuit.

Elle confectionna une sorte de hamac en coton qu'elle s'accrocherait au cou, pour transporter Chantal. Jean-Pierre devrait porter les provisions dont ils auraient besoin dans la journée car – comme Jane l'avait appris en venant – les chevaux et les hommes ne marchaient pas à la même vitesse, les chevaux grimpant plus vite que les hommes mais descendant plus lentement, si bien qu'on était séparé de ses bagages pendant de longues périodes.

Décider quelles provisions justement emporter était le problème qui l'occupait cet après-midi-là, pendant que Jean-Pierre était à Skabun. Il y aurait une trousse de base – des antibiotiques, des pansements, de la morphine – que Jean-Pierre préparerait. Il faudrait aussi emporter des vivres. À l'aller, ils avaient en abondance des rations occidentales hautement énergétiques, comprenant du chocolat, des soupes en sachet et le produit favori des explorateurs, le biscuit à la menthe Kendal. Au départ, ils n'auraient que ce qu'ils pourraient trouver dans la Vallée : du riz, des fruits secs, du fromage, du pain dur et tout ce qu'il leur serait possible d'acheter en route. Encore heureux qu'ils n'aient pas à se préoccuper des repas de Chantal.

Le bébé toutefois présentait d'autres difficultés. Les mères d'ici n'utilisaient pas de langes, mais laissaient à l'air libre la partie inférieure du corps du bébé, en se contentant de laver la serviette sur laquelle on le posait. Jane trouvait que c'était une méthode beaucoup plus saine que le système occidental, mais elle n'était pas utilisable en voyage. Jane avait confectionné trois langes avec des serviettes et avait improvisé des couches-culottes étanches pour Chantal en employant les emballages en plastique qui protégeaient les produits pharmaceutiques de Jean-Pierre. Il lui faudrait laver un lange chaque soir – à l'eau froide, bien sûr – et tenter de le faire sécher pendant la nuit. S'il n'était pas sec, il y en aurait un de rechange ; et si les deux étaient humides, Chantal aurait des irritations. Aucun bébé n'était jamais mort d'avoir la peau du derrière irritée, se dit-elle. Le convoi ne s'arrêterait certainement pas pour que le bébé puisse dormir, être allaité et changé, Chantal devrait donc téter et sommeiller pendant la marche et il faudrait la changer chaque fois que l'occasion se présenterait.

À bien des égards, Jane était plus endurcie qu'un an plus tôt. Elle avait la peau des pieds moins sensible et son estomac résistait aux variétés locales de bactéries. Ses jambes, qui l'avaient fait tant souffrir à l'aller, étaient habituées maintenant à parcourir des kilomètres. La grossesse semblait cependant lui avoir laissé une tendance aux maux de dos, et elle était inquiète à l'idée de porter un bébé toute la journée. Son corps semblait s'être remis du choc de l'accouchement. Elle était persuadée qu'elle pourrait recommencer à faire l'amour, bien qu'elle n'en eût rien dit à Jean-Pierre, elle ne savait pas très bien pourquoi.

À son arrivée, elle avait pris un grand nombre de photos avec son appareil Polaroïd. Elle devrait laisser l'appareil – c'était un modèle bon marché – mais, bien sûr, elle voulait rapporter la plupart des photographies. Elle les examina, en se demandant lesquelles jeter. Il y avait des portraits de la plupart des gens du village. Elle revit les guérilleros, Mohammed et Alishan et Kahmir et Matullah, l'air farouche et prenant des poses héroïques ridicules. Il y avait les femmes, la voluptueuse Zahara, la vieille Rabia toute fripée et Halima aux yeux noirs, toutes riant comme des collégiennes. Il y avait les enfants : trois fils de Mohammed ; son fils Mousa ; ceux de Zahara, âgés de deux, trois, quatre et cinq ans ; et les quatre rejetons du mullah. Elle ne pouvait en jeter aucune : elle allait devoir les emporter toutes avec elle.

Elle empaquetait des vêtements dans un sac pendant que Fara balayait par terre et que Chantal dormait dans la pièce voisine. Elles étaient descendues de bonne heure des grottes pour se mettre au travail. Il n'y avait pourtant pas grand-chose à emporter : à part les langes de Chantal, une culotte propre de rechange pour elle et un caleçon pour Jean-Pierre ainsi qu'une paire de chaussettes de rechange pour chacun d'eux. Ni l'un ni l'autre n'auraient de vêtements de rechange. Chantal, de toute façon, n'en avait pas : elle vivait toute nue enveloppée dans un châle. Pour Jane et Jean-Pierre, un pantalon, une chemise, un foulard et une couverture du genre pattu devraient suffire pour tout le voyage et finiraient sans doute brûlés dans un hôtel de Peshawar, pour fêter leur retour à la civilisation.

Cette pensée lui donnerait la force nécessaire pour le voyage. Elle avait le vague souvenir que le Dean's Hotel de Peshawar était primitif, mais elle avait du mal à se rappeler ce qu'elle avait à lui reprocher. Peut-être s'était-elle plainte que la climatisation était bruyante? Mais, Dieu soit loué, il y avait des douches!

«La civilisation», fit-elle tout haut, et Fara lui jeta un regard interrogateur. Jane sourit et dit en dari : «Je suis heureuse parce que je retourne à la grande ville.

— J'aime la ville, dit Fara. Je suis allée une fois à Rokha.» Elle continuait à balayer. «Mon frère est allé à Jalalabad, ajouta-t-elle d'un ton d'envie.

— Quand sera-t-il de retour?» demanda Jane, mais Fara était devenue muette et semblait embarrassée et, au bout d'un moment, Jane comprit pourquoi : de la cour on entendait les pas d'un homme qui arrivait en sifflotant, on frappa à la porte, la voix d'Ellis Thaler dit : «Il y a quelqu'un?

— Entre», cria Jane. Il arriva, en boitillant. Bien qu'elle ne fût plus amoureuse de lui, sa blessure l'avait inquiétée. Il était resté à Astana en convalescence. Il avait dû rentrer aujourd'hui. «Comment te sens-tu? lui demanda-t-elle.

— Ridicule, dit-il avec un petit sourire. C'est gênant d'être blessé à cet endroit-là.

— Si tout ce que tu éprouves c'est de la gêne, ça doit aller mieux.»

Il acquiesça. «Le docteur est là?

— Il est allé à Skabun, dit Jane. Il y a eu un sévère bombardement et on l'a envoyé chercher. Est-ce que je peux faire quelque chose?

— Je voulais juste lui annoncer que ma convalescence était terminée.

— Il rentrera ce soir ou demain matin.» Elle observait Ellis : avec sa crinière de cheveux blonds et sa barbe dorée, il avait l'air d'un lion. «Pourquoi ne te coupes-tu pas les cheveux?

214

– Les guérilleros m'ont dit de les laisser pousser et de ne pas me raser.

– Ils disent toujours ça. C'est pour rendre les Occidentaux moins voyants. Dans ton cas, ça a l'effet opposé.

– Quelle que soit ma coupe de cheveux, je me ferais remarquer dans ce pays.

– C'est bien vrai. » Jane songea soudain que c'était la première fois qu'Ellis et elle se trouvaient seuls sans Jean-Pierre. Ils avaient retrouvé tout naturellement le style habituel de leurs conversations. Elle avait du mal à se rappeler combien elle avait été en colère contre lui.

Il examinait avec curiosité le sac qu'elle était en train de remplir. « C'est pour quoi faire ?

– Pour le voyage de retour.

– Comment vas-tu voyager ?

– Avec un convoi comme nous sommes venus.

– Les Russes ont occupé pas mal de territoire ces derniers jours, dit-il. Tu ne savais pas ? »

Jane eut un frisson d'appréhension. « Qu'est-ce que tu me racontes ?

– Les Russes ont lancé leur offensive d'été. Ils occupent de grands secteurs des régions par lesquelles d'ordinaire passent les convois.

– Tu veux dire que la route du Pakistan est fermée ?

– La route *régulière* est fermée. Tu ne peux pas aller d'ici à la passe de Khaybar. Il y a peut-être d'autres itinéraires… »

Jane voyait disparaître son rêve de rentrer chez elle. « Personne ne me l'a dit ! lança-t-elle, furieuse.

– Je pense que Jean-Pierre ne le savait pas. J'ai passé pas mal de temps avec Massoud, alors je suis bien renseigné.

– Oui », dit Jane, sans le regarder. Peut-être Jean-Pierre ne le savait-il vraiment pas. Ou peut-être le savait-il, mais n'en avait-il pas parlé car, de toute façon, il ne voulait pas rentrer en Europe. Dans tous les cas, elle n'était pas disposée à accepter la situation. Tout d'abord, elle allait vérifier si Ellis avait raison. Ensuite, elle chercherait des façons de résoudre le problème.

Elle se dirigea vers le coffre de Jean-Pierre et y prit ses cartes américaines de l'Afghanistan. Elles étaient roulées en un cylindre maintenu par un élastique. D'un geste impatient, elle fit sauter l'élastique et étala les cartes sur le sol. Une petite voix intérieure lui souffla : c'était peut-être le seul élastique à cent kilomètres à la ronde.

Calme-toi, se dit-elle.

Elle s'agenouilla sur le sol et se mit à fouiller parmi les cartes. Elles étaient à très grande échelle, si bien qu'elle dut en mettre plusieurs les unes à côté des autres pour voir tout le territoire entre la vallée et la passe de Khaybar. Ellis regardait par-dessus son épaule. « Ce sont de bonnes cartes ! dit-il, où les as-tu trouvées ?

– C'est Jean-Pierre qui les a apportées de Paris.

– Elles sont meilleures que ce qu'a Massoud.

– Je sais. Mohammed s'en sert toujours pour préparer le chemin des convois. Tiens. Montre-moi jusqu'où les Russes ont avancé. »

Ellis s'agenouilla sur le tapis auprès d'elle et du doigt traça une ligne en travers de la carte.

Jane sentit une bouffée d'espoir. « Je n'ai pas l'impression que la passe de Khaybar soit coupée, dit-elle. Pourquoi ne pouvons-nous pas passer par ici ? » Elle traça sur la carte une ligne imaginaire un peu au nord du front russe.

« Je ne sais pas si c'est une route, dit Ellis. C'est peut-être impassable : il faudrait demander aux guérilleros. Mais n'oublie pas que les renseignements de Massoud sont vieux d'au moins un jour ou deux et que les Russes continuent d'avancer. Une vallée ou un col pourraient être ouverts un jour et fermés le lendemain.

– La barbe ! » Elle n'allait pas s'avouer vaincue. Elle se pencha sur la carte et examina attentivement la région frontière. « Regarde, la passe de Khaybar n'est pas la seule voie d'accès.

– La vallée d'une rivière borde toute la frontière, avec des montagnes du côté afghan. Il se pourrait que tu ne puisses atteindre ces autres cols que par le sud – c'est-à-dire par le territoire occupé par les Russes.

– Inutile de faire des hypothèses », dit Jane. Elle rassembla les cartes et les remit en rouleau. « Quelqu'un doit bien savoir.

– J'imagine. »

Elle se redressa. « Il doit y avoir plus d'une route pour sortir de ce foutu pays », dit-elle. Elle fourra les cartes sous son bras et sortit, laissant Ellis agenouillé sur le tapis.

Les femmes et les enfants étaient rentrés des grottes et le village avait repris vie. La fumée des feux flottait par-dessus les murs des cours. Devant la mosquée, cinq enfants, assis en cercle, jouaient à un jeu appelé sans raison apparente le jeu du melon. Le jeu consistait à raconter une histoire, puis le conteur s'arrêtait avant la fin et l'enfant suivant devait poursuivre. Jane repéra Mousa, le fils de Mohammed, qui portait à la ceinture l'impressionnant poignard que son père lui avait offert après qu'il eut été blessé par une mine. C'était Mousa qui racontait. Jane entendit : « … et l'ours essaya de mordre la main du garçon, mais alors le garçon a tiré son couteau… »

Elle se dirigea vers la maison de Mohammed. Mohammed lui-même ne serait peut-être pas là – elle ne l'avait pas vu depuis un long moment – mais il habitait avec ses frères, suivant l'habitude des familles afghanes et eux aussi étaient des guérilleros – c'était le cas de tous les jeunes gens valides – et s'ils étaient là sans doute pourraient-ils lui fournir des renseignements.

Elle hésita devant la maison. Suivant la coutume, elle devrait s'arrêter dans la cour pour parler aux femmes occupées à préparer le repas du soir ; puis, après un échange de politesses, l'aînée des femmes entrerait dans la maison pour demander si les hommes condescendraient à parler à Jane. Elle crut entendre la voix de sa propre mère qui disait : « Ne te donne pas en spectacle ! » et Jane dit tout haut : « Mère, allez vous faire voir. » Elle entra, sans s'occuper des femmes dans la cour et pénétra directement dans la pièce du devant : le salon des hommes.

Ils étaient là trois : Kahmir Khan, le frère de Mohammed âgé de dix-huit ans, avec un beau visage et une courte barbe; son beau-frère, Matullah; et Mohammed lui-même. Il était rare de trouver tant de guérilleros chez eux. Ils levèrent tous les yeux vers elle, stupéfaits.

« Dieu soit avec toi, Mohammed Khan », dit Jane. Sans s'interrompre pour le laisser répondre, elle reprit : « Quand es-tu rentré ?

– Aujourd'hui », répondit-il machinalement.

Elle s'accroupit comme eux. Ils étaient trop abasourdis pour dire quoi que ce soit. Elle étala ses cartes sur le sol. Instinctivement, les trois hommes se penchèrent pour les regarder : ils oubliaient déjà le manquement aux convenances de Jane. « Regarde, dit-elle. Les Russes ont avancé jusque-là… je ne me trompe pas ? » Elle traça de nouveau la ligne qu'Ellis lui avait montrée.

Mohammed acquiesça de la tête.

« La route habituelle des convois est donc bloquée. »

Nouveau hochement de tête de Mohammed.

« Quel est le meilleur chemin maintenant ? »

Tous prirent un air hésitant et secouèrent la tête. C'était normal : quand il s'agissait de difficultés, ils aimaient bien en faire tout un plat. Jane pensait que c'était parce que leur connaissance de la région était leur seule supériorité sur des étrangers comme elle. En règle générale, elle était tolérante, mais aujourd'hui elle n'avait pas de patience. « Pourquoi ne pas passer par là ? demanda-t-elle d'un ton péremptoire en traçant une ligne parallèle au front russe.

– C'est trop près des Russes, dit Mohammed.

– Alors ici, fit-elle en traçant un autre itinéraire qui suivait le relief.

– Non, dit-il encore.

– Pourquoi pas ?

– Ici… » il désigna un point sur la carte, entre le haut de deux vallées, où Jane avait gaillardement passé le doigt par-dessus une chaîne montagneuses. « Ici, il n'y a pas de col. »

Jane traça une route plus au nord. « Et par ici ?

– C'est encore pire.

– Il doit bien y avoir une route ! » s'écria Jane. Elle avait le sentiment que son désappointement les amusait. Elle décida de dire quelque chose d'un peu choquant, pour les secouer. « Ce pays est-il comme une maison qui n'a qu'une seule porte, coupé du reste du monde simplement parce qu'on ne peut pas atteindre la passe de Khaybar ? » La formule *une maison qui n'a qu'une porte* était un euphémisme pour désigner les cabinets.

« Bien sûr que non, dit Mohammed, un peu pincé. En été, il y a la route du Beurre.

– Montre-moi. »

Le doigt de Mohammed traça un chemin compliqué qui commençait à l'est de la Vallée, passait par une série de hauts cols et de rivières asséchées, puis virait au nord dans l'Himalaya pour franchir, enfin, la frontière près de l'entrée de la région inhabitée du couloir de Waikhan, avant de tourner au sud-est vers la ville pakistanaise de Chitral. « C'est comme ça que les gens du Nuristan apportent leur beurre, leurs yoghourts et leurs fromages aux marchés du Pakistan. » Il sourit en touchant sa casquette ronde. « C'est là où nous achetons nos casquettes. » Jane se rappela qu'on les appelait des casquettes chitralis.

« Très bien, dit Jane. Nous rentrerons par là. »

Mohammed secoua la tête. « Tu ne peux pas.

– Et pourquoi donc ? »

Kahmir et Matullah échangèrent des sourires entendus, Jane les ignora. Au bout d'un moment, Mohammed reprit : « Le premier problème est l'altitude. Cette route passe au-dessus de la ligne des neiges éternelles. Ça veut dire que la neige ne fond jamais et qu'il n'y a pas d'eau qui coule, même en été. Le second, c'est le terrain. Les collines sont très abruptes, les sentiers étroits et traîtres. On a du mal à trouver son chemin : même des guides locaux se perdent. Mais le plus grave problème, c'est la population. Cette région s'appelle le Nuristan, mais on l'appelait le Kafiristan, parce que les habitants étaient des incroyants qui buvaient du vin !

Aujourd'hui, ce sont de vrais croyants, mais ils continuent à tromper, à voler et parfois à assassiner les voyageurs. Cette route n'est pas bonne pour des Européens, impossible pour des femmes. Seuls les hommes les plus jeunes et les plus forts peuvent l'utiliser – et encore, de nombreux voyageurs sont tués.

– Feras-tu passer des convois par là?

– Non. Nous attendrons que la route du sud soit rouverte.»

Elle examina son beau visage. Il n'exagérait pas, elle le sentait : il se contentait d'énoncer des faits. Elle se releva et se mit à rassembler les cartes. Elle était cruellement déçue. Son retour était remis indéfiniment. Les épreuves de la vie dans la Vallée lui parurent soudain insupportables, et elle se sentit au bord des larmes.

Elle roula ses cartes et se força à être polie. «Tu as été absent longtemps, dit-elle à Mohammed.

– Je suis allé à Faizabad.

– Un long voyage.» Faizabad était une grande ville dans l'extrême nord. La résistance était très forte là-bas : l'armée s'était mutinée et les Russes n'avaient jamais repris le contrôle. «Tu n'es pas fatigué?»

C'était une question de pure forme comme le *comment allez-vous* des Anglais, et Mohammed lui répondit comme il convenait : «Je suis toujours vivant!»

Elle fourra ses cartes sous son bras et sortit.

Les femmes dans la cour lui jetèrent un regard craintif au passage. Elle fit un signe de tête à Halima, la femme de Mohammed, ce qui lui valut un demi-sourire nerveux en réponse.

Les guérilleros voyageaient beaucoup ces temps-ci. Mohammed était allé à Faizabad, le frère de Fara à Jalalabad… Jane se rappela qu'une de ses patientes, une femme de Dasht-i-Rewat, avait dit qu'on avait envoyé son mari à Pagman, près de Kaboul. Et Youssouf Gul, le beau-frère de Zahara, le frère de son défunt mari, avait été envoyé dans la vallée de Logar, de l'autre côté de Kaboul. Ces quatre endroits étaient des bastions de la rébellion.

Il se passait quelque chose.

Jane oublia un moment sa déception pour essayer de deviner. Massoud avait envoyé des messagers à de nombreux autres commandants de la résistance, peut-être à tous. Etait-ce une coïncidence que cela arrivât si tôt après l'arrivée d'Ellis dans la Vallée ? Sinon, que pouvait bien faire Ellis ? Peut-être les Etats-Unis collaboraient-ils avec Massoud pour organiser une offensive concertée. Si tous les rebelles agissaient ensemble, ils arriveraient véritablement à quelque chose : ils pourraient sans doute occuper provisoirement Kaboul.

Jane entra dans sa maison et laissa tomber les cartes dans le coffre. Chantal dormait toujours. Fara préparait le dîner : du pain, du yoghourt et des pommes. « Pourquoi, lui demanda Jane, ton frère est-il allé à Jalalabad ?

— On l'a envoyé », dit Fara, de l'air de quelqu'un qui énonce une évidence.

« Qui l'a envoyé ?

— Massoud.

— Pourquoi ?

— Je ne sais pas. » Fara parut surprise que Jane posât une telle question : qui pouvait être assez stupide pour croire qu'un homme allait dire à sa sœur la raison d'un voyage ?

« Avait-il quelque chose à faire là-bas, ou a-t-il porté un message ?

— Je ne sais pas », répéta Fara. Elle commençait à prendre un air inquiet.

« Ça ne fait rien », dit Jane avec un sourire. De toutes les femmes du village, Fara était sans doute la moins susceptible de savoir ce qui se passait. Et qui, selon toute vraisemblance, savait quelque chose ? Zahara, bien sûr.

Jane prit une serviette et se dirigea vers la rivière.

Zahara n'était plus en deuil de son mari, bien qu'elle fût beaucoup moins exubérante qu'autrefois. Jane se demandait dans combien de temps elle allait se remarier. Zahara et Ahmed étaient le seul couple afghan que Jane eût rencontré qui parût être réellement amoureux. Mais Zahara était une femme à la sensualité puissante qui aurait du mal à vivre très longtemps sans un homme. Youssouf, le frère cadet d'Ahmed, le chanteur, habitait la même maison que Zahara et à dix-huit ans n'était toujours pas marié : on murmurait parmi les femmes du village que Youssouf pourrait bien épouser Zahara.

Ici, les frères vivaient ensemble ; les sœurs étaient toujours séparées. Une femme avait coutume d'aller vivre avec son mari au domicile des parents de ce dernier. C'était une façon de plus pour les hommes de ce pays d'opprimer leurs femmes.

Jane suivait d'un pas vif le sentier qui coupait à travers champs. Quelques hommes travaillaient à la lumière du soir. La moisson touchait à sa fin. De toute façon, il serait bientôt trop tard pour prendre la route du Beurre, songea Jane : Mohammed avait dit que c'était seulement une route d'été.

Elle arriva à la plage des femmes. Huit ou dix femmes du village se baignaient dans la rivière ou dans des flaques au bord de l'eau. Zahara était en plein milieu du courant, à s'ébattre comme d'habitude, mais sans rire ni plaisanter.

Jane posa sa serviette et s'avança dans l'eau. Elle décida d'être un peu moins directe avec Zahara qu'elle ne l'avait été avec Fara. Bien sûr, elle n'arriverait pas à tromper Zahara, mais elle allait essayer de donner l'impression de potiner plutôt que d'interroger. Elle n'aborda pas tout de suite Zahara. Quand les autres femmes sortirent de l'eau, Jane suivit le mouvement une ou deux minutes plus tard et se mit à se sécher avec sa serviette en silence. Ce ne fut que lorsque Zahara et quelques autres femmes reprirent le chemin du village que Jane questionna. « Quand doit rentrer Youssouf ? demanda-t-elle à Zahara en dari.

— Aujourd'hui ou demain. Il est allé dans la vallée de Logar.

— Je sais. Il est parti seul ?

— Oui, mais il a dit qu'il ramènerait peut-être quelqu'un avec lui.

— Qui ça ?

— Une épouse, peut-être », dit Zahara en haussant les épaules.

Jane fut un moment distraite. Zahara manifestait une trop froide indifférence. Cela voulait dire qu'elle était inquiète :

elle ne voulait pas voir Youssouf ramener une épouse à la maison. Ce qu'on racontait dans le village était donc vrai. Jane l'espérait. Zahara avait besoin d'un homme. « Je ne pense pas qu'il soit allé chercher une épouse, dit Jane.

– Pourquoi ?

– Il se passe quelque chose d'important. Massoud a envoyé de nombreux messagers. Ils ne peuvent pas être tous à chercher des femmes. »

Zahara continua à essayer de feindre l'indifférence, mais Jane devinait qu'elle était contente. Fallait-il attribuer une signification particulière, se demanda Jane, au fait que Youssouf fût sans doute allé dans la vallée de Logar pour chercher quelqu'un ?

La nuit tombait comme elles approchaient du village. De la mosquée venait une sourde mélopée : le chant étrange des hommes les plus sanguinaires du monde à la prière. Cela rappelait toujours à Jane un certain Jozef, un jeune soldat russe qui avait survécu à l'accident d'hélicoptère juste au-dessus de Banda sur la montagne. Des femmes l'avaient ramené à la maison du boutiquier – c'était en hiver, avant qu'ils n'aient installé leur salle de consultation dans la grotte – et Jean-Pierre et Jane avaient soigné ses blessures pendant qu'on envoyait un message à Massoud pour demander ce qu'il fallait faire. Jane apprit ce qu'avait été la réponse de Massoud un soir où Alishan Karim entra dans la salle de séjour de leur maison où Jozef reposait couvert de pansements, posa le canon de son fusil contre l'oreille du jeune homme et lui fit sauter la cervelle. Cela se passait environ à cette heure de la journée, et le bruit des hommes qui priaient flottait dans l'air pendant que Jane lavait le sang sur le mur et ramassait par terre des fragments de la cervelle du jeune soldat.

Les femmes gravirent la dernière montée et s'arrêtèrent devant la mosquée, pour terminer leur conversation avant de regagner chacune leur demeure. Jane jeta un coup d'œil dans la cour de la mosquée. Les hommes priaient à genoux, sous la direction d'Abdullah, le mullah. Leurs armes, le mélange habituel de vieux fusils et de mitraillettes modernes, s'entassaient dans un coin. Les prières se terminaient. Comme les hommes se relevaient, Jane vit qu'il y avait parmi eux un certain nombre d'étrangers. Elle dit à Zahara : « Qui sont-ils ?

– D'après leurs turbans ils doivent être de la vallée de Pich et de Jalalabad, répondit Zahara. Ce sont des Pathans : en général, ce sont nos ennemis. Pourquoi sont-ils ici ? » Comme elle parlait, un homme de très haute taille, avec un bandeau sur un œil, émergea de la foule. « Ce doit être Jahan Kamil, le grand ennemi de Massoud.

– Mais voilà Massoud en train de lui parler », dit Jane, et elle ajouta en anglais : « Tu te rends compte ! »

Zahara l'imita. « Thu thran khonte ! »

C'était la première plaisanterie de Zahara depuis la mort de son mari. C'était bon signe : Zahara se remettait.

Les hommes commencèrent à sortir et les femmes s'éloignèrent vers leur maison, à l'exception de Jane. Elle croyait commencer à comprendre ce qui se passait et elle voulait une confirmation. Lorsque Mohammed sortit, elle l'aborda et lui dit en français :

« J'ai oublié de te demander si ton voyage à Faizabad avait été réussi.

– Tout à fait », répondit-il sans s'arrêter : il ne voulait pas laisser ses camarades ni les Pathans le voir répondre aux questions d'une femme.

Jane hâta le pas pour le suivre. « Alors, le commandant de Faizabad est ici ?

– Oui. »

Jane avait deviné juste. Massoud avait invité tous les chefs rebelles. « Que penses-tu de cette idée ? » lui demanda-t-elle. Elle cherchait encore à obtenir des détails.

Mohammed parut songeur et cessa de prendre ses grands airs comme il le faisait toujours lorsqu'il s'intéressait à la conversation. « Tout dépend de ce que va faire Ellis demain, dit-il. S'il leur donne l'impression qu'il est un homme d'honneur et qu'il gagne leur respect, je crois qu'ils seront d'accord avec son plan.

– Et tu penses que son plan est bon ?

« – Ce sera évidemment une bonne chose si la résistance est unie et reçoit des armes des Etats-Unis. »

C'était donc ça ! Des armes américaines pour les rebelles, à condition qu'ils luttent ensemble contre les Russes au lieu de se battre entre eux la moitié du temps.

Ils arrivèrent à la maison de Mohammed et Jane tourna les talons en lui adressant un petit geste d'adieu. Ses seins lui semblaient gonflés : c'était l'heure de la tétée de Chantal. Le sein droit était un peu plus lourd, parce que la dernière fois le bébé avait commencé par le gauche et que Chantal vidait toujours plus soigneusement le premier.

Jane arriva à la maison et entra dans la chambre. Chantal était allongée toute nue sur une serviette repliée dans son berceau, qui se composait en fait d'un carton coupé en deux. Elle n'avait pas besoin de vêtements dans la tiédeur de l'été afghan. La nuit, Jane la recouvrait d'un drap, c'était tout. Les résistants et la guerre, Ellis et Mohammed et Massoud, tous passèrent à l'arrière-plan tandis que Jane regardait son bébé. Elle avait toujours trouvé les petits bébés vilains, mais Chantal lui paraissait très jolie. Comme Jane la regardait, Chantal s'agita, ouvrit la bouche et pleura. Un peu de lait se mit aussitôt à perler du sein droit de Jane et une tache humide s'étendit sur sa chemise. Elle la déboutonna et prit Chantal dans ses bras.

Jean-Pierre disait qu'elle devrait se laver les seins à l'alcool à 90° avant chaque tétée, mais elle ne le faisait jamais parce qu'elle savait que Chantal n'en aimerait pas le goût. Elle s'assit sur un tapis, le dos appuyé contre le mur et prit Chantal dans son bras droit. Le bébé agitait ses petits bras dodus et remuait la tête d'un côté à l'autre, cherchant frénétiquement avec sa bouche ouverte. Jane la guida jusqu'à son sein. Les gencives sans dents se refermèrent sur son bouton et le bébé se mit à téter avec avidité. Jane tressaillit à la première gorgée qu'aspirait sa fille, puis à la deuxième. La troisième fut plus douce. Une petite main potelée vint tâter la rondeur du sein gonflé de Jane, y appuyant une caresse maladroite. Jane se détendit.

Nourrir sa fille la faisait toujours se sentir terriblement tendre et protectrice. Puis, à sa vive surprise, il s'y mêlait une sensation érotique. Au début, elle était gênée d'être ainsi excitée, mais elle décida vite que si c'était naturel ça ne pouvait pas être mal et elle se mit à l'apprécier pleinement.

Si jamais ils revenaient en Europe, elle avait hâte de montrer Chantal. La mère de Jean-Pierre, à n'en pas douter, lui dirait qu'elle faisait tout mal, sa propre mère voudrait faire baptiser l'enfant, mais son père adorerait Chantal à travers les brumes alcooliques où il vivait, et sa sœur serait fière et pleine d'enthousiasme. Qui d'autre ? Le père de Jean-Pierre était mort.

Une voix retentit dans la cour. « Il n'y a personne ? »

C'était Ellis. « Entre », lança Jane. Elle n'éprouva pas le besoin de se couvrir : Ellis n'était pas un Afghan et, d'ailleurs, il avait été son amant.

Il entra, vit qu'elle nourrissait le bébé et fit semblant de sortir. « Tu veux que je m'en aille ? »

Elle secoua la tête. « Tu as déjà vu mes seins.

— Je ne crois pas, dit-il. Tu as dû en changer. »

Elle éclata de rire. « La grossesse vous donne une forte poitrine. » Ellis avait été marié autrefois, elle le savait, et il avait un enfant, bien qu'il donnât l'impression de ne plus voir ni l'enfant ni sa mère. C'était un des sujets qu'il n'abordait jamais. « Tu ne te rappelles pas l'époque où ta femme était enceinte ?

— Je ne l'ai pas vue, dit-il de ce ton sec qu'il avait quand il voulait mettre un terme à la conversation. Je n'étais pas là. »

Elle se sentait trop détendue pour lui répliquer sur le même ton. En fait, elle le plaignait. Il avait gâché sa vie, mais ce n'était pas entièrement sa faute ; et il avait assurément payé pour ses péchés.

« Jean-Pierre n'est pas rentré, dit Ellis.

— Non. » L'enfant tétait moins énergiquement à mesure que le sein de Jane se vidait. Elle lui ôta doucement son téton de la bouche et souleva le bébé jusqu'à son épaule, en lui tapotant le dos pour la faire roter.

«Massoud aimerait lui emprunter ses cartes, dit Ellis.

– Bien sûr. Tu sais où elles sont.» Chantal eut un rot sonore. «C'est bien», fit Jane. Elle installa le bébé contre son sein gauche. Chantal se mit à téter. Cédant à une brusque impulsion, Jane demanda : «Pourquoi ne vois-tu pas ton enfant?»

Il prit les cartes dans le coffre, le referma et se redressa. «Ça m'arrive, dit-il. Mais pas souvent.»

Jane se dit : J'ai pratiquement vécu avec lui six mois, et je ne l'ai jamais vraiment connu. «C'est un garçon ou une fille?

– Une fille.

– Elle doit avoir…

– Treize ans.

– Mon Dieu.» Presque une adulte. Jane fut soudain prise d'une intense curiosité. Pourquoi ne lui avait-elle jamais posé de questions sur tout cela? Peut-être cela ne l'intéressait-il pas quand elle n'avait pas encore d'enfant. «Où vit-elle?»

Il hésita.

«Ne me dis rien», fit-elle. Elle pouvait lire sur son visage. «Tu allais me mentir.

– Tu as raison, répondit-il. Mais tu comprends, n'est-ce pas, pourquoi je suis obligé de te mentir?»

Elle réfléchit un moment. «Tu as peur que tes ennemis ne t'attaquent à travers l'enfant?

– Oui.

– C'est une bonne raison.

– Merci. Et merci pour ça», fit-il en brandissant les cartes, puis il sortit.

Chantal s'était endormie, le bouton du sein de Jane dans la bouche. Jane la détacha lentement et la souleva jusqu'à son épaule. Elle rota sans s'éveiller.

Jane aurait voulu voir Jean-Pierre rentrer. Elle était sûre qu'il ne pouvait faire aucun mal, mais tout de même elle se serait sentie plus à l'aise si elle l'avait eu sous les yeux. Il ne pouvait pas contacter les Russes parce qu'elle avait cassé son émetteur. Il n'y avait pas d'autres moyens de communication entre Banda et le territoire occupé par les Russes.

Massoud, bien sûr, pouvait envoyer des messagers ; mais Jean-Pierre n'avait pas de messager et, d'ailleurs, s'il envoyait quelqu'un, tout le village le saurait. La seule chose qu'il pouvait faire, c'était aller à pied jusqu'à Rokha, et il n'en avait pas le temps.

Outre le fait qu'elle était inquiète, elle avait horreur de dormir seule. En Europe, ça lui était égal, mais ici elle avait peur de ces Afghans brutaux et imprévisibles qui trouvaient aussi normal pour un homme de battre sa femme que pour une mère de gifler son enfant. Et Jane à leurs yeux n'était pas une femme ordinaire : avec ses opinions libérées, sa façon de regarder droit dans les yeux et son attitude provocante, elle était le symbole de plaisirs sexuels interdits. Elle ne se pliait pas aux conventions du comportement sexuel et les seules autres femmes qu'ils connaissaient à se conduire ainsi étaient des putains.

Quand Jean-Pierre était là, elle tendait toujours la main pour le toucher juste avant de s'endormir. Il dormait en chien de fusil, en lui tournant le dos et, bien qu'il s'agitât beaucoup dans son sommeil, il ne cherchait jamais à la toucher. Le seul autre homme avec qui elle eût partagé un lit pendant une longue période était Ellis, et il était tout le contraire : il ne cessait tout au long de la nuit de la toucher, de la serrer et de l'embrasser ; tantôt à demi éveillé et tantôt au plus profond de son sommeil. Deux ou trois fois, il avait essayé de lui faire l'amour dans son sommeil : elle riait puis tentait de se montrer complaisante mais, au bout de quelques secondes, il roulait sur le côté et se mettait à ronfler. Le matin, il n'avait aucun souvenir de ce qu'il avait fait. Comme il était différent de Jean-Pierre. Ellis la touchait avec une affection maladroite, comme un enfant qui joue avec un ours en peluche qu'il adore ; Jean-Pierre, lui, la touchait comme un violoniste pourrait manier un stradivarius. Ils l'avaient aimée différemment, mais ils l'avaient trahie de la même façon. Chantal se mit à gazouiller. Elle était réveillée. Jane la prit sur ses genoux, en lui tenant la tête pour qu'elle puisse regarder, et elle se mit à lui parler, à moitié en syllabes incohérentes et à moitié en vrais mots.

Chantal aimait bien ça. Au bout d'un moment, Jane se trouva à court de conversation et se mit à chanter. Elle était au milieu de Cadet-Rousselle, lorsqu'elle fut interrompue par une voix dans la cour. «Entrez», cria-t-elle. Elle dit à Chantal : «Nous avons tout le temps de la visite, n'est-ce pas?» Elle rapprocha les pans de sa chemise pour dissimuler sa poitrine.

Mohammed entra et dit en dari : «Où est Jean-Pierre?

— Il est allé à Skabun. Je peux faire quelque chose?

— Quand doit-il rentrer?

— Demain matin, je pense. Veux-tu que je lui dise de quoi il s'agit ou comptes-tu continuer à parler comme un policier de Kaboul?»

Il lui sourit. Lorsqu'elle lui parlait de façon irrespectueuse, il la trouvait aguichante, ce qui n'était pas l'effet qu'elle recherchait. «Alishan est arrivé avec Massoud, dit-il. Il veut d'autres comprimés.

— Ah! oui.» Alishan Karim était le frère du mullah, et il avait de l'angine de poitrine. Bien sûr, il ne voulait pas renoncer à ses activités de guérillero, aussi Jean-Pierre lui donnait-il de la nitroglycérine à prendre aussitôt après le combat ou autre effort violent. «Je vais te donner des comprimés», dit-elle. Elle se leva et tendit Chantal à Mohammed.

L'Afghan prit machinalement le bébé, puis eut l'air embarrassé. Jane lui sourit et passa dans l'autre pièce. Elle trouva les comprimés sur une étagère sous le comptoir. Elle en versa une centaine dans un tube et revint dans la salle de séjour. Chantal, fascinée, contemplait Mohammed. Jane reprit le bébé et lui donna les comprimés. «Dis à Alishan de se reposer davantage», dit-elle.

Mohammed secoua la tête. «Je ne lui fais pas peur, dit-il. Dis-le-lui, toi.»

Jane se mit à rire. Venant d'un Afghan, cette plaisanterie était presque féministe.

Mohammed reprit : «Pourquoi Jean-Pierre est-il allé à Skabun?

— Il y a eu un bombardement là-bas ce matin.

– Pas du tout.

– Bien sûr que… » Jane s'arrêta brusquement.

Mohammed haussa les épaules : « J'étais toute la journée là-bas avec Massoud. Tu as dû te tromper. »

Elle essaya de garder un visage impassible. « Oui. J'ai dû mal comprendre.

– Merci pour les comprimés. » Il sortit.

Jane s'assit lourdement sur un tabouret. Il n'y avait pas eu de bombardement à Skabun. Jean-Pierre était allé retrouver Anatoly. Elle ne voyait pas du tout comment il s'y était pris, mais elle n'avait pas le moindre doute.

Que faire ?

Si Jean-Pierre était au courant du rassemblement de demain, il pouvait en parler aux Russes, alors les Russes n'auraient qu'à attaquer…

Ils pourraient anéantir tout le commandement de la résistance afghane en une seule journée.

Elle devait absolument voir Ellis.

Elle enveloppa Chantal dans un châle – il allait faire un peu plus frais maintenant – et quitta la maison en se dirigeant vers la mosquée. Ellis était dans la cour avec le reste des hommes, penché sur les cartes de Jean-Pierre avec Massoud, Mohammed et l'homme au bandeau sur l'œil. Des guérilleros se passaient un *hookah*, d'autres mangeaient. Ils la regardèrent avec surprise arriver avec son bébé sur la hanche. « Ellis », dit-elle. Il leva les yeux. « Il faut que je te parle. Voudrais-tu venir dehors ? »

Il se leva, ils franchirent la voûte et s'arrêtèrent devant la mosquée.

« Qu'y a-t-il ? dit-il.

– Jean-Pierre est-il au courant de ce rassemblement que tu as organisé de tous les chefs de la résistance ?

– Oui… Quand Massoud et moi en avons parlé pour la première fois, il était là, en train de m'enlever cette balle que j'avais dans le derrière. Pourquoi ? »

Jane sentit son cœur se serrer. Son ultime espoir avait été que Jean-Pierre pourrait ne pas savoir. Maintenant, elle n'avait pas le choix. Elle regarda autour d'elle. Il n'y avait personne qui pouvait les entendre ; et, d'ailleurs, ils parlaient anglais. « Il faut que je te dise quelque chose, dit-elle, mais je veux ta promesse qu'il ne lui arrivera aucun mal. »

Il la dévisagea un instant. « Oh ! merde, dit-il avec violence. Oh ! bonté de bon sang de merde. Il travaille pour eux. Bien sûr ! Pourquoi ne l'ai-je pas deviné ? À Paris, c'est lui qui a dû conduire ces enfants de salauds à mon appartement ! Il leur donne l'itinéraire des convois : c'est pour ça qu'ils en ont perdu tant ! Le salaud… » Il s'arrêta soudain et reprit d'un ton plus doux : « Ça a dû être terrible pour toi.

– Oui », dit-elle. Tout à coup, son visage se décomposa, les larmes montèrent à ses yeux et elle éclata en sanglots. Elle se sentait impuissante, ridicule et elle avait honte de pleurer, mais elle avait l'impression aussi qu'on venait de lui ôter un grand poids.

Ellis les prit dans ses bras, Chantal et elle. « Mon pauvre petit, dit-il.

– Oui, sanglota-t-elle. Ça a été horrible.

– Et depuis quand sais-tu ?

– Quelques semaines.

– Tu ne savais pas quand tu l'as épousé ?

– Non.

– Tous les deux, dit-il. Dire que nous t'avons fait ça tous les deux.

– Oui.

– Tu choisis mal tes relations.

– Oui. »

Elle enfouit son visage contre la chemise d'Ellis et se mit à pleurer sans retenue, pour tous les mensonges, toutes les trahisons, pour le temps perdu et l'amour gâché. Chantal pleurait aussi. Ellis étreignit Jane et lui caressa les cheveux jusqu'au moment où elle finit par cesser de trembler, par se calmer et par s'essuyer le nez sur sa manche. « J'ai cassé son émetteur radio, tu comprends, expliqua-t-elle, et j'ai cru alors qu'il n'avait aucun moyen d'entrer en contact avec eux ; mais aujourd'hui il a été appelé à Skabun pour soigner les blessés d'un bombardement, mais il n'y a pas eu de bombardement à Skabun aujourd'hui… »

Mohammed sortit de la mosquée. Ellis lâcha Jane et parut embarrassé. «Qu'est-ce qu'il se passe ? dit-il à Mohammed en français.

– Ils discutent, répondit-il. Les uns disent que c'est un bon plan et que ça nous aidera à vaincre les Russes. D'autres demandent pourquoi Massoud est considéré comme le seul bon commandant et qui est Ellis Thaler pour se permettre de juger les chefs afghans ? Il faut que tu reviennes leur parler encore.

– Attends, dit Ellis. Il y a des faits nouveaux. »

Jane songea : «Oh ! mon Dieu, Mohammed va tuer quelqu'un quand il apprendra ça…

«Il y a eu une fuite.

– Que veux-tu dire ? » fit Mohammed d'un ton inquiétant.

Ellis hésita, comme s'il hésitait à manger le morceau ; puis il reprit : «Les Russes sont peut-être au courant de la conférence…

– Qui ça ? demanda Mohammed. Qui est le traître ?

– Peut-être le docteur, mais… »

Mohammed pivova vers Jane. «Depuis quand sais-tu cela ?

– Tu vas me parler poliment ou pas du tout, répliqua-t-elle.

– Doucement », dit Ellis.

Jane n'allait pas laisser Mohammed lui parler de ce ton accusateur. «Je t'ai prévenu, n'est-ce pas ? reprit-elle. Je t'ai dit de changer la route du convoi. Je t'ai sauvé la vie, alors ne me désigne pas du doigt comme ça. »

La colère de Mohammed se dissipa et il prit un air penaud.

«Alors c'est pour ça qu'on a changé la route », dit Ellis. Il regarda Jane avec quelque chose comme de l'admiration.

«Où est-il maintenant ? dit Mohammed.

– Nous n'en sommes pas sûrs, répondit Ellis.

– Il faudra le tuer quand il reviendra.

– Non ! » dit Jane.

Ellis posa sur son épaule une main apaisante et dit à

Mohammed : « Voudrais-tu tuer un homme qui a sauvé la vie de tant de tes camarades ?

– Il doit être livré à la justice », insista Mohammed.

Mohammed avait dit : s'il revient, et Jane se rendit compte qu'elle avait toujours supposé qu'il reviendrait. Il n'allait tout de même pas l'abandonner avec leur bébé ?

Ellis poursuivait : « Si c'est un traître, et s'il a réussi à contacter les Russes, alors il leur a parlé de la réunion de demain. Ils vont sûrement attaquer pour essayer de prendre Massoud.

– C'est très mauvais, dit Mohammed. Massoud doit partir immédiatement. Il va falloir annuler la conférence…

– Pas nécessairement, dit Ellis. Réfléchis. Nous pourrions tourner cela à notre avantage.

– Comment ?

– En fait, plus j'y pense, plus l'idée me plaît. Cela va peut-être se révéler être ce qui pourrait nous arriver de mieux… »

12

Ils évacuèrent le village de Darg à l'aube. Les hommes de Massoud allèrent de maison en maison, éveillant doucement les occupants pour leur dire que leur village allait être attaqué par les Russes aujourd'hui et qu'ils devaient remonter la vallée jusqu'à Banda en emportant avec eux leurs biens les plus précieux. Au lever du soleil, une longue file de femmes, d'enfants, de vieillards et de bétail s'éloignait du village par le chemin de terre qui bordait la rivière.

Darg n'était pas construit de la même façon que Banda. À Banda, les maisons étaient groupées à l'extrémité est de la plaine, là où la vallée se rétrécissait et où le terrain était rocailleux. À Darg, toutes les maisons s'entassaient sur un étroit rebord entre le pied de la falaise et la berge de la rivière.

Il y avait un pont juste devant la mosquée et les champs s'étendaient sur chaque rive.

C'était un bon endroit pour une embuscade.

Massoud avait conçu son plan durant la nuit et Mohammed aidé d'Alishan prenait maintenant les dispositions. Ils évoluaient avec une efficacité silencieuse, Mohammed, grand, bel homme et élégant dans ses mouvements, Alishan petit et l'air mauvais ; tous deux donnant leurs instructions à mi-voix, imitant le style discret de leur chef.

Ellis, tout en plaçant ses charges d'explosifs, se demandait si les Russes allaient venir. Jean-Pierre n'avait pas réapparu, il semblait donc certain qu'il avait réussi à contacter ses maîtres ; et il était à peu près inconcevable que ceux-ci résistent à la tentation de capturer ou de tuer Massoud. Mais tout cela n'était qu'hypothèse. Et, s'ils ne venaient pas, Ellis aurait l'air idiot d'avoir amené Massoud à tendre un piège compliqué pour une victime qui ne se présenterait pas. Les guérilleros ne voudraient pas conclure un pacte avec un imbécile. Mais si les Russes viennent bien, songea Ellis, et si l'embuscade réussit, mon prestige et celui de Massoud pourront s'en trouver rehaussés au point de les amener tous à s'unir.

Il essayait de ne pas penser à Jane. Lorsqu'il avait passé ses bras autour d'elle et de son bébé et qu'elle avait mouillé sa chemise de larmes, la passion qu'il éprouvait pour elle s'était rallumée. Il aurait voulu rester là à jamais, à sentir les étroites épaules de la jeune femme secouées de sanglots entre ses bras et la tête brune qui se blottissait contre sa poitrine. Pauvre Jane. Elle était si honnête et les hommes de sa vie étaient si trompeurs.

Il déroula son cordon détonant dans la rivière pour en amener l'extrémité jusqu'à l'endroit où il se trouvait, dans une petite maison de bois sur la berge à deux cents mètres en amont de la mosquée. Il utilisa sa pince pour fixer au cordon une capsule détonante, puis termina le montage par un simple détonateur à tirette.

Il approuvait le plan de Massoud. Ellis avait enseigné la guerre d'embuscade à Fort Bragg pendant un an entre ses deux missions en Asie, et il aurait donné neuf sur dix au dispositif de Massoud. Le point perdu était dû au fait que Massoud ne fournissait pas à ses troupes un itinéraire d'évacuation au cas où la bataille tournerait à leur désavantage. Massoud, bien sûr, ne considérait peut-être pas cela comme une erreur.

À neuf heures, tout était prêt et les guérilleros prirent leur petit déjeuner. Même cela faisait partie de l'embuscade : ils pouvaient tous être en position en quelques minutes, sinon en quelques secondes, et le village, vu du haut aurait un air plus naturel, comme si les villageois s'étaient tous précipités pour se cacher des hélicoptères, en laissant derrière eux leurs écuelles, leurs tapis et leurs feux ; si bien que le commandant de la force russe n'aurait aucune raison de soupçonner un piège.

Ellis mangea du pain, but quelques tasses de thé vert, puis s'installa pour attendre tandis que le soleil s'élevait au-dessus de la vallée. On attendait toujours beaucoup. Il se rappelait l'Asie. En ce temps-là, il était souvent drogué, à la marijuana, aux amphétamines, à la cocaïne et, alors, l'attente ne semblait guère compter parce qu'il la savourait. C'était drôle, se dit-il, comme il avait cessé de s'intéresser aux drogues après la guerre.

Ellis attendait l'attaque soit cet après-midi, soit à l'aube du lendemain. S'il était le commandant russe, il calculerait que les chefs rebelles s'étaient assemblés la veille pour repartir le lendemain et il voudrait attaquer assez tard pour capturer les retardataires, mais pas trop pour éviter que certains d'entre eux ne fussent déjà plus là.

Vers le milieu de la matinée, les armes lourdes arrivèrent, une paire de Dashokas, des mitrailleuses antiaériennes de 12, 7, chacune sur son affût à deux roues tiré sur la route par un guérillero. Un âne suivait, chargé de caisses de balles chinoises perforantes de 5-0.

Massoud annonça que Youssouf, le chanteur qui, à en croire la rumeur du village, devait épouser Zahara, l'amie de Jane, serait posté à l'une des mitrailleuses ; et qu'un guérillero de la vallée de Pich, un certain Abdur, qu'Ellis ne connaissait pas, se chargerait de l'autre. Youssouf, disait-on, avait déjà abattu trois hélicoptères avec sa Kalachnikov. Ellis était sceptique sur ce point : il avait piloté des hélicoptères en Asie et savait qu'il était pratiquement impossible d'en abattre un avec un fusil. Toutefois, Youssouf expliquait avec un sourire que le truc était de se placer au-dessus de la cible et de tirer du flanc d'une montagne, tactique qui n'était pas possible au Vietnam parce que le terrain était différent.

Quoique Youssouf eût aujourd'hui une arme de bien plus gros calibre, il allait utiliser la même technique. On ôta donc les mitrailleuses de leur affût puis, chacune portée par deux hommes, gravit les marches escarpées et taillées dans le flanc de la falaise qui dominait le village. L'affût et les caisses de munitions suivaient.

Ellis les regardait d'en bas remonter les mitrailleuses. Au sommet de la falaise, se trouvait un rebord large de trois ou quatre mètres, puis le flanc de la montagne continuait suivant une pente moins abrupte. Les guérilleros postèrent les mitrailleuses à une dizaine de mètres l'une de l'autre sur cette plate-forme et les camouflèrent. Les pilotes d'hélicoptères ne tarderaient pas à découvrir leur emplacement, bien sûr, mais ils auraient le plus grand mal à les démolir là où elles étaient.

Quand cela fut fait, Ellis reprit sa position dans la petite maison de bois au bord de la rivière. Ses pensées ne cessaient de revenir aux années 60. Il avait commencé la décennie en collégien et l'avait terminée en soldat. En 1967, il était parti pour l'université de Berkeley, persuadé de savoir ce que l'avenir lui réservait : il voulait être producteur de documentaires pour la télévision et, comme il était intelligent, comme il avait l'esprit créatif et qu'on était en Californie où n'importe qui pouvait être n'importe quoi à condition de travailler dur, il ne voyait aucune raison à ne pas réaliser son ambition. Puis il avait été pris par le mouvement pacifiste, les marches contre la guerre, la libération sexuelle, les jeans larges et le LSD ; et, une fois de plus, il avait cru savoir ce que serait son avenir : il allait changer le monde. Ce rêve-là aussi avait été de courte durée, bientôt il s'était trouvé une fois de plus dépassé, cette fois par l'absurde brutalité de l'armée et l'horreur noyée dans la drogue du Vietnam. Chaque fois qu'il regardait en arrière ainsi, il constatait que c'étaient les moments où il se sentait confiant et bien installé que la vie lui assenait les plus grands bouleversements.

Midi passa sans déjeuner. C'était sans doute parce que les guérilleros n'avaient aucune provision. Ellis avait du mal à s'habituer à l'idée fondamentalement simple que, quand il n'y avait pas de nourriture, personne ne pouvait déjeuner. L'idée lui vint que c'était peut-être pourquoi presque tous les guérilleros étaient de gros fumeurs : le tabac émoussait l'appétit.

Il faisait chaud, même à l'ombre. Il s'assit sur le seuil de la petite maison, en essayant de profiter du peu de brise qui soufflait. Il apercevait les champs, la rivière avec son pont de pierre en dos d'âne, le village avec sa mosquée et la falaise au-dessus. La plupart des guérilleros étaient à leur poste qui les abritait du soleil aussi bien que des balles.

La majorité d'entre eux étaient dans des maisons proches de la falaise, où il serait difficile aux hélicoptères de les mitrailler; mais, comme c'était inévitable, certains se trouvaient à des positions avancées plus vulnérables, plus près de la rivière. La façade empierrée de la mosquée était percée de trois seuils voûtés et à chacun un guérillero était assis en tailleur. Ellis les connaissait tous les trois : le plus éloigné était Mohammed; son frère Kahmir, avec la barbiche, occupait la voûte du milieu; et, sous la plus proche, se tenait Ali Ghanim, le bossu au visage ingrat nanti d'une famille de quatorze enfants, l'homme qui avait été blessé avec Ellis dans la plaine. Chacun des trois avait une Kalachnikov sur les genoux et une cigarette aux lèvres. Ellis se demanda lesquels seraient encore vivants demain.

La première dissertation qu'il avait écrite au collège était sur l'attente avant la bataille, comme la décrivait Shakespeare. Il avait opposé deux discours d'avant le combat : celui inspiré de *Henry V* dans lequel le roi dit : « Une fois de plus sur la brèche, chers amis, une fois de plus; ou

bien qu'on scelle le mur avec nos morts anglais » ; et le soli-
loque cynique de Falstaff sur l'honneur de *Henry IV* :
« L'honneur peut-il s'attaquer à une jambe ? Non. Ou à un
bras ? Non… L'honneur alors ignore la chirurgie ? Non… Qui
donc s'y connaît ? Celui qui est mort mercredi. » À dix-neuf
ans, Ellis avait eu un 18 pour ce devoir : son premier et son
dernier car, après cela, il était trop occupé à affirmer que
Shakespeare et tout le cours de littérature anglaise avec lui
étaient « sans intérêt ».

Sa rêverie fut interrompue par une série de cris. Il ne comprenait pas les mots daris utilisés, mais il n'en avait pas besoin :
il savait, à leur ton pressant, que les sentinelles sur les collines environnantes avaient repéré des hélicoptères au loin
et les avaient signalés à Youssouf sur sa falaise, qui avait
répandu la nouvelle. Il y eut une soudaine agitation dans le
village cuit par le soleil tandis que les guérilleros reprenaient
leur poste, se mettaient encore mieux à l'abri, vérifiaient leurs
armes et allumaient une nouvelle cigarette. Les trois hommes,
aux portes de la mosquée, se fondirent dans l'ombre de l'intérieur. Vu des airs, le village semblerait maintenant désert,
comme il devait normalement l'être à l'heure la plus chaude
de la journée, où la plupart des gens faisaient la sieste.

Ellis tendit l'oreille et entendit le bourdonnement menaçant des rotors d'hélicoptères qui approchaient. Il avait le
ventre crispé : les nerfs. C'est ce qu'éprouvaient les Viets,
pensa-t-il, cachés dans la jungle humide lorsqu'ils entendaient
mon hélicoptère arriver vers eux à travers les nuages de pluie.
On récolte ce qu'on sème, mon Dieu.

Il ôta le cran de sûreté du détonateur.

Les hélicoptères n'étaient pas loin, mais il ne pouvait pas
encore les voir. Il se demanda combien il y en avait : il ne
pouvait pas le dire d'après le bruit. Il aperçut quelque chose
du coin de l'œil et se tourna pour voir un guérillero plonger
dans la rivière depuis la rive opposée et nager dans sa direction. Quand l'homme émergea non loin d'Ellis, il s'aperçut
que c'était le vieux Shahazaï Gul, le frère de la sage-
femme. La spécialité de Shahazaï, c'étaient les mines. Il passa

en courant auprès d'Ellis pour aller s'abriter dans une maison.

Pendant quelques instants, le village parut tranquille et il n'y eut rien que le terrible battement des pales, et Ellis se disait : Seigneur, combien en ont-ils envoyé ? Puis le premier appareil apparut, au-dessus de la colline, volant vite, et amorça un virage pour descendre vers le village. Il hésita au-dessus du pont comme un gigantesque oiseau-mouche.

C'était un MI-24, qu'on appelait à l'Ouest un Gros Cul (les Russes appelaient les hélicos des Bossus à cause des grosses turbines jumelles des moteurs montées au-dessus de la cabine des passagers). Le mitrailleur était assis dans la partie inférieure de l'avant avec le pilote derrière et au-dessus de lui, comme des enfants qui jouent à saute-mouton ; et les hublots tout autour ressemblaient à l'œil aux nombreuses facettes d'un insecte monstrueux. L'hélicoptère avait un train d'atterrissage à trois roues et de courts ailerons auxquels étaient accrochés des lance-fusées.

Comment, au nom du Ciel, quelques Afghans dépenaillés pourraient-ils lutter contre des appareils comme ça ?

Cinq autres Gros Culs suivirent en rapide succession. Ils survolèrent le village et les alentours, essayant de repérer, supposa Ellis, les positions ennemies. C'était une précaution de routine : les Russes n'avaient aucune raison d'attendre une résistance importante, car ils étaient persuadés que leur attaque serait une surprise.

Un second type d'hélicoptère fit alors son apparition, et Ellis reconnut le MI-8, qu'on appelait le Bide. Plus gros que le Gros Cul mais moins redoutable, il pouvait transporter vingt à trente hommes et c'était un appareil conçu pour le transport de troupes plutôt que pour l'attaque. Le premier hésita au-dessus du village, puis descendit soudain sur le côté pour venir se poser dans le champ d'orge. Il fut suivi des cinq autres appareils. Cent cinquante hommes, calcula Ellis. À mesure que les Bides atterrissaient, les soldats sautaient à terre et s'aplatissaient sur le sol, leur fusil braqué vers le village, mais ils ne tiraient pas.

Pour s'emparer du village, il leur fallait franchir la rivière et pour cela il leur fallait prendre le pont. Mais cela, ils ne le savaient pas. Ils se montraient simplement prudents : ils comptaient sur l'élément de surprise pour leur permettre de vaincre facilement.

Ellis craignait que le village ne parût *trop* abandonné. Maintenant, deux minutes après l'apparition du premier hélicoptère, il devrait normalement y avoir quelques habitants visibles en train de détaler. L'oreille tendue, il guetta le premier coup de feu. Il n'avait plus peur. Il était concentré sur trop de détails pour éprouver de la peur. Du fond de son esprit, une pensée lui vint : c'est toujours comme ça une fois que ça a commencé.

Shahazaï avait posé des mines dans le champ d'orge, se rappela Ellis. Pourquoi aucune d'elles n'avait-elle encore explosé ? Un instant plus tard, il eut la réponse. Un des soldats russes se leva – sans doute un officier – et lança un ordre. Vingt ou trente hommes se redressèrent et foncèrent en courant vers le pont. Soudain, il y eut un bang assourdissant, qu'on entendit fort bien malgré le tintamarre des hélicoptères, puis un autre et encore un autre, tandis que le sol semblait exploser sous les pas des soldats ; Ellis se dit : Shahazaï a pimenté ses mines avec une dose supplémentaire de TNT Des nuages de terre brune et d'orge obscurcissaient la scène, mais il aperçut quand même un homme projeté haut dans les airs et qui retomba lentement, en tournant comme un acrobate jusqu'au moment où il heurta le sol et resta là en tas. Dès que le fracas des explosions s'apaisa, un nouveau bruit retentit, une sorte de battement de tambour sourd et qui vous résonnait dans le ventre : ce bruit-là venait du haut de la falaise et c'était Youssouf et Abdur qui ouvraient le feu. Les Russes battirent en retraite en désordre cependant que les guérilleros du village se mettaient à les arroser du feu de leurs Kalachnikov à travers la rivière.

La surprise avait donné aux guérilleros un formidable avantage, mais qui ne durerait pas toujours : le commandant russe allait rallier ses troupes. Mais, avant de pouvoir faire quoi que ce soit, il lui fallait nettoyer les abords du pont.

Un des Bides du champ d'orge vola en éclats et Ellis comprit que Youssouf et Abdur avaient dû le toucher. Il était impressionné : bien que le Dashoka eût une portée de plus de quinze cents mètres et que les hélicoptères fussent à moins de huit cents mètres, il fallait être bon tireur pour en détruire un à cette distance.

Les Gros Culs – les hélicoptères bossus – étaient toujours dans les airs, à tourner au-dessus du village. Le commandant russe les fit intervenir. L'un d'eux piqua vers la rivière pour arroser d'obus le champ de mines de Shahazaï. Youssouf et Abdur tirèrent dessus mais le manquèrent. Les mines de Shahazaï, l'une après l'autre, explosèrent sans faire de mal à personne. Quel dommage, songea Ellis avec angoisse, que les mines n'aient pas mis hors de combat plus d'ennemis : une vingtaine sur cent cinquante, ce n'est pas beaucoup. Le Gros Cul reprit de l'altitude, chassé par le tir de Youssouf ; mais un autre descendit pour mitrailler à son tour le champ de mines. Youssouf et Abdur l'arrosaient d'un feu continu. Soudain, il fit une embardée, le bout de l'aile se détacha et l'appareil piqua du nez dans la rivière. Bien joué, Youssouf ! songea Ellis. Mais l'accès du pont était dégagé maintenant et les Russes disposaient encore de plus d'une centaine d'hommes et de dix hélicoptères, et Ellis se rendit compte avec un frisson de peur que les guérilleros pourraient fort bien perdre cette bataille.

Les Russes reprirent courage et le gros des troupes – quatre-vingts hommes environ, estima Ellis – commença à faire mouvement vers le pont en rampant à plat ventre et sans cesser de tirer. Ils ne peuvent pas être aussi démoralisés ni indisciplinés que le racontent les journaux américains, se dit Ellis, à moins qu'il ne s'agisse d'une unité d'élite. Puis il se rendit compte que les soldats semblaient tous avoir la peau blanche. Il n'y avait pas d'Afghans dans cette unité. C'était comme au Vietnam, où l'on ne faisait jamais intervenir les soldats de l'armée régulière vietnamienne dans aucune opération vraiment importante.

Il y eut soudain une pause. Les Russes dans le champ d'orge

et les guérilleros du village échangeaient par-dessus la rivière des coups de feu sans conviction, les Russes tirant plus ou moins au hasard, les guérilleros ménageant leurs munitions. Ellis leva la tête. Les Gros Culs s'attaquaient maintenant à Youssouf et à Abdur sur la falaise. Le commandant russe avait fort justement reconnu comme son principal objectif les mitrailleuses lourdes.

Tandis qu'un Gros Cul fonçait vers le haut de la falaise, Ellis eut un moment d'admiration pour le pilote qui piquait ainsi droit sur les mitrailleuses : il savait les nerfs que cela demandait. L'appareil fit un virage : les deux adversaires s'étaient manqués.

Leurs chances étaient à peu près égales, pensa Ellis : c'était plus facile pour Youssouf de viser avec précision parce qu'il était immobile alors que l'hélicoptère se déplaçait ; mais de la même façon c'était lui qui offrait la cible la plus facile parce qu'il ne bougeait pas. Ellis se rappela que, dans le Gros Cul, c'était le pilote qui lançait les fusées accrochées aux ailes, pendant que le mitrailleur opérait dans le nez de l'appareil. Ce serait dur pour un pilote de bien viser dans des circonstances aussi terrifiantes, se dit Ellis et, comme les Dashokas avaient une plus grande portée que la mitrailleuse de l'hélicoptère, peut-être Youssouf et Abdur bénéficiaient-ils d'un léger avantage.

Je l'espère pour nous tous, se dit Ellis.

Un autre Gros Cul descendit vers la falaise, comme un épervier qui se laisse tomber sur un lapin, mais les mitrailleuses crépitèrent et l'hélicoptère explosa en plein vol. Ellis avait envie de pousser des acclamations, mais c'était vraiment l'ironie du sort, car il connaissait bien la terreur et l'affolement à peine contrôlés d'un équipage d'hélicoptère pris sous le feu de l'ennemi.

Un autre Gros Cul attaqua. Les rafales de mitrailleuse ne le touchèrent pas de plein fouet cette fois, mais elles arrachèrent la queue de l'hélicoptère et le pilote, perdant le contrôle de son appareil, vint s'écraser contre la paroi de la falaise. Et Ellis se dit : Bon sang, on va peut-être tous les avoir ! Mais la cadence du tir avait changé et, au bout d'un moment, Ellis s'aperçut qu'il n'y avait plus qu'une mitrailleuse qui tirait. L'autre avait été mise hors de combat. À travers la poussière, Ellis vit une casquette chitrali qui s'agitait là-haut. Youssouf était toujours vivant ; Abdur avait été touché.

Les trois Gros Culs qui restaient décrivirent un cercle pour reprendre leur formation. L'un d'eux prit de l'altitude : le commandant russe devait se trouver dans cet appareil-là, se dit Ellis. Les deux autres piquèrent sur Youssouf dans un mouvement de tenailles. C'était bien calculé, songea Ellis, le cœur serré, car Youssouf ne pouvait pas tirer sur les deux à la fois. Ellis suivit la manœuvre. Quand Youssouf en visait un, l'autre descendait plus bas. Ellis remarqua que les Russes volaient avec les portes ouvertes, tout comme les Américains au Vietnam.

Les Gros Culs approchaient. L'un plongea sur Youssouf et amorça un virage, mais il fut touché de plein fouet et explosa en flammes ; le second attaqua, mitrailleuses et lance-fusées crachant du feu et Ellis se dit : Youssouf n'a pas une chance ! Là-dessus le second Gros Cul parut hésiter. Avait-il été touché ? il tomba soudain d'une dizaine de mètres – *quand votre moteur s'arrête*, avait dit l'instructeur de l'école de pilotage, *votre hélicoptère va glisser comme un piano à queue* – et il alla s'écraser sur la corniche à quelques mètres de Youssouf ; mais à ce moment son moteur sembla repartir et, à la grande surprise d'Ellis, il se souleva du sol. C'est costaud, ces appareils, se dit-il, les hélicoptères se sont bien améliorés en dix ans. Le mitrailleur n'avait cessé de tirer, mais il venait de s'arrêter. Ellis vit pourquoi et son cœur se serra. Une Dashoka dégringola par-dessus le rebord de la corniche dans un amas de filets de camouflage, de branchages et de buissons, aussitôt suivi d'un paquet couleur de boue qui était Youssouf. En tombant le long de la paroi, il rebondit sur un éperon rocheux qui dépassait à mi-hauteur et dans le choc sa casquette ronde s'envola. Un instant plus tard, il disparut aux yeux d'Ellis. Il avait presque remporté la victoire à lui tout seul : il n'aurait pas de médaille, mais pendant cent ans on raconterait son histoire auprès des feux de camp dans le froid des montagnes afghanes.

Les Russes avaient perdu quatre de leurs Gros Culs, un Bide et environ vingt-cinq hommes, mais les guérilleros avaient perdu leurs deux mitrailleuses lourdes et ils étaient maintenant sans défense tandis que les deux Gros Culs qui restaient commençaient à arroser le village. Ellis était pelotonné dans sa hutte, en regrettant qu'elle fût en bois. Le mitraillage était une tactique d'intimidation : au bout d'une minute ou deux, comme sur un signal, les Russes du champ d'orge se redressèrent et chargèrent vers le pont.

Ça y est, songea Ellis, d'une façon ou d'une autre, c'est la fin.

Les guérilleros du village ouvrirent le feu sur les assaillants, mais ils étaient paralysés par le mitraillage des hélicoptères et peu de Russes tombèrent. Ils étaient presque tous sur leurs pieds maintenant, quatre-vingts ou quatre-vingt-dix hommes, tirant aveuglément à travers la rivière tout en courant. Ils poussaient des cris enthousiastes encouragés par la faiblesse de la défense. Le tir des guérilleros se fit un peu plus précis au moment où les Russes atteignirent le pont et plusieurs autres soldats tombèrent, mais pas assez pour arrêter la charge. Quelques secondes plus tard, les premiers d'entre eux avaient franchi la rivière et se mettaient à l'abri parmi les maisons du village.

Il y avait une soixantaine d'hommes sur le pont ou aux alentours quand Ellis actionna la poignée du détonateur.

Le pont de pierre explosa comme un volcan.

Ellis avait disposé ses charges d'explosifs pour tuer, non pas pour une démolition soignée, et l'explosion fit jaillir de redoutables blocs de maçonnerie qui retombaient en pluie, liquidant tous les hommes qui se trouvaient sur le pont et nombre de ceux qui étaient encore dans le champ d'orge. Ellis replongea à l'abri de sa cabane tandis que des débris retombaient sur le village. Quand ce fut fini, il regarda de nouveau dehors.

Là où se trouvait le pont, il n'y avait plus qu'un entassement de pierres et de cadavres dans un macabre mélange. Une partie de la mosquée et deux maisons du village s'étaient effondrées également. Les Russes étaient en pleine retraite. Il vit les vingt ou trente survivants grimper en hâte par les portes ouvertes des Gros Culs. Ellis ne le leur reprochait pas. S'ils restaient dans le champ d'orge, sans abri, ils seraient éliminés un par un par les guérilleros bien placés dans le village ; et s'ils essayaient de franchir la rivière, ils se feraient tirer dans l'eau comme des poissons dans un tonneau.

Quelques secondes plus tard, les trois Gros Culs survivants décollèrent pour aller rejoindre les deux Bides qui survolaient toujours le village puis, sans même tirer une dernière rafale, les appareils s'élevèrent au-dessus de la falaise et disparurent.

Au moment où le battement de leurs pales s'atténuait, il entendit un autre bruit. Au bout d'un moment, il comprit que c'était la rumeur des hommes qui applaudissaient et poussaient des acclamations. Nous avons gagné, songea-t-il. Bon sang, nous avons gagné. Et il se mit à pousser des cris de joie lui aussi.

13

« Et où sont partis tous les guérilleros ? demanda Jane.

– Ils se sont dispersés, répondit Ellis. C'est la technique de Massoud. Ils se volatilisent dans les montagnes avant que les Russes aient repris leur souffle. Ils vont peut-être revenir avec des renforts – ils pourraient même être à Darg en ce moment – mais ils ne trouveront personne à combattre. Les guérilleros sont partis, tous, sauf ceux-là. »

Il y avait sept blessés dont s'occupait Jane. Aucun d'eux ne mourrait. Douze autres avaient été soignés pour des blessures sans gravité et ils étaient repartis. Deux hommes seulement étaient morts dans la bataille mais, par un consternant coup de malchance, l'un d'eux était Youssouf. Zahara allait de nouveau être en deuil – et de nouveau, ce serait à cause de Jean-Pierre.

Jane se sentait déprimée, malgré l'euphorie d'Ellis. Il faut que je cesse de broyer du noir, songea-t-elle. Jean-Pierre est parti, il ne va pas revenir et il est inutile d'être triste. Il faut que je pense de façon positive, que je m'intéresse à la vie des autres.

« Et ta conférence ? demanda-t-elle à Ellis. Si tous les guérilleros sont partis…

– Ils ont tous donné leur accord, dit Ellis. Ils étaient si ravis, après le succès de l'embuscade, qu'ils étaient prêts à dire oui à n'importe quoi. D'une certaine façon, cette escarmouche a prouvé ce dont certains d'entre eux doutaient : que Massoud est un chef brillant et qu'en s'unissant sous ses ordres ils peuvent obtenir de grandes victoires. Cela m'a aussi posé en tant que macho, ce qui n'est pas négligeable.

– Tu as donc réussi.

– Oui. J'ai même un traité signé par tous les chefs rebelles et attesté par le mullah.

– Tu dois être fier. » Elle tendit la main pour lui serrer le bras, puis se reprit rapidement. Elle était si heureuse qu'il fût là pour l'empêcher d'être seule qu'elle se reprochait d'avoir été si longtemps en colère contre lui. Mais elle ne voulait pas lui donner accidentellement l'impression erronée qu'elle tenait encore à lui, comme autrefois, ce qui serait gênant.

Elle se détourna pour inspecter la grotte. Les pansements et les seringues étaient dans leurs cartons et les médicaments dans sa trousse. Les guérilleros blessés étaient confortablement étendus sur des tapis ou des couvertures. Ils allaient rester toute la nuit dans la grotte : c'était trop difficile de leur faire descendre la colline. Ils avaient de l'eau et un peu de pain, et deux ou trois d'entre eux étaient assez valides pour se lever et préparer du thé. Mousa, le fils manchot de Mohammed, était accroupi à l'entrée de la grotte, occupé à un jeu mystérieux dans la poussière avec le poignard que lui avait offert son père : il allait rester avec les blessés et, au cas improbable où l'un d'eux aurait besoin de soins pendant la nuit, le jeune garçon n'aurait qu'à descendre en courant la colline pour aller chercher Jane.

Tout était en ordre. Elle leur souhaita bonne nuit, caressa la tête de Mousa et sortit. Ellis lui emboîta le pas. Jane sentit une pointe de froid dans la brise du soir. C'était le premier signe de la fin de l'été. Elle leva les yeux vers les sommets lointains de l'Hindu Kush, d'où viendrait l'hiver. Les pics enneigés étaient roses des reflets du couchant. C'était un pays magnifique, on l'oubliait trop facilement, surtout quand les journées comme aujourd'hui étaient bien remplies. Je suis heureuse de l'avoir vu, se dit-elle, même si j'ai hâte de rentrer.

Elle descendit la colline, avec Ellis à son côté. De temps en temps, elle lui jetait un coup d'œil. La lumière du couchant lui faisait le visage bronzé et comme taillé à coups de serpe. Elle se rendit compte qu'il n'avait sans doute pas beaucoup dormi la nuit précédente. « Tu as l'air fatigué, dit-elle.

– Ça fait longtemps que je n'ai pas été dans une vraie guerre, répondit-il. La paix, ça vous amollit. »

Il avait dit cela d'un ton très détaché. Du moins ne savourait-il pas le massacre comme les Afghans. Il lui avait simplement dit qu'il avait fait sauter le pont de Darg, mais un des guérilleros blessés avait donné à Jane les détails, en expliquant comment l'explosion avait renversé le cours de la bataille et en lui décrivant le carnage avec une gourmande minutie.

En bas, au village de Banda, il y avait une atmosphère de fête. Au lieu de se retirer dans leurs cours, des hommes et des femmes restaient à bavarder avec animation par petits groupes. Les enfants jouaient à des jeux guerriers bruyants, tendant des embuscades à des Russes imaginaires en imitant leurs frères aînés. Quelque part, un homme chantait au rythme d'un tambour. La perspective de passer la soirée seule parut soudain insupportable à Jane et, dans un brusque élan, elle dit à Ellis : « Viens prendre le thé avec moi… si ça ne t'ennuie pas que je nourrisse Chantal.

– Avec plaisir », dit-il.

Le bébé pleurait lorsqu'ils entrèrent dans la maison et, comme toujours, le corps de Jane réagit : le lait se mit à perler à un de ses seins. Elle dit : « Assieds-toi, Fara va t'apporter du thé », puis elle se précipita dans l'autre pièce sans laisser à Ellis le temps de voir la tache gênante sur sa chemise.

Elle se déboutonna en hâte et alla prendre le bébé. Il y eut l'instant habituel de panique aveugle tandis que Chantal cherchait le bouton du sein, puis elle se mit à téter, d'abord avec une violence douloureuse, puis plus doucement. Jane se sentait gênée à l'idée de retourner dans l'autre pièce. Ne sois pas idiote, se dit-elle ; tu lui as demandé, il a dit que c'était d'accord et, de toute façon, à une époque, tu passais pratiquement toutes tes nuits dans son lit… Malgré tout, elle se sentit rougir en franchissant le seuil.

Ellis regardait les cartes de Jean-Pierre. « C'était très malin, dit-il. Il connaissait tous les itinéraires parce que Mohammed utilisait toujours ses cartes. » Il leva les yeux vers elle, vit l'expression de son visage et dit aussitôt : « Mais ne parlons pas de ça. Qu'est-ce que tu veux faire maintenant ? »

Elle s'assit sur le coussin, le dos appuyé au mur, sa position favorite pour la tétée. Ellis ne semblait nullement gêné par son sein nu et elle commença à se sentir plus à l'aise. « Il faut que j'attende, dit-elle. Dès que la route du Pakistan sera ouverte et que les convois reprendront, je rentrerai. Et toi ?

– Pareil. Mon travail ici est fini. Il faudra surveiller que l'accord soit appliqué, bien sûr, mais l'Agence a des gens au Pakistan qui peuvent faire ça. »

Fara apporta le thé. Jane se demandait quelle serait la prochaine mission d'Ellis : préparer un coup d'Etat au Nicaragua, faire chanter un diplomate soviétique à Washington ou bien peut-être assassiner un communiste africain ? Lorsqu'ils étaient amants, elle l'avait questionné à propos du Vietnam, et il lui avait dit que tout le monde s'attendait à ce qu'il évite la conscription, mais que, comme il avait l'esprit de contradiction, il avait fait tout le contraire. Elle n'était pas tout à fait convaincue mais, même si c'était vrai, cela n'expliquait pas pourquoi il avait poursuivi ce genre d'activités violentes après avoir quitté l'armée. « Alors, qu'est-ce que tu feras quand tu seras rentré ? demanda-t-elle. Tu te remettras à inventer des façons astucieuses de liquider Castro ?

– L'Agence n'est pas censée commettre d'assassinats, dit-il.

– Ça ne l'empêche pas de le faire.

– Il y a un groupe de déments qui nous font mauvaise réputation. Les présidents, malheureusement, ne peuvent pas résister à la tentation de jouer aux services secrets, et cela encourage la faction des dingues.

– Pourquoi ne leur tournes-tu pas le dos à tous pour rejoindre la race humaine ?

– Ecoute. L'Amérique est pleine de gens qui estiment que d'autres pays que le leur ont le droit d'être libres – mais ils sont du genre à tourner le dos et à rejoindre la race humaine. Aussi l'Agence emploie-t-elle trop de psychopathes et trop peu de citoyens sympathiques et convenables. Alors, quand l'Agence renverse un gouvernement étranger sur le caprice d'un président, tout le monde demande comment ce genre de choses peut bien arriver. La réponse est : parce qu'on a laissé faire. Ma patrie est une démocratie, il n'y a donc de reproches à faire à personne qu'à moi quand les choses vont mal ; et s'il faut remettre les choses en ordre, c'est à moi de le faire, parce que c'est ma responsabilité. »

Jane restait sceptique. « Tu voudrais dire que la façon de réformer le KGB c'est de s'y enrôler ?

– Non, parce que le KGB en définitive n'est pas contrôlé par le peuple. L'Agence, si.

– Contrôler n'est pas si simple, dit Jane. La CIA raconte des mensonges au peuple. Tu ne peux pas les contrôler si tu n'as aucun moyen de savoir ce qu'ils font.

– Mais, au bout du compte, c'est notre Agence, et notre responsabilité.

– Tu pourrais œuvrer pour la supprimer au lieu d'en faire partie.

– Mais nous avons besoin d'une centrale de renseignements.

Nous vivons dans un monde hostile et nous avons besoin d'informations sur nos ennemis. »

Jane soupira. « Mais regarde à quoi ça mène, dit-elle. Et tu prévois d'envoyer à Massoud des armes plus nombreuses et plus puissantes pour qu'il puisse tuer plus de gens plus vite. Et c'est ce que vous autres finirez toujours par faire.

— Ça n'est pas seulement pour qu'il puisse tuer plus de gens plus vite, protesta Ellis. Les Afghans se battent pour leur liberté – et ils luttent contre une bande de meurtriers…

— Ils se battent *tous* pour leur liberté, l'interrompit Jane. L'OLP, les exilés cubains, les Weathermen, l'IRA, les Blancs d'Afrique du Sud et l'Armée de Galles libre.

— Certains ont raison et d'autres pas.

— Et la CIA connaît la différence ?

— Elle devrait…

— Mais ça n'est pas le cas. Pour quelle liberté Massoud se bat-il ?

— La liberté de tous les Afghans.

— Mon œil, répondit Jane. C'est un musulman intégriste et si jamais il prend le pouvoir, la première chose qu'il fera, ce sera de visser les femmes. Il ne leur donnera jamais le droit de vote : il veut leur reprendre les quelques droits qu'elles ont. Et comment crois-tu qu'il traitera ses ennemis politiques, étant donné que son héros c'est l'ayatollah Khomeyni ? Est-ce que les savants et les professeurs seront libres ? Est-ce que les homosexuels et les lesbiennes auront la liberté sexuelle ? Qu'arrivera-t-il aux hindous, aux bouddhistes, aux athées et aux frères de Plymouth ?

— Tu penses sérieusement, dit Ellis, que le régime de Massoud serait pire que celui des Russes ? »

Jane réfléchit un moment. « Je ne sais pas. La seule chose certaine, c'est que le régime de Massoud serait une tyrannie afghane au lieu d'une tyrannie russe. Et ça ne vaut pas la peine de tuer des gens pour remplacer une dictature étrangère par une dictature locale.

— Les Afghans n'ont pas l'air de ton avis.

— Pour la plupart, on ne leur a jamais posé la question.

– Je crois que c'est évident. Toutefois, je ne fais normalement pas ce genre de travail. En général, je suis plutôt un détective.»

Il y avait un point qui depuis un an piquait la curiosité de Jane. «Quelle était exactement ta mission à Paris?

– Quand j'espionnais tous nos amis? fit-il avec un petit sourire. Jean-Pierre ne te l'a pas dit?

– Il disait qu'il ne le savait pas vraiment.

– C'est peut-être vrai. Je chassais les terroristes.

– Parmi nos amis?

– C'est généralement là où on les trouve : parmi les dissidents, les ratés et les criminels.

– Rahmi Coskun était un terroriste?»

Jean-Pierre avait dit que c'était à cause d'Ellis que Rahmi avait été arrêté.

«Parfaitement. Il était responsable de l'attentat à la bombe contre les Turkish Airlines avenue Félix-Faure.

– Rahmi? Comment le sais-tu?

– C'est lui qui me l'a dit. Et quand je l'ai fait arrêter, il préparait un nouvel attentat.

– Il te l'a dit aussi?

– Il m'a demandé de l'aider à trouver la bombe.

– Mon Dieu.» Le beau Rahmi, avec son regard ardent et sa haine passionnée du gouvernement de son malheureux pays...

Ellis n'en avait pas fini. «Tu te souviens de Pepe Gozzi?» Jane fronça les sourcils. «Tu veux dire le drôle de petit Corse qui avait une Rolls Royce?

– Lui-même. Il fournissait des armes et des explosifs à tous les dingues de Paris. Il était prêt à vendre à quiconque pouvait se permettre ses prix, mais il se spécialisait dans les clients "politiques".»

Jane était déconcertée. Elle avait cru que Pepe était un personnage peu recommandable, tout simplement parce qu'il était à la fois riche et corse; mais elle s'était imaginé qu'au pire, il trempait dans des crimes ordinaires comme la contrebande ou la drogue. Et dire qu'il vendait des armes à des assassins!

Jane commençait à avoir le sentiment d'avoir vécu dans un rêve, pendant que l'intrigue et la violence se déchaînaient tout autour d'elle dans le monde réel. Je suis donc si naïve? se demanda-t-elle.

Ellis poursuivait. « J'ai déniché aussi un Russe qui avait financé un tas d'assassinats et d'enlèvements. Ensuite Pepe a été interrogé et a mangé le morceau en dénonçant la moitié des terroristes d'Europe.

— C'est ce que tu faisais, pendant tout le temps où nous étions amants », dit Jane d'un ton rêveur. Elle se rappelait les soirées, les concerts de rock, les manifestations, les discussions politiques dans les cafés, les innombrables bouteilles de vin rouge ordinaire dans des greniers aménagés en studios… Depuis leur rupture, elle pensait vaguement qu'il rédigeait de petits rapports sur tous les extrémistes, en disant qui avait une influence, qui avait de l'argent, qui avait la plus large audience parmi les étudiants, qui avait des liens avec le parti communiste, etc. C'était difficile aujourd'hui d'accepter l'idée qu'il traquait de vrais criminels et qu'il en avait bel et bien trouvé quelques-uns parmi leurs amis. « Je n'arrive pas à y croire, dit-elle, stupéfaite.

— Si tu veux savoir la vérité, ça a été un grand triomphe.

— Tu ne devrais probablement pas me le dire.

— Je ne devrais pas, en effet. Mais quand je t'ai menti autrefois, je l'ai regretté… c'est le moins qu'on puisse dire. »

Jane se sentait embarrassée et ne savait pas quoi dire. Elle fit passer Chantal sur son sein gauche puis, surprenant le regard d'Ellis, elle rabattit le pan de sa chemise sur son sein droit. La conversation prenait un tour désagréablement personnel, mais elle brûlait de curiosité d'en savoir plus. Elle voyait bien maintenant comment il se justifiait – bien qu'elle ne fût pas d'accord avec son raisonnement – mais elle s'interrogeait quand même sur ses motivations. Si je ne le découvre pas aujourd'hui, se dit-elle, je n'aurai peut-être jamais une autre chance. Elle reprit donc : « Je ne comprends pas ce qui pousse un homme à décider de passer sa vie à faire ce genre de choses. »

Il détourna son regard. « Je suis assez bon dans le genre, ça vaut la peine et c'est formidablement payé.

– Et sans doute que tu aimais aussi le plan de retraite et le menu de la cantine. Très bien… tu n'es pas obligé de t'expliquer si tu n'en as pas envie. »

Il la regarda longuement, comme s'il essayait de lire ses pensées. « Mais si, dit-il, j'y tiens. Tu es sûre que tu veux l'entendre ?

– Oui. S'il te plaît.

– C'est à cause de la guerre », commença-t-il, et Jane sut soudain qu'il allait dire quelque chose qu'il n'avait dit à personne d'autre. « Une des choses terribles quand on pilotait au Vietnam, c'était qu'il était si difficile de faire la différence entre les Vietcongs et les civils. Chaque fois que nous donnions un soutien aérien à des troupes au sol, par exemple, qu'on minait une piste ou qu'on déclarait un secteur zone de tir libre, nous savions que nous allions tuer plus de femmes, d'enfants et de vieillards que de guérilleros. On disait toujours qu'ils avaient abrité l'ennemi, mais qui sait ? Et quelle importance ? Nous les avons tués. C'étaient nous les terroristes en ce temps-là. Je ne parle pas de cas isolés – bien que j'aie vu des atrocités aussi –, je parle de notre tactique régulière, quotidienne. Et c'était sans justification, tu comprends. Nous faisions toutes ces choses horribles pour une cause qui s'est révélée n'être que mensonge, corruption et illusion. Nous étions dans le mauvais camp. » Il avait le visage crispé, comme s'il souffrait d'une lancinante blessure. À la lueur de la lampe, sa peau était cireuse et noyée d'ombre. « Il n'y a pas d'excuse, tu comprends, pas de pardon. »

Doucement, Jane l'encouragea à en dire plus. « Alors pourquoi es-tu resté ? lui demanda-t-elle. Pourquoi te porter volontaire pour un second tour ?

– Parce que alors je ne voyais pas tout cela aussi clairement ; parce que je me battais pour mon pays et qu'on ne peut pas fuir une guerre ; parce que j'étais un bon officier et que, si j'étais rentré, mon poste aurait pu être occupé par un imbécile et que mes hommes se seraient fait tuer : aucune de ces raisons n'est assez valable, bien sûr, si bien qu'à un moment je me suis demandé : qu'est-ce que tu vas faire ? Je voulais… je ne m'en rendais pas compte à l'époque, mais je voulais faire quelque chose pour me racheter. Dans les années 60, on aurait appelé ça une crise de remords.

– Oui, mais… » Il semblait si incertain et si vulnérable qu'elle avait du mal à lui poser des questions directes, mais il avait besoin de parler, elle voulait l'entendre, alors elle reprit : « Mais pourquoi ce métier ?

– Vers la fin de la guerre, j'étais dans le renseignement et on m'a offert l'occasion de continuer le même genre de travail dans le civil. On m'a dit que je pourrais travailler dans la clandestinité parce que je connaissais bien ce milieu. Tu comprends, ils étaient au courant de mon passé de gauchiste. Il me semblait qu'en attrapant des terroristes, je pourrais détruire certaines des choses que j'avais faites. Je suis donc devenu un expert en contre-terrorisme. Ça paraît très simple quand on le dit comme ça – mais j'ai réussi, tu sais. À l'Agence, on ne m'aime pas, parce que parfois je refuse une mission – par exemple, la fois où ils ont tué le président du Chili – et les agents ne sont pas censés refuser des missions ; mais c'est grâce à moi qu'on a arrêté de très vilaines gens, et je suis fier de moi. »

Chantal s'était endormie. Jane la déposa dans le carton qui lui servait de berceau. « Je suppose, dit-elle à Ellis, que je devrais dire que… qu'il me semble t'avoir mal jugé.

– Dieu soit loué », dit-il en souriant.

Un moment, elle fut envahie de nostalgie en pensant à l'époque – cela ne faisait-il qu'un an et demi ? – où Ellis et elle étaient heureux et où rien de tout cela n'était arrivé : pas de CIA, pas de Jean-Pierre, pas d'Afghanistan. « Quand même, tu ne peux pas effacer tout ça, n'est-ce pas ? dit-elle. Tout ce qui est arrivé : tes mensonges, ma colère.

– Non. » Il était assis sur le tabouret, et la regardait plantée devant lui. Il tendit le bras, hésita, puis posa les mains sur ses hanches dans un geste qui aurait pu être de l'affection fraternelle ou quelque chose d'un peu plus fort. Puis

Chantal dit : « Mamamamamannnnn… » Jane se retourna pour la regarder et Ellis laissa retomber ses mains. Chantal réveillée, agitait bras et jambes dans l'air. Jane la prit dans ses bras et aussitôt elle eut un rot.

Jane se retourna vers Ellis. Il avait croisé les bras sur sa poitrine et l'observait en souriant. Soudain elle n'eut pas envie de le voir partir. Elle lança : « Pourquoi ne dînes-tu pas avec moi ? Ce n'est que du pain et du lait caillé, tu sais.

– Entendu. » Elle lui tendit Chantal. « Laisse-moi aller prévenir Fara. » Il prit le bébé et elle sortit dans la cour. Fara faisait chauffer de l'eau pour le bain de Chantal. Jane tâta l'eau avec son coude et trouva qu'elle était à la bonne température. « Prépare du pain pour deux, s'il te plaît », dit-elle en dari. Fara ouvrit de grands yeux et Jane comprit que c'était choquant pour une femme seule d'inviter un homme à dîner. Je m'en fous, songea-t-elle. Elle prit la marmite d'eau chaude et la rapporta dans la maison.

Ellis était assis sur le grand coussin sous la lampe à huile et faisait sauter Chantal sur son genou en lui chantonnant une berceuse à voix basse. Ses grandes mains poilues encerclaient le petit corps tout rose. Elle le regardait en poussant des gargouillis de joie et en agitant ses pieds dodus. Jane s'arrêta sur le seuil, pour contempler la scène et une pensée lui jaillit à l'esprit : C'est Ellis qui aurait dû être le père de Chantal.

Est-ce vrai ? se demanda-t-elle en les regardant. Est-ce que je le souhaite vraiment ? Ellis termina la berceuse, leva les yeux vers elle avec un petit sourire penaud et elle se dit : Oui, je le souhaite vraiment.

À minuit, ils gravirent le flanc de la montagne, Jane marchant la première. Ellis la suivait avec son gros sac de couchage sous le bras. Ils avaient baigné Chantal, partagé leur maigre dîner de pain et de lait caillé, nourri Chantal encore une fois et installé pour la nuit le bébé sur le toit, où elle dormait maintenant à poings fermés auprès de Fara qui la protégerait au péril de sa vie. Ellis avait voulu emmener Jane loin de la maison où elle avait été la femme d'un autre et Jane avait eu le même sentiment, aussi avait-elle dit : « Je connais un endroit où nous pouvons aller. »

Elle quitta le sentier de montagne et conduisit Ellis jusqu'à sa retraite secrète, la corniche cachée par le surplomb où elle prenait des bains de soleil nue et s'enduisait le ventre d'huile avant la naissance de Chantal. Elle retrouva sans mal l'endroit à la clarté de la lune. Elle regarda le village, où les braises des feux brillaient dans les cours et où quelques rares lampes brûlaient encore derrière les fenêtres sans vitres. Elle distinguait à peine la forme de sa maison. Dans quelques heures, dès que le jour commencerait à se lever, elle pourrait distinguer sur le toit les silhouettes endormies de Chantal et de Fara. Elle serait heureuse : c'était la première fois qu'elle laissait Chantal le soir.

Elle se retourna. Ellis avait complètement ouvert la fermeture à glissière du sac de couchage et l'étendait sur le sol comme une couverture. Jane se sentait embarrassée et mal à l'aise. La bouffée de chaleur et le désir qui avait déferlé sur elle à la maison, quand elle l'avait vu chanter une berceuse à son bébé, avait disparu. Tous ses sentiments d'autrefois étaient revenus : l'envie de le toucher, la façon dont elle aimait son sourire quand il était gêné, le besoin de sentir ses grandes mains sur sa peau, le désir obsédant de le voir nu. Quelques semaines avant la naissance de Chantal, elle avait perdu tout appétit sexuel et, jusqu'à cet instant, elle ne l'avait pas retrouvé. Mais peu à peu, au cours des dernières heures, cet état d'esprit avait disparu tandis qu'ils prenaient des dispositions pour être seuls, absolument comme un couple d'adolescents essayant de s'éloigner de leurs parents pour aller flirter.

« Viens t'asseoir », dit Ellis.

Elle s'assit auprès de lui sur le sac de couchage. Tous deux regardèrent le village plongé dans l'obscurité. Ils ne se touchaient pas. Il y eut un moment de silence tendu. « Personne d'autre n'est jamais venu ici, remarqua Jane, pour dire quelque chose.

– À quoi te servait cet endroit ?

– Oh ! je m'allongeais au soleil en ne pensant à rien », dit-elle, puis elle se dit : Oh ! et puis la barbe, et elle ajouta : « Non, ça n'est pas tout à fait vrai. En général je me masturbais. »

Il se mit à rire, puis la prit dans ses bras et la serra contre lui. « Je suis content que tu n'aies toujours pas appris à mâcher tes mots », dit-il.

Elle tourna son visage vers lui. Il l'embrassa sur la bouche avec douceur. Il m'aime pour mes défauts, songea-t-elle : mon manque de tact et mon mauvais caractère, mes jurons, mon entêtement. « Tu ne veux pas que je change, dit-elle.

– Oh ! Jane, comme tu m'as manqué. » Il ferma les yeux et reprit dans un murmure : « La plupart du temps, je ne me rendais même pas compte que tu me manquais. » Il s'allongea, l'entraînant avec lui, si bien qu'elle se retrouva penchée au-dessus de lui. Elle lui couvrit le visage de baisers légers. Son sentiment de gêne disparaissait rapidement. Elle pensa : la dernière fois que je l'ai embrassé, il n'avait pas de barbe. Elle sentit les mains d'Ellis remuer : il déboutonnait sa chemise. Elle ne portait pas de soutien-gorge – elle n'en avait pas d'assez grand – et ses seins semblaient très nus. Elle passa la main à l'intérieur de sa chemise à lui pour toucher les longs poils de sa poitrine. Elle avait presque oublié quel effet cela faisait de caresser un homme. Depuis des mois, sa vie était pleine des voix douces et des visages lisses des femmes et des bébés : et voilà que soudain elle avait envie de sentir une peau rude, des cuisses robustes et des joues mal rasées. Elle enroula ses doigts dans sa barbe et de sa langue l'obligea à écarter les lèvres. Les mains d'Ellis trouvèrent ses seins gonflés, elle sentit un élan de plaisir – puis elle sut ce qui allait se passer et se trouva impuissante à l'arrêter, car au moment même où elle s'écartait de lui, elle sentit ses deux seins faire gicler sur les mains d'Ellis quelques gouttes de lait tiède, elle rougit de honte et dit : « Oh ! mon Dieu, je suis désolée, c'est dégoûtant, c'est plus fort que moi... »

Il la fit taire en posant un doigt sur ses lèvres. « C'est très bien », dit-il. Tout en parlant, il lui caressait les seins qui devinrent aussitôt glissants. «C'est normal. C'est toujours comme ça. C'est très excitant.»

Ça ne peut pas être excitant, se dit-elle, mais il changea de position et approcha le visage de sa poitrine et se mit à lui embrasser les seins tout en les caressant et peu à peu elle se détendit et se mit à savourer cette sensation. Une fois encore elle sentit dans un élan de plaisir du lait perler sur ses seins, mais peu lui importait. «Aaah», dit Ellis, et sa langue vint toucher les tendres boutons de ses seins. Elle se dit : S'il les suce, je vais jouir.

C'était à croire qu'il avait lu ses pensées. Il referma les lèvres autour d'un long bouton, le prit dans sa bouche et aspira tout en serrant l'autre entre le pouce et l'index. Impuissante, Jane s'abandonna à la sensation et, lorsque ses seins firent gicler du lait, l'un dans la main d'Ellis et l'autre dans sa bouche, elle en éprouva un plaisir si exquis qu'elle ne put réprimer un frisson et qu'elle se mit à gémir : «Oh! mon Dieu, mon Dieu, mon Dieu», jusqu'au moment où la sensation disparut et où elle se retrouva affalée sur Ellis.

Pendant tout un moment, elle n'eut rien dans l'esprit que ce qu'elle pouvait ressentir : le souffle tiède d'Ellis sur ses seins mouillés, sa barbe qui lui grattait la peau, l'air frais de la nuit qui passait sur ses joues en feu, le sac de couchage en nylon et le sol dur par-dessous. Au bout d'un moment, la voix d'Ellis dit : «J'étouffe.»

Elle se laissa rouler à côté de lui. «N'est-ce pas que nous sommes bizarres? dit-elle.

– Oui.»

Elle se mit à rire. «As-tu jamais fait ça avant?»

Il hésita, puis dit : «Oui.

– Que…» Elle se sentait encore un peu embarrassée. «Quel goût ça a?

– Un goût tiède et doux. Comme du lait en boîte. Est-ce que tu as joui?

– Tu n'as pas remarqué?

– Je n'étais pas sûr. Avec les femmes, c'est parfois difficile à dire.»

Elle l'embrassa. « J'ai eu un orgasme. Tout petit, mais incontestable.

– J'ai failli jouir.

– Vraiment ? » Elle passa la main tout le long de son corps. Il avait sur lui la chemise et le pantalon de mince cotonnade comme un pyjama que portaient tous les Afghans. Elle sentait ses côtes et ses hanches : il avait perdu la petite couche de graisse qu'ont tous les Occidentaux, sauf les plus maigres. Ses mains rencontrèrent le sexe d'Ellis, au garde-à-vous dans son pantalon et elle dit : « Ahh » et l'empoigna. « C'est bon, dit-elle.

– De ce bout-là aussi. »

Elle voulait lui donner autant de plaisir qu'il lui en avait donné. Elle se rassit, dénoua le cordon de son pantalon et prit entre ses mains le sexe gonflé. Le caressant avec douceur, elle se pencha et déposa un petit baiser sur l'extrémité. Puis, dans un élan de malice, elle demanda : « Tu as eu combien de filles depuis moi ?

– Continue à faire ça et je te le dirai.

– Entendu. » Elle reprit ses caresses et ses baisers. Il ne disait rien.

« Alors, dit-elle au bout d'une minute, combien ?

– Attends, je n'ai pas fini de compter.

– Salaud ! dit-elle en le mordant.

– Ouille ! Pas beaucoup, en fait… Je le jure !

– Qu'est-ce que tu fais quand tu n'as pas de femme ?

– Tu as droit à trois réponses. »

Elle n'allait pas se laisser démonter. « Tu fais ça avec ta main ?

– Ah ! qué o'eur, Miss Jane, j'suis pudique…

– C'est ce que tu fais, dit-elle avec un accent de triomphe. À quoi penses-tu dans ces moments-là ?

– Tu me croirais si je te disais à la princesse Diana ?

– Non.

– Je suis vraiment très gêné. »

Jane était consumée de curiosité. « Il faut me dire la vérité.

– À Pam Ewing.

– Qui est-ce, celle-là ?

– Tu n'es vraiment plus dans le coup : c'est la femme de Bobby Ewing dans *Dallas*. »

Jane se souvint de l'émission de télévision et de la comédienne, elle en resta stupéfaite : « Tu ne parles pas sérieusement.

– Tu m'as demandé la vérité.

– Mais elle est en plastique !

– Nous parlons de fantasmes.

– Tu ne peux pas fantasmer sur une femme libérée ?

– Le fantasme ne va pas avec la politique.

– Je suis choquée. » Elle hésita. « Comment t'y prends-tu ?

– Comment ça ?

– Qu'est-ce que tu fais ? avec ta main ?

– Un peu ce que tu fais, mais plus énergiquement.

– Montre-moi.

– Maintenant, dit-il, je ne suis pas seulement gêné. Je suis mortifié.

– Je t'en prie, s'il te plaît, montre-moi. J'ai toujours eu envie de voir un homme faire ça. Je n'ai jamais eu le cran de le demander : si tu me refuses, je ne saurai peut-être jamais. »

Elle prit la main d'Ellis et la plaça là où était la sienne.

Au bout d'un moment, il se mit à remuer la main lentement. Il fit quelques va-et-vient sans conviction, puis soupira, ferma les yeux et se mit au travail avec énergie.

« Tu n'y vas pas de main morte ! » s'exclama-t-elle.

Il s'arrêta.

« Je ne peux pas le faire… à moins que tu ne le fasses aussi.

– Marché conclu », dit-elle avec entrain. Elle s'empressa d'ôter son pantalon et son slip. Elle s'agenouilla auprès de lui et commença à se caresser.

« Viens plus près, dit-il, d'une voix qui lui parut un peu rauque. Je ne te vois pas. »

Il était allongé sur le dos. Elle s'approcha jusqu'à être agenouillée près de sa tête, avec le clair de lune inondant d'argent les boutons de ses seins et sa toison. Il se remit à se masturber, plus vite cette fois, et il la regarda qui se caressait.

« Oh ! Jane », dit-il.

Elle commençait à savourer les aiguillons de plaisir qui rayonnaient de ses doigts. Elle vit les hanches d'Ellis qui montaient et descendaient au rythme de sa main. « Je veux que tu jouisses, dit-elle. Je veux voir ça. » Une partie d'elle-même était choquée par ses propos, mais cette part-là en même temps était envahie d'excitation et de désir.

Il se mit à gémir. Elle regarda son visage. Il avait la bouche ouverte et le souffle court. Il avait les yeux fixés sur elle.

« Mets ton doigt, souffla-t-il. Je veux voir ton doigt plonger à l'intérieur. »

C'était une chose qu'en général elle ne faisait pas. Elle poussa le bout de son doigt à l'intérieur. Il se mit à haleter, et comme il était si excité par ce qu'elle était en train de faire, elle sentit l'excitation la gagner à son tour. Le va-et-vient de son doigt faisait déferler en elle des vagues de plaisir. Soudain, elle le vit cambrer le dos en gémissant. Jane cria : « Oh ! mon Dieu », puis des spasmes de plaisir la secouèrent elle aussi et elle retomba, épuisée auprès de lui.

Elle était affalée à ses côtés, sur le sac de couchage, la tête appuyée sur la cuisse d'Ellis. Ils restèrent un moment silencieux. On n'entendait que le bruit de leurs respirations et le courant de la rivière en bas de la vallée. Jane regarda les étoiles. Elles étaient très brillantes et il n'y avait pas de nuages. L'air de la nuit devenait plus frais. Il ne va pas falloir tarder à entrer dans ce sac de couchage, songea-t-elle. Elle avait hâte de s'endormir tout près de lui.

« Nous sommes bizarres, n'est-ce pas ? dit Ellis.

– Oh ! oui », dit-elle.

Du bout des doigts, elle se mit à chatouiller les poils blonds et roux de son ventre. Elle avait presque oublié ce que c'était de faire l'amour à Ellis. Il était si différent de Jean-Pierre. Jean-Pierre aimait de nombreux préparatifs. Un long bain, du parfum, la lueur des bougies, le vin, les violons. C'était un amant délicat. Il aimait qu'elle se lave avant de faire l'amour, et il se précipitait toujours dans la salle de bain ensuite. Jamais il ne la touchait quand elle avait ses règles, et il n'aurait certainement pas sucé ses seins et avalé le lait comme Ellis venait de le faire. Ellis était prêt à tout, songea-t-elle. Elle sourit dans le noir. L'idée lui vint qu'elle n'avait jamais été tout à fait convaincue que Jean-Pierre en fait *aimait* bien l'amour buccal, si bien qu'il le pratiquât. Avec Ellis, il n'y avait pas de doute.

Cette pensée lui donna des envies. Elle écarta les cuisses dans un geste d'invite. Elle le sentit qui l'embrassait, ses lèvres effleurant les poils drus, puis sa langue se perdit en explorations lascives. Au bout d'un moment, il la fit rouler sur le dos, s'agenouilla entre ses cuisses et lui souleva les jambes par-dessus ses épaules. Elle se sentait totalement nue, terriblement ouverte et vulnérable et pourtant tendrement aimée. Elle avait l'impression que cela durerait à jamais. Puis il se pencha sur elle, prenant appui sur ses mains et, quand il l'embrassa sur la bouche, elle retrouva sa propre odeur dans sa barbe. Elle était allongée, trop fatiguée pour ouvrir les yeux, trop épuisée même pour lui rendre ses baisers. Elle sentit sa main qui l'entrouvrait, puis son sexe qui plongeait en elle et elle pensa : Ça fait si longtemps, oh ! mon Dieu, que c'est bon.

Il commença ses va-et-vient, lentement d'abord, puis plus vite. Elle ouvrit les yeux. Elle vit le visage d'Ellis au-dessus du sien qui la contemplait. Soudain il ralentit son mouvement, en plongeant plus profondément en elle et elle se rappela qu'il faisait toujours ça avant l'orgasme. Il la regarda dans les yeux. « Embrasse-moi », dit-il et elle approcha ses lèvres de celles d'Ellis. Son dos se cambra, il releva la tête et poussa un cri de bête sauvage, elle le sentit se répandre en elle.

Quand ce fut terminé, il reposa la tête sur l'épaule de Jane et promena doucement ses lèvres sur la douce peau de son cou, en murmurant des mots qu'elle ne comprenait pas très bien. Au bout d'une minute ou deux, il poussa un profond soupir de satisfaction, l'embrassa sur la bouche, puis se souleva à genoux et vint embrasser tour à tour chacun de ses seins. Puis il l'embrassa plus bas, de plus en plus bas. Son corps réagit aussitôt et elle remua les hanches pour mieux se plaquer contre ses lèvres. La jouissance vint presque aussitôt et elle cria son nom jusqu'à ce que le spasme fût passé.

Il s'écroula enfin auprès d'elle. Machinalement, ils retrouvèrent la position qu'ils avaient toujours eue après avoir fait l'amour : les bras d'Ellis passés autour d'elle, la tête de Jane sur son épaule, sa cuisse à elle en travers des hanches d'Ellis. Il eut un énorme bâillement et elle se mit à rire. Ils se touchèrent mollement, elle lui lécha la poitrine, savourant le goût salé de la transpiration sur sa peau. Elle regarda son cou. Le clair de lune soulignait les rides et les sillons qui trahissaient son âge : il a dix ans de plus que moi, songea Jane. C'est peut-être pour ça qu'il baise si bien, parce qu'il est plus âgé. «Pourquoi fais-tu si bien l'amour ?» demanda-t-elle tout haut. Il ne répondit pas : il dormait déjà. Alors elle dit : «Je t'aime, chéri, dors bien» et elle ferma les yeux.

Après une année passée dans la Vallée, Jean-Pierre trouva la ville de Kaboul agressive et terrifiante. Les immeubles étaient trop hauts, les voitures allaient trop vite et il y avait trop de gens. Il devait se boucher les oreilles lorsque d'énormes camions russes passaient en convois. Partout c'était pour lui le choc de la nouveauté : les blocs d'immeubles, les collégiennes en uniforme, les lampadaires, les ascenseurs, les nappes sur les tables et le goût du vin. Au bout de vingt-quatre heures, il était encore énervé. C'était le comble : lui, un Parisien !

On lui avait donné une chambre dans le bâtiment des officiers célibataires. On lui avait promis qu'il aurait un appartement sitôt que Jane serait arrivée avec Chantal. En attendant, il avait l'impression d'être descendu dans un hôtel minable. L'immeuble avait sans doute été un hôtel avant l'arrivée des Russes. Si Jane devait arriver maintenant – il l'attendait d'un instant à l'autre –, ils devraient tous les trois s'arranger au mieux pour le restant de l'année. Je ne peux pas me plaindre, se dit Jean-Pierre ; je ne suis pas un héros – pas encore.

Debout à sa fenêtre, il contemplait Kaboul la nuit. Pendant deux heures, il y avait eu une coupure de courant dans toute la ville, due sans doute aux homologues urbains de Massoud et de ses guérilleros, mais depuis quelques minutes le courant était revenu. Il y avait une faible lueur vers le centre de la ville, là où les rues étaient éclairées. Le seul bruit était le grondement des moteurs tandis que des voitures, camions et chars sillonnaient la ville, se hâtant vers leurs mystérieuses destinations. Qu'y avait-il de si urgent à faire à minuit à Kaboul ? Jean-Pierre avait fait son service militaire et il pensait que, si l'armée russe ressemblait à l'armée française, le genre de mission qu'on effectuait à toute allure en plein milieu de la nuit consistait en général à transporter cinq cents chaises d'une caserne jusqu'à une salle à l'autre bout de la ville pour préparer un concert qui devait avoir lieu dans deux semaines et qui serait sans doute annulé.

Il ne pouvait pas sentir l'air de la nuit, car sa fenêtre était scellée. Sa porte n'était pas fermée à clef, mais il y avait un sergent russe avec un pistolet assis, imperturbable, sur une chaise au bout du couloir, à côté des toilettes, et Jean-Pierre avait le sentiment que, s'il voulait partir, le sergent l'en empêcherait sans doute.

Où était Jane ? Le raid sur Darg avait dû se terminer à la nuit tombante. Pour un hélicoptère, aller de Darg à Banda pour prendre Jane et Chantal devait être l'affaire de quelques minutes. L'hélicoptère pouvait revenir de Banda à Kaboul en moins d'une heure. Mais peut-être la force d'attaque regagnait-elle Bagram, la base aérienne près de l'embouchure de la Vallée, auquel cas Jane aurait peut-être à venir de Bagram à Kaboul par la route, sans aucun doute accompagnée d'Anatoly.

Elle allait être si heureuse de voir son mari qu'elle serait prête à pardonner sa trahison, à comprendre son point de vue sur Massoud et à oublier le passé, pensait Jean-Pierre. Il se demanda, un moment, s'il ne prenait pas ses désirs pour des réalités. Non, décida-t-il : il la connaissait fort bien, et elle était totalement sous sa coupe.

Et puis, elle saurait. Seules quelques personnes partageaient le secret et comprenaient la grandeur de ce qu'il avait accompli : il était heureux qu'elle en fît partie.

Il espérait que Massoud avait été fait prisonnier, plutôt que tué. S'il était prisonnier, les Russes pourraient le faire passer en jugement, si bien que tous les rebelles sauraient avec certitude qu'il était fini. La mort, c'était presque aussi bien, à condition d'avoir le corps. S'il n'y avait pas de corps, ou bien un cadavre méconnaissable, les propagandistes de la rébellion à Peshawar publieraient des communiqués de presse pour affirmer que Massoud était toujours vivant. Bien sûr, il deviendrait clair à la fin que c'était un mensonge et que Massoud était mort, mais l'impact de la nouvelle en serait un peu atténué. Jean-Pierre espérait bien qu'ils avaient le corps.

Il entendit des pas dans le couloir. Serait-ce Anatoly, ou Jane... ou les deux ? Cela semblait un pas masculin. Il ouvrit la porte et aperçut deux soldats russes d'assez grande taille et un troisième, plus petit, en uniforme d'officier. Sans doute étaient-ils venus pour l'emmener là où se trouvaient Anatoly et Jane. Il fut déçu. Il lança un regard inquisiteur à l'officier qui eut un geste de la main. Les deux soldats franchirent le seuil au pas de charge. Jean-Pierre recula, une protestation monta à ses lèvres, mais il n'avait pas eu le temps d'ouvrir la bouche que le plus proche des deux soldats l'avait empoigné par sa chemise et lui écrasait un énorme poing en pleine figure. Jean-Pierre poussa un hurlement de douleur et de peur. L'autre soldat lui décocha à l'aine un coup de pied avec sa grosse botte : la douleur était atroce. Jean-Pierre s'effondra à genoux, sachant que le plus terrible moment de sa vie était arrivé.

Les deux soldats le remirent debout et le maintinrent dans cette position, lui tenant chacun un bras, et l'officier entra. À travers un voile de larmes, Jean-Pierre vit un jeune homme court et trapu, avec une sorte de difformité qui donnait l'impression qu'un côté de son visage était gonflé et le gratifiait d'un ricanement perpétuel. Il tenait une matraque dans sa main gantée.

Pendant les cinq minutes qui suivirent, les deux soldats maintinrent Jean-Pierre dont le corps se tordait et frissonnait cependant que l'officier avec sa matraque de bois le frappait avec acharnement au visage, aux épaules, aux genoux, aux jarrets, au ventre et à l'aine – toujours à l'aine. Chaque coup était judicieusement placé et assené avec violence et il y avait toujours une pause entre les coups, si bien que l'insoutenable douleur du dernier avait le temps de s'effacer tout juste assez pour permettre à Jean-Pierre de redouter le suivant avant qu'il n'arrive. Chaque coup le faisait hurler de douleur, chaque pause le faisait hurler dans l'attente du suivant. Enfin, il y eut un répit de plus longue durée ; et Jean-Pierre se mit à bredouiller, sans savoir si les autres pouvaient le comprendre ou non : « Oh ! je vous en prie, ne me frappez pas, je vous en prie, monsieur, ne me frappez plus, je ferai n'importe quoi, qu'est-ce que vous voulez, je vous en prie, ne me frappez pas, ne me frappez pas...

– Assez ! » fit une voix en français.

Jean-Pierre ouvrit les yeux et essaya à travers le sang qui ruisselait sur son visage de voir le sauveur qui avait dit assez. C'était Anatoly.

Les deux soldats laissèrent lentement Jean-Pierre s'effondrer par terre. Il avait l'impression d'avoir le corps en feu. Chaque geste était une souffrance. Chacun de ses os lui semblait brisé, il avait l'impression d'avoir les testicules en bouillie et le visage démesurément enflé. Il ouvrit la bouche et du sang jaillit. Il l'avala et marmonna entre ses lèvres : « Pourquoi... pourquoi ont-ils fait ça ?

– Vous le savez très bien », dit Anatoly.

Jean-Pierre secoua lentement la tête d'un côté à l'autre en s'efforçant de ne pas sombrer dans la folie. « J'ai risqué ma vie pour vous... J'ai tout donné... Pourquoi ?

– Vous nous avez tendu un piège, dit Anatoly. À cause de vous, quatre-vingt-un de nos hommes sont morts aujourd'hui. »

Le raid avait dû mal tourner, comprit Jean-Pierre et c'était lui qu'on en rendait responsable. « Non, dit-il, non, je...

« – Vous vous attendiez à être à des kilomètres de là quand le piège s'est refermé, poursuivit Anatoly. Mais je vous ai surpris en vous faisant monter dans l'hélicoptère et en vous emmenant avec moi. Alors vous voilà ici pour subir votre châtiment qui va être douloureux et très, très long. » Il se détourna.

« Non, dit Jean-Pierre. Attendez ! »

Anatoly se retourna vers lui.

Jean-Pierre s'efforçait de réfléchir malgré la douleur. « Je suis venu ici… j'ai risqué ma vie… je vous ai donné des renseignements sur les convois… vous avez attaqué les convois… j'ai causé bien plus de dégâts que la perte de quatre-vingts hommes… ça n'est pas logique, non, ça n'est pas logique. » Il rassembla ses forces pour former une phrase cohérente. « Si j'avais su qu'il y avait un piège, j'aurais pu vous avertir hier et implorer votre miséricorde.

– Alors comment ont-ils su que nous allions attaquer le village ? interrogea Anatoly.

– Ils ont dû deviner…

– Comment ? »

Jean-Pierre cherchait dans son esprit en pleine confusion. « Skabun a-t-il été bombardé ?

– Je ne pense pas. »

Voilà, comprit Jean-Pierre, quelqu'un avait découvert qu'il n'y avait pas eu de bombardement à Skabun. « Vous auriez dû le bombarder », dit-il.

Anatoly paraissait songeur. « Il y a quelqu'un ici qui est très fort pour faire des rapprochements. »

C'était Jane, se dit Jean-Pierre et, pendant une seconde, il la détesta.

« Est-ce qu'Ellis Thaler, reprit Anatoly, a des signes particuliers ? »

Jean-Pierre était sur le point de s'évanouir, mais il avait peur qu'on recommence à le frapper. « Oui, murmura-t-il. Une grosse cicatrice dans le dos en forme de croix.

– Alors c'est lui, murmura Anatoly.

– Qui ? »

– John Michael Raleigh, trente-quatre ans, né dans le New Jersey, fils aîné d'un entrepreneur. Il a lâché l'université de Californie à Berkeley et est devenu capitaine dans les marines. Il est un agent de la CIA depuis 1972. Divorcé, un enfant, l'adresse de la famille est un secret bien gardé. » D'un geste de la main, il écarta ce genre de détail. « Pas de doute, c'est lui qui m'a devancé à Darg aujourd'hui. C'est un homme brillant et très dangereux. Si je pouvais choisir, entre tous les agents des nations impérialistes occidentales, celui que je préférerais prendre, mon choix se porterait sur lui. Au cours des dix dernières années, il nous a causé des dommages irréparables dans au moins trois occasions. Et l'an dernier, à Paris, il a anéanti un réseau dont l'installation avait demandé sept ou huit ans de travail patient. L'année d'avant, il a démasqué un agent que nous avions posté dans le Secret Service en 1965 – un homme qui, un jour, aurait pu assassiner un président. Et maintenant… maintenant nous l'avons sur le dos. »

Jean-Pierre, agenouillé par terre et serrant à deux mains son corps meurtri, laissa sa tête pendre en avant et ferma les yeux, désespéré. Tout au long, il avait perdu pied, se heurtant sans le savoir aux grands maîtres de ce jeu sans merci, un enfant désarmé dans l'antre des lions.

Il avait nourri de si grands espoirs. Travaillant seul, il devait assener à la résistance afghane le coup dont elle ne se remettrait jamais. Il aurait changé le cours de l'histoire dans cette région du globe. Et il aurait pris sa revanche sur les méprisables dirigeants de l'Ouest. Il aurait jeté le trouble et la consternation dans les rangs de ceux qui avaient trahi et tué son père. Mais, au lieu de connaître ce triomphe, il avait été vaincu. Tout cela lui avait été arraché à la dernière minute – par Ellis.

Il entendit comme un bruit de fond la voix d'Anatoly. « Nous pouvons être sûrs qu'il est arrivé à ce qu'il voulait avec les rebelles. Nous ne connaissons pas les détails, mais l'essentiel nous suffit. Un pacte d'unification parmi les chefs de ces bandits en échange d'armes américaines. Voilà qui pourrait maintenir la rébellion pendant des années. Nous allons arrêter cela dans l'œuf. »

Jean-Pierre ouvrit les yeux et leva la tête. « Comment ?

– Nous devons arrêter cet homme avant qu'il puisse rentrer aux Etats-Unis. Personne de cette façon ne saura qu'il a fait accepter le traité, les rebelles n'auront jamais leurs armes et tout cela finira en eau de boudin. »

Jean-Pierre écoutait, fasciné malgré la souffrance : se pouvait-il qu'il y eût encore une chance pour lui d'avoir sa revanche ?

« L'arrêter compenserait presque le fait d'avoir perdu Massoud », continua Anatoly, et Jean-Pierre sentit un nouvel espoir grandir dans son cœur. « Nous ne nous serions pas contentés de neutraliser l'agent le plus dangereux des impérialistes. Pensez-y : un authentique homme de la CIA se trouve vivant, ici, en Afghanistan... Depuis trois ans la propagande américaine affirme que les bandits afghans sont des combattants de la liberté, menant une lutte héroïque à la David contre Goliath pour affronter la puissance de l'Union soviétique. Nous avons maintenant *la preuve* de ce que nous n'avons cessé de répéter : que Massoud et les autres ne sont que les laquais de l'impérialisme américain. Nous pouvons faire passer Ellis en jugement...

– Mais les journaux occidentaux nieront tout, dit Jean-Pierre. La presse capitaliste...

– Qu'importe l'Occident ? Ce sont les pays non alignés, les hésitants du tiers monde et les nations musulmanes en particulier que nous voulons impressionner. »

Il était possible, se dit Jean-Pierre, de faire de cela un triomphe ; et ce serait encore un triomphe personnel pour lui, parce que c'était lui qui avait prévenu les Russes de la présence d'un agent de la CIA dans la Vallée des Lions.

« Maintenant, reprit Anatoly, où est Ellis ce soir ?

– Il se déplace avec Massoud », dit Jean-Pierre. Prendre Ellis était plus facile à dire qu'à faire : il avait fallu à Jean-Pierre toute une année pour mettre la main sur Massoud.

«Je ne vois pas pourquoi il continuerait à suivre Massoud, dit Anatoly. Avait-il une base?

– Oui, théoriquement, il habitait avec une famille de Banda. Mais il était rarement là.

– Néanmoins, c'est de toute évidence par là qu'il faut commencer.»

Oui, bien sûr, se dit Jean-Pierre. Si Ellis n'est pas à Banda, quelqu'un là-bas saura peut-être où il est allé… Quelqu'un comme Jane. Si Anatoly allait à Banda chercher Ellis, il pourrait en même temps retrouver Jane. La douleur de Jean-Pierre parut se calmer lorsqu'il se rendit compte qu'il allait peut-être se venger de la société qui avait détruit son père, capturer Ellis qui lui avait volé son triomphe et du même coup retrouver Jane et Chantal. «Est-ce que je vais avec vous à Banda?» demanda-t-il.

Anatoly réfléchit. «Je pense que oui. Vous connaissez le village et les gens… Il peut être utile de vous avoir sous la main.»

Jean-Pierre parvint à se lever, serrant les dents tellement il avait mal à l'aine. «Quand partons-nous?

– Maintenant», dit Anatoly.

14

Ellis se dépêchait pour prendre un train, et il s'affolait même s'il savait qu'il rêvait. Tout d'abord, il n'arrivait pas à garer sa voiture – il conduisait la Honda de Jill –, ensuite il ne trouvait pas le guichet où l'on vendait les billets. Ayant décidé de monter dans le train sans billet, il essayait de se frayer un chemin à travers une foule épaisse dans le vaste hall de Grand Central Station. Là, il se souvint qu'il avait déjà eu ce rêve, à plusieurs reprises, et très récemment; jamais il n'attrapait le train. Les rêves le laissaient toujours avec l'insupportable impression que tout bonheur l'avait laissé à l'écart, de façon permanente, et il était terrifié à l'idée que la même chose allait se reproduire. Il poussait à travers la foule avec une violence croissante, et il déboucha enfin sur le quai. C'était là où dans ses rêves précédents il arrivait pour voir la queue du train disparaître au loin ; mais, aujourd'hui, il était encore en gare. Ellis courut sur le quai et sauta sur un marchepied juste avant que le convoi ne s'ébranlât.

Il était si heureux d'avoir attrapé le train qu'il en était presque grisé. Il s'installa à sa place et ne trouva pas le moins du monde étrange d'être allongé dans un sac de couchage avec Jane. Derrière les fenêtres du train, l'aube se levait sur la Vallée des Cinq Lions.

Il n'y eut pas de différence marquée entre le sommeil et l'éveil. Le train peu à peu disparut jusqu'au moment où il ne resta plus que le sac de couchage, la Vallée, Jane et une impression délicieuse. À un moment, au cours de cette brève nuit, ils avaient refermé le sac et maintenant ils étaient allongés très près l'un de l'autre, à peine capables de bouger. Il sentait sur son cou le souffle tiède de Jane dont les seins gonflés s'écrasaient contre ses côtes. Il sentait ses os, sa hanche et son genou, son coude et son pied, mais il aimait ça. Ils avaient toujours dormi serrés l'un contre l'autre, se souvenait-il. De toute façon, le vieux lit de l'appartement parisien de Jane était trop petit pour permettre autre chose. Son lit à lui était plus grand, mais même là, ils dormaient enlacés. Elle prétendait toujours qu'il la molestait pendant la nuit, mais il ne s'en souvenait jamais le matin.

Cela faisait longtemps qu'il n'avait pas dormi toute une nuit avec une femme. Il essaya de se rappeler qui était la dernière et se rendit compte que c'était Jane : les filles qu'il avait emmenées dans son appartement de Washington n'étaient jamais restées pour le petit déjeuner.

Jane était la dernière et la seule personne avec laquelle il avait fait l'amour sans la moindre retenue. Il repassa dans son esprit tout ce qu'ils avaient fait la nuit dernière et cette seule évocation réveilla son désir. De toute évidence, il n'avait jamais cessé d'aimer Jane. L'année dernière, il avait fait son travail, il était sorti avec des femmes, il était allé voir Petal et s'était rendu au supermarché comme un acteur qui joue un rôle, en prétendant pour la vraisemblance que c'était le vrai lui, mais en sachant au fond de son cœur que ce n'était pas le cas. Il aurait pleuré à jamais s'il n'était pas venu en Afghanistan.

Il se dit qu'il était souvent aveugle à ce qui comptait le plus pour lui. Il n'avait pas compris, en 1968, qu'il voulait se battre pour son pays ; il n'avait pas compris qu'il n'avait pas envie d'épouser Jill ; au Vietnam, il n'avait pas compris qu'il était contre la guerre. Chacune de ces révélations l'avait stupéfait et avait bouleversé toute sa vie. Se faire des illusions n'était pas nécessairement mauvais, estimait-il : sans illusions, il n'aurait pas survécu à la guerre et qu'aurait-il fait, s'il n'était jamais venu en Afghanistan, que de se répéter qu'il n'avait pas envie de Jane ?

Est-ce que je l'ai vraiment maintenant ? se demanda-t-il. Elle n'avait pas dit grand-chose, à part *je t'aime, chéri, dors bien* juste au moment où il s'endormait. Il trouvait que c'étaient les mots les plus délicieux qu'il eût jamais entendus.

« Qu'est-ce qui te fait sourire ? »

Il rouvrit les yeux et la regarda. « Je croyais que tu dormais, répondit-il.

– Je te regardais. Tu avais l'air si heureux.

– C'est vrai. »

Il aspira une profonde goulée de l'air frais du matin et se souleva sur un coude pour regarder la vallée. Les champs étaient presque incolores dans la lumière de l'aube, et le ciel était gris perle. Il allait lui dire ce qui le rendait heureux lorsqu'il entendit un bourdonnement. Il pencha la tête pour écouter.

« Qu'est-ce que c'est ? » dit-elle.

Il posa un doigt sur les lèvres de Jane. Un instant plus tard, elle entendit à son tour. En quelques secondes, le bruit s'amplifia jusqu'à ce qu'il fût, sans aucun doute possible, le grondement de moteurs d'hélicoptères. Ellis sentit le désastre imminent.

« Oh ! merde », dit-il.

Ils arrivèrent, émergeant de derrière la montagne : trois Gros Culs avec leur bosse, hérissés d'armes et un gros Bide transporteur de troupes.

« Mets la tête à l'intérieur », lança Ellis à Jane. Le sac de couchage était brun et poussiéreux comme le sol autour d'eux : s'ils pouvaient rester dessous, on ne les verrait sans doute pas du haut des airs. Les guérilleros employaient la même méthode pour se cacher des avions : ils s'enveloppaient dans les couvertures couleur de boue, les pattus, qu'ils avaient tous avec eux. Jane s'enfouit dans le sac de couchage. Le sac avait un rabat du côté de l'ouverture pour mettre un oreiller, mais il n'y en avait pas pour l'instant. S'ils repliaient le rabat au-dessus d'eux, cela leur couvrirait la tête. Ellis serra Jane bien fort et se laissa rouler dans le sac : ils étaient maintenant pratiquement invisibles.

Allongés sur le ventre, lui sur elle, ils regardaient vers le village. Les hélicoptères semblaient descendre.

« Ils ne vont quand même pas atterrir ici ? fit Jane.

– Je crois que si… », dit lentement Ellis.

Jane entreprit de se lever en disant : « Il faut que je descende…

– Non ! » Ellis la retint par les épaules, en utilisant tout son poids pour l'empêcher de bouger. « Attends… attends quelques secondes pour voir ce qui va se passer…

– Mais Chantal…

– Attends ! »

Elle abandonna la lutte, mais il continua à la serrer solidement. Sur les toits des maisons, des gens endormis s'asseyaient, se frottaient les yeux et considéraient avec stupeur les énormes machines qui battaient l'air au-dessus d'eux comme des oiseaux géants. Ellis repéra la maison de Jane. Il aperçut Fara qui se redressait en enroulant un drap autour d'elle. Auprès d'elle, il y avait le minuscule matelas sur lequel Chantal était allongée, cachée sous les couvertures.

Les hélicoptères décrivaient des cercles prudents. Ils comptent atterrir ici, se dit Ellis mais, après l'embuscade de Darg, ils sont méfiants.

Les villageois étaient soudain galvanisés. Les uns sortaient en courant de leur maison, pendant que d'autres s'y précipitaient. Ils rassemblaient les enfants et le bétail pour les pousser à l'intérieur. Quelques-uns essayèrent de s'enfuir, mais un des Bides, qui survolait à basse altitude les sentiers qui conduisaient hors du village, les força à rebrousser chemin.

La scène convainquit le commandant russe qu'il n'y avait pas de piège ici. Le Bide transporteur de troupes et un des trois Gros Culs amorcèrent prudemment leur descente et se posèrent dans un champ. Quelques secondes plus tard, des soldats sortaient du Bide, en sautant de son gros ventre comme des insectes.

« Je ne peux pas rester là, cria Jane : il faut que je descende maintenant.

— Ecoute ! dit Ellis. Elle ne court aucun danger : quoi que veuillent les Russes, ce ne sont pas des bébés qu'ils cherchent. Mais c'est peut-être *toi*.

— Il faut que je sois avec elle...

— Cesse de t'affoler, cria-t-il. Si tu es avec elle, alors elle sera en danger. Si tu restes ici, elle ne risque rien. Tu ne comprends pas ? Te précipiter vers elle, c'est ce que tu pourrais faire de pire.

— Mais, Ellis, je ne peux pas...

— Il le faut.

— Oh ! mon Dieu ! fit-elle en fermant les yeux. Serre-moi fort. »

Il l'agrippa par les épaules et serra.

Les troupes encerclaient le petit village. Seule une maison était hors de leurs filets : celle du mullah, qui était à quatre ou cinq cents mètres des autres, sur le sentier qui montait au flanc de la montagne. Au moment où Ellis le remarquait, un homme sortit en courant de la maison. Il était assez près pour qu'Ellis pût voir sa barbe teinte en roux : c'était Abdullah. Trois enfants de différentes tailles et une femme portant un bébé le suivirent et coururent derrière lui sur le sentier de montagne.

Les Russes le repérèrent aussitôt. Ellis et Jane rabattirent encore plus soigneusement le sac de couchage au-dessus de leurs têtes, tandis que l'hélicoptère amorçait un virage au-dessus du village et venait survoler le sentier. Il y eut une rafale de mitrailleuse et de petits nuages de poussière explosèrent suivant une ligne nettement tracée aux pieds d'Abdullah. Il s'arrêta net, l'air presque comique lorsqu'il faillit tomber, puis il fit demi-tour et repartit en courant, agitant les bras et criant à sa famille de revenir sur ses pas. Comme ils approchaient de la maison, une autre rafale de mitrailleuse les empêcha d'entrer et, au bout d'un moment, toute la famille descendit la pente vers le village.

Au-dessus du battement obsédant des pales de rotors, on entendait de loin en loin des coups de feu, mais les soldats semblaient tirer en l'air pour contrôler les villageois. Ils pénétraient dans les maisons pour en chasser les occupants en chemise de nuit et en caleçon. L'appareil qui avait rameuté le mullah et sa famille se mit à décrire des cercles autour du village, en volant très bas, comme s'il cherchait d'autres habitants qui voulaient fuir.

« Que vont-ils faire ? dit Jane d'une voix mal assurée.

— Je ne sais pas très bien.

— Ce sont des… représailles ?

— Dieu nous en garde.

— Quoi, alors ? » insista-t-elle.

Ellis avait envie de dire *comment diable veux-tu que je le sache* ? mais il se contenta de répondre : « Ils font peut-être une nouvelle tentative pour capturer Massoud.

— Mais il ne reste jamais près du lieu d'une bataille.

— Ils espèrent peut-être qu'il devient négligent, ou paresseux ; ou que peut-être il est blessé… » À vrai dire, Ellis ne savait pas ce qui se passait, mais il redoutait un massacre à la Mi-Lai.

Les villageois étaient rassemblés dans la cour de la mosquée par des soldats qui semblaient les traiter sans douceur mais sans brutalité excessive.

Soudain, Jane cria : « Fara !

– Qu'y a-t-il ?

– Qu'est-ce qu'elle fait ? »

Ellis repéra le toit de la maison de Jane. Fara était age-nouillée auprès du petit matelas de Chantal et Ellis apercevait tout juste une minuscule tête rose qui dépassait. Chantal semblait être encore endormie. Fara avait dû lui donner un biberon au milieu de la nuit mais, bien que Chantal n'eût pas encore faim, le vacarme des hélicoptères aurait pu la réveiller. Ellis espérait qu'elle allait continuer à dormir.

Il vit Fara disposer un coussin auprès de la tête de Chantal, puis rabattre le drap par-dessus le visage du bébé.

« Elle la cache, dit Jane. Le coussin tend le drap pour permettre à l'air d'arriver.

– Elle est futée.

– Oh ! je voudrais être là-bas. »

Fara froissa le drap, puis en jeta un autre en désordre par-dessus le corps de Chantal. Elle s'arrêta un instant, pour juger de l'effet. De loin, on aurait tout à fait dit un amoncellement de draps et de couvertures abandonnées en hâte. Fara semblait satisfaite de l'illusion, car elle alla jusqu'au bord du toit et descendit les marches qui donnaient dans la cour.

« Elle la laisse, dit Jane.

– Chantal est aussi en sécurité qu'elle pourrait l'être dans ces circonstances…

– Je sais, je sais ! »

On poussa Fara dans la mosquée avec les autres. « Les bébés sont avec leur mère, dit Jane. Je pense que Fara aurait dû prendre Chantal…

– Non, dit Ellis. Attends. Tu vas voir. » S'il devait y avoir un massacre, Chantal était tout à fait en sécurité là où elle était.

Quand tous les habitants parurent rassemblés entre les murs de la mosquée, les soldats se remirent à fouiller le village, à entrer et à sortir des maisons, en tirant des coups de feu en l'air. Ils n'étaient pas à court de munitions, se dit Ellis. L'hélicoptère qui était resté en l'air survolait à basse altitude les abords du village en cercles de plus en plus larges, comme s'il cherchait quelque chose.

Un des soldats entra dans la cour de la maison de Jane. Ellis la sentit se crisper. «Ça va aller», lui souffla-t-il à l'oreille.

Le soldat entra dans la maison. Ellis et Jane avaient les yeux fixés sur la porte. Quelques secondes plus tard, il ressortit et monta rapidement l'escalier extérieur.

«Oh! mon Dieu, protégez-la», murmura Jane.

Il s'arrêta sur le toit, jeta un coup d'œil aux couvertures chiffonnées, inspecta les toits voisins, puis reporta son attention sur celui de Jane. Le matelas de Fara était le plus proche de lui : Chantal était juste un peu plus loin. Du bout du pied, il tâta le matelas de Fara.

Puis, brusquement, il tourna les talons et descendit l'escalier en courant.

Ellis respira de nouveau, puis déplaça son regard vers Jane. Elle était pâle comme un linge. «Je t'ai dit que tout se passerait bien», dit-il. Elle se mit à trembler.

Ils ne voyaient qu'une partie de la cour. Les villageois semblaient être assis en rond, mais on distinguait des allées et venues. Il essaya de deviner ce qui se passait là-bas. Les interrogeait-on à propos de Massoud et de l'endroit où il pouvait se cacher ? Il n'y avait là-bas que trois personnes qui pouvaient le savoir, trois guérilleros originaires de Banda et qui ne s'étaient pas égaillés dans les collines avec Massoud hier : Shahazaï Gul, l'homme à la cicatrice ; Alishan Karim, le frère d'Abdullah, le mullah ; et Sher Kador, le chevrier. Shahazaï et Alishan avaient tous les deux une quarantaine d'années et pouvaient sans mal jouer le rôle de vieillards craintifs. Sher Kador n'avait que quatorze ans. Tous trois pouvaient dire, de façon plausible, qu'ils ignoraient tout de Massoud. C'était une chance que Mohammed ne fût pas là : les Russes n'auraient pas cru aussi facilement à son innocence. Les fusils des guérilleros étaient soigneusement cachés à des endroits où les Russes n'iraient pas regarder : dans le toit d'une cabane, parmi les feuilles d'un mûrier, au fond d'un trou creusé sur la berge de la rivière.

« Oh ! regarde ! s'exclama Jane. L'homme devant la mosquée ! »

Ellis regarda. « L'officier russe avec la casquette à visière ?

– Oui, je sais qui c'est : je l'ai déjà vu. C'est l'homme qui était dans la cabane avec Jean-Pierre, c'est Anatoly.

– Son contact », souffla Ellis. Il écarquilla les yeux, pour mieux distinguer les traits du Russe. À cette distance, il avait un air un peu oriental. Quel genre d'homme était-ce ? Il s'était aventuré seul en territoire rebelle pour retrouver Jean-Pierre, il devait donc être brave. Aujourd'hui, il était sûrement en colère, car il avait conduit les Russes dans un piège à Darg. Il voudrait riposter vite, reprendre l'initiative…

Ellis fut brusquement interrompu dans ses réflexions en voyant une autre silhouette émerger de la mosquée, un homme barbu en chemise blanche à col ouvert, pantalon sombre de coupe occidentale. « Dieu tout-puissant, murmura Ellis. C'est Jean-Pierre.

– Oh ! cria Jane.

– Bon Dieu, marmonna Ellis, qu'est-ce qu'il se passe ?

– Je croyais que je ne le reverrais jamais », dit Jane. Ellis la regarda. Elle avait un drôle d'air. Au bout d'un moment, il se rendit compte que c'était le remords qu'il voyait sur son visage.

Il revint à la scène qui se déroulait dans le village. Jean-Pierre parlait à l'officier russe et gesticulait en désignant le flanc de la montagne.

« Il se tient bizarrement, dit Jane. On dirait qu'il s'est blessé.

– C'est nous qu'il désigne ? demanda Ellis.

– Il ne connaît pas cet endroit… Personne ne le connaît. Est-ce qu'il peut nous voir ?

– Non.

– Nous pouvons bien le voir, dit-elle, hésitante.

– Il est debout avec le soleil dans l'œil. Nous sommes à flanc de coteau et à plat ventre. Nos yeux dépassent à peine d'une couverture, dit Ellis. Il lui est impossible de nous repérer, à moins qu'il ne sache où regarder.

– Alors il doit désigner les grottes.

– Sans doute.

– Il doit dire aux Russes d'aller voir là-haut.

– Oui.

– Mais c'est horrible. Comment peut-il… » Elle ne termina pas sa phrase et, après un silence, elle reprit : « Mais bien sûr, c'est ce qu'il a toujours fait depuis qu'il est arrivé ici : livrer ces gens aux Russes. »

Ellis remarqua qu'Anatoly semblait parler dans un talkie-walkie. Quelques instants plus tard, un des hélicoptères qui patrouillaient passa en grondant au-dessus de la tête d'Ellis et de Jane pour aller se poser au sommet de la colline.

Jean-Pierre et Anatoly s'éloignaient de la mosquée, Jean-Pierre boitillait. « Il est blessé, dit Ellis.

– Je me demande ce qui s'est passé. »

Ellis avait l'impression que Jean-Pierre avait été battu, mais il n'en dit rien. Il se demandait ce qui se passait dans la tête de Jane. Son mari était là, escortant un officier du KGB – un colonel, devina Ellis à son uniforme. Et elle était là, dans un lit de fortune, avec un autre homme. Se sentait-elle coupable ? Honteuse ? déloyale ? ou sans repentir ? Détestait-elle Jean-Pierre ou l'avait-il simplement déçue ? Elle avait été amoureuse de lui : que restait-il de cet amour ? Il demanda : « Quels sont tes sentiments pour lui ? »

Elle lança à Ellis un long regard et il crut un moment qu'elle allait se mettre en colère, mais c'était seulement qu'elle prenait sa question très au sérieux. Elle finit par répondre : « De la tristesse. » Puis son regard revint au village.

Jean-Pierre et Anatoly se dirigeaient vers la maison de Jane, où Chantal était couchée sur le toit, cachée sous les draps.

« Je crois qu'ils me cherchent », dit Jane.

Elle avait l'air tendue et effrayée en regardant les deux hommes là-bas. Ellis ne pensait pas que le Russe avait fait tout ce trajet avec autant d'hommes et de matériel rien que pour Jane, mais il n'en dit rien.

Jean-Pierre et Anatoly traversèrent la cour de leur maison et entrèrent dans le bâtiment.

« Ne pleure pas, petite fille », murmura Jane.

C'était un miracle que le bébé fût encore endormi, songea Ellis. Peut-être d'ailleurs ne l'était-elle pas : peut-être était-elle éveillée et pleurait-elle, mais le bruit de ses sanglots était noyé par le fracas des hélicoptères. Peut-être les soldats ne l'avaient-ils pas entendue parce qu'à ce moment-là il y avait un appareil juste au-dessus d'eux. Peut-être les oreilles plus sensibles de son père percevraient-elles des sons qui n'avaient pas retenu l'attention d'un étranger. Peut-être…

Les deux hommes ressortirent de la maison.

Ils s'arrêtèrent un moment dans la cour, en grande conversation. Jean-Pierre boitilla jusqu'à l'escalier de bois qui conduisait au toit. Il monta la première marche avec des difficultés évidentes, puis redescendit. Il y eut un autre bref échange, puis le Russe grimpa l'escalier.

Ellis retint son souffle.

Anatoly arriva en haut des marches et s'avança sur le toit. Comme le soldat avant lui, il jeta un coup d'œil aux couvertures répandues çà et là, inspecta les autres maisons, puis son regard revint au toit où il se trouvait. Comme le soldat, il tâta de la pointe de sa botte le matelas de Fara. Puis il s'agenouilla auprès de Chantal.

Doucement, il tira le drap.

Jane poussa un cri étouffé lorsque le visage rose de Chantal apparut.

S'ils sont après Jane, se dit Ellis, ils vont prendre Chantal, car ils savent qu'elle se rendrait pour retrouver son bébé.

Anatoly contempla quelques secondes la petite fille enroulée dans son drap.

« Oh ! mon Dieu, je ne peux pas le supporter, je ne peux pas le supporter », gémit Jane.

Ellis la serra fort en disant : « Attends, attends. »

Il haussait les yeux pour voir l'expression du visage du bébé, mais il était trop loin.

Le Russe semblait réfléchir.

Soudain, il parut avoir pris sa décision.

Il laissa retomber le drap, l'enroula autour du bébé, se redressa et s'éloigna.

Jane éclata en sanglots.

Du haut du toit, Anatoly s'adressa à Jean-Pierre en secouant la tête. Puis il redescendit dans la cour.

«Pourquoi donc a-t-il fait ça?» se demanda Ellis, pensant tout haut. Le geste de dénégation signifiait qu'Anatoly mentait à Jean-Pierre en lui disant : «*Il n'y a personne sur le toit*». Cela signifiait que Jean-Pierre aurait voulu emmener le bébé, mais pas Anatoly. Cela signifiait aussi que Jean-Pierre voulait retrouver Jane, mais que le Russe ne s'intéressait pas à elle. Alors à quoi donc s'intéressait-il?

La réponse était évidente. Il cherchait Ellis.

«Je crois bien que j'ai déconné», dit Ellis, s'adressant à lui-même. Jean-Pierre voulait Jane et Chantal, mais c'était lui qu'Anatoly recherchait. Anatoly voulait se venger de l'humiliation de la veille; il voulait empêcher Ellis de rentrer à l'Ouest avec le traité signé par les chefs rebelles; et il voulait faire passer Ellis en jugement pour prouver au monde que la CIA était derrière la rébellion afghane. J'aurais dû penser à tout cela hier, se dit Ellis avec amertume, mais j'étais grisé par le succès et je ne pensais qu'à Jane. D'ailleurs, Anatoly ne pouvait pas savoir que j'étais ici – j'aurais pu être à Darg, à Astana, ou caché dans les montagnes avec Massoud – le risque n'était donc pas grand. D'ailleurs, ça avait presque marché. Mais Anatoly avait un instinct sûr. C'était un redoutable adversaire – et la bataille n'était pas encore terminée.

Jane sanglotait. Ellis lui caressa les cheveux et lui prodigua des paroles apaisantes pendant qu'il regardait Jean-Pierre et Anatoly revenir vers les hélicoptères qui attendaient toujours dans les champs, avec leurs pales qui brassaient l'air.

L'appareil qui s'était posé en haut de la colline, près des grottes, décolla et passa au-dessus d'Ellis et de Jane. Ellis se demanda si les sept guérilleros blessés dans la grotte avaient été interrogés ou faits prisonniers ou bien les deux.

Tout ensuite alla très vite. Les soldats sortirent de la mosquée en courant et remontèrent dans le Bide aussi vite qu'ils en étaient sortis. Jean-Pierre et Anatoly prirent place dans un des Gros Culs. Les appareils décollèrent, l'un après l'autre, s'élevant sans grâce jusqu'à ce qu'ils eussent dépassé le niveau de la colline, puis ils foncèrent vers le sud en ligne droite.

Ellis, sachant ce qui se passait dans l'esprit de Jane, dit : « Attends quelques secondes encore que tous les hélicos soient partis… Ne va pas tout gâcher maintenant. »

Elle acquiesça de la tête.

Les villageois commençaient à sortir un par un de la mosquée, l'air terrifié. Le dernier hélicoptère prit l'air et mit le cap au sud. Jane s'extirpa du sac de couchage, passa son pantalon, enfila sa chemise et dévala la colline, glissant et trébuchant, boutonnant sa chemise tout en courant. Ellis la regardait s'éloigner, avec le sentiment qu'au fond elle l'avait repoussé, sachant que rien ne justifiait cette impression, mais incapable pourtant de chasser cette idée. Il n'allait pas la suivre tout de suite, décida-t-il. Il allait la laisser seule retrouver Chantal.

Elle disparut derrière la maison du mullah. Ellis tourna les yeux vers le village. Tout commençait à redevenir normal. Il entendait des cris excités. Les enfants couraient en jouant à l'hélicoptère, en braquant des fusils imaginaires et poussaient des poules dans la cour pour les interroger. La plupart des adultes regagnaient leur maison à pas lents, l'air penaud.

Ellis se souvint des sept guérilleros blessés et du garçon qui n'avait qu'une main, là-haut dans la grotte. Il décida d'aller les voir. Il enfila ses vêtements, roula son sac de couchage et regagna le sentier qui gravissait la montagne. Il se souvint, d'Allen Winderman avec son costume gris et sa cravate club, picorant une salade dans un restaurant de Washington en disant : « Quels sont les risques de voir les Russes arrêter notre homme ? » *Minces,* avait dit Ellis. *S'ils n'arrivent pas à attraper Massoud, pourquoi seraient-ils capables de prendre un agent secret envoyé pour rencontrer Massoud ?* Il connaissait maintenant la réponse à cette question : à cause de Jean-Pierre. « Sacré Jean-Pierre », dit Ellis tout haut.

Il déboucha dans la clairière. Aucun bruit ne venait de la grotte. Il espérait que les Russes n'avaient pas emmené le petit

Mousa, ni les guérilleros blessés : Mohammed serait inconsolable.

Il entra dans la grotte. Le soleil était levé maintenant et on voyait fort bien à l'intérieur. Ils étaient tous là, immobiles et silencieux. « Ça va ? » demanda Ellis en dari.

Pas de réponse. Aucun d'eux ne bougea.

« Oh ! Dieu », murmura Ellis.

Il s'agenouilla auprès du guérillero le plus proche et toucha le visage barbu. L'homme gisait dans une mare de sang. On lui avait tiré une balle dans la tête à bout portant.

Ellis les examina l'un après l'autre.

Ils étaient tous morts.

Et l'enfant aussi.

15

Jane traversa le village, aveuglée par l'affolement, poussant les gens, se heurtant aux murs, trébuchant, tombant et se relevant, sanglotant, haletant et gémissant sans cesse. « Elle doit être indemne », se dit-elle, en répétant cela comme une litanie ; mais en même temps elle n'arrêtait pas de se demander : *Pourquoi Chantal ne s'est-elle pas réveillée ?* et *Qu'est-ce qu'a fait Anatoly ?* et *Est-ce que mon bébé est blessé ?*

Elle déboucha dans la cour de la maison et grimpa quatre à quatre les marches qui menaient au toit. Elle tomba à genoux et tira le drap qui recouvrait le petit matelas. Chantal avait les yeux fermés. Jane se dit : est-ce qu'elle respire ? Est-ce qu'elle respire ? Puis les yeux du bébé s'ouvrirent, elle regarda sa mère et – pour la première fois de sa vie – elle sourit.

Jane la prit dans ses bras et la serra contre elle, avec l'impression que son cœur allait éclater. Chantal se mit à pleurer, Jane éclata en sanglots aussi, inondée de joie et de soulagement parce que sa petite fille était toujours là, vivante, tiède et braillant, et parce qu'elle venait de faire son premier sourire.

Au bout d'un moment, Jane se calma et Chantal, sensible au changement, se tut. Jane la berça, en lui tapotant le dos et en couvrant de baisers le haut de son petit crâne doux et chaud. Puis Jane finit par se rappeler qu'il y avait d'autres gens au monde, elle se demanda ce qui était arrivé aux villageois enfermés dans la mosquée. Étaient-ils tous sains et saufs ? Elle redescendit dans la cour et ce fut là qu'elle rencontra Fara.

Jane considéra un moment la jeune fille ; Fara la silencieuse, Fara l'anxieuse, timide, qui perdait si facilement la tête : où avait-elle trouvé le courage et la présence d'esprit, le cran de cacher Chantal sous un drap froissé pendant que les Russes atterrissaient avec leurs hélicoptères et tiraient des coups de feu à quelques mètres de là ? « C'est toi qui l'as sauvée », dit Jane.

Fara semblait effrayée, comme si c'était une accusation.

Jane fit passer Chantal sur sa hanche gauche et passa son bras droit autour des épaules de Fara, en la serrant contre elle. « C'est toi qui as sauvé mon bébé ! dit-elle. Merci ! Merci ! »

Fara resta un moment rayonnante de plaisir, puis éclata en sanglots.

Jane la calma, en lui tapotant le dos comme elle l'avait fait avec Chantal. Dès que Fara eut retrouvé son calme, Jane dit : « Que s'est-il passé à la mosquée ? Qu'est-ce qu'ils ont fait ? Il y a des blessés ?

– Oui », dit Fara, hébétée.

Jane sourit : on ne pouvait pas poser à Fara trois questions l'une après l'autre et s'attendre à une réponse raisonnable.

« Qu'est-ce qui est arrivé quand tu es allée à la mosquée ?

– Ils ont demandé où était l'Américain.

– À qui ont-ils demandé ?

– À tout le monde. Mais personne ne le savait. Le docteur m'a demandé où tu étais. Alors ils ont pris trois hommes : d'abord mon oncle Shahazaï, puis le mullah, puis Alishan Karim, le frère du mullah. Ils leur ont demandé encore, mais ça ne servait à rien, car les hommes ne savaient pas où était parti l'Américain. Alors, ils les ont battus.

– Ils sont gravement blessés?

– Juste battus.

– Je vais aller les examiner.» Alishan avait une maladie de cœur, se rappela Jane avec angoisse. «Où sont-ils maintenant?

– Toujours à la mosquée.

– Viens avec moi.» Jane entra dans la maison, Fara sur ses talons. Dans la pièce du devant, Jane trouva sa trousse sur le vieux comptoir. Elle ajouta à son nécessaire habituel des comprimés de nitroglycérine et ressortit. Tout en se dirigeant vers la mosquée, serrant toujours Chantal contre elle, elle demanda à Fara: «Qu'est-ce qui s'est passé d'autre?

– Le docteur m'a demandé où tu étais. J'ai dit que je ne savais pas, c'était vrai.

– Ils t'ont fait mal?

– Non. Le docteur avait l'air très en colère, mais ils ne m'ont pas battue.»

Jane se demanda si Jean-Pierre était en colère parce qu'il avait deviné qu'elle avait passé la nuit avec Ellis. L'idée lui vint que tout le village devait penser la même chose. Comment réagiraient-ils? Ce pourrait bien être la preuve ultime qu'elle était bien la grande prostituée de Babylone.

Malgré tout, ils n'allaient pas la fuir encore, pas tant qu'ils avaient des blessés à soigner. Elle arriva à la mosquée et entra dans la cour. La femme d'Abdullah la vit, se précipita avec des airs importants et l'entraîna vers son mari allongé sur le sol. Au premier abord, il avait l'air indemne. Jane s'inquiétait pour le cœur d'Alishan, aussi planta-t-elle là le mullah – ignorant les protestations indignées de sa femme – pour se rendre auprès d'Alishan, allongé un peu plus loin.

Il avait le teint gris et respirait avec peine, et il avait une main crispée sur sa poitrine: comme Jane le craignait, la correction qu'on lui avait administrée avait déclenché une crise d'angine de poitrine. Elle lui donna un comprimé en disant: «Mâche, ne l'avale pas.»

Elle remit Chantal à Fara et ausculta rapidement Alishan. Il était méchamment meurtri, mais n'avait rien de cassé. «Avec quoi t'ont-ils battu? lui demanda-t-elle.

– Avec leurs fusils», répondit-il d'une voix rauque.

Elle hocha la tête. Il avait de la chance : le seul vrai dommage qu'ils lui avaient causé, ça avait été de le soumettre à une tension qui était si mauvaise pour son cœur, et il s'en remettait. Elle badigeonna ses plaies de teinture d'iode et lui dit de rester allongé une heure.

Elle revint auprès d'Abdullah. Mais, quand le mullah la vit approcher, il la chassa avec un grognement furieux. Elle savait ce qui l'avait rendu furieux : il estimait avoir droit à être soigné en priorité, et il était insulté qu'elle eût examiné Alishan en premier. Jane n'avait pas l'intention de s'excuser. Elle lui avait déjà dit qu'elle soignait les gens par ordre d'urgence, et non pas de statut. Elle tourna donc les talons. Inutile d'insister pour examiner ce vieil imbécile. S'il était assez bien pour l'insulter, il s'en tirerait.

Elle s'approcha de Shahazaï, le vieux guerrier aux cicatrices. Il avait déjà été examiné par sa sœur Rabia, la sage-femme, qui nettoyait ses plaies. Les pommades aux herbes de Rabia n'étaient pas tout à fait aussi antiseptiques qu'elles l'auraient dû, mais Jane pensait qu'elles faisaient sans doute plus de bien que de mal, aussi se contenta-t-elle de lui faire agiter les doigts des mains et des pieds. Il n'avait rien.

Nous avons eu de la chance, se dit Jane. Les Russes sont venus, mais nous nous en sommes tirés avec des blessures sans gravité. Dieu merci. Peut-être maintenant pouvons-nous espérer qu'ils vont nous laisser tranquilles quelque temps – peut-être jusqu'à ce que la route et la passe de Khaybar soient rouvertes…

«Est-ce que le docteur est russe? demanda brusquement Rabia.

– Non.» Pour la première fois, Jane se demanda quelles étaient exactement les intentions de Jean-Pierre. S'il m'avait trouvée, pensa-t-elle, que m'aurait-il dit? «Non, Rabia, il n'est pas russe. Mais on dirait qu'il a rejoint leur camp.

– C'est donc un traître.

– Oui, je suppose que oui. » Jane se demandait où la vieille Rabia voulait en venir.

« Est-ce qu'une chrétienne peut divorcer de son mari parce que c'est un traître ? »

En Europe, elle peut demander le divorce pour bien moins que cela, songea Jane, qui répondit : « Oui.

– C'est pour ça que maintenant tu as épousé l'Américain ? »

Jane comprit le raisonnement de Rabia. Passer la nuit dans la montagne avec Ellis avait bel et bien confirmé les accusations d'Abdullah qui prétendait que c'était une putain occidentale. Rabia, qui depuis longtemps était le principal supporter de Jane au village, envisageait de contrer cette accusation en proposant une autre interprétation, d'après laquelle Jane avait rapidement divorcé du traître en vertu d'étranges lois chrétiennes inconnues des vrais croyants et que, grâce à ces mêmes lois, elle était maintenant mariée à Ellis. Ainsi soit-il, se dit Jane. « Oui, répondit-elle, c'est pour ça que j'ai épousé l'Américain. »

Rabia acquiesça, satisfaite.

Jane avait un peu l'impression qu'il y avait un élément de vrai dans les qualificatifs dont la gratifiait le mullah. Après tout, elle était passée du lit d'un homme à celui d'un autre avec une indécente rapidité. Elle en eut un peu honte, puis se reprit : jamais elle ne s'était laissé dicter sa conduite par les opinions d'autrui. Qu'ils pensent ce que bon leur semble, se dit-elle.

Elle ne se considérait pas comme mariée à Ellis. Est-ce que je me sens divorcée de Jean-Pierre ? se demanda-t-elle. La réponse était non. Toutefois, elle avait quand même le sentiment qu'elle ne lui devait plus rien. Pas après ce qu'il avait fait. Ça aurait dû être un soulagement pour elle mais, en fait, elle ne ressentait que de la tristesse.

Elle fut interrompue dans ses méditations. Il y avait une soudaine activité à l'entrée de la mosquée et Jane, en se retournant, vit Ellis qui approchait, en portant quelque chose dans ses bras. De plus près, elle découvrit qu'il avait le visage crispé par la colère, elle se rappela soudain l'avoir vu dans cet état une fois déjà : quand un chauffeur de taxi négligent avait fait un brusque virage et renversé un jeune homme à motocyclette, le blessant grièvement. Ellis et Jane avaient été témoins de l'accident et avaient appelé une ambulance – en ce temps-là, elle n'avait aucune notion de médecine – et Ellis n'avait cessé de répéter : «Pourquoi a-t-il fait ça, c'était si inutile.»

Elle reconnut la forme du paquet qu'il portait dans ses bras : c'était un enfant et elle comprit à l'expression du visage d'Ellis que l'enfant était mort. Sa première réaction, dont elle eut honte, fut de penser : Dieu merci, ce n'est pas mon bébé ; puis, en regardant, elle vit que c'était le seul enfant du village qui lui semblait parfois être un peu le sien : le petit Mousa qui n'avait qu'une main, le jeune garçon dont elle avait sauvé la vie. Elle éprouva un sentiment de déception et d'impuissance, le même qu'elle ressentait quand un patient mourait après que Jean-Pierre et elle avaient longtemps lutté pour lui sauver la vie. Mais c'était particulièrement pénible, car Mousa avait été courageux et décidé à s'arranger de son infirmité ; et son père était si fier de lui. Pourquoi lui ? songea Jane, tandis que les larmes lui montaient aux yeux. Pourquoi lui ?

Les villageois s'étaient rassemblés autour d'Ellis, mais c'était Jane qu'ils regardaient.

«Ils sont tous morts», annonça-t-il en dari pour que les autres puissent le comprendre. Certaines des femmes du village se mirent à pleurer.

«Comment ça? dit Jane.

– Abattus par les Russes, tous.

– Oh! mon Dieu.» La nuit dernière encore elle avait dit *aucun d'eux ne va mourir* – elle avait voulu dire : de ses blessures, mais elle les avait imaginés se remettant, vite ou lentement, et retrouvant grâce à ses soins force et santé. Maintenant… tous morts. «Mais pourquoi ont-ils tué l'enfant? s'écria-t-elle.

– Je crois qu'il les gênait.»

Jane ne dit rien.

Ellis déplaça quelque peu son fardeau, ce qui découvrit la main de Mousa. Les petits doigts étaient crispés autour du manche du poignard que son père lui avait offert. Il y avait du sang sur la lame.

On entendit soudain un grand cri, et Halima se fraya un chemin à travers la foule. Elle prit des mains d'Ellis le corps de son fils et s'effondra sur le sol avec l'enfant mort dans ses bras, en hurlant son nom. Les femmes se groupèrent autour d'elle. Jane se retourna.

Faisant signe à Fara de la suivre avec Chantal, Jane quitta la mosquée et rentra à pas lents à la maison. Voilà quelques minutes encore, elle avait pensé que le village avait eu de la chance. Maintenant, sept hommes et un jeune garçon étaient morts. Jane n'avait plus de larmes car elle avait trop pleuré ; elle se sentait simplement affaiblie par le chagrin.

Elle entra dans la maison et s'assit pour nourrir Chantal. « Comme tu as été patiente, ma petite », dit-elle en approchant le bébé de son sein.

Une ou deux minutes plus tard, Ellis arriva. Il se pencha vers elle et l'embrassa. Il la regarda un moment, puis dit : « Tu as l'air en colère contre moi. »

Jane se rendit compte que c'était vrai. « Les hommes sont si sanguinaires, dit-elle avec amertume. Cet enfant, de toute évidence, a essayé d'attaquer des soldats russes armés avec son couteau de chasse : qui lui a enseigné à être si téméraire ? Qui lui a dit que c'était son rôle dans la vie de tuer des Russes ? Lorsqu'il s'est jeté sur l'homme à la Kalachnikov, qui était son modèle ? Pas sa mère. C'est son père ; c'est la faute de Mohammed s'il est mort ; la faute de Mohammed, et la tienne. »

Ellis parut stupéfait. « Pourquoi la mienne ? »

Elle savait qu'elle était dure, mais elle ne pouvait pas s'arrêter. « Ils ont battu Abdullah, Alishan et Shahazaï pour essayer de leur faire dire où tu étais, reprit-elle. Ils te cherchaient. C'était le but de ce petit exercice.

— Je sais. Est-ce que c'est pour autant ma faute s'ils ont abattu le petit garçon ?

– C'est arrivé parce que tu es ici, où ça n'est pas ta place.

– Peut-être. En tout cas, j'ai la solution de ce problème-là. Je pars. Ma présence amène la violence et le sang, comme tu as si tôt fait de me le faire remarquer. Si je reste, non seulement je risque d'être pris – car nous avons eu beaucoup de chance la nuit dernière – mais mon fragile petit plan de rassembler ensemble ces tribus contre leur ennemi commun va s'effondrer. En fait, c'est plus grave que cela. Les Russes m'organiseraient un procès public pour avoir le maximum de propagande. « Voyez comment la CIA tente d'exploiter les problèmes internes d'un pays du tiers monde. » Tu vois le genre.

– Tu es vraiment un gros poisson, n'est-ce pas ? » Ça semblait bizarre que ce qui se passait dans la Vallée, parmi ce petit groupe de gens, eût d'aussi grandes conséquences. « Mais tu ne peux pas partir. La route de la passe de Khaybar est bloquée.

– Il y a un autre chemin : la route du Beurre.

– Oh ! Ellis… c'est très dur – et dangereux. » Elle l'imagina franchissant des cols en altitude dans le vent mordant. Il risquait de se perdre et de mourir gelé dans la neige, ou bien d'être volé et assassiné par les barbares nuristanis. « Je t'en prie, ne fais pas ça.

– Je n'ai pas le choix. »

Elle allait donc le perdre de nouveau et se retrouver seule. Cette idée la rendait malheureuse. C'était surprenant. Elle n'avait passé qu'une seule nuit avec lui. À quoi s'attendait-elle ? Elle ne le savait pas trop. À plus, en tout cas, qu'à cette brutale séparation. « Je ne croyais pas te perdre encore une fois si vite », dit-elle. Elle fit passer Chantal sur son autre sein.

Il s'agenouilla devant elle et lui prit la main. « Tu n'as pas vraiment réfléchi à la situation, dit-il. Pense à Jean-Pierre. Tu ne sais pas qu'il veut te reprendre ? »

Jane réfléchit. Ellis avait raison, elle le comprit. Jean-Pierre devait maintenant se sentir humilié et émasculé : la seule chose qui guérirait ses blessures, ce serait de l'avoir de nouveau dans son lit à sa merci. « Mais que ferait-il de moi ? demanda-t-elle.

– Il voudra que Chantal et toi alliez vivre le reste de vos jours dans une petite ville minière de Sibérie, pendant qu'il espionnera en Europe et qu'il viendra vous voir tous les deux ou trois ans pour un congé entre deux missions.

– Qu'est-ce qu'il pourrait faire si je refusais?

– Il pourrait te forcer. Ou bien te tuer. »

Jane se rappela que Jean-Pierre l'avait frappée. Elle se sentait au bord de la nausée. « Est-ce que les Russes vont l'aider à me retrouver? demanda-t-elle.

– Oui.

– Mais pourquoi? Pourquoi s'intéresseraient-ils à moi?

– D'abord, parce qu'ils se sentent des obligations envers lui. Ensuite, parce qu'ils s'imaginent que tu le rendras heureux. Troisièmement parce que tu en sais trop. Tu connais intimement Jean-Pierre et tu as vu Anatoly : tu pourrais donner de bonnes descriptions d'eux deux à l'ordinateur de la CIA, si tu parvenais à rentrer en Europe. »

Il y aurait donc encore du sang versé, se dit Jane; les Russes allaient faire des raids sur les villages, interroger les gens, les battre et les torturer pour découvrir où elle était. « Cet officier russe… Il s'appelle Anatoly. Il a vu Chantal. » Jane un instant serra son bébé plus fort en se rappelant ces terribles secondes. « J'ai cru qu'il allait l'emmener. Il n'a donc pas compris que, s'il l'avait prise, je me serais rendue rien que pour être avec elle? »

Ellis hocha la tête. « Ça m'a surpris sur le moment. Mais je suis plus important pour eux que toi; et je crois qu'il a décidé que, s'il veut éventuellement te capturer, en attendant tu peux lui être d'une autre utilité.

– Laquelle? Que pourraient-ils vouloir que je fasse?

– Que tu me ralentisses.

– En te faisant rester ici?

– Non, en venant avec moi. »

À peine avait-il dit cela qu'elle comprit qu'il avait raison, et, comme un linceul, elle sentit tomber sur elle l'impression qu'ils étaient perdus. Elle devait partir avec lui, elle et son bébé; il n'y avait pas d'autre solution. Si nous mourons, nous mourrons, songea-t-elle avec fatalisme. Ainsi soit-il. «J'imagine que j'ai une meilleure chance de partir d'ici avec toi que de m'évader de Sibérie toute seule, dit-elle.

– C'est à peu près ça, fit Ellis en hochant la tête.

– Je vais empaqueter mes affaires», dit Jane. Il n'y avait pas de temps à perdre. «Nous ferions mieux de partir dès demain matin.»

Ellis secoua la tête. «Je veux que nous ayons quitté le village dans une heure.»

Jane s'affola. Elle comptait partir, bien sûr, mais pas si brusquement; et elle avait le sentiment maintenant qu'elle n'avait pas le temps de réfléchir. Elle commença à s'agiter dans la petite maison, jetant vêtements, provisions et médicaments au hasard dans tout un assortiment de sacs, terrifiée à l'idée d'oublier quelque chose de vital mais trop pressée pour faire ses bagages raisonnablement.

Ellis le comprit et l'arrêta. Il la prit par les épaules, l'embrassa sur le front et lui parla d'un ton calme. «Dis-moi une chose, fit-il. Est-ce que tu sais par hasard quel est le plus haut sommet d'Angleterre?»

Elle se demanda s'il était fou. «Le Ben Nevis, dit-elle. C'est en Ecosse.

– Quelle altitude a-t-il?

– Plus de douze cents mètres.

– Certains des cols que nous allons franchir sont à quatre mille cinq et plus de cinq mille mètres : c'est quatre fois aussi haut que le plus haut sommet d'Angleterre. Bien que la distance ne soit que de deux cent cinquante kilomètres, ça va nous prendre au moins deux semaines. Alors arrête-toi; réfléchis et calcule. Si tu mets un peu plus d'une heure pour faire tes paquets, tant pis : ça vaut mieux que de partir sans les antibiotiques.»

Elle acquiesça de la tête, prit une profonde inspiration et recommença.

Elle avait deux sacoches qui pouvaient faire office de sacs à dos. Dans l'une, elle mit des vêtements : les couches de

Chantal, du linge de rechange pour eux tous, le manteau matelassé qu'Ellis avait apporté de New York et l'imperméable doublé de fourrure, avec capuchon, qu'elle-même avait emporté de Paris. Elle utilisa l'autre sac pour les médicaments et les provisions : des boîtes de conserve qu'elle gardait pour les urgences. Il n'y avait pas de gâteaux à la menthe Kendal, bien sûr, mais Jane avait trouvé un substitut local, un gâteau fait de mûres séchées et de noix, presque impossible à digérer, mais bourré d'énergie concentrée. Ils avaient aussi une grosse quantité de riz et un morceau de fromage. Le seul souvenir que Jane emportât, ce fut sa collection de photos des villageois prises au Polaroïd. Ils emportèrent aussi leurs sacs de couchage, une casserole et la musette d'Ellis, qui contenait des explosifs et de quoi les faire sauter – leur seule arme. Ellis chargea tous les bagages sur Maggie, la jument entêtée.

Leur départ précipité se fit dans les larmes. Jane se vit étreindre par Zahara, par la vieille Rabia, la sage-femme, et même par Halima, la femme de Mohammed. La seule note aigre, ce fut l'attitude d'Abdullah qui passa devant eux juste avant leur départ et cracha par terre en entraînant sa famille ; mais quelques secondes plus tard, sa femme revint, l'air apeuré mais décidée, et glissa dans la main de Jane un cadeau pour Chantal, une poupée primitive avec un petit châle et un voile.

Jane étreignit et embrassa Fara qui était inconsolable. La jeune fille avait treize ans. D'ici un an ou deux, elle allait se marier pour s'installer au domicile des parents de son mari. Elle aurait huit ou dix enfants, dont la moitié peut-être dépasseraient l'âge de cinq ans. Ses filles se marieraient et quitteraient la maison. Ceux de ses fils qui survivraient au combat se marieraient et amèneraient leurs épouses à la maison. Enfin, quand la famille serait devenue trop nombreuse, les fils et les brus et les petits-enfants commenceraient à partir pour s'en aller fonder de nouvelles familles. Fara alors deviendrait une sage-femme, comme sa grand-mère Rabia. J'espère, se dit Jane, qu'elle se rappellera quelques-unes des leçons que je lui ai enseignées.

Ellis eut droit aux embrassades d'Alishan et de Shahazaï, puis ils partirent aux cris de «Dieu soit avec vous»! Les enfants du village les accompagnèrent jusqu'au coude de la rivière. Là, Jane s'arrêta pour regarder quelques instants le petit amas de maisons couleur de boue qui pendant un an avait été son foyer. Elle savait qu'elle ne reviendrait jamais; mais elle avait le sentiment que, si elle survivait, elle raconterait à ses petits-enfants des histoires de Banda.

Ils marchaient d'un pas vif le long de la berge. Jane se surprit à tendre l'oreille pour guetter le bruit des hélicoptères. Dans combien de temps les Russes allaient-ils commencer à les rechercher? Allaient-ils envoyer quelques hélicoptères pour chasser plus ou moins au hasard, ou bien prendraient-ils le temps d'organiser des recherches vraiment minutieuses? Jane ne savait quoi espérer.

Il leur fallut moins d'une heure pour atteindre Dasht-i-Rewat, «La Plaine avec un fort», un charmant village qui s'alignait sur la rive nord de la rivière. Là finissait la route charretière : un chemin de terre sinueux et parsemé d'ornières. Tout véhicule à roues assez robuste pour survivre au trajet devait s'arrêter ici, aussi le village faisait-il un peu le commerce des chevaux. Le fort mentionné dans son nom se dressait dans une vallée latérale, c'était maintenant une prison, tenue par les guérilleros et qui abritait quelques soldats gouvernementaux prisonniers, un Russe ou deux, un voleur par-ci, par-là. Jane y était allée une fois, pour soigner un malheureux nomade du désert de l'Ouest qui avait été enrôlé dans l'armée régulière, avait contracté une pneumonie dans l'hiver glacé de Kaboul et avait déserté. Il était en «rééducation» avant d'être autorisé à rallier les rangs des guérilleros.

Il était midi, mais aucun d'eux ne voulait s'arrêter pour manger. Ils espéraient atteindre Saniz, à quinze kilomètres de là au bout de la vallée, à la tombée de la nuit; et, même si quinze kilomètres n'étaient pas une grande distance en terrain plat, dans ce pays, cela pouvait prendre des heures.

La dernière partie du trajet serpentait entre les maisons de la berge nord. La berge sud était une falaise haute d'une soixantaine de mètres. Ellis conduisait le cheval, et Jane portait Chantal dans le harnais qu'elle avait confectionné et qui lui permettait de nourrir Chantal sans s'arrêter. Le village s'arrêtait à un moulin à eau proche de l'embouchure de la vallée latérale qu'on appelait la Rewat, et qui menait à la prison. Passé ce point, ils durent ralentir. Le terrain commençait à monter, d'abord doucement, puis de façon plus abrupte. Ils montaient régulièrement sous le soleil brûlant. Jane se couvrit la tête avec son pattu, la couverture brune qu'avaient tous les voyageurs. Chantal était abritée par le harnais. Ellis portait sa casquette chitrali, un cadeau de Mohammed.

Lorsqu'ils arrivèrent en haut du col, elle remarqua avec une certaine satisfaction qu'elle n'était même pas essoufflée. Elle n'avait jamais été aussi en forme de sa vie – et ne le serait sans doute jamais plus. Elle remarqua qu'Ellis, non seulement haletait, mais transpirait. Il était en assez bonne condition, mais n'était pas habitué comme elle à des heures de marche. Elle en éprouva un certain orgueil, jusqu'au moment où elle se rappela qu'il avait été blessé de deux balles voilà à peine neuf jours.

Passé le col, le chemin courait au flanc de la montagne, au-dessus de la rivière des Cinq Lions. Là, le courant était plutôt lent. Aux endroits calmes et profonds, l'eau semblait d'un vert clair, la couleur des émeraudes qu'on trouvait tout autour de Dasht-i-Rewat et qu'on allait vendre au Pakistan. Jane fut prise de peur quand ses oreilles hypersensibles captèrent le bruit d'un avion lointain : il n'y avait nulle part où se cacher au flanc nu de la falaise, elle fut prise d'une brusque envie de sauter dans la rivière, trente mètres plus bas. Mais ce n'était qu'un passage d'avions à réaction, qui volaient trop haut pour distinguer quelqu'un sur le sol. Néanmoins, à partir de là, Jane ne cessa de scruter le terrain en quête d'arbres, de buissons et de creux susceptibles de les abriter. Un démon en elle disait : *Rien ne t'oblige à faire ça, tu pourrais revenir, tu pourrais te rendre et retrouver ton mari,* mais cela semblait un peu une question académique, sans rapport avec la réalité.

Le sentier grimpait toujours, mais plus doucement, ce qui leur permit de marcher plus vite. Tous les deux ou trois kilomètres, ils étaient retardés par les affluents qui dévalaient des vallées voisines pour se jeter dans la rivière : le sentier plongeait alors jusqu'à un pont de bois ou un gué. Ellis devait traîner la jument récalcitrante dans l'eau, pendant que Jane derrière elle criait et lui lançait des pierres.

Un canal d'irrigation suivait la gorge sur toute la longueur, au bord de la falaise, bien au-dessus de la rivière. Il avait pour but d'augmenter la surface cultivable dans la plaine. Jane se demanda depuis combien de temps la vallée n'avait pas connu la paix nécessaire pour accomplir d'aussi grands travaux : peut-être des centaines d'années.

La gorge devenait plus étroite et la rivière en bas était jonchée de blocs de granit. Il y avait des grottes dans les parois de la falaise : Jane les remarqua comme des cachettes possibles. Le paysage devenait plus sinistre et un vent froid balayait la vallée, la faisant par instants frissonner malgré le soleil. Le terrain rocailleux et les falaises abruptes convenaient bien aux oiseaux : on voyait par dizaines des jacasses d'Asie. La gorge, enfin, céda la place à une autre plaine. Loin à l'est, Jane aperçut une chaîne de collines ; et, au-dessus des collines se dressaient les blanches montagnes du Nuristan. Oh ! mon Dieu, c'est là que nous allons, songea Jane ; et la peur la saisit.

Dans la plaine on voyait un petit groupe de pauvres masures. « Je crois que c'est là, dit Ellis. Bienvenue à Saniz. » Ils avancèrent, à la recherche d'une mosquée ou d'une des cabanes de pierre qui servaient d'abris aux voyageurs. Comme ils arrivaient à la hauteur de la première maison, une silhouette en sortit et Jane reconnut le beau visage de Mohammed. Il fut aussi surpris qu'elle. Sa surprise se changea en horreur lorsqu'elle se rendit compte qu'elle allait devoir lui annoncer que son fils avait été tué.

Ellis lui donna le temps de se reprendre en disant en dari : « Pourquoi es-tu ici ? »

– Massoud est là », répondit Mohammed. Jane se rendit

compte que ce devait être une cachette de la guérilla. Mohammed reprit : « Mais pourquoi es-tu ici, toi ? »

– Nous allons au Pakistan.

– Par cette route ? » Mohammed prit un air grave. « Qu'est-il arrivé ? »

Jane savait que c'était à elle de le lui dire, car elle le connaissait depuis plus longtemps. « Nous apportons de mauvaises nouvelles, ami Mohammed. Les Russes sont venus à Banda. Ils ont tué sept hommes – et un enfant… » Il devina alors ce qu'elle allait dire et l'expression de douleur qui se peignit sur son visage donna à Jane envie de pleurer. « L'enfant, conclut-elle, c'était Mousa. »

Mohammed se raidit. « Comment mon fils est-il mort ?

– C'est Ellis qui l'a trouvé », dit Jane.

Ellis, faisant un effort pour trouver les mots daris dont il avait besoin dit : « Il est mort… le couteau à la main, du sang sur la lame. »

Les yeux de Mohammed s'agrandirent. « Dis-moi tout. »

Jane reprit la parole, parce qu'elle parlait mieux la langue. « Les Russes sont arrivés à l'aube, commença-t-elle. Ils recherchaient Ellis et moi. Nous étions dans la montagne, alors ils ne nous ont pas trouvés. Ils ont battu Alishan et Shahazaï et Abdullah, mais ils ne les ont pas tués. Puis ils ont découvert la grotte. Les sept moudjahidin blessés étaient là, et Mousa était avec eux, prêt à courir au village s'ils avaient besoin d'aide dans la nuit. Une fois les Russes partis, Ellis est monté jusqu'à la grotte. Tous les hommes avaient été tués, et Mousa également…

– Comment ? l'interrompit Mohammed. Comment a-t-il été tué ? »

Jane regarda Ellis qui dit : « Kalachnikov », employant un mot qui n'avait pas besoin de traduction. Il désigna son cœur où la balle avait frappé.

Jane ajouta : « Il a dû essayer de défendre les blessés, car il avait du sang sur la pointe de son couteau. »

Mohammed avait le cœur gonflé d'orgueil alors même que les larmes lui montaient aux yeux. « Il les a attaqués… des hommes, des hommes armés de fusils… il les a attaqués avec son couteau ! Le couteau que son père lui avait donné ! Le garçon à une main est maintenant sûrement au paradis des guerriers. »

Mourir dans une guerre sainte était le plus grand honneur que pouvait connaître un musulman, se rappela Jane. Le petit Mousa allait sans doute devenir un saint mineur. Elle était heureuse que Mohammed eût ce réconfort, mais elle ne pouvait s'empêcher de penser avec cynisme : voilà comment les hommes de guerre apaisent leur conscience : en parlant de gloire.

Ellis étreignit solennellement Mohammed, sans rien dire.

Jane soudain se rappela ses photographies. Elle en avait plusieurs de Mousa. Les Afghans adoraient les photos et Mohammed serait ravi d'en avoir une de son fils. Elle ouvrit un des sacs chargés sur Maggie et fouilla parmi les médicaments jusqu'à ce qu'elle eût trouvé la boîte qui contenait les Polaroïds. Elle découvrit une photo de Mousa, la prit et referma le sac. Puis elle tendit le cliché à Mohammed.

Elle n'avait jamais vu un Afghan aussi profondément ému. Il était incapable de parler. Un moment, on put croire qu'il allait pleurer. Il se détourna, en essayant de se maîtriser. Lorsque de nouveau il leur fit face, son visage était impassible mais trempé de larmes. « Venez avec moi », dit-il.

Ils le suivirent à travers le petit village jusqu'au bord de la rivière, où un groupe de quinze à vingt guérilleros étaient accroupis autour d'un feu de camp. Mohammed rejoignit le groupe et, sans préambule, se mit à leur raconter la mort de Mousa, avec force larmes et gesticulations.

Jane détourna les yeux, elle avait vu trop de chagrin.

Elle regarda autour d'elle avec inquiétude. Où nous cacherons-nous si les Russes arrivent ? se demanda-t-elle. Il n'y avait rien que les champs, la rivière et quelques taudis. Mais Massoud semblait penser que l'endroit était sûr. Peut-être le village était-il simplement trop petit pour attirer l'attention de l'armée.

Elle n'avait plus l'énergie de s'inquiéter davantage. Elle s'assit par terre, le dos appuyé contre un arbre, heureuse de

reposer ses jambes ; elle se mit à nourrir Chantal. Ellis attacha Maggie et déchargea les sacs. La jument alla paître dans
le pré verdoyant auprès de la rivière. Ça a été une longue journée, songea Jane ; une journée terrible. De plus je n'ai pas
beaucoup dormi la nuit dernière. Elle eut un petit sourire en
évoquant la nuit passée.

Ellis prit les cartes de Jean-Pierre et s'assit auprès de Jane
pour les examiner à la lumière déclinante du soir. Jane
regarda par-dessus son épaule. Leur itinéraire continuait
dans la Vallée jusqu'à un village du nom de Comar, où ils
prendraient au sud-est une vallée latérale qui conduisait au
Nuristan. Cette vallée aussi s'appelait Comar, tout comme
le premier col en altitude qu'ils rencontreraient. «Quatre mille
cinq cents mètres, dit Ellis, en le désignant sur la carte. C'est
là où il fait froid. »

Jane frissonna.

Lorsque Chantal eut tété son comptant, Jane la changea
de couche et alla laver l'autre dans la rivière. Elle revint pour
trouver Ellis en grande conversation avec Massoud. Elle
s'accroupit auprès d'eux.

«Tu as pris la bonne décision, disait Massoud. Il faut que
tu quittes l'Afghanistan, avec notre traité en poche. Si les
Russes te prennent, tout est perdu. »

Ellis acquiesça de la tête. Jane se dit : je n'ai encore jamais
vu Ellis comme ça : il traite Massoud avec déférence.

Massoud reprit : «Toutefois, c'est un voyage d'une extraordinaire difficulté. Une grande partie de la piste est au-dessus de la ligne des neiges éternelles. Parfois, le chemin est
difficile à trouver dans la neige et, si vous vous perdez là-
haut, vous mourrez. »

Jane se demandait où tout cela les menait. Elle trouvait inquiétant que Massoud prît soin de s'adresser à Ellis, pas à elle.

«Je peux t'aider, poursuivit Massoud mais, comme toi, je
veux faire un marché.

– Je t'écoute, dit Ellis.

– Je vais te donner Mohammed comme guide, pour te
conduire par le Nuristan jusqu'au Pakistan. »

Jane sentit son cœur bondir de joie. Mohammed comme guide ! Cela changerait considérablement le voyage.

« Et qu'attends-tu de moi en échange ? demanda Ellis.

– Tu pars seul. La femme du docteur et l'enfant restent ici. »

Il était d'une douloureuse évidence pour Jane qu'elle devait accepter. C'était de la folie pour eux deux d'essayer de faire la route seuls : ils allaient sans doute tous les deux trouver la mort. De cette façon, elle pourrait au moins sauver la vie d'Ellis. « Il faut dire oui », dit-elle.

Ellis lui sourit et regarda Massoud. « C'est hors de question », répondit-il.

Massoud se leva, visiblement offensé, et revint auprès du cercle des guérilleros.

« Oh ! Ellis, fit Jane, était-ce sage ?

– Non, dit-il en lui prenant la main. Mais je ne vais pas te lâcher comme ça. »

Elle pressa sa main. « Je… je ne t'ai fait aucune promesse.

– Je sais, dit-il. Quand nous regagnerons la civilisation, tu seras libre de faire ce que tu veux : de vivre avec Jean-Pierre, si c'est ce dont tu as envie et si tu peux le trouver. Je me contenterai des deux semaines à venir, si c'est tout ce que je peux avoir. D'ailleurs, nous ne vivrons peut-être pas aussi longtemps. »

C'était vrai. Pourquoi se torturer à propos de l'avenir, se dit-elle, quand nous n'en avons probablement pas ?

Massoud revint, il avait retrouvé son sourire. « Je ne suis pas un bon négociateur, dit-il. Je vais te donner Mohammed quand même. »

16

Ils partirent une demi-heure avant l'aube. L'un après l'autre, les hélicoptères décollèrent au-delà du faisceau des projecteurs. À son tour, l'appareil dans lequel se trouvaient

Jean-Pierre et Anatoly s'éleva dans les airs comme un oiseau maladroit et rejoignit le convoi. Bientôt, les lumières de la base disparurent, une fois de plus Jean-Pierre et Anatoly se retrouvèrent à survoler les sommets montagneux en direction de la Vallée des Cinq Lions.

Anatoly avait accompli un miracle. En moins de vingt-quatre heures, il avait monté ce qui était sans doute la plus grande opération de l'histoire de la guerre en Afghanistan – et c'était lui qui la commandait.

Il avait passé le plus clair de la journée de la veille au téléphone avec Moscou. Il avait dû galvaniser la bureaucratie sommeillante de l'armée soviétique en expliquant, d'abord à ses supérieurs du KGB puis à une série de gros pontes militaires, combien c'était important de capturer Ellis Thaler. Jean-Pierre avait écouté, sans comprendre les mots, mais en admirant le savant dosage d'autorité, de calme et d'insistance dans le ton de voix d'Anatoly.

L'autorisation officielle lui fut donnée en fin d'après-midi et Anatoly s'était alors trouvé confronté au défi de la mettre en pratique. Pour obtenir le nombre d'hélicoptères dont il avait besoin, il avait quémandé des faveurs, rappelé de vieilles dettes, multiplié les menaces et les promesses de Jalalabad à Moscou. Lorsqu'un général de Kaboul avait refusé de laisser partir ses appareils sans un ordre écrit, Anatoly avait appelé le KGB à Moscou et persuadé un vieil ami de jeter un coup d'œil discret au dossier personnel du général, puis il avait rappelé ce dernier en le menaçant de couper son arrivage de photos pornographiques de mineurs en provenance d'Allemagne.

Les Soviétiques avaient six cents hélicoptères en Afghanistan : À trois heures du matin, cinq cents d'entre eux se trouvaient sur la piste de Bagram, sous les ordres d'Anatoly.

Jean-Pierre et Anatoly avaient passé les dernières heures penchés sur des cartes, à décider de la destination de chaque hélicoptère et à donner les ordres appropriés à une cohorte d'officiers. Le déploiement des appareils était précis, grâce au souci maniaque d'Anatoly pour le détail et à la connaissance profonde qu'avait Jean-Pierre du terrain.

Ellis et Jane n'étaient pas au village la veille quand Jean-Pierre et Anatoly étaient allés les chercher, mais il était néanmoins presque certain qu'ils avaient entendu parler du raid des Russes et ils étaient maintenant partis se cacher. Ils ne devaient plus être à Banda. Peut-être vivaient-ils dans la mosquée d'un autre village – les visiteurs venus pour de brefs séjours dormaient en général dans les mosquées – ou bien, s'ils avaient l'impression que les villages n'étaient pas sûrs, ils pouvaient s'installer dans une des petites cabanes de pierre pour voyageurs qui parsemaient la campagne. Ils pouvaient être n'importe où dans la Vallée, ou ils pouvaient être dans une des nombreuses petites vallées latérales.

Anatoly avait envisagé toutes ces possibilités.

Des hélicoptères se poseraient dans chaque village de la Vallée et dans le moindre hameau de chaque vallée latérale. Les pilotes survoleraient toutes les pistes et tous les sentiers. Les soldats – plus d'un millier d'hommes – avaient pour consigne de fouiller chaque bâtiment, de regarder sous les grands arbres et à l'intérieur des grottes. Anatoly était décidé à ne pas connaître un nouvel échec. Aujourd'hui, ils allaient trouver Ellis.

Et Jane.

L'intérieur de l'hélicoptère était exigu et dépouillé. Il n'y avait rien dans la cabine des passagers qu'un banc fixé au fuselage en face de la porte. Jean-Pierre le partageait avec Anatoly. De là, il pouvait voir la cabine de pilotage. Le siège du pilote était surélevé d'une soixantaine de centimètres, avec une marche sur le côté pour y accéder. On avait tout dépensé pour l'armement, la vitesse et la manœuvrabilité de l'appareil, rien pour le confort.

Tandis qu'ils volaient vers le nord, Jean-Pierre était plongé dans de sombres pensées. Ellis avait fait semblant d'être son ami alors qu'il travaillait pour les Américains. En utilisant cette amitié, il avait anéanti le plan de Jean-Pierre pour prendre Massoud, détruisant une année de patient travail. Et pour finir, se dit Jean-Pierre, voilà qu'il a séduit ma femme.

Ses pensées tournaient en rond, revenant toujours à cette séduction. Il avait le regard perdu dans la nuit, il guettait les feux des autres hélicoptères et imaginait les deux amants comme ils avaient dû être la nuit précédente, allongés sur une couverture sous les étoiles dans quelque champ, chacun à jouer avec le corps de l'autre en murmurant des mots tendres. Il se demanda si Ellis était bon au lit. Il avait demandé à Jane lequel des deux était le meilleur amant, mais elle avait dit qu'aucun n'était meilleur, qu'ils étaient simplement différents. Etait-ce cela qu'elle disait à Ellis ? Ou bien lui murmurait-elle : *Tu es le meilleur, mon chéri, vraiment le meilleur* ? Jean-Pierre commençait à la détester aussi. Comment pouvait-elle revenir à un homme qui avait neuf ans de plus qu'elle, un sale Américain, et agent de la CIA par-dessus le marché ?

Jean-Pierre regarda Anatoly. Le Russe était assis, immobile, impassible, comme la statue d'un mandarin chinois. Il avait très peu dormi au cours des dernières quarante-huit heures, mais il n'avait pas l'air fatigué, seulement un peu fourbu. Jean-Pierre découvrait chez lui un nouvel aspect. Au cours de leurs rencontres durant l'année passée, Anatoly s'était toujours montré détendu, affable, mais maintenant il était sec, crispé, infatigable, ne ménageant ni ses efforts ni ceux de ses collègues. Il était tranquillement obsédé.

Lorsque le jour se leva, ils aperçurent les autres hélicoptères. C'était un spectacle impressionnant : on aurait dit une vaste nuée d'abeilles géantes survolant les montagnes. Le fracas de leurs moteurs devait être assourdissant au sol.

Comme ils approchaient de la Vallée, ils commencèrent à se diviser en groupes plus petits. Jean-Pierre et Anatoly faisaient partie de l'escadrille qui allait à Comar, le village le plus septentrional de la Vallée. Dans la dernière partie du trajet, ils suivirent la rivière. La lumière du matin qui se faisait rapidement plus forte éclairait des rangées de gerbes alignées dans les champs de blé : les bombardements n'avaient pas complètement détruit l'agriculture dans cette partie supérieure de la vallée.

Ils avaient le soleil dans les yeux en descendant vers Comar.

Le village n'était qu'un groupe de maisons dominant, derrière un mur épais, le flanc de la montagne : cela rappelait à Jean-Pierre les villages perchés dans les collines du midi de la France, il en éprouva une brusque nostalgie. Que ce serait bon de rentrer, d'entendre parler convenablement le français, de manger du pain frais, des plats qui auraient du goût ou bien de prendre un taxi pour aller au cinéma !

Il se déplaça sur la banquette inconfortable. Pour l'instant, ce serait déjà bien de sortir de l'hélicoptère. Depuis la correction qu'il avait reçue, il souffrait presque sans interruption. Mais ce qui était pire que la douleur, c'était le souvenir de l'humiliation, la façon dont il avait hurlé, pleuré, supplié : chaque fois qu'il y pensait, il tressaillait et aurait voulu pouvoir se cacher. C'était de cela qu'il voulait se venger. Il avait le sentiment que jamais il ne dormirait d'un sommeil paisible avant d'avoir pris sa revanche. Il n'y avait qu'un moyen qui lui donnerait satisfaction. Il voulait voir Ellis rossé de la même façon par les mêmes brutes en uniforme, jusqu'au moment où il sangloterait, crierait et réclamerait pitié, mais avec un raffinement supplémentaire : Jane assisterait à la scène.

Vers le milieu de l'après-midi, nouvel échec.

Ils avaient fouillé le village de Comar, tous les hameaux alentour, toutes les vallées de la région, chacune des fermes isolées du territoire presque désertique du nord du village. Anatoly était en contact permanent par radio avec les commandants d'autres groupes. Ils avaient fouillé avec le même soin toute la Vallée. Ils avaient trouvé quelques caches d'armes dans des caves et des maisons ; ils avaient eu quelques escarmouches avec des petites bandes, sans doute de guérilleros, surtout dans les collines autour de Saniz, mais ces combats n'avaient été notables que par le nombre plus élevé que d'habitude de pertes du côté russe dues à la nouvelle connaissance qu'avaient les guérilleros des explosifs ; ils avaient arraché leur voile à toutes les femmes et examiné la couleur de peau de chaque bébé ; et malgré cela ils n'avaient pas trouvé Ellis, ni Jane, ni Chantal.

Jean-Pierre et Anatoly terminèrent tard en se posant près d'un relais de chevaux dans les collines au-dessus de Comar. L'endroit n'avait même pas de nom... rien qu'une poignée de petites maisons de pierre et une prairie poussiéreuse où des bidets mal nourris broutaient l'herbe rare. Le seul habitant mâle semblait être le marchand de chevaux, un vieil homme, pieds nus, vêtu d'une longue chemise de nuit avec un grand capuchon pour l'abriter des mouches. Il y avait aussi deux jeunes femmes et une bande d'enfants effrayés. De toute évidence, les jeunes hommes étaient des guérilleros et étaient quelque part avec Massoud. Ce ne fut pas long de fouiller le hameau. Quand ils eurent fini, Anatoly s'assit dans la poussière, le dos appuyé à un mur de pierre, l'air songeur. Jean-Pierre s'installa auprès de lui.

Par-delà les collines, ils apercevaient au loin le sommet enneigé du Mesmer, haut de presque six mille mètres et qui autrefois avait attiré de nombreux alpinistes d'Europe. Anatoly dit : « Voyez si vous pouvez trouver du thé. »

Jean-Pierre regarda autour de lui et aperçut le vieil homme encapuchonné qui traînait par là. « Fais du thé », lui cria-t-il en dari. L'homme s'éloigna en courant. Un moment plus tard, Jean-Pierre l'entendit qui criait après les femmes. « Le thé arrive », dit-il à Anatoly en français.

Les hommes d'Anatoly, voyant qu'ils allaient rester ici quelque temps, arrêtèrent les moteurs de leurs hélicoptères et s'assirent dans la poussière en attendant patiemment.

Anatoly avait le regard perdu dans le lointain. Son visage plat d'Oriental exprimait la fatigue. « Nous sommes dans le pétrin », dit-il.

Jean-Pierre trouva de mauvais augure qu'il dise *nous*.

« Dans notre profession, poursuivit Anatoly, il est sage de minimiser l'importance d'une mission jusqu'au moment où l'on est certain de réussir, et alors on commence à en exagérer la portée. Dans notre cas, je n'ai pas pu suivre cette méthode. Pour m'assurer l'usage de cinq cents hélicoptères et d'un millier d'hommes, j'ai dû persuader mes supérieurs de l'extrême importance qu'il y avait à capturer Ellis Thaler.

J'ai dû leur faire clairement comprendre les dangers qui nous attendent s'il s'échappe. J'ai réussi. Et leur colère contre moi si je ne le capture pas, n'en sera que plus terrible. Votre avenir, bien sûr, est lié au mien. »

Jean-Pierre n'avait pas encore envisagé les choses sous cet angle. « Que feront-ils ?

– Ma carrière s'arrêtera tout simplement. Mon salaire restera le même, mais je perdrai tous mes privilèges. Plus de whisky écossais, plus de Rive Gauche pour ma femme, plus de vacances en famille sur la mer Noire ; plus de blue-jeans ni de disques des Rolling Stones pour mes enfants… Mais je pourrais me passer de tout cela. Ce que je ne pourrais pas supporter, ce serait l'ennui sans bornes du genre de travail qu'on confie à ceux qui échouent dans ma profession. Ils m'enverraient dans une petite ville d'Extrême-Orient où il n'y a pas vraiment de travail de sécurité à faire. Je sais comment nos hommes passent leur temps et justifient leur existence dans ces endroits-là. Il faut se gagner les bonnes grâces de gens un peu mécontents, les amener à vous faire confiance, à vous parler, les encourager à lancer des remarques critiques contre le gouvernement et le Parti, puis les arrêter pour subversion. C'est une telle perte de temps… » Il parut se rendre compte qu'il pensait tout haut et s'arrêta.

« Et moi ? dit Jean-Pierre. Qu'est-ce qui va m'arriver ?

– Vous allez devenir un rien-du-tout, dit Anatoly. Vous ne travaillerez plus pour nous. On vous laissera peut-être séjourner à Moscou mais, selon toute probabilité, on vous renverra chez vous.

– Si Ellis se fait prendre, je ne pourrai jamais retourner en France : on me tuerait.

– Vous n'avez commis aucun crime en France.

– Mon père non plus, mais on l'a quand même tué.

– Vous pourriez peut-être aller dans un pays neutre : au Nicaragua, par exemple, ou en Egypte.

– Charmant !

– Mais ne perdons pas espoir, dit Anatoly en se ranimant.

Les gens ne peuvent pas se volatiliser. Nos fugitifs sont bien quelque part.

– Si nous n'arrivons pas à les retrouver avec un millier d'hommes, je ne pense pas que nous les retrouvions avec dix mille, dit Jean-Pierre d'un ton sinistre.

– Nous n'en aurons pas un millier, encore moins dix mille, répliqua Anatoly. Désormais, nous devons utiliser notre cervelle et un minimum de ressources. Nous avons usé tout notre crédit. Essayons une approche différente. Réfléchissez : quelqu'un a dû les aider à se cacher. Ça veut dire que quelqu'un sait où ils sont. »

Jean-Pierre resta songeur. « Si on les a aidés, c'est sans doute les guérilleros : les gens les moins susceptibles de parler.

– D'autres sont peut-être au courant.

– Peut-être. Mais parleront-ils ?

– Nos fugitifs doivent bien avoir des ennemis », insista Anatoly.

Jean-Pierre secoua la tête. « Ellis n'est pas ici depuis assez longtemps pour s'être fait des ennemis, et Jane est une héroïne : on la traite comme Jeanne d'Arc. Tout le monde l'adore… Oh ! attendez ! » Au moment même où il parlait, il se rendait compte que ce n'était pas vrai.

« Eh bien ?

– Le mullah.

– Aaah…

– Je ne sais pourquoi, elle l'a exaspéré. C'était en partie parce que ses remèdes à elle étaient plus efficaces que les siens, mais il n'y a pas que cela, car c'était le cas des miens aussi, mais il ne m'a jamais particulièrement détesté.

– Il la considérait sans doute comme une putain occidentale.

– Comment avez-vous deviné ?

– Ils sont tous comme ça. Où habite le mullah ?

– Abdullah habite Banda, dans une maison qui est à moins d'un kilomètre à l'extérieur du village.

– Est-ce qu'il parlera ?

– Il déteste sans doute Jane assez fort pour nous la livrer, dit Jean-Pierre d'un ton méditatif. Mais il ne voudra jamais qu'on le voie faire ça. Nous ne pouvons pas simplement atterrir dans le village et l'emmener : tout le monde saurait ce qui s'est passé et il resterait muet. Il faudrait que je le rencontre je ne sais comment, en secret… » Jean-Pierre se demandait dans quel genre de pétrin il risquait de se jeter s'il continuait ce genre de réflexions. Et puis il pensa à l'humiliation qui lui avait été infligée : la vengeance valait tous les risques. « Si vous me déposez à proximité du village, je peux me glisser jusqu'au sentier entre le village et sa maison et me cacher là jusqu'à ce qu'il passe.

– Et s'il ne passe pas de toute la journée ?

– Evidemment…

– Il faudra nous assurer qu'il viendra. » Anatoly plissa le front d'un air songeur. « Nous allons rassembler tous les villageois dans la mosquée, comme nous l'avons déjà fait et puis tout simplement les laisser repartir. Abdullah presque certainement rentrera chez lui.

– Mais sera-t-il seul ?

– Hmmm. Et si nous laissions les femmes partir les premières et que nous leur ordonnions de rentrer chez elles ? À ce moment-là, quand les hommes seront libérés, ils voudront tous aller voir ce qui sera arrivé à leurs femmes. Personne n'habite près d'Abdullah ?

– Non.

– Alors, il se dépêchera sans doute, tout seul sur ce sentier. Vous sortez de derrière un buisson…

– Et il me tranche la gorge.

– Il a un poignard ?

– Vous avez déjà rencontré un Afghan qui n'en ait pas ? »

Anatoly haussa les épaules. « Vous n'avez qu'à prendre mon pistolet. »

Jean-Pierre fut ravi, et un peu surpris, de voir qu'on lui faisait confiance à ce point-là, même s'il ne savait pas comment se servir d'une arme. « Je pense que ça peut servir pour le menacer, dit-il d'un ton inquiet. J'aurais besoin de vêtements indigènes, au cas où quelqu'un d'autre qu'Abdullah me verrait. Et si je tombe sur quelqu'un qui me connaît ? Il faudra que je me dissimule le visage derrière un foulard ou je ne sais quoi...

– C'est facile », dit Anatoly. Il cria quelque chose en russe, et trois des soldats se levèrent d'un bond. Ils disparurent dans les maisons et revinrent quelques secondes plus tard avec le vieux marchand de chevaux. « Vous n'avez qu'à prendre ses vêtements, dit Anatoly.

– Parfait, dit Jean-Pierre. Le capuchon me dissimulera le visage. » En dari, il apostropha le vieil homme : « Déshabille-toi. »

L'homme commença par protester : la nudité pour les Afghans était tout à fait honteuse. Anatoly lança un ordre bref en russe, les soldats jetèrent le vieil homme à terre et lui arrachèrent sa chemise de nuit. Ils éclatèrent d'un gros rire en voyant ses jambes maigres comme des échalas qui sortaient de son caleçon en lambeaux. Ils le laissèrent partir, il détala, se tenant le sexe à deux mains, ce qui les fit rire encore plus fort.

Jean-Pierre était trop nerveux pour trouver cela drôle. Il ôta son pantalon et sa chemise européens et passa le costume du vieil homme.

« Vous sentez la pisse de cheval, observa Anatoly.

– De l'intérieur, répondit Jean-Pierre, c'est encore pire. »

Ils remontèrent dans leur hélicoptère. Anatoly prit le casque du pilote et parla longuement en russe dans le micro. Jean-Pierre était très mal à l'aise. Et si trois guérilleros dévalaient la montagne pour le surprendre en train de menacer Abdullah avec son pistolet ? Dans la Vallée, tout le monde le connaissait. La nouvelle qu'il était revenu à Banda avec les Russes avait dû se répandre rapidement. Sans aucun doute, la plupart des gens savaient maintenant qu'il était un espion. Il devait être l'ennemi public numéro 1. On allait le tailler en morceaux.

Nous sommes peut-être trop malins, songea-t-il. Peut-être que nous devrions tout simplement nous poser, faire monter

Abdullah dans l'appareil et le battre jusqu'à ce qu'il dise la vérité.

Non, nous avons essayé hier et ça n'a pas marché. Non, c'est la seule solution.

Anatoly rendit le casque au pilote qui s'installa à sa place et commença à faire chauffer le moteur. Pendant qu'ils attendaient, Anatoly prit son pistolet pour le montrer à Jean-Pierre. «C'est un Makarov 9 millimètres», dit-il par-dessus le fracas des rotors. Il actionna un déclic en bas de la crosse pour extraire le chargeur. Il contenait huit balles. Il remit le chargeur en place. Il montra à Jean-Pierre un autre cran sur le côté gauche du pistolet. «C'est le cran de sûreté. Quand le point rouge est masqué, le pistolet est dans la position "sûreté".» Tenant le pistolet de la main gauche, il tira de la main droite le canon vers l'arrière. «C'est comme ça qu'on arme.» Il lâcha prise et le canon reprit sa place. «Quand vous tirez, appuyez bien sur la détente pour réarmer.» Il tendit l'arme à Jean-Pierre.

Il me fait vraiment confiance, se dit Jean-Pierre, et pendant un instant une bouffée de plaisir vint dominer son appréhension.

Les hélicoptères décollèrent. Ils suivirent la rivière des Cinq Lions vers le sud-ouest, en descendant la Vallée. Jean-Pierre trouvait qu'Anatoly et lui faisaient une bonne équipe. Anatoly lui rappelait son père : un homme courageux, intelligent, décidé, d'un dévouement inébranlable au communisme mondial. Si nous réussissons cette fois, se dit Jean-Pierre, nous pourrons sans doute travailler ensemble, sur un autre champ de bataille. Cette idée le combla d'aise.

À Dasht-i-Rewat, où commençait la partie inférieure de la Vallée, l'hélicoptère vira au sud-est, remontant le petit affluent du Rewat parmi les collines afin d'aborder Banda en passant derrière la montagne.

Anatoly reprit le casque du pilote, puis s'approcha pour crier quelque chose à l'oreille de Jean-Pierre. «Ils sont déjà tous dans la mosquée. Combien faudra-t-il de temps à la femme pour regagner la maison du mullah?

– Cinq à dix minutes, cria Jean-Pierre.

– Où voulez-vous qu'on vous dépose ? »

Jean-Pierre réfléchit. « Vous m'avez bien dit que tous les villageois sont dans la cour de la mosquée ?

– Oui.

– A-t-on vérifié les grottes ? »

Anatoly reprit l'émetteur et posa la question. Il revint et dit : « Ils ont vérifié les grottes.

– Très bien. Descendez-moi là.

– Combien de temps vous faudra-t-il pour gagner votre cachette ?

– Laissez-moi dix minutes ; puis libérez les femmes et les enfants, attendez encore dix minutes et relâchez les hommes.

– Très bien. »

L'hélicoptère descendait dans l'ombre de la montagne. L'après-midi déclinait, mais il y avait encore une bonne heure avant la tombée de la nuit. Ils se posèrent derrière la crête, à quelques mètres des grottes. « Ne partez pas encore », dit Anatoly à Jean-Pierre. Par la porte ouverte, Jean-Pierre vit un autre hélicoptère se poser, six hommes en descendirent et coururent jusqu'au bord de la corniche.

« Comment vous ferai-je signe de descendre pour me reprendre ensuite ? demanda Jean-Pierre.

– Nous vous attendrons ici.

– Que ferez-vous si des villageois montent ici avant mon retour ?

– Nous les abattrons. »

Anatoly avait un autre point commun avec le père de Jean-Pierre : il était impitoyable.

La patrouille de reconnaissance revint auprès d'eux et un des hommes fit signe que la voie était libre.

« Allez-y », dit Anatoly.

Jean-Pierre ouvrit la porte et sauta à terre, le pistolet d'Anatoly à la main. Il passa en courant sous les pales, tête baissée. En arrivant au bord de la corniche, il regarda derrière lui : les deux appareils étaient toujours là.

Il traversa la clairière familière devant la grotte où il

donnait ses consultations et inspecta le village. Il pouvait voir jusque dans la cour de la mosquée. Il n'arrivait pas à distinguer les silhouettes qu'il apercevait là-bas, mais l'un des villageois pouvait fort bien lever les yeux au mauvais moment et le voir – ils avaient peut-être meilleure vue que lui – aussi s'empressa-t-il de rabattre le capuchon pour se dissimuler le visage.

À mesure qu'il s'éloignait de la sécurité des hélicoptères russes, il sentait son cœur battre plus fort. Il descendit en hâte la colline, passant devant la maison du mullah. Un calme étrange semblait planer sur la Vallée, malgré la constante rumeur de la rivière et le chuintement lointain des pales d'hélicoptères. Il se rendit compte que c'était l'absence de voix d'enfants qui donnait cette impression de silence.

Il tourna à un coin du chemin et constata qu'il était hors de vue de la maison du mullah. Au bord du sentier, il y avait un petit massif de joncs et des buissons de genévrier. Il s'installa derrière, s'accroupit. Il était bien caché, mais il voyait fort bien le sentier. Il se prépara à attendre.

Il songea à ce qu'il allait dire à Abdullah. Le mullah était un farouche misogyne : peut-être pourrait-il utiliser cela. Une brusque explosion de voix aiguës venant du village en bas lui apprit qu'Anatoly avait donné ordre qu'on relachât les femmes et les enfants enfermés dans la mosquée. Les villageois se demanderaient sans doute à quoi rimait toute cette manœuvre, mais ils l'attribueraient à la folie bien connue des militaires.

Quelques minutes plus tard, la femme du mullah apparut, portant son bébé et suivie de trois enfants plus âgés. Jean-Pierre se crispa : était-il vraiment bien caché ? Les enfants n'allaient-ils pas courir en dehors du sentier et tomber sur son buisson ? Quelle humiliation ce serait : être découvert par des enfants. Il se souvint du pistolet qu'il tenait à la main. Est-ce que je pourrais tuer des enfants ? se demanda-t-il.

Mais ils passèrent et tournèrent le coude du chemin vers leur maison.

Peu après, les hélicoptères russes décollèrent du champ de

blé : cela signifiait que les hommes à leur tour avaient été relâchés. Comme prévu, Abdullah arriva, silhouette trapue gravissant la colline avec son turban et sa veste anglaise à rayures. Il devait y avoir un commerce important de vieux vêtements entre l'Europe et l'Orient, s'était dit Jean-Pierre, car tant de ces gens portaient des tenues qui, à n'en pas douter, avaient été confectionnées à Paris ou à Londres et puis mises au rebut, sans doute parce qu'elles n'étaient plus à la mode, bien avant d'être usées. Et dire, songea Jean-Pierre, tandis que la petite silhouette comique arrivait à sa hauteur, dire que ce clown en veston d'agent de change détient la clef de mon avenir. Il se redressa et sortit des buissons.

Le mullah tressaillit et poussa un cri de surprise. Il regarda Jean-Pierre et le reconnut. « Toi ! » fit-il en dari. Il porta la main à sa ceinture. Jean-Pierre lui montra le pistolet. Abdullah parut terrifié.

« N'aie pas peur », dit Jean-Pierre en dari. Sa voix mal assurée trahissait sa nervosité, et il fit un effort pour se maîtriser. « Personne ne sait que je suis ici. Ta femme et tes enfants sont passés sans me voir… ils sont à l'abri. »

Abdullah semblait méfiant. « Que veux-tu ?

– Ma femme est une adultère », dit Jean-Pierre et, bien qu'il jouât délibérément des préjugés du mullah, sa colère n'était pas totalement feinte. « Elle a pris mon enfant et m'a quitté. Elle est partie faire la putain avec l'Américain.

– Je sais », dit Abdullah, et Jean-Pierre s'aperçut qu'il commençait à vibrer d'une vertueuse indignation.

« Je suis venu la chercher pour la ramener et la châtier. »

Abdullah acquiesça avec enthousiasme et une lueur de malice apparut dans ses yeux : l'idée de punir les femmes adultères lui plaisait.

« Mais ce couple maudit est allé se cacher. » Jean-Pierre parlait avec une lenteur calculée : chaque nuance comptait. « Toi, tu es un homme de Dieu. Dis-moi où ils sont. Personne ne saura jamais comment je l'ai retrouvée, sauf toi, et moi, et Dieu.

– Ils sont partis, lança Abdullah.

– Où ça ? fit Jean-Pierre, retenant son souffle.

– Ils ont quitté la Vallée.

– Mais où sont-ils allés ?

– Au Pakistan. »

Au Pakistan ! Qu'est-ce que racontait ce vieil idiot ? « Les routes sont fermées ! cria Jean-Pierre, exaspéré.

– Pas la route du Beurre.

– Mon Dieu, murmura Jean-Pierre en français. La route du Beurre. »

Il était impressionné par leur courage et en même temps amèrement déçu, car il serait impossible maintenant de les retrouver. « Est-ce qu'ils ont emmené le bébé ?

– Oui.

– Alors, je ne reverrai jamais ma fille.

– Ils vont tous mourir au Nuristan, dit Abdullah avec satisfaction. Une Occidentale avec un bébé ne survivra jamais dans ces hauts cols, et l'Américain mourra en essayant de la sauver. Ainsi Dieu punit ceux qui échappent à la justice des hommes. »

Jean-Pierre se rendit compte qu'il devrait regagner le plus tôt possible l'hélicoptère. « Retourne chez toi maintenant, dit-il à Abdullah.

– Le traité va mourir avec eux car c'est Ellis qui a le papier, ajouta Abdullah. C'est une bonne chose. Même si nous avons besoin des armes américaines, il est dangereux de conclure des pactes avec des infidèles.

– Va ! dit Jean-Pierre. Si tu ne veux pas que ta famille me voie, arrange-toi pour qu'ils restent à l'intérieur quelques minutes. »

Abdullah le regarda, un moment indigné qu'on osât lui donner des ordres, mais il sembla comprendre qu'il n'était pas en position de force et il s'éloigna en hâte.

Jean-Pierre se demanda s'ils allaient tous mourir au Nuristan, comme Abdullah l'avait prédit avec une telle joie. Ce n'était pas ce qu'il voulait. Cela le priverait de la satisfaction de sa vengeance. Il voulait reprendre sa fille. Il voulait retrouver Jane vivante et en son pouvoir. Il voulait voir Ellis connaître la souffrance et l'humiliation.

Il laissa à Abdullah le temps d'entrer dans sa maison puis, rabattant le capuchon sur son visage, il se mit à remonter la colline, désespéré. Il détourna la tête en passant devant la maison au cas où l'un des enfants regarderait.

Anatoly l'attendait dans la clairière devant les grottes. Il tendit la main pour reprendre le pistolet et dit : « Alors ? »

Jean-Pierre lui rendit son arme. « Ils nous ont échappé, dit-il, ils ont quitté la Vallée.

— Ils ne peuvent pas nous avoir échappé, répliqua Anatoly avec colère. Où sont-ils allés ?

— Au Nuristan. » Jean-Pierre désigna les hélicoptères. « Est-ce que nous ne devrions pas partir ?

— On ne peut pas parler dans les hélicoptères.

— Mais les villageois arrivent...

— Au diable les villageois ! Cessez de vous comporter en vaincu ! Qu'est-ce qu'ils font au Nuristan ?

— Ils se dirigent vers le Pakistan, par une route qu'on appelle la route du Beurre.

— Si nous connaissons leur itinéraire, nous pouvons les retrouver.

— Je ne pense pas. Il y a bien une route, mais elle comporte beaucoup de variantes.

— Nous les survolerons toutes.

— Vous ne pouvez pas repérer ces chemins du haut des airs. On peut à peine les suivre au sol sans un guide indigène.

— Nous pouvons utiliser les cartes...

— Quelles cartes ? dit Jean-Pierre. J'ai vu vos cartes, elles ne valent pas mieux que les miennes, qui sont les meilleures qu'on puisse trouver – et ces chemins et ces cols n'y figurent pas. Vous ne savez donc pas qu'il y a des régions du monde dont on n'a jamais fait vraiment un relevé cartographique ? Eh bien, maintenant vous êtes dans l'une d'elles !

— Je sais... je suis dans le renseignement, vous vous souvenez ? » Anatoly baissa le ton. « Vous vous découragez trop facilement, mon ami. Réfléchissez. Si Ellis peut trouver un guide indigène pour lui montrer le chemin, alors je peux en faire autant. »

Etait-ce possible? Jean-Pierre se le demandait. « Il y a plus d'un chemin.

– Imaginez qu'il y ait dix variantes. Il nous faudra dix guides indigènes pour conduire dix groupes. »

Jean-Pierre retrouvait rapidement son enthousiasme en se rendant compte qu'il allait peut-être retrouver Jane et Chantal et voir capturer Ellis. « Ce ne serait peut-être pas si mal, fit-il. Nous n'avons qu'à demander en chemin. Une fois que nous serons sortis de cette foutue Vallée, les gens parleront plus facilement. Les Nuristanis ne sont pas impliqués dans cette guerre comme les gens d'ici.

– Bon, dit brusquement Anatoly. Il commence à faire nuit. Nous avons beaucoup de choses à faire ce soir. Nous partirons de bonne heure demain matin. Allons-y! »

17

Jane s'éveilla effrayée. Elle ne savait pas où elle était, ni avec qui elle était, ni si les Russes l'avaient capturée. Elle fixa une seconde le dessous d'un toit de claies en se demandant : Est-ce que c'est une prison? Puis elle se redressa brusquement, le cœur battant, et elle vit Ellis dans son sac de couchage, qui dormait la bouche ouverte, et elle se rappela : nous avons quitté la Vallée. Nous nous sommes échappés. Les Russes ne savent pas où nous sommes et ne peuvent pas nous retrouver.

Elle se rallongea et attendit que son cœur eût repris un rythme normal.

Ils ne suivaient pas la route qu'Ellis avait prévue au départ. Au lieu de prendre au nord par Comar, puis à l'est par la vallée de Comar jusqu'au Nuristan, ils avaient tourné au sud en s'éloignant de Saniz pour longer en direction de l'est la vallée de l'Aryu. C'était Mohammed qui avait fait cette suggestion, car cela les faisait quitter bien plus rapidement la Vallée des Cinq Lions, et Ellis avait accepté.

Ils étaient partis avant l'aube et n'avaient cessé de grimper toute la journée, Ellis et Jane se relayant pour porter Chantal, Mohammed ouvrant la voie en tenant Maggie par la bride. À midi, ils s'étaient arrêtés dans le village d'Aryu, un petit groupe de huttes en boue séchée où ils avaient acheté du pain à un vieil homme méfiant accompagné d'un chien hargneux. Le village d'Aryu avait marqué la limite de la civilisation : après cela, ils n'avaient plus vu pendant des kilomètres que la rivière parsemée de rochers et, de chaque côté, les grandes montagnes dénudées couleur d'ivoire, jusqu'au moment où, épuisés, ils étaient arrivés à cet endroit, en fin d'après-midi.

Jane se redressa. Chantal était allongée à côté d'elle, le souffle régulier et rayonnant de chaleur comme une bouillotte. Ellis était dans son sac de couchage : ils auraient pu réunir leurs deux sacs pour n'en faire qu'un, mais Jane avait eu peur que dans la nuit Ellis ne roulât sur Chantal ; aussi avaient-ils dormi séparément en se contentant d'être allongés côte à côte et de tendre la main pour se toucher l'un l'autre de temps en temps. Mohammed était dans la pièce voisine.

Jane se leva avec précaution, en essayant de ne pas déranger Chantal. Elle enfila sa culotte et son pantalon, elle sentit les courbatures dans son dos et dans ses jambes : elle était habituée à marcher, mais pas toute la journée, à monter sans répit sur un terrain aussi accidenté.

Elle chaussa ses bottes sans serrer les lacets et sortit. Elle cligna les yeux dans la froide et claire lumière des montagnes. Elle était dans une prairie en altitude, un grand champ vert traversé par un torrent. D'un côté du pré, la montagne se dressait abrupte et, abrités, au pied de la pente, se trouvaient un groupe de maisons de pierre et quelques enclos à bétail. Les maisons étaient désertes et les bêtes avaient disparu : c'était un pâturage d'été, les bergers avaient regagné leurs quartiers d'hiver. C'était encore l'été dans la Vallée des Cinq Lions, mais, à cette altitude, l'automne arrivait en septembre.

Jane se dirigea vers le torrent. Il était assez éloigné des maisons pour qu'elle pût se déshabiller sans crainte d'offenser Mohammed. Elle se plongea dans le courant et s'aspergea brièvement d'eau : elle était glacée. Jane ressortit aussitôt, claquant des dents. « La barbe ! », dit-elle tout haut. Elle résolut de rester sale jusqu'au jour où elle aurait retrouvé la civilisation.

Elle se rhabilla sans se sécher – il n'y avait qu'une serviette, et elle était réservée à Chantal – et regagna la maison en courant, ramassant au passage quelques branchages. Elle les déposa sur les braises du feu de la veille et souffla dessus jusqu'à ce que le bois ait pris. Elle approcha des flammes ses mains glacées pour les réchauffer.

Elle posa sur le feu une casserole d'eau pour laver Chantal. Pendant qu'elle attendait que l'eau fût chaude, les autres s'éveillèrent. D'abord, Mohammed, qui sortit pour se laver ; puis Ellis, qui se plaignait d'être moulu de courbatures ; enfin Chantal, qui réclama sa tétée.

Jane éprouvait une étrange euphorie. Elle aurait dû être inquiète, se dit-elle, à l'idée d'emmener son bébé de deux mois dans un des endroits les plus sauvages du monde ; mais, sans qu'elle sût pourquoi, cette inquiétude était balayée par le bonheur qu'elle ressentait. Pourquoi suis-je heureuse ? se demanda-t-elle, et la réponse vint aussitôt : parce que je suis avec Ellis.

Chantal aussi semblait heureuse, comme si elle absorbait le contentement avec le lait de sa mère. Ils n'avaient pas pu acheter de nourriture hier soir, parce que les bergers n'étaient plus là et qu'il n'y avait personne à qui en demander. Toutefois, ils avaient du riz et du sel qu'ils avaient fait bouillir – non sans mal, car il fallait une éternité pour faire bouillir de l'eau à cette altitude. Maintenant, en guise de petit déjeuner, il restait du riz froid. Cela calma un peu l'enthousiasme de Jane.

Elle mangea pendant que Chantal tétait, puis la lava et la

changea. La couche de rechange, lavée la veille dans le torrent, avait séché pendant la nuit auprès du feu. Jane enroula Chantal dedans et prit la couche sale pour la rincer dans le courant. Elle l'attacherait aux bagages en espérant que le vent et la chaleur du corps de la jument la feraient sécher. Elle se demanda ce que dirait sa mère en apprenant que sa petite-fille gardait la même couche toute la journée ? Elle serait horrifiée. Peu importait…

Ellis et Mohammed remirent le chargement sur la jument et la firent tourner dans la bonne direction. Aujourd'hui, ce serait plus dur que la veille. Il leur fallait franchir la chaîne de montagne qui, depuis des siècles, isolait plus ou moins le Nuristan du reste du monde. Ils allaient franchir le col d'Aryu à plus de quatre mille mètres d'altitude. Sur une grande partie du trajet, il leur faudrait lutter contre la neige et la glace. Ils espéraient atteindre le village nuristani de Linar : ce n'était qu'à une quinzaine de kilomètres à vol d'oiseau, mais il pourraient s'estimer heureux d'arriver là en fin d'après-midi.

Le soleil brillait lorsqu'ils partirent, mais l'air était glacé. Jane portait de grosses chaussettes, des moufles, et un chandail imperméabilisé sous son manteau doublé de fourrure. Elle portait Chantal dans le harnais entre son chandail et son manteau, dont les boutons du haut n'étaient pas fermés pour laisser passer l'air.

Ils quittèrent le pré en remontant le cours de l'Aryu et presque aussitôt le paysage redevint dur et hostile. Les falaises glacées étaient dépouillées de toute végétation. À un moment, Jane aperçut au loin un groupe de nomades, des tentes plantées sur une pente désolée : elle ne savait pas si elle devait se réjouir de voir d'autres humains dans les parages ou si elle devait les redouter. La seule autre présence vivante qu'elle aperçut, ce fut un vautour qui planait dans le vent glacé.

On ne distinguait absolument pas le chemin. Jane était heureuse que Mohammed fût avec eux. Il commença par suivre le torrent, mais lorsqu'il se rétrécit et finit par disparaître, il continua avec une assurance que rien ne démontait. Jane lui demanda comment il connaissait le chemin, il lui expliqua que la route était jalonnée par des pierres entassées de loin en loin. Elle ne les avait pas remarquées.

Bientôt, une mince couche de neige recouvrit le sol et, malgré ses grosses chaussettes et ses bottes, Jane avait froid aux pieds.

Chose étonnante, Chantal dormit la plupart du temps. Toutes les deux heures, ils s'arrêtaient pour prendre quelques minutes de repos, Jane en profitait pour la nourrir, tressaillant lorsqu'elle exposait ses seins à l'air glacé. Elle fit remarquer à Ellis qu'à son avis Chantal se comportait remarquablement bien et il dit : « Incroyablement, incroyablement. »

À la mi-journée, ils s'arrêtèrent en vue du col d'Aryu pour un repos d'une demi-heure qui fut le bienvenu. Jane était déjà épuisée et souffrait du dos. En outre, elle mourait de faim : elle engloutit le gâteau de mûres et de noix qui leur servit de déjeuner.

Les abords du col étaient absolument décourageants. En regardant cette pente abrupte, Jane perdit espoir. Je crois que je vais m'asseoir ici encore un moment, songea-t-elle ; mais il faisait froid, elle commença à frissonner et Ellis s'en aperçut et se leva. « Allons, avant de geler sur place », dit-il avec entrain. Jane songea : J'aimerais que tu ne te montres pas aussi stupidement gai.

Elle se leva au prix d'un immense effort de volonté. « Laisse-moi porter Chantal », dit Ellis.

Jane fut trop heureuse de lui tendre le bébé. Mohammed ouvrait la route, cramponné aux rênes de Maggie. Jane suivait tant bien que mal. Ellis fermait la marche.

La pente était raide et la neige rendait le sol glissant. Au bout de quelques minutes, Jane était plus épuisée qu'elle ne l'était avant qu'ils ne s'arrêtent pour se reposer. Tout en avançant péniblement, hors d'haleine et souffrant de tous ses muscles, elle se rappela avoir dit à Ellis : *Je pense que j'ai de meilleures chances de m'enfuir d'ici avec toi que de m'évader de Sibérie toute seule.* Peut-être que je n'en suis pas capable non plus, se disait-elle maintenant. Je ne savais pas que ce serait comme ça. Puis elle se reprit. Bien sûr que tu le savais, se dit-elle ; et tu sais que ça va encore être pire avant d'aller mieux. Secoue-toi, pauvre chose. Là-dessus, elle glissa sur une roche verglacée et tomba. Ellis, qui était juste derrière elle, lui prit le bras et l'aida à se relever. Elle comprit qu'il ne la quittait pas des yeux et elle éprouva une bouffée de tendresse pour lui. Ellis l'aimait comme Jean-Pierre ne l'avait jamais fait. Jean-Pierre aurait marché en tête, persuadé que, si elle avait besoin d'aide, elle en demanderait ; si elle s'était plainte d'une pareille attitude, il lui aurait demandé si elle voulait être traitée en égale ou non.

Ils étaient presque au sommet ; Jane se pencha en avant pour évaluer la pente en se disant : encore un petit peu, rien qu'un petit peu. Elle avait le vertige. Devant elle, Maggie trébucha sur les pierres, puis escalada les derniers mètres, obligeant Mohammed à courir auprès d'elle. Jane suivait, en comptant les pas. Elle arriva enfin tout en haut. Elle s'arrêta. Elle avait la tête qui tournait. Ellis la prit par la taille et elle ferma les yeux en s'appuyant contre lui.

« À partir de maintenant, on descend jusqu'à ce soir », dit-il.

Elle ouvrit les yeux. Elle n'aurait jamais pu imaginer un paysage aussi inhospitalier : rien que la neige, le vent, les montagnes et la solitude éternelle. « Quel coin perdu », dit-elle.

Ils contemplèrent le panorama une minute, puis Ellis dit : « Il faut y aller. »

Ils repartirent. La descente était encore plus abrupte. Mohammed, qui n'avait cessé pendant toute la montée de tirer sur les rênes de Maggie, se cramponnait maintenant à sa queue pour la freiner et empêcher la jument d'aller dégringoler sur le contrefort glissant. On avait du mal à distinguer les tas de pierres au milieu de l'amoncellement de petits rochers couverts de neige, mais Mohammed n'hésitait jamais sur la route à suivre. Jane se dit qu'elle devrait proposer de reprendre Chantal, pour laisser Ellis souffler un peu, mais elle savait qu'elle était incapable de la porter.

À mesure qu'ils descendaient, la neige se fit moins épaisse, puis disparut, et le sentier redevint visible. Jane ne cessait d'entendre un bizarre sifflement et elle finit par trouver la force de demander à Mohammed ce que c'était. En réponse, il utilisa un mot dari qu'elle ne connaissait pas. Il en ignorait l'équivalent français. Il finit par lui désigner quelque chose et Jane vit un petit animal, pareil à un écureuil, qui s'enfuyait : une marmotte. Ensuite, elle en vit plusieurs autres et se demanda ce qu'elles trouvaient à manger là-haut.

Bientôt, ils longèrent un autre torrent, dans le sens du courant cette fois, et les éternels rochers gris et blancs s'agrémentaient maintenant de petites touffes d'herbe drue et de quelques buissons rabougris sur les berges ; mais le vent continuait à balayer le défilé et pénétrait les vêtements de Jane comme des aiguilles de glace.

Tout comme l'ascension n'avait cessé d'être plus pénible, la descente se fit de plus en plus facile : le sentier était moins rocailleux, l'air plus doux et le paysage moins hostile. Jane était toujours épuisée, mais elle ne se sentait plus oppressée ni déprimée. Au bout de trois kilomètres, ils atteignirent le premier village du Nuristan. Les hommes là-bas portaient d'épais chandails sans manches décorés d'un étrange motif noir et blanc et parlaient une langue à eux que Mohammed pouvait à peine comprendre. Il parvint pourtant à acheter du pain avec l'argent afghan d'Ellis.

Jane eut la tentation de supplier Ellis de faire halte ici pour la nuit, car elle se sentait désespérément lasse ; mais il restait encore plusieurs heures de jour et ils étaient convenus d'essayer d'atteindre Linar aujourd'hui, aussi se mordit-elle la langue et força-t-elle ses jambes endolories à continuer.

À son grand soulagement, les six à huit kilomètres qui restaient étaient plus faciles, et ils arrivèrent bien avant la tombée de la nuit. Jane s'effondra au pied d'un énorme mûrier et resta affalée là un moment. Mohammed alluma un feu et se mit à préparer le thé.

Mohammed fit savoir aux gens du village que Jane était une infirmière occidentale et peu après, alors qu'elle nourrissait et changeait Chantal, un petit groupe de patients se forma, attendant à distance respectueuse. Jane rassembla ses forces et alla les examiner. Il y avait le lot habituel de plaies infectées, de parasites intestinaux et de bronchites, mais elle trouva là moins d'enfants sous-alimentés que dans la Vallée des Cinq Lions, sans doute parce que la guerre n'avait guère touché cette région perdue.

À la suite de cette consultation impromptue, Mohammed reçut un poulet, qu'il mit à bouillir dans leur casserole. Jane aurait préféré aller dormir, mais elle se força à attendre que le dîner fût prêt et elle mangea avec voracité lorsqu'on le servit. Le poulet était filandreux, sans goût, mais jamais elle n'avait eu aussi faim de sa vie.

On donna à Ellis et à Jane une chambre dans l'une des maisons du village. Il y avait un matelas pour eux et un berceau en bois rudimentaire pour Chantal. Ils réunirent leurs sacs de couchage et firent l'amour avec une tendre lassitude. Ellis s'endormit presque aussitôt. Jane resta éveillée quelques minutes. Maintenant qu'elle se détendait, ses muscles lui semblaient plus endoloris. Elle s'imagina allongée sur un vrai lit dans une vraie chambre, avec la lumière des lampadaires brillant à travers les rideaux, des claquements de portières dehors, une salle de bain avec une chasse d'eau, un robinet d'eau chaude, une boutique au coin de la rue où on pouvait acheter du coton hydrophile, des couches et du shampooing pour bébé. Nous avons échappé aux Russes, songea-t-elle, en sombrant dans le sommeil ; peut-être que nous allons vraiment arriver à rentrer. Peut-être.

Jane s'éveilla en même temps qu'Ellis, le sentant soudain tout tendu. Il resta un moment allongé auprès d'elle, crispé, retenant son souffle, écoutant les aboiements de deux chiens. Puis il se leva précipitamment.

La chambre était plongée dans l'obscurité. Elle entendit le craquement d'une allumette ; puis elle vit dans un coin la flamme dansante d'une bougie. Elle regarda Chantal : le bébé dormait paisiblement. « Qu'est-ce que c'est ? dit-elle à Ellis.

– Je ne sais pas », chuchota-t-il. Il enfila son jean, chaussa ses bottes et passa son manteau, puis il sortit.

Jane s'habilla et le suivit. Dans la pièce voisine, le clair de lune entrant par la porte ouverte lui fit découvrir quatre enfants alignés dans un lit, qui regardaient tous avec de grands yeux par-dessus le bord de la couverture qu'ils partageaient. Leurs parents dormaient dans une autre chambre. Sur le seuil, Ellis scrutait la nuit.

Jane se planta auprès de lui. Au flanc de la colline, elle apercevait sous la lune une silhouette solitaire qui courait dans leur direction.

« C'est lui que les chiens ont entendu, murmura Ellis.

– Mais qui est-ce ? » dit Jane.

Une autre forme apparut soudain à côté d'eux. Jane sursauta, puis reconnut Mohammed. La lame d'un poignard étincelait dans sa main.

La silhouette approcha. Jane crut reconnaître sa démarche. Mohammed tout d'un coup poussa un grognement et rengaina son couteau. « Ali Ghanim », dit-il.

Jane reconnut alors le pas caractéristique d'Ali, qui courait de cette façon parce qu'il était un peu bossu. « Mais pourquoi ? » murmura-t-elle.

Mohammed fit quelques pas et agita le bras. Ali l'aperçut, lui rendit son salut et courut jusqu'à la hutte où ils l'attendaient tous les trois. Mohammed et lui s'étreignirent.

Jane attendit avec impatience qu'Ali eût repris son souffle. Il put enfin dire : « Les Russes sont sur votre piste. »

Jane sentit son cœur se serrer. Elle avait cru qu'ils s'étaient échappés. Que s'était-il passé ?

Ali prit une profonde inspiration, puis reprit : « C'est Massoud qui m'a envoyé vous prévenir. Le jour où vous êtes partis, ils ont fouillé toute la Vallée des Cinq Lions en vous cherchant, avec des centaines d'hélicoptères et des milliers d'hommes. Aujourd'hui, comme ils n'ont pas réussi à vous trouver, ils ont envoyé des patrouilles dans toutes les vallées qui mènent au Nuristan.

– Qu'est-ce qu'il dit ? » fit Ellis.

Jane de la main arrêta Ali pour traduire à l'intention

d'Ellis, qui n'arrivait pas à suivre le discours rapide et haletant de ce dernier.

« Comment ont-ils su, dit Ellis, que nous étions allés dans le Nuristan ? Nous aurions pu décider de nous cacher n'importe où. »

Jane interrogea Ali. Il ne savait pas.

« Y a-t-il une patrouille dans cette vallée ? demanda Jane à Ali.

– Oui. Je l'ai dépassée juste avant le col d'Aryu. Ils ont peut-être atteint le dernier village à la tombée de la nuit.

– Oh ! non », fit Jane, désespérée. Elle traduisit pour Ellis. « Comment peuvent-ils se déplacer tellement plus vite que nous ? » dit-elle. Ellis haussa les épaules et ce fut elle-même qui répondit à sa question : « Parce qu'ils ne sont pas ralentis par une femme avec un bébé. Oh ! la barbe.

– S'ils partent de bonne heure demain matin, dit Ellis, ils nous rattraperont dans la journée.

– Que pouvons-nous faire ?

– Partir maintenant. »

Jane sentait la fatigue dans ses os et elle fut prise d'un ressentiment déraisonné envers Ellis. « On ne peut pas se cacher quelque part ? dit-elle, irritée.

– Où ça ? dit Ellis. Il n'y a qu'une route ici. Les Russes ont assez d'hommes pour fouiller toutes les maisons : il n'y en a pas tant. D'ailleurs, la population locale n'est pas forcément de notre côté. Ces gens pourraient fort bien dire aux Russes où nous nous cachons. Non, notre seul espoir est de garder de l'avance sur nos poursuivants. »

Jane regarda sa montre. Deux heures du matin. Elle se sentait prête à renoncer.

« Je vais charger le cheval, dit Ellis. Toi, nourris Chantal. » Il passa au dari pour dire à Mohammed : « Veux-tu préparer du thé ? Et donner à Ali quelque chose à manger. »

Jane revint dans la maison, acheva de s'habiller, puis allaita Chantal. Pendant ce temps, Ellis lui apporta le thé vert dans un bol en poterie. Elle le but avec reconnaissance.

Tandis que Chantal tétait, Jane se demanda quelle était

l'importance du rôle de Jean-Pierre dans cette poursuite impitoyable. Elle savait qu'il avait aidé les Russes dans leur raid sur Banda, car elle l'avait vu. Lorsqu'ils fouillaient la Vallée des Cinq Lions, sa connaissance des lieux avait dû être inappréciable. Il devait savoir qu'ils traquaient sa femme et son bébé comme des chiens qui chassent des rats. Comment avait-il pu être amené à les aider ? Son amour avait dû se changer en haine sous l'effet du ressentiment et de la jalousie.

Chantal était repue. Comme ce doit être agréable, songea Jane, de ne rien savoir de la passion, de la jalousie ni de la trahison, de n'avoir d'autre sensations que de chaleur ou de froid et d'avoir le ventre plein ou vide. «Profites-en pendant que tu le peux, petite fille», dit-elle.

En hâte, elle reboutonna sa chemise, passa par-dessus sa tête son gros chandail imperméabilisé. Elle installa le harnais autour de son cou, y attacha Chantal, puis enfila son manteau et sortit.

Ellis et Mohammed étudiaient la carte à la lueur d'une lanterne. Ellis montra à Jane leur route. «Nous allons suivre le Linar jusqu'à l'endroit où il se jette dans la rivière Nuristan, puis nous recommencerons à monter, en suivant le Nuristan vers le nord. Nous prendrons ensuite une de ces vallées latérales – Mohammed ne sait pas encore laquelle – et nous nous dirigerons vers la passe de Kantiwar. J'aimerais sortir de la vallée du Nuristan aujourd'hui : ce sera plus difficile ainsi aux Russes de nous suivre, car ils ne sauront pas exactement quelle vallée latérale nous avons prise.

– C'est loin ? demanda Jane.

– Ça ne fait que vingt-cinq kilomètres – mais savoir si c'est facile ou non dépend évidemment du terrain.»

Jane acquiesça de la tête. «Partons», dit-elle. Elle était fière d'avoir l'air plus pleine d'entrain qu'elle ne l'était.

Ils partirent à la lueur du clair de lune. Mohammed imposait un pas rapide et cravachait sans merci la jument avec une courroie de cuir lorsqu'elle s'attardait. Jane avait une légère migraine et l'impression d'avoir l'estomac vide. Pourtant, elle n'avait pas sommeil, elle se sentait les nerfs tendus et elle était fatiguée jusqu'à la moelle des os.

De nuit, elle trouva le sentier terrifiant. Parfois, ils marchaient dans l'herbe rare au bord de la rivière, ce qui pouvait aller; mais ensuite le chemin grimpait en épingle à cheveux au flanc de la montagne pour continuer au bord de la falaise à des dizaines de mètres plus haut, où le sol était couvert de neige, et Jane était terrifiée à l'idée de glisser et de se fracasser avec son bébé dans les bras.

Parfois, il y avait le choix : le sentier se divisait en deux branches, l'une montant et l'autre descendant. Comme aucun d'eux ne savait quelle route prendre, ils laissaient Mohammed deviner. La première fois, il choisit la route du bas, ce qui se révéla être le bon choix : la piste les conduisit jusqu'à une petite plage où ils durent patauger dans une trentaine de centimètres d'eau, mais cela leur épargna un long détour. Par contre, la seconde fois qu'ils durent choisir, ils suivirent de nouveau le bord du torrent, mais cette fois ils le regrettèrent : au bout d'un kilomètre et demi environ, le chemin menait droit à une paroi à pic, et la seule façon de passer aurait été de nager. À contrecœur, ils revinrent sur leurs pas jusqu'à l'embranchement et prirent le chemin qui gravissait la falaise.

La fois d'après, ils descendirent encore vers le bord du torrent. Le sentier les amena sur une corniche qui courait le long de la falaise à une trentaine de mètres au-dessus de l'eau. La jument devint nerveuse, sans doute parce que le chemin était très étroit. Jane avait peur aussi. La lueur des étoiles ne suffisait pas à éclairer le cours d'eau en bas, si bien que la gorge semblait un puits noir et sans fond. Maggie ne cessait de s'arrêter et Mohammed devait tirer sur les rênes pour la faire repartir.

Lorsque le chemin contourna un saillant de la falaise sans qu'on pût voir ce qu'il y avait de l'autre côté, Maggie refusa de passer le tournant et commença à s'énerver. Jane recula, évitant une ruade. Chantal se mit à pleurer, soit parce qu'elle sentait la tension, soit parce qu'elle ne s'était pas rendormie après sa tétée de deux heures du matin. Ellis passa Chantal à Jane et avança pour donner un coup de main à Mohammed.

Ellis proposa de prendre les rênes, mais Mohammed refusa brutalement : lui aussi commençait à être tendu. Ellis se contenta donc de pousser l'animal par-derrière en lui criant «Hue». Jane se disait que le spectacle était presque drôle quand Maggie se cabra. Mohammed lâcha les rênes, trébucha et la jument recula sur Ellis qu'elle renversa.

Par chance, Ellis tomba sur la gauche, contre la paroi. Lorsque la jument recula sur Jane, celle-ci se trouvait du mauvais côté, les pieds au bord du vide lorsque la bête la dépassa. Elle se cramponna à une sacoche attachée au harnais, serrant de toutes ses forces au cas où Maggie la pousserait dans le précipice. «Stupide animal!» hurla-t-elle. Chantal, coincée entre Jane et le cheval, se mit à crier aussi. Jane fut traînée ainsi sur quelques mètres, terrifiée à l'idée de lâcher prise. Puis, prenant un risque désespéré, elle lâcha la sacoche, tendit la main droite et empoigna la bride ; en même temps, elle prit solidement appui sur ses pieds, parvint à passer devant la jument et s'arrêta à la hauteur de sa tête en tirant de toutes ses forces sur la bride et en disant «Arrête!» d'une voix forte.

À sa stupéfaction, Maggie s'arrêta.

Jane se retourna. Ellis et Mohammed se remettaient debout. «Ça va? leur demanda-t-elle.

– À peu près, dit Ellis.

– J'ai perdu la lanterne», annonça Mohammed.

Ellis dit en anglais : «J'espère que ces foutus Russes ont les mêmes problèmes.»

Jane se rendit compte qu'ils n'avaient pas vu comment la jument avait failli la pousser dans le précipice. Elle décida de ne pas les affoler. Elle tendit la bride à Ellis. «Continuons, dit-elle. Nous pourrons lécher nos blessures plus tard.» Elle passa devant Ellis et dit à Mohammed : «Montre-nous le chemin.»

Mohammed retrouva quelque entrain après avoir passé quelques minutes sans être empêtré de Maggie. Jane se demandait s'ils avaient vraiment besoin d'un cheval, mais elle décida que oui : il y avait trop de bagages pour les porter et tout était essentiel : ils auraient même sans doute dû prendre plus de vivres.

Ils traversèrent en hâte un hameau silencieux et endormi, qui n'était qu'une poignée de maisons auprès d'une cascade. Dans une des masures, un chien se mit à aboyer jusqu'au moment où quelqu'un le fit taire. Puis ils se retrouvèrent en pleine nature.

Le ciel virait du noir au gris et les étoiles avaient disparu : le jour se levait. Jane se demanda ce que faisaient les Russes. Peut-être les officiers en ce moment même étaient-ils en train d'éveiller les hommes, à grand renfort de cris et de coups de pied pour ceux qui étaient lents à s'extirper de leur sac de couchage. Un cuistot devait préparer du café pendant que l'officier qui commandait le détachement étudiait sa carte. Ou peut-être s'étaient-ils levés de bonne heure, une heure auparavant, quand il faisait encore nuit, et progressaient-ils en file indienne le long de la rivière Linar ; peut-être avaient-ils déjà dépassé le village de Linar, peut-être avaient-ils pris tous les bons embranchements et n'étaient-ils maintenant qu'à deux ou trois kilomètres derrière leurs proies.

Jane hâta le pas.

La corniche suivait toujours la falaise, puis descendait jusqu'à la berge. On ne voyait aucun signe de culture, mais sur les deux rives, les pentes de la montagne étaient boisées et, comme le jour se levait, Jane reconnut les arbres : c'étaient des chênes. Elle les montra du doigt à Ellis en disant : « Pourquoi est-ce que l'on ne se cache pas dans les bois ? »

– En dernier ressort, nous pourrions, dit-il. Mais les Russes ne tarderaient pas à comprendre que nous nous sommes arrêtés parce qu'ils interrogeraient les villageois et qu'on leur dirait que nous ne sommes pas encore passés ; alors ils reviendraient sur leurs pas et se mettraient à nous chercher avec encore plus d'ardeur. »

Jane hocha la tête avec résignation. Elle cherchait simplement un prétexte pour s'arrêter.

Juste avant le lever du soleil, ils franchirent un tournant

de la rivière et s'arrêtèrent net : un éboulement avait obstrué la gorge de terre et de pierraille, barrant complètement le chemin.

Jane crut qu'elle allait éclater en sanglots. Ils avaient fait quatre ou cinq kilomètres sur la berge et sur cette étroite corniche : revenir en arrière représentait au moins huit kilomètres de plus, y compris le passage qui avait tellement effrayé Maggie.

Ils s'arrêtèrent tous les trois et contemplèrent l'éboulement.

«Nous ne pourrions pas passer par-dessus? dit Jane.

– Pas le cheval», dit Ellis.

Jane lui en voulait d'avoir énoncé l'évidence. «L'un de nous pourrait repartir avec le cheval, dit-elle avec impatience. Les deux autres pourraient se reposer en attendant que le cheval nous ait rejoints.

– Je ne crois pas qu'il soit sage de se séparer.»

Jane prit fort mal le ton autoritaire d'Ellis. «Ne va pas t'imaginer que nous ferons tout ce que toi tu te trouves estimer être sage», lança-t-elle.

Il eut l'air surpris. «Très bien. Mais je crois aussi que ce monticule de terre et de pierres pourrait fort bien s'ébouler si quelqu'un essayait de le franchir. Si tu veux savoir, je n'ai pas l'intention d'essayer, quoi que vous puissiez décider tous les deux.

– Alors tu ne veux même pas en discuter. Je vois.» Furieuse, Jane tourna les talons et repartit sur le sentier, laissant les deux hommes la suivre. Comment se faisait-il, se demanda-t-elle, que les hommes retrouvaient tout naturellement ce ton d'adjudant chaque fois que se posait un problème d'ordre physique ou mécanique?

Ellis, songea-t-elle, n'était pas sans défauts. Il avait un côté parfois ours mal léché : il avait beau dire sans cesse qu'il était un expert dans la lutte antiterroriste, cela ne l'empêchait pas de travailler pour la CIA, qui était sans doute le plus important groupe de terroristes du monde. Il y avait à n'en pas douter une partie de lui qui aimait le danger, la violence et la fourberie. Ne choisis pas un macho romanesque, songea-t-elle, si tu veux un homme qui te respecte.

Ce qu'on pouvait dire à la décharge de Jean-Pierre, c'était qu'il ne prenait jamais les femmes de haut. Il pouvait vous négliger, vous tromper ou vous ignorer, mais jamais il ne se montrait condescendant. Peut-être était-ce parce qu'il était plus jeune.

Elle dépassa l'endroit où Maggie s'était cabrée. Elle n'attendit pas les hommes : qu'ils se débrouillent cette fois avec ce maudit canasson.

Chantal se plaignait, mais Jane la fit attendre. Elle continua jusqu'à ce qu'elle fût arrivée à un endroit où une sorte de chemin semblait grimper vers le haut de la falaise. Elle s'assit là et décida unilatéralement un repos. Ellis et Mohammed la rattrapèrent une ou deux minutes plus tard. Mohammed prit dans son sac du gâteau aux mûres et aux noix et en fit une distribution. Ellis ne dit pas un mot à Jane.

Après la pause, ils reprirent leur ascension. Arrivés en haut, ils débouchèrent au soleil et Jane commença à sentir sa colère se dissiper. Au bout d'un moment, Ellis lui passa un bras autour des épaules et dit : « Excuse-moi d'avoir joué les chefs.

– Merci, dit Jane encore crispée.

– Tu ne crois pas que tu as peut-être réagi un peu violemment ?

– Sûrement que si. Pardon.

– Allons donc, laisse-moi porter Chantal. »

Jane lui tendit le bébé. Une fois soulagée de ce fardeau, elle se rendit compte qu'elle avait mal au dos. Chantal ne lui avait jamais paru lourde, mais son poids se sentait sur une longue distance.

L'air devint plus doux à mesure que le soleil s'élevait dans le ciel matinal. Jane ouvrit son manteau et Ellis enleva le sien. Mohammed garda sa grande tunique russe, avec cette indifférence des Afghans à tous les changements de température qui n'étaient pas extrêmes.

Vers midi, ils émergèrent de l'étroite gorge de la Linar pour déboucher dans la large vallée du Nuristan. Là, la route une fois de plus était clairement marquée, le sentier devenait presque aussi bon que le chemin charretier qui remontait la

Vallée des Cinq Lions. Ils tournèrent au nord, marchant à contre-courant et en escaladant la pente.

Jane se sentait épuisée et découragée. Après s'être levée à deux heures du matin, elle avait marché dix heures – mais ils n'avaient parcouru que six à huit kilomètres. Ellis voulait faire encore quinze kilomètres aujourd'hui. C'était la troisième journée de marche consécutive pour Jane, elle savait qu'elle ne pourrait pas continuer jusqu'à la tombée de la nuit. Même Ellis avait cet air de mauvaise humeur dont Jane savait que c'était un signe de lassitude. Seul Mohammed semblait infatigable.

Dans la vallée de la Linar, ils n'avaient rencontré personne en dehors des villages, mais ici il y avait quelques voyageurs, la plupart en robe blanche et turban blanc. Les Nuristanis regardaient avec curiosité les deux Occidentaux pâles et épuisés, mais saluaient Mohammed avec un respect méfiant, sans doute à cause de la Kalachnikov qu'il avait en bandoulière.

Comme ils gravissaient péniblement la pente auprès de la rivière Nuristan, ils furent dépassés par un jeune homme au regard vif et à la barbe noire, qui portait dix poissons fraîchement pêchés enfilés sur un bâton. Il s'adressa à Mohammed dans un mélange de plusieurs langues – Jane reconnut du dari et un mot français de temps en temps – et ils se comprirent assez bien pour que Mohammed pût acheter trois de ses poissons.

Ellis compta l'argent et dit à Jane : «Cinq cents afghanis par poisson... ça fait combien ?

– Cinq cents afghanis, ça fait cinquante francs.

– Fichtre, dit Ellis. C'est du poisson de luxe. »

Le jeune homme, qui s'appelait Halam, raconta qu'il avait pris le poisson dans le lac Mundol, plus bas dans la vallée, mais sans doute les avait-il achetés, car il n'avait pas l'air d'un pêcheur. Il ralentit le pas pour marcher avec eux, parlant avec volubilité et ne se souciant apparemment pas de savoir s'ils le comprenaient ou pas.

Comme la Vallée des Cinq Lions, le Nuristan était un canyon rocheux qui s'élargissait tous les quelques kilomètres en petites plaines cultivées avec des champs en terrasses. La différence la plus notable, c'était la forêt de chênes qui recouvrait les flancs de la montagne comme la laine sur le dos d'un mouton et qui parut à Jane un endroit où se cacher si tout le reste échouait.

Ils avançaient plus vite maintenant. Il n'y avait pas de détours par la montagne, au grand soulagement de Jane. À un endroit, la route encore une fois était bloquée par un éboulement, mais cette fois Ellis et Jane purent passer par-dessus pendant que Mohammed et le cheval traversaient la rivière à gué et les rejoignaient quelques mètres plus en amont. Un peu plus tard, là où un contrefort s'avançait dans le courant, la route continuait sur la paroi de la falaise par un pont de bois branlant que la jument refusa d'emprunter et une fois de plus Mohammed résolut le problème en passant dans l'eau.

Jane cette fois était au bord de l'effondrement. Lorsque Mohammed réapparut, elle dit : « J'ai besoin de m'arrêter pour me reposer.

– Nous sommes presque à Gadwal, dit Mohammed.

– C'est à quelle distance ? »

Mohammed tint une conférence avec Halam en dari et en français, puis répondit : « Une demi-heure. »

Cela parut à Jane une éternité. Bien sûr, je peux encore marcher une demi-heure, se dit-elle, et elle essaya de penser à autre chose qu'à la douleur qui lui cisaillait le dos et à l'envie de s'allonger par terre.

Sur ces entrefaites, au tournant suivant, ils aperçurent le village.

C'était un spectacle étonnant et qui était le bienvenu : les maisons de bois s'accrochaient au flanc abrupt de la montagne comme des enfants grimpent sur le dos les uns des autres, donnant l'impression que, si une maison du bas venait à s'effondrer, tout le village dévalerait la colline pour tomber dans l'eau.

À peine à hauteur de la première maison, Jane s'arrêta sur la berge. Tous les muscles de son corps lui faisaient mal, elle avait à peine la force de reprendre Chantal à Ellis, qui s'assit auprès d'elle avec une promptitude qui donnait à penser que lui aussi était vanné. Un visage curieux apparut à une fenêtre et Halam aussitôt s'adressa à la femme, sans doute pour lui dire qu'il connaissait Jane et Ellis. Mohammed attacha Maggie là où elle pouvait brouter l'herbe au bord du torrent, puis s'accroupit auprès d'Ellis.

« Il faut que nous achetions du pain et du thé », dit Mohammed.

Jane estimait qu'ils avaient tous besoin d'une nourriture plus substantielle. « Et le poisson ? dit-elle.

– Ça prendrait trop de temps, dit Ellis, de le nettoyer et de le cuire. Nous le mangerons ce soir. Je ne veux pas passer plus d'une demi-heure ici.

– Très bien », dit Jane, qui pourtant n'était pas sûre de pouvoir continuer après seulement une demi-heure de repos. Peut-être un peu de nourriture allait-il lui redonner des forces, se dit-elle.

Halam les appelait. Jane leva les yeux et le vit qui leur faisait signe. La femme en faisait autant : elle les invitait dans sa maison. Ellis et Mohammed se relevèrent. Jane posa Chantal par terre, se leva, puis se baissa pour prendre le bébé dans ses bras. Soudain, sa vision se brouilla et elle eut l'impression de perdre l'équilibre. Un moment, elle lutta, ne voyant que le petit visage de Chantal dans une brume ; puis ses genoux se dérobèrent sous elle, elle s'effondra sur le sol et tout devint noir.

Lorsqu'elle ouvrit les yeux, elle vit un cercle de visages anxieux penchés sur elle. Ellis, Mohammed, Halam et la femme. « Comment te sens-tu ? dit Ellis.

– Ridicule, dit-elle. Qu'est-il arrivé ?

– Tu t'es évanouie. »

Elle se redressa. « Ça va aller.

– Non, pas du tout, dit Ellis. Tu ne peux pas aller plus loin aujourd'hui. »

Jane avait les idées plus claires. Elle savait qu'il avait raison. Son corps refusait de continuer et aucun effort de volonté n'y changerait rien. Elle se mit à parler français pour que Mohammed pût comprendre. « Mais les Russes vont sûrement arriver ici aujourd'hui.

– Il faudra nous cacher, dit Ellis.

– Regarde ces gens, dit Mohammed. Crois-tu qu'ils puissent garder un secret ? »

Jane regarda Halam et la femme. Ils observaient la scène, fascinés par la conversation même s'ils n'en comprenaient pas un mot. L'arrivée des étrangers était sans doute l'événement le plus excitant de l'année. Dans quelques minutes, tout le village serait ici. Elle examina Halam. Lui dire de ne pas bavarder serait comme dire à un chien de ne pas aboyer. À la tombée de la nuit, l'emplacement de leur cachette serait connu dans tout le Nuristan. Etait-il possible de se soustraire à ces gens et de s'éclipser discrètement dans une vallée latérale ? Peut-être. Mais ils ne pouvaient pas vivre indéfiniment sans l'aide de la population : à un moment, ils seraient à court de nourriture et ce serait alors que les Russes comprendraient qu'ils s'étaient arrêtés et commenceraient à fouiller les bois et les canyons. Ellis avait raison lorsqu'il avait dit tout à l'heure que leur seul espoir était de garder de l'avance sur leurs poursuivants.

Mohammed tirait sur sa cigarette, l'air songeur. Il s'adressa à Ellis. « Toi et moi allons devoir continuer et laisser Jane derrière.

– Non, dit Ellis.

– La feuille de papier que tu as, dit Mohammed et qui porte les signatures de Massoud, de Kamil et d'Azizi, est plus importante que la vie d'aucun d'entre nous. Elle représente l'avenir de l'Afghanistan – la liberté pour laquelle mon fils est mort. »

Ellis allait devoir continuer seul, Jane le comprit. Lui du moins pourrait être sauvé. Elle s'en voulut du terrible désespoir qu'elle éprouva à la pensée de le perdre. Elle devrait essayer de trouver un moyen de l'aider et non pas de se demander comment elle pourrait le garder avec elle. Soudain elle eut une idée. « Je pourrais faire diversion pour les Russes, dit-elle. Je pourrais me laisser capturer puis, après avoir eu l'air de m'être un peu laissé forcer la main, je pourrais donner à Jean-Pierre toutes sortes de faux renseignements sur la direction que vous avez prise… Si je les envoyais totalement dans la mauvaise direction, vous pourriez gagner quelques jours d'avance – assez pour sortir du pays sains et saufs ! » L'idée peu à peu l'enthousiasmait même si au fond de son cœur elle pensait : Ne me laisse pas, je t'en prie, ne me laisse pas.

Mohammed regarda Ellis. « C'est la seule solution, Ellis, dit-il.

– N'y pense plus, dit Ellis. Il n'en est pas question.

– Mais, Ellis…

– Il n'en est pas question, répéta Ellis. N'y pense plus. » Mohammed se tut.

« Mais qu'allons-nous faire ? dit Jane.

– Les Russes ne nous rattraperont pas aujourd'hui, dit Ellis. Nous avons encore de l'avance : nous sommes partis si tôt ce matin. Nous allons rester ici cette nuit et repartir de bonne heure demain matin. Rappelle-toi, tant qu'il y a de la vie il y a de l'espoir. N'importe quoi peut arriver. Quelqu'un à Moscou pourrait décider qu'Anatoly a perdu la tête et faire arrêter les recherches.

– Mon œil », dit Jane en anglais, mais elle était secrètement ravie, contre toute raison, qu'il eût refusé de continuer seul.

« J'ai une autre proposition, dit Mohammed. Je vais revenir en arrière et détourner les Russes. »

Jane sentit son cœur bondir. Etait-ce possible ?

« Comment ? dit Ellis.

– Je vais leur proposer d'être leur guide et leur interprète, et je vais les entraîner vers le sud dans la vallée du Nuristan, loin de vous, vers le lac Mundol. »

Jane comprit qu'il y avait un hic et son cœur de nouveau se serra. « Mais ils doivent déjà avoir un guide, dit-elle.

– C'est peut-être un brave de la Vallée des Cinq Lions qui, contre sa volonté, a été contraint d'aider les Russes. Dans ce cas, je lui parlerai et j'arrangerai les choses.

– Et s'il refuse de t'aider ? »

Mohammed réfléchit. «Alors ce n'est pas un brave qui a été forcé de les aider, mais un traître qui collabore avec l'ennemi pour un gain personnel, auquel cas je le tuerai.

– Je ne veux pas que l'on tue personne pour moi, dit-elle aussitôt.

– Ça n'est pas pour toi, dit Ellis. C'est pour moi : j'ai refusé de continuer seul. »

Jane se tut.

Ellis pensait aux détails pratiques. Il dit à Mohammed : «Tu n'es pas habillé comme un Nuristani.

– Je changerai de vêtements avec Halam.

– Tu ne parles pas bien leur dialecte.

– Je prétendrai que je viens d'une région où ils utilisent une langue différente. De toute façon, les Russes ne parlent aucun de ces dialectes, alors ils ne s'en apercevront jamais.

– Que vas-tu faire de ton fusil ? »

Mohammed réfléchit un moment. «Veux-tu me donner ton sac ?

– Il est trop petit.

– Ma Kalachnikov est un modèle avec une crosse qui se replie.

– Bien sûr, dit Ellis. Prends mon sac. »

Jane se demanda si cela ne risquait pas d'attirer les soupçons, mais décida que non : les sacs des Afghans étaient aussi étranges et divers que leurs tenues vestimentaires ; Mohammed tôt ou tard finirait par éveiller les soupçons. Elle demanda : «Que se passera-t-il quand ils finiront par comprendre qu'ils sont sur la mauvaise piste ?

– Avant que cela arrive, je m'enfuirai dans la nuit en les laissant au milieu de nulle part.

– C'est terriblement dangereux », dit Jane.

Mohammed essaya de prendre un air héroïquement insouciant. Comme la plupart des guérilleros, il était authentiquement courageux mais il était aussi d'une vanité ridicule.

«Si tu calcules mal ton coup, dit Ellis, et qu'ils te soupçonnent avant que tu aies décidé de leur fausser compagnie, ils te tortureront pour savoir dans quelle direction nous sommes partis.

– Ils ne me prendront jamais vivant », assura Mohammed.

Jane le crut.

« Mais nous n'aurons plus de guide, dit Ellis.

– Je vais t'en trouver un autre. » Mohammed se tourna vers Halam et entama avec lui une rapide conversation. Jane crut comprendre que Mohammed se proposait d'engager Halam comme guide. Ce dernier ne lui plaisait pas beaucoup – il était trop bon vendeur pour qu'on lui fît totalement confiance – mais de toute évidence c'était un voyageur, le choix était donc naturel. La plupart des gens du pays ne s'étaient probablement jamais aventurés hors de leur vallée natale.

« Il dit qu'il connaît le chemin », affirma Mohammed, revenant au français. Jane eut un pincement d'inquiétude en l'entendant déclarer *il dit*. Mohammed reprit : « Il va vous conduire jusqu'à Kantiwar, et là il vous trouvera un autre guide pour vous faire franchir le col suivant et de cette façon vous arriverez au Pakistan. Il va vous demander cinq mille afghanis.

– Ça me semble un prix équitable, mais combien d'autres guides devrons-nous engager à ce tarif-là avant d'arriver à Chitral ?

– Peut-être cinq ou six, dit Mohammed.

– Nous n'avons pas trente mille afghanis », fit Ellis en secouant la tête. « Et il faut acheter de la nourriture.

– Il faudra vous procurer des vivres en donnant des consultations médicales, dit Mohammed. Et aussi la route devient plus facile une fois que tu es au Pakistan. Tu n'auras peut-être pas besoin de guide à la fin. »

Ellis avait l'air dubitatif. « Qu'en penses-tu ? demanda-t-il à Jane.

– Il y a une autre solution, dit-elle. Tu pourrais continuer sans moi.

– Non, dit-il. Ça n'est pas une solution. Nous allons continuer ensemble. »

18

Durant toute la première journée, les patrouilles ne trouvèrent aucune trace d'Ellis ni de Jane.

Jean-Pierre et Anatoly restaient assis sur d'inconfortables chaises en bois dans un bureau spartiate sans fenêtre de la base aérienne de Bagram, à écouter les rapports qui arrivaient par radio. Les patrouilles une fois de plus étaient parties avant l'aube. Elles étaient au nombre de six : une pour chacune des cinq principales vallées latérales à l'est de la Vallée des Cinq Lions et une pour suivre la rivière des Cinq Lions vers le nord jusqu'à sa source et au-delà. Chaque groupe comprenait au moins un officier de l'armée régulière afghane parlant dari. Leurs hélicoptères se posèrent dans six villages différents et, une demi-heure plus tard, les six patrouilles signalaient qu'elles avaient trouvé chacune un guide.

«Ça a été rapide, dit Jean-Pierre. Comment s'y sont-ils pris?

— C'est simple, dit Anatoly. Ils demandent à quelqu'un d'être leur guide. L'homme répond non. Ils l'abattent. Ils demandent à quelqu'un d'autre. Ça ne prend pas longtemps après ça de trouver un volontaire.»

Une des patrouilles essaya de survoler la piste qui lui avait été assignée, mais l'expérience se solda par un échec. Les chemins étaient difficiles à suivre au sol ; du haut des airs, c'était impossible. En outre, aucun des guides n'était jamais monté en avion ni en hélicoptère et cette expérience les désorientait totalement. Toutes les patrouilles poursuivirent donc à pied, certaines avec des chevaux réquisitionnés pour porter leur équipement.

Jean-Pierre ne s'attendait pas à d'autres nouvelles dans la matinée, car les fugitifs avaient toute une journée d'avance. Les soldats toutefois iraient sûrement plus vite que Jane, d'autant plus qu'elle portait Chantal...

Jean-Pierre éprouvait une pointe de remords chaque fois qu'il pensait à Chantal. La rage qu'il éprouvait envers sa femme ne s'étendait pas à sa fille, et pourtant le bébé souffrait de cette situation, il en était sûr : d'être trimbalé toute la journée, franchir des cols au-dessus de la ligne des neiges éternelles, tout cela balayé par des vents glacés…

Ses pensées revinrent, comme cela lui arrivait souvent, à la question de savoir ce qui se passerait si Jane mourait et que Chantal survivait. Il s'imagina Ellis capturé seul ; le corps de Jane découvert à deux ou trois kilomètres en arrière, morte de froid, avec le bébé encore miraculeusement vivant dans ses bras. À mon retour à Paris, songea Jean-Pierre, je serai un personnage tragique et romantique ; un veuf avec une petite fille, un vétéran de la guerre d'Afghanistan… On m'adulera ! Je suis parfaitement capable d'élever un bébé. Quels rapports étroits nous aurions à mesure qu'elle grandirait. Il faudrait que j'engage une nurse, bien sûr, mais je m'assurerais qu'elle ne prenne pas la place d'une mère dans l'affection de l'enfant. Non, je serais tout à la fois pour elle son père et sa mère.

Plus il y pensait, plus il était scandalisé à l'idée que Jane risquait la vie de Chantal. Elle avait vraiment perdu tous ses droits de mère en entraînant sa fille dans une telle aventure. Il était persuadé que, sur cette base, il pourrait obtenir la garde légale de l'enfant devant un tribunal européen…

À mesure que l'après-midi avançait, Anatoly s'ennuyait et Jean-Pierre était de plus en plus tendu. Ils étaient tous les deux irritables. Anatoly avait de longues conversations en russe avec d'autres officiers qui venaient dans la petite pièce sans fenêtre et leur interminable bavardage tapait sur les nerfs de Jean-Pierre. Au début, Anatoly traduisait tous les rapports radio des patrouilles, mais maintenant il se contentait de dire « Rien ». Jean-Pierre avait tracé sur des cartes la route suivie par les patrouilles, marquant l'emplacement de chacune avec des épingles rouges mais, à la fin de l'après-midi, elles suivaient des pistes ou des lits de rivières asséchées qui ne figuraient pas sur les cartes et, si leurs rapports radio donnaient des précisions sur le lieu où elles se trouvaient, Anatoly ne le mentionnait pas.

Les patrouilles dressèrent leur camp à la tombée de la nuit sans avoir vu trace des fugitifs. Les soldats avaient reçu pour instruction d'interroger les habitants des villages qu'ils traversaient. Les villageois affirmaient n'avoir pas vu d'étrangers. Ce n'était pas surprenant, car les patrouilles étaient toujours sur l'autre versant des grands cols menant au Nuristan. Les populations qu'ils interrogeaient étaient en général fidèles à Massoud : pour ces gens, aider les Russes était une trahison. Demain, quand les patrouilles passeraient dans le Nuristan, les habitants seraient plus coopératifs.

Jean-Pierre néanmoins se sentait découragé lorsque, à la tombée du jour, Anatoly et lui quittèrent le bureau et traversèrent les pistes jusqu'à la cantine. Après un abominable dîner de saucisses en conserve et de purée de pommes de terre reconstituées, Anatoly s'en alla noyer sa déception dans la vodka avec des camarades officiers, laissant Jean-Pierre aux bons soins d'un sergent qui ne parlait que le russe. Ils firent une partie d'échecs mais – au grand agacement de Jean-Pierre – le sergent jouait beaucoup trop bien. Jean-Pierre alla se coucher de bonne heure, resta éveillé sur son matelas militaire dur comme du bois, à s'imaginer Jane et Ellis au lit.

Le lendemain matin, il fut réveillé par Anatoly ; son visage oriental était tout sourire, on ne voyait plus trace d'irritation et Jean-Pierre se sentit comme un méchant enfant à qui l'on a pardonné, bien qu'il sût fort bien qu'il n'avait rien fait de mal. Ils prirent leur porridge à la cantine. Anatoly avait déjà communiqué avec chacune des patrouilles, qui toutes avaient levé le camp et étaient reparties à l'aube. « Aujourd'hui, mon ami, nous allons rattraper votre femme », dit Anatoly avec entrain, et Jean-Pierre sentit monter en lui une bouffée d'optimisme.

Sitôt arrivé au bureau, Anatoly appela de nouveau les patrouilles par radio. Il demanda aux soldats de décrire ce qu'ils voyaient autour d'eux et Jean-Pierre utilisait leurs descriptions de torrents, de lacs, de creux et de moraines pour deviner leur emplacement. Ils semblaient se déplacer avec une terrible lenteur en termes de kilomètres à l'heure mais, bien sûr, ils progressaient sur des pentes abruptes en terrain difficile, et le même facteur ralentirait Ellis et Jane.

Chaque patrouille avait son guide ; lorsqu'ils arrivaient devant un endroit où la piste bifurquait et où deux chemins menaient au Nuristan, ils enrôlaient un guide supplémentaire du village le plus proche, puis se scindaient en deux groupes. À midi, la carte de Jean-Pierre était criblée de petites têtes d'épingles rouges, comme une éruption de rougeole.

Au milieu de l'après-midi, ils eurent droit à une distraction inattendue. Un général à lunettes, qui effectuait une tournée d'inspection de cinq jours en Afghanistan, atterrit à Bagram et décida de voir comment Anatoly dépensait l'argent du contribuable russe. Jean-Pierre en quelques mots fut mis au courant, par Anatoly, quelques secondes avant que le général ne fît irruption dans le petit bureau, suivi d'officiers soucieux, comme des canards se hâtant après la mère cane.

Jean-Pierre observa avec fascination la maîtrise avec laquelle Anatoly se chargea du visiteur. Il sauta sur ses pieds, l'air énergique mais sans perdre son calme ; il serra la main du général et lui offrit un siège ; il lança par la porte ouverte une série d'ordres ; parla une ou deux minutes d'un ton rapide mais déférent au général ; le pria de l'excuser et dit quelques mots dans l'émetteur radio ; traduisit pour Jean-Pierre la réponse qui arrivait crépitante de parasites depuis le Nuristan et présenta le général à Jean-Pierre, en français.

Le général se mit à poser des questions et Anatoly, en répondant, désignait les têtes d'épingles sur la carte de Jean-Pierre. Sur ces entrefaites, au milieu de tous ces salamalecs, une des patrouilles appela spontanément, une voix excitée déversa un torrent de russe et Anatoly interrompit le général au milieu d'une phrase pour écouter.

Jean-Pierre, assis au bord de sa chaise, attendait avec impatience une traduction.

La voix se tut. Anatoly posa une question et obtint une réponse.

«Qu'est-ce qu'il a vu?» bredouilla Jean-Pierre, incapable de garder plus longtemps le silence.

Anatoly l'ignora un moment et s'adressa au général. Puis il finit par se tourner vers Jean-Pierre. «Ils ont trouvé deux Américains dans un village du nom d'Atati, dans la Vallée de Nuristan.

– Magnifique! fit Jean-Pierre. C'est eux!

– Je le suppose», dit Anatoly.

Jean-Pierre n'arrivait pas à comprendre son manque d'enthousiasme. «Bien sûr que c'est eux! Vos soldats ne connaissent pas la différence entre des Américains et des Anglais?

– Probablement pas. Mais ils disent qu'il n'y a pas de bébé.

– Pas de bébé!» dit Jean-Pierre en fronçant les sourcils. Comment était-ce possible? Jane avait-elle laissé Chantal dans la Vallée des Cinq Lions pour être élevée par Rabia, Zahara ou Fara? Cela semblait impensable. Avait-elle caché le bébé dans une famille de ce village d'Atati, juste quelques secondes avant d'être arrêtée par la patrouille? Cela aussi semblait peu probable : Jane aurait l'instinct de garder le bébé tout près d'elle dans le moment de danger.

Chantal était-elle morte?

Il s'agissait sans doute d'une erreur, décida-t-il : une erreur de communication, des parasites sur la liaison radio, ou même un abruti d'officier qui tout simplement n'avait pas vu le tout petit bébé.

«Inutile de faire des hypothèses, dit-il à Anatoly. Allons voir.

– Je veux que vous alliez avec le groupe qui va les ramener, dit Anatoly.

– Bien sûr», dit Jean-Pierre, puis il remarqua la façon dont Anatoly avait formulé sa phrase. «Vous voulez dire que vous ne venez pas?

– Exact.

– Pourquoi donc?

– On a besoin de moi ici», dit Anatoly en lançant un coup d'œil en direction du général.

«Très bien.» Sans doute y avait-il des luttes d'influence au sein de la bureaucratie militaire : Anatoly n'osait pas quitter la base pendant que le général y rôdait encore au cas où un rival trouverait l'occasion de le calomnier derrière son dos.

Anatoly décrocha le téléphone et lança une série d'ordres en russe. Pendant qu'il parlait, une ordonnance entra dans la pièce et fit signe à Jean-Pierre. Anatoly posa la main sur le combiné et dit : «On va vous donner un manteau chaud : c'est déjà l'hiver au Nuristan. À bientôt.»

Jean-Pierre sortit avec l'ordonnance. Ils traversèrent la piste. Deux hélicoptères attendaient, les pales tournant au ralenti : un Gros Cul avec ses tubes lance-roquettes et un Bide avec sa rangée de hublots le long du fuselage. Jean-Pierre se demanda pourquoi le transport de troupes était là, puis comprit que c'était pour ramener la patrouille. Au moment où ils arrivaient devant les appareils, un soldat arriva en courant avec un grand manteau d'uniforme qu'il donna à Jean-Pierre. Celui-ci le jeta sur son bras et monta dans l'appareil.

Ils décollèrent aussitôt. Jean-Pierre brûlait d'impatience. Il s'assit sur le banc de la cabine avec une demi-douzaine de soldats. L'hélicoptère mit le cap au nord-est.

Lorsqu'ils eurent quitté la base, le pilote fit signe à Jean-Pierre. Celui-ci s'approcha et se jucha sur la marche pour que le pilote pût lui parler. «Je serai votre traducteur, dit l'homme dans un français hésitant.

– Merci. Vous savez où nous allons ?

– Oui, monsieur. Nous avons les coordonnées et je peux communiquer par radio avec le chef de la patrouille.

– Très bien.» Jean-Pierre était surpris de se voir traité avec tant de déférence. Il semblait avoir acquis un grade honorifique grâce à son association avec un colonel du KGB.

Il se demanda, tout en regagnant sa place, quelle tête Jane allait faire lorsqu'il arriverait. Sera-t-elle soulagée ? méfiante ? ou simplement épuisée ? Ellis, bien sûr, serait furieux et humilié. Comment devrai-je me conduire ? se demanda Jean-Pierre. Je veux les mettre au supplice, mais il faut que je reste digne. Que devrai-je dire ?

Il essaya d'imaginer la scène. Ellis et Jane seraient dans la cour d'une quelconque mosquée, ou bien assis sur le sol en terre battue d'une cabane, sans doute ligotés, gardés par des soldats armés de Kalachnikov. Sans doute auraient-ils froid, faim et seraient-ils désespérés. Jean-Pierre arriverait, drapé dans son manteau russe, l'air plein d'assurance et d'autorité, escorté de jeunes officiers déférents. Il leur lancerait un long regard pénétrant et dirait…

Que dirait-il ? *Nous nous retrouvons* faisait terriblement mélo. *Vous croyiez vraiment pouvoir nous échapper* ? était trop rhétorique. *Vous n'avez jamais eu une chance* était mieux, mais un peu décevant.

À mesure qu'ils piquaient vers les montagnes, la température baissait rapidement. Jean-Pierre enfila son manteau et se planta devant la porte ouverte pour regarder le paysage. Sous lui s'étendait une vallée qui ressemblait à celle des Cinq Lions, avec une rivière en son centre qui coulait dans les ombres de la montagne. Il y avait de la neige sur les pics et les corniches de chaque côté, mais pas dans la vallée proprement dite.

Jean-Pierre retourna au poste de pilotage et dit à l'oreille du pilote : « Où sommes-nous ?

– Ça s'appelle la vallée de Sakardara, répondit l'homme. Plus au nord, cela devient la vallée du Nuristan. Ça nous mène tout droit à Atati.

– Combien de temps encore ?

– Vingt minutes. »

Cela paraissait une éternité. Maîtrisant mal son impatience, Jean-Pierre retourna s'asseoir au milieu des soldats. Ils étaient immobiles, silencieux et l'observaient. Ils semblaient avoir peur de lui. Ils s'imaginaient peut-être qu'il appartenait au KGB.

Mais j'appartiens au KGB, songea-t-il soudain.

Il se demanda à quoi pensaient les soldats. Peut-être à leurs petites amies et à leurs épouses qui les attendaient au pays ? Désormais, leur pays allait être le sien. Il aurait un appartement à Moscou. Il se demanda s'il pourrait avoir une vie heureuse avec Jane maintenant. Il voulait l'installer avec Chantal dans son appartement pendant que lui, comme ces soldats, lutterait pour la bonne cause dans des pays étrangers et attendrait le moment de rentrer chez lui en permission, pour coucher de nouveau avec sa femme et voir combien sa fille avait grandi. J'ai trahi Jane et elle m'a trahi, songea-t-il ; peut-être pouvons-nous nous pardonner, ne serait-ce que pour Chantal.

Qu'était-il advenu de Chantal ?

Il allait bientôt le savoir. L'hélicoptère perdit de l'altitude. Ils étaient presque arrivés. Jean-Pierre se leva pour regarder par la porte. Ils descendaient dans une prairie, là où un affluent rejoignait le principal cours d'eau. C'était un endroit assez plaisant avec juste quelques maisons étalées à flanc de coteau, chacune chevauchant celle d'en dessous dans le style nuristanais : Jean-Pierre se rappela avoir vu des photographies de villages comme celui-là dans des albums illustrés sur l'Himalaya.

L'hélicoptère se posa.

Jean-Pierre sauta à terre. À l'autre bout de la prairie, un groupe de soldats russes – la patrouille, à n'en pas douter – sortit d'une des dernières maisons de bois. Jean-Pierre attendit avec impatience le pilote qui devait lui servir d'interprète. L'homme finit par descendre de l'hélicoptère. « Allons-y ! » dit Jean-Pierre en s'élançant dans le champ.

Il dut se retenir pour ne pas se mettre à courir. Ellis et Jane étaient sans doute dans la maison d'où sortait la patrouille, songea-t-il, et il partit dans cette direction d'un pas vif.

Il commençait à être en colère : une rage trop longtemps réprimée bouillonnait en lui. Au diable la dignité, songea-t-il ; je m'en vais dire à ce couple méprisable exactement ce que je pense d'eux.

Comme il approchait, l'officier qui commandait la patrouille s'adressa à lui. Jean-Pierre se tourna vers son pilote et dit : « Demandez-lui où ils sont. »

Le pilote posa la question et l'officier désigna la maison

en bois. Sans plus de cérémonie, Jean-Pierre passa devant les soldats et entra.

Il bouillait de rage lorsqu'il fit irruption dans la petite cabane. D'autres soldats de la patrouille formaient un groupe dans un coin. Ils regardèrent Jean-Pierre, puis s'écartèrent devant lui.

Dans le coin se trouvaient deux personnes attachées à un banc.

Jean-Pierre les regarda, stupéfait. Il ouvrit la bouche toute grande et pâlit. Il avait devant lui un garçon maigre et anémique de dix-huit ou dix-neuf ans aux longs cheveux crasseux, avec une moustache tombante ; il était accompagné d'une fille blonde à la poitrine plantureuse avec des fleurs dans les cheveux. Le garçon regarda Jean-Pierre avec soulagement et dit en anglais : « Hé ! mon vieux, vous voulez bien nous aider ? On est vraiment dans la merde. »

Jean-Pierre crut qu'il allait exploser. Ce n'était qu'un couple de hippies sur la route de Katmandou, une espèce de touristes qui n'avait pas complètement disparu malgré la guerre. Quelle déception ! Pourquoi fallait-il qu'ils fussent là juste au moment où le monde entier cherchait un couple d'Occidentaux en fuite ?

Jean-Pierre n'allait certainement pas aider une paire de drogués dégénérés. Il tourna les talons et sortit.

Le pilote arrivait. Il vit l'expression du visage de Jean-Pierre et dit : « Qu'y a-t-il ?

– Ça n'est pas eux. Venez avec moi. »

L'homme suivit Jean-Pierre. « Pas eux ? Ce ne sont pas les Américains ?

– Ils sont américains, mais ce ne sont pas les gens que nous recherchons.

– Qu'est-ce que vous allez faire maintenant ?

– Je m'en vais parler à Anatoly et j'ai besoin de vous pour le contacter par radio. »

Ils retraversèrent le champ et remontèrent dans l'hélicoptère. Jean-Pierre s'assit à la place du mitrailleur puis coiffa le casque. Il tapait du pied avec impatience sur le plancher métallique tandis que le pilote parlait interminablement à la radio en russe. La voix d'Anatoly lui parvint enfin, très distante et ponctuée d'une friture de parasites.

«Jean-Pierre, mon ami, ici Anatoly. Où êtes-vous?

– À Atati. Les deux Américains qu'ils ont capturés ne sont pas Ellis et Jane. je répète, ce ne sont pas Ellis et Jane. C'est simplement un couple de jeunes connards qui recherchent le nirvana. Terminé.

– Ça ne me surprend pas, Jean-Pierre, répondit la voix d'Anatoly.

– Comment? l'interrompit Jean-Pierre, oubliant que la communication ne pouvait se faire qu'à sens unique.

–… ai reçu une série de rapports affirmant qu'Ellis et Jane ont été vus dans la vallée de Linar. La patrouille n'a pas encore établi le contact avec eux, mais nous sommes sur leur piste. Terminé.»

La colère que les hippies avaient inspirée à Jean-Pierre s'évanouit et il retrouva un peu de son ardeur. «La vallée de Linar… où est-ce? Terminé.

– Près de là où vous êtes en ce moment. Elle rejoint la vallée du Nuristan à vingt-cinq ou trente kilomètres au sud d'Atati. Terminé.»

Si près! «Vous êtes sûr? Terminé.

– La patrouille a recueilli plusieurs rapports dans les villages qu'ils ont traversés. Les signalements correspondent à ceux d'Ellis et de Jane. Et les gens parlent d'un bébé. Terminé.»

Alors c'était bien eux. «Peut-on estimer où ils se trouvent en ce moment? Terminé.

– Pas encore. Je suis en route pour rejoindre la patrouille. Alors j'aurai davantage de détails. Terminé.

– Vous voulez dire que vous n'êtes plus à Bagram? Qu'est-il arrivé à votre… à votre visiteur? Terminé.

– Il est parti, répondit brièvement Anatoly. Je suis en vol actuellement et sur le point de retrouver la patrouille dans un village du nom de Mundol. C'est dans la vallée du Nuristan, en aval de l'endroit où la Linar rejoint le Nuristan, et c'est près d'un grand lac qui s'appelle aussi Mundol. Retrouvez-moi là-bas. Nous y passerons la nuit et puis au matin nous prendrons la direction des recherches. Terminé.

– J'y serai ! » fit Jean-Pierre, ravi. Une pensée le frappa. « Qu'allons-nous faire de ces hippies ? Terminé.

– Je vais les faire conduire à Kaboul pour être interrogés. Nous avons des gens là-bas qui leur rappelleront la réalité du monde matériel. Passez-moi votre pilote. Terminé.

– Je vous retrouve à Mundol. Terminé. »

Anatoly se mit à parler en russe au pilote et Jean-Pierre ôta son casque. Il se demandait pourquoi Anatoly voulait perdre du temps à interroger un couple d'inoffensifs hippies. De toute évidence, ce n'étaient pas des espions. Puis l'idée lui vint que la seule personne qui savait vraiment si ces deux-là étaient ou non Ellis et Jane, c'était lui-même. Il était possible – même si c'était extrêmement peu vraisemblable – qu'Ellis et Jane fussent parvenus à le persuader de les laisser partir et de raconter à Anatoly que sa patrouille venait de capturer un couple de hippies.

Il était sacrément méfiant, ce Russe.

Jean-Pierre attendit avec impatience qu'Anatoly eût fini de parler au pilote. Il semblait bien que la patrouille, là-bas, à Mundol n'était pas loin de sa proie. Demain, peut-être, Ellis et Jane seraient pris. Leur tentative d'évasion avait toujours été plus ou moins vouée à l'échec, en fait ; mais cela n'empêchait pas Jean-Pierre de s'inquiéter et il ne se calmerait que quand ces deux-là seraient pieds et poings liés enfermés dans une prison russe.

Le pilote ôta son casque et dit : « Nous allons vous conduire à Mundol. Un appareil va ramener les autres à la base.

– Entendu. »

Quelques minutes plus tard, ils décollaient, laissant les autres prendre leur temps. Il faisait presque nuit et Jean-Pierre se demandait s'il serait difficile de repérer le village de Mundol.

Comme ils descendaient le cours de la rivière, la nuit tomba rapidement. Le pilote ne cessait de parler à la radio et Jean-Pierre supposa que ceux qui étaient déjà à Mundol le guidaient du sol. Au bout de dix à quinze minutes, de puissantes lumières apparurent en bas. Un kilomètre environ plus loin, la lune étincelait à la surface d'une large étendue d'eau. L'hélicoptère descendit.

Il atterrit près d'un autre appareil posé dans un champ. Un soldat escorta Jean-Pierre à travers le pré jusqu'à un village, au flanc de la colline. Le clair de lune soulignait comme dans une enluminure les contours des maisons de bois. Jean-Pierre suivit le soldat dans l'une d'elles. Là, assis sur une chaise pliante, enveloppé dans un énorme manteau de loup, l'attendait Anatoly.

Il était d'excellente humeur. «Jean-Pierre, mon ami français, nous sommes près du succès!» dit-il d'une voix forte. C'était bizarre de voir un homme au visage oriental si expansif et si jovial. «Prenez un peu de café : il y a de la vodka dedans.»

Jean-Pierre accepta un gobelet de carton d'une femme afghane qui semblait servir Anatoly. Il s'assit sur une chaise pliante comme celle d'Anatoly. Elles avaient un air militaire, ces chaises. Si les Russes transportaient autant d'équipement – des chaises pliantes, du café, des gobelets de carton et de la vodka – peut-être après tout n'iraient-ils pas plus vite qu'Ellis et Jane.

Anatoly devina ses pensées. «J'ai apporté un peu de luxe dans mon hélicoptère, dit-il en souriant. Le KGB a sa dignité, vous savez.»

Jean-Pierre ne pouvait voir l'expression de son visage et ne savait pas s'il plaisantait ou non. Il changea de sujet. «Quelles sont les dernières nouvelles?

– Nos fugitifs, nous en sommes sûrs, ont traversé aujourd'hui les villages de Bosaydour et de Linar. À un moment de l'après-midi, la patrouille a perdu son guide : il a tout simplement disparu, sans doute a-t-il décidé de rentrer chez lui.» Anatoly fronça les sourcils, comme si cet incident le tracassait un peu, puis reprit son récit. «Heureusement, ils ont trouvé presque aussitôt un autre guide.

– En employant sans doute votre technique de recrutement habituelle si persuasive, dit Jean-Pierre.

– Non, figurez-vous. Celui-ci était un authentique volontaire, m'a-t-on dit. Il est ici quelque part dans le village.

– Bien sûr, fit Jean-Pierre songeur, on doit trouver plus facilement des volontaires ici, au Nuristan. Ils sont à peine touchés par la guerre – et en tout cas on dit qu'ils sont absolument dénués de scrupules.

– Ce nouveau guide prétend en fait avoir vu les fugitifs aujourd'hui, avant de nous rejoindre. Ils l'ont croisé à l'endroit où la Linar se jette dans le Nuristan. Il les a vus tourner au sud, dans cette direction.

– Bon !

– Ce soir, après que la patrouille est arrivée ici, à Mundol, notre homme a questionné des villageois et a appris que deux étrangers avec un bébé sont passés cet après-midi, faisant route vers le sud.

– Alors, il n'y a pas de doute, dit Jean-Pierre avec satisfaction.

– Pas le moindre, convint Anatoly. Nous les attraperons demain. C'est certain. »

Jean-Pierre s'éveilla sur un matelas pneumatique – encore un luxe du KGB – posé sur le sol en terre battue de la maison. Le feu s'était éteint durant la nuit, il faisait froid. Le lit d'Anatoly, de l'autre côté de la petite pièce, était vide. Jean-Pierre ne savait pas où les occupants de la maison avaient passé la nuit. Après qu'ils avaient servi à manger, Anatoly les avait renvoyés. Il traitait tout l'Afghanistan comme si c'était son propre royaume. Et c'était peut-être le cas.

Jean-Pierre se leva, se frotta les yeux, puis il vit Anatoly dans l'encadrement de la porte, qui l'observait d'un air méditatif.

« Bonjour, dit Jean-Pierre.

– Vous êtes déjà venu ici ? » demanda Anatoly sans préambule.

Jean-Pierre avait encore le cerveau embrumé de sommeil. « Où ça ?

– Au Nuristan, répondit Anatoly d'un ton impatient.

– Non.

– Comme c'est étrange.

Jean-Pierre trouvait ce style de conversation énigmatique fort irritant de si bonne heure le matin. « Pourquoi ? dit-il avec agacement. Pourquoi est-ce bizarre ?

– Je parlais au nouveau guide, il y a quelques minutes.

– Comment s'appelle-t-il ?

– Mohammed, Muhammad, Mahomet, Mahmoud… un nom comme un million d'autres.

– Quelle langue avez-vous utilisée avec un Nuristani ?

– Français, russe, dari et anglais… le mélange habituel. Il m'a demandé qui était arrivé dans le second hélicoptère hier soir. J'ai dit : « Un Français qui peut identifier les fugitifs », ou quelque chose comme ça. Il m'a demandé votre nom, alors je le lui ai dit : je voulais qu'il continue jusqu'à ce que je découvre pourquoi ça l'intéressait tant. Mais il ne m'a plus posé de questions. C'était presque comme s'il vous connaissait.

– Impossible.

– C'est ce que je pense.

– Pourquoi ne lui posez-vous pas tout simplement la question ? »

Ça ne ressemble pas à Anatoly de manquer d'assurance, se dit Jean-Pierre.

« Il est inutile de poser une question à un homme avant d'avoir établi s'il a une raison de vous mentir. » Sur quoi, Anatoly sortit.

Jean-Pierre se leva. Il avait dormi en chemise et en caleçon. Il enfila son pantalon et ses bottes, puis jeta le lourd manteau sur ses épaules et sortit.

Il se trouva sur une véranda de bois rudimentaire dominant toute la vallée. Tout en bas, la rivière serpentait au milieu des champs, large et paresseuse. À quelque distance, vers le sud, elle se jetait dans un lac long et étroit bordé de montagnes.

Le soleil ne s'était pas encore levé. Une brume au-dessus de l'eau masquait l'extrémité du lac. C'était un paysage agréable. Bien sûr, se rappela Jean-Pierre, c'était la partie la plus fertile et la plus peuplée du Nuristan : presque tout le reste était désertique.

Jean-Pierre remarqua avec satisfaction que les Russes avaient creusé des latrines. La pratique afghane d'utiliser les cours d'eau où ils puisaient leur eau potable était la raison pour laquelle ils avaient des vers. Les Russes vont vraiment remettre ce pays sur pied, une fois qu'ils en auront le contrôle, se dit-il.

Il descendit jusqu'au pré, utilisa la latrine, alla se laver dans la rivière et accepta une tasse de café d'un groupe de soldats plantés autour d'un feu de camp.

La patrouille était prête à partir. Anatoly avait décidé, la veille au soir tard, qu'il dirigerait les recherches d'ici, en restant en constant contact radio avec la patrouille. Les hélicoptère seraient prêts à les emmener, Jean-Pierre et lui, rejoindre les soldats dès qu'ils auraient repéré leurs proies.

Jean-Pierre buvait son café à petites gorgées lorsque Anatoly arriva du village. «Avez-vous vu ce foutu guide? demanda-t-il brusquement.

– Non.

– Il semble avoir disparu.»

Jean-Pierre haussa les sourcils. «Comme le dernier.

– Ces gens sont impossibles. Il va falloir que je demande aux villageois. Venez traduire.

– Mais je ne parle pas leur langue.

– Peut-être qu'ils comprendront votre dari.»

Jean-Pierre repartit avec Anatoly vers le village. Comme ils grimpaient l'étroit sentier entre les maisons, quelqu'un appela Anatoly en russe. Ils s'arrêtèrent et regardèrent sur le côté. Dix ou douze hommes, des Nuristanis en blanc et des Russes en uniforme, étaient rassemblés sur une véranda en train de regarder quelque chose par terre. Ils s'écartèrent pour laisser passer Anatoly et Jean-Pierre. Ce qu'ils regardaient, c'était le corps d'un homme mort.

Les villageois jacassaient d'un ton scandalisé en désignant le cadavre. L'homme avait eu la gorge tranchée : la blessure était horriblement béante et la tête pendait, presque sectionnée. Le sang avait séché : il avait sans doute été tué la veille.

« C'est Mohammed, le guide ? interrogea Jean-Pierre.

– Non », dit Anatoly. Il questionna l'un des soldats puis ajouta : « C'est le guide précédent, celui qui avait disparu. »

Jean-Pierre s'adressa lentement aux villageois en dari. « Qu'est-ce qu'il se passe ? »

Après un silence, un vieil homme tout ridé, avec une vilaine taie sur l'œil droit, répondit dans la même langue : « Il a été assassiné ! » fit-il d'un ton accusateur.

Jean-Pierre commença à l'interroger et, peu à peu, l'histoire se précisa. Le mort était un villageois de la vallée de la Linar, qui avait été enrôlé comme guide par les Russes. Son corps, hâtivement dissimulé dans des buissons, avait été découvert par le chien d'un berger. La famille de l'homme croyait que les Russes l'avaient tué et ils avaient apporté le corps ici ce matin afin de savoir pourquoi.

Jean-Pierre expliqua la chose à Anatoly. « Ils sont outrés parce qu'ils pensent que ce sont vos hommes qui l'ont tué, conclut-il.

– Outrés ? dit Anatoly. Ils ne savent pas qu'il y a une guerre ? Des gens se font tuer tous les jours… C'est comme ça.

– De toute évidence, ils ne voient pas beaucoup de combats par ici. Ce sont vraiment vos hommes qui l'ont tué ?

– Je vais tâcher de le savoir. » Anatoly s'adressa aux soldats.

Plusieurs d'entre eux répondirent avec animation.

« Nous ne l'avons pas tué, traduisit Anatoly pour Jean-Pierre.

– Alors qui l'a fait, je me le demande ? Est-ce que les gens du pays pourraient assassiner nos guides pour avoir collaboré avec l'ennemi ?

– Non, dit Anatoly. S'ils détestaient les collaborateurs, ils ne feraient pas tant d'histoires à propos de celui qui s'est fait tuer. Dites-leur que nous sommes innocents… Calmez-les. »

Jean-Pierre s'adressa au borgne. « Les étrangers n'ont pas tué cet homme. Ils veulent savoir qui a assassiné leur guide. »

Le vieil homme traduisit et les villageois réagirent avec consternation.

Anatoly semblait songeur. C'est peut-être le Mohammed qui a disparu qui a tué cet homme pour avoir la place de guide.

« Vous payez beaucoup ? demanda Jean-Pierre.

— J'en doute. » Anatoly interrogea un sergent et traduisit du russe. « Cinq cents afghanis par jour.

— C'est un bon salaire, pour un Afghan, mais qui ne vaut pas la peine de tuer — bien qu'à ce qu'on dise un Nuristani vous tuera pour vos sandales si elles sont neuves.

— Demandez-leur s'ils savent où est passé Mohammed. » Jean-Pierre posa la question. Il y eut une discussion. La plupart des villageois secouaient la tête, mais un homme éleva la voix au-dessus des autres en désignant avec insistance le nord. Le vieux borgne finit par dire à Jean-Pierre : « Il a quitté le village de bonne heure ce matin. Abdul l'a vu partir vers le nord.

— Est-ce qu'il est parti avant ou après qu'on eut amené ce corps ici ?

— Avant. »

Jean-Pierre répéta les réponses à Anatoly et ajouta : « Alors, je me demande pourquoi il est parti.

— Il se comporte comme un homme coupable de quelque chose.

— Il a dû partir aussitôt après vous avoir parlé ce matin. C'est presque comme s'il s'en était allé parce que je venais d'arriver.

Anatoly acquiesça d'un air songeur. « Quelle que soit l'explication, je pense qu'il sait quelque chose que nous ignorons. Nous ferions mieux de partir à sa poursuite. Tant pis si nous perdons un peu de temps : nous pouvons nous le permettre.

— Il y a combien de temps que vous lui avez parlé ? »

Anatoly consulta sa montre. « Un peu plus d'une heure.

— Alors, il n'a pas pu aller loin.

– Exact. » Anatoly se détourna et lança une rapide série d'ordres. Les soldats furent soudain galvanisés. Deux d'entre eux empoignèrent le vieux borgne et l'entraînèrent vers le champ. Un autre partit en courant vers les hélicoptères. Anatoly prit le bras de Jean-Pierre et ils suivirent les soldats. «Nous allons emmener le vieux borgne, au cas où nous aurions besoin d'un interprète », expliqua Anatoly.

Lorsqu'ils arrivèrent dans le champ, les deux hélicoptères mettaient leurs moteurs en marche. Anatoly et Jean-Pierre embarquèrent dans l'un d'eux. Le vieil homme était déjà à l'intérieur, l'air à la fois fasciné et terrifié. Il racontera l'histoire de cette journée jusqu'à la fin de ses jours, songea Jean-Pierre.

Quelques minutes plus tard, ils avaient repris l'air. Anatoly et Jean-Pierre, plantés près de la porte ouverte, regardaient en bas. Un sentier clairement visible menait du village au sommet de la colline, puis disparaissait sous les arbres. Anatoly parla dans la radio du pilote, puis dit à Jean-Pierre : «J'ai envoyé des soldats battre ces bois, au cas où il aurait décidé de se cacher. »

Le fugitif était certainement plus loin que cela, se dit Jean-Pierre, mais Anatoly, comme toujours, était prudent.

Ils volèrent parallèlement à la rivière pendant environ deux kilomètres, puis ils arrivèrent à l'embouchure de la Linar. Mohammed avait-il remonté la vallée, allant vers le cœur glacé du Nuristan, ou bien avait-il pris à l'est, dans la vallée de la Linar, se dirigeant vers les Cinq Lions ?

Jean-Pierre demanda au vieil homme : «D'où venait Mohammed ?

– Je ne sais pas, dit l'homme. Mais c'était un Tadjik. »

Cela signifiait qu'il venait plus probablement de la vallée de la Linar que du Nuristan, comme Jean-Pierre l'expliqua à Anatoly. Celui-ci ordonna alors au pilote de virer à gauche et de suivre la Linar.

C'était une frappante illustration, se dit Jean-Pierre, de la raison pour laquelle on ne pouvait pas rechercher en hélicoptère Ellis et Jane. Mohammed n'avait qu'une heure d'avance, et déjà ils avaient peut-être perdu sa trace. Quand les fugitifs avaient toute une journée d'avance, comme c'était le cas d'Ellis et de Jane, il y avait bien trop de routes possibles et d'endroits où se cacher.

S'il y avait un sentier qui suivait la vallée de la Linar, on ne le voyait pas du haut des airs. Le pilote se contenta de suivre la rivière. Les flancs des collines étaient dénués de toute végétation, mais pas encore enneigés, si bien que, si le fugitif était là, il n'aurait nulle part où se cacher.

Quelques minutes plus tard, ils le repérèrent.

Sa robe et son turban blancs se distinguaient nettement sur le fond gris-brun du sol. Il marchait au bord de la falaise du pas régulier et infatigable des voyageurs afghans, ses biens entassés dans un sac jeté sur son épaule. En entendant le bruit des hélicoptères, il s'arrêta pour les regarder, puis reprit sa marche.

« C'est lui ? fit Jean-Pierre.

– Je crois, répondit Anatoly. Nous allons bientôt le savoir. » Il prit le casque du pilote et appela l'autre hélicoptère. L'appareil continua, passant au-dessus du marcheur, et vint se poser à une centaine de mètres devant lui. L'homme s'en approchait, apparemment sans souci.

« Pourquoi n'atterrissons-nous pas aussi ? demanda Jean-Pierre à Anatoly.

– Simple précaution. »

La porte coulissante de l'autre hélicoptère s'ouvrit et six soldats sautèrent à terre. L'homme en blanc se dirigea vers eux, en ôtant son sac de son épaule. Il était de forme allongée, comme une musette, et cette vue éveilla un écho dans la mémoire de Jean-Pierre ; mais avant qu'il ait pu trouver ce que cela lui rappelait, Mohammed avait braqué le sac sur les soldats : Jean-Pierre comprit ce qu'il allait faire et ouvrit la bouche pour lancer un avertissement inutile.

Autant essayer de crier en rêve et de courir sous l'eau : les mots n'étaient pas sortis de sa bouche qu'il vit le canon d'un fusil-mitrailleur émerger du sac.

Le fracas de la fusillade fut noyé par le bruit des

hélicoptères, ce qui donnait l'étrange impression que tout cela se passait en silence. Un des soldats russes se prit le ventre à deux mains et tomba en avant ; un autre leva les bras et bascula en arrière ; le visage d'un troisième explosa dans un jaillissement de sang et de chairs déchiquetées. Les trois autres réussirent à épauler. L'un d'eux mourut avant d'avoir pu presser la détente, mais les deux autres lâchèrent une rafale de balles et, alors même qu'Anatoly criait « *Niet ! Niet ! Niet !* » dans sa radio, le corps de Mohammed fut soulevé du sol et projeté en arrière pour retomber en une masse ensanglantée sur le sol glacé.

Anatoly continuait à vociférer dans sa radio. L'hélicoptère descendit rapidement. Jean-Pierre tremblait d'excitation. La vue de la bataille lui avait donné un choc comme la cocaïne, et il avait l'impression d'avoir envie de rire, de baiser, de courir ou de danser. Une pensée lui traversa l'esprit : et dire que je voulais soigner les gens.

L'hélicoptère se posa. Anatoly ôta son casque en disant d'un ton écœuré : « Maintenant nous ne saurons jamais pourquoi ce guide s'est fait couper la gorge. » Il sauta à terre et Jean-Pierre lui emboîta le pas.

Ils se dirigèrent vers le cadavre de l'Afghan. Le devant de son corps n'était qu'une masse de chair en lambeaux et presque tout son visage avait disparu, mais Anatoly dit : « C'est ce guide-là, j'en suis sûr. La stature est la même, la couleur de cheveux et je reconnais le sac. » Il se pencha et ramassa prudemment le fusil-mitrailleur. « Mais pourquoi a-t-il une Kalachnikov ? »

Un morceau de papier était tombé du sac. Jean-Pierre le ramassa et regarda. C'était une photographie au Polaroïd de Mousa. « Oh ! mon Dieu, dit-il. Je crois que je comprends.

– Qu'est-ce que c'est ? dit Anatoly. Qu'est-ce que vous comprenez ?

– Le mort est de la Vallée des Cinq Lions, dit Jean-Pierre. C'est un des principaux lieutenants de Massoud. Voici une photographie de son fils, Mousa. La photo a été prise par Jane.

Je reconnais aussi le sac dans lequel il cachait son fusil : il appartenait à Ellis.

– Et alors ? fit Anatoly avec impatience. Qu'est-ce que vous en concluez ?

Le cerveau de Jean-Pierre travaillait en accéléré, et les éléments du raisonnement se succédaient plus vite qu'il ne pouvait les expliquer. « Mohammed a tué votre guide pour prendre sa place, commença-t-il. Vous n'aviez aucun moyen de savoir qu'il n'était pas ce qu'il prétendait être. Les Nuristanis, bien sûr, savaient que ce n'était pas un des leurs, mais ça n'avait pas d'importance, parce que a, ils ne savaient pas qu'il faisait semblant d'être de la région et b, même s'ils l'avaient su, ils n'auraient pas pu vous le dire parce qu'il était aussi votre interprète. En fait, il n'y avait qu'une personne qui risquait de le démasquer…

– Vous, dit Anatoly. Parce que vous le connaissiez.

– Il était conscient de ce danger et il était sur ses gardes. C'est pourquoi ce matin il vous a demandé qui était arrivé hier à la nuit tombée. Vous lui avez dit mon nom. Il est parti aussitôt. » Jean-Pierre fronça les sourcils : il y avait quelque chose qui ne collait pas. « Mais pourquoi est-il resté à découvert ? Il aurait pu se cacher dans les bois, ou dans une grotte : ça nous aurait pris beaucoup plus longtemps de le trouver. C'est comme s'il ne s'attendait pas à ce qu'on le poursuive.

– Et pourquoi s'y serait-il attendu ? dit Anatoly. Lorsque le premier guide a disparu, nous n'avons pas envoyé de patrouille à sa recherche : nous nous sommes contentés de trouver un autre guide et nous avons continué : pas d'enquête, pas de poursuite. Ce qui était différent cette fois – ce qui a perdu Mohammed – c'est que les gens du pays ont découvert le corps et nous ont accusés du meurtre. Ça nous a rendus méfiants à l'égard de Mohammed.

Et malgré cela, nous envisagions de ne plus nous occuper de lui et de continuer notre route. Il n'a pas eu de chance.

– Il ne savait pas à quel homme prudent il avait affaire, dit Jean-Pierre. Question suivante : quels étaient ses mobiles dans tout cela ? Pourquoi s'est-il donné tant de mal pour se substituer au premier guide ?

– Sans doute pour nous égarer. Sans doute tout ce qu'il nous a dit était-il un mensonge. Il n'a pas vu Ellis et Jane hier après-midi à l'embouchure de la vallée de la Linar. Ils n'ont pas pris au sud vers le Nuristan. Les villageois de Mundol ne nous ont pas confirmé que deux étrangers avec un bébé étaient passés hier faisant route vers le sud : Mohammed ne leur a même jamais posé la question. Il savait où étaient les fugitifs…

– Et il nous a entraînés dans la direction opposée, évidemment ! » Jean-Pierre avait retrouvé son enthousiasme. « L'ancien guide a disparu juste après que la patrouille eut quitté le village de Linar, n'est-ce pas ?

– Oui. Nous pouvons donc supposer que jusqu'à ce point, les rapports sont vrais : qu'Ellis et Jane sont donc bien passés par ce village. Ensuite, c'est Mohammed qui a pris l'initiative et qui nous a dirigés vers le sud…

– Parce que Ellis et Jane sont allés vers le nord ! » dit Jean-Pierre, triomphant.

Anatoly hocha la tête. « Mohammed leur a fait gagner un jour, tout au plus, dit-il d'un ton songeur. Et pour ça, il a donné sa vie. Est-ce que cela en valait la peine ? »

Jean-Pierre regarda de nouveau la photo prise au Polaroïd de Mousa. Le vent glacé l'agitait dans sa main. « Vous savez, dit-il, je crois que Mohammed répondrait que oui, ça en valait la peine. »

19

Ils quittèrent Gadwal en pleine obscurité, avant l'aube, espérant prendre de l'avance sur les Russes en partant de si bonne heure. Ellis savait combien c'était difficile, même pour l'officier le plus capable, de faire bouger un peloton d'hommes avant l'aube : le cuistot devait préparer le petit déjeuner, le fourrier devait faire lever le camp, l'opérateur radio devait prendre contact avec le quartier général et les hommes devaient manger ; tout cela prenait du temps. Le seul avantage d'Ellis sur le commandant russe, c'était qu'il n'avait rien d'autre à faire que de charger la mule pendant que Jane nourrissait Chantal, puis de secouer Halam pour le réveiller.

Ils avaient devant eux une longue et lente ascension dans la vallée du Nuristan sur douze à quinze kilomètres, puis ils devraient remonter une vallée latérale. La première partie du trajet, dans le Nuristan, ne devrait pas être trop difficile, songea Ellis, même dans le noir, car il y avait une sorte de route. Si seulement Jane pouvait tenir, ils devraient pouvoir aborder la vallée latérale dans l'après-midi et la remonter sur quelques kilomètres avant la tombée de la nuit. Une fois sortis de la vallée du Nuristan, il serait beaucoup plus difficile de les pister, car les Russes ne sauraient pas quelle vallée latérale ils avaient prise.

Halam ouvrait la marche, portant les vêtements de Mohammed, y compris sa casquette chitrali. Jane suivait, portant Chantal, et Ellis fermait la marche, en conduisant Maggie. Le cheval portait maintenant un sac de moins : Mohammed avait pris la musette et Ellis n'avait rien trouvé pour la remplacer. Il avait dû laisser le plus gros de ses réserves d'explosifs à Gadwal. Il avait pourtant gardé du TNT, une longueur de Primacord, quelques détonateurs avec le système de mise à feu et il avait fourré tout cela dans les amples poches de son manteau.

Jane était joyeuse et pleine d'énergie. Le repos de l'après-midi précédent lui avait redonné des forces. Elle était d'une endurance extraordinaire et Ellis se sentait fier d'elle, pourtant, quand il y songeait, il ne voyait pas pourquoi lui aurait le droit de se sentir fier de sa force à elle.

Halam tenait une lanterne qui projetait des ombres grotesques sur les parois de la falaise. Il semblait de méchante humeur. Hier, il était tout sourire, ravi apparemment de faire partie de cette bizarre expédition ; mais, ce matin-là, il avait l'air maussade et ne desserrait pas les dents. Ellis mit cela sur le compte du départ matinal.

Le sentier serpentait au flanc de la falaise, contournant des promontoires qui avançaient dans le torrent, tantôt courant au bord de l'eau et tantôt suivant le faîte de la falaise. Au bout d'un kilomètre environ, ils arrivèrent à un endroit où le chemin disparaissait purement et simplement : il y avait une falaise à gauche et la rivière à droite. Halam dit que le sentier avait été emporté par une averse et qu'il faudrait attendre le lever du jour pour trouver un passage.

Ellis n'avait pas envie de perdre de temps. Il ôta ses bottes, son pantalon et pataugea dans l'eau glacée. À l'endroit le plus profond, elle ne lui arrivait qu'à la taille et il gagna sans mal la rive opposée. Il revint et fit traverser Maggie, puis retourna chercher Jane et Chantal. Halam suivit le dernier, mais la pudeur l'empêcha de se déshabiller, même dans le noir, il dut continuer sa marche avec un pantalon trempé, ce qui le mit encore de plus méchante humeur.

Ils traversèrent un village dans l'obscurité, suivis quelque temps par un couple de chiens galeux qui aboyaient de loin. Peu après, l'aube commença à poindre dans le ciel à l'est, et Halam souffla la bougie de sa lanterne.

À plusieurs reprises ils durent encore passer la rivière à gué, là où le chemin avait été emporté ou bloqué par un glissement de terrain. Halam finit par céder et par rouler son pantalon au-dessus de ses genoux. Au cours d'une de ces traversées, ils rencontrèrent un voyageur qui venait de la direction opposée, un petit homme squelettique, conduisant un mouton à qui il faisait traverser la rivière en le portant dans ses bras. Halam eut une longue conversation avec lui dans quelque dialecte nuristani et Ellis crut comprendre, à la façon dont ils agitaient les bras, qu'ils parlaient de routes de montagne.

Lorsqu'ils eurent quitté le voyageur, Ellis dit à Halam en dari :

« Ne dis pas aux gens où nous allons. »

Halam fit semblant de ne pas comprendre.

Jane répéta ce que venait de dire Ellis. Elle parlait plus couramment et soulignait ses phrases de gestes et de hochements de tête emphatiques comme le faisaient les Afghans. « Les Russes vont questionner tous les voyageurs », expliqua-t-elle.

Halam parut comprendre, mais il fit exactement la même chose avec le voyageur suivant qu'ils croisèrent, un jeune homme à l'air inquiétant qui portait un vénérable fusil Enfield. Au cours de la conversation, Ellis crut entendre Halam dire « Kantiwar », le nom du col vers lequel ils se dirigeaient ; et quelques instants plus tard, l'inconnu répéta ce mot. Ellis était furieux : Halam mettait leurs existences en danger. Mais le mal était fait, aussi réprima-t-il son envie d'intervenir et attendit-il patiemment qu'ils eussent repris leur chemin.

Sitôt le jeune homme au fusil disparu, Ellis reprit : « Je t'avais demandé de ne pas dire aux gens où nous allons. »

Cette fois, Halam ne simula pas l'incompréhension. « Je ne lui ai rien dit du tout, répliqua-t-il avec indignation.

« Mais si, insista Ellis. Désormais, tu ne parleras plus aux autres voyageurs. »

Halam resta silencieux.

Jane répéta : « Tu ne parleras plus aux autres voyageurs, tu comprends ?

– Oui », admit Halam à regret.

Ellis estimait important de le faire taire. Il devinait pourquoi Halam voulait discuter itinéraire avec les gens qu'ils rencontraient : ils pourraient le renseigner sur des éboulements, des chutes de neige et des inondations dans les montagnes susceptibles de bloquer une vallée et de rendre une autre voie préférable. Halam n'avait pas vraiment compris qu'Ellis et Jane *fuyaient* les Russes. L'existence de plusieurs itinéraires était à peu près le seul élément en faveur des fugitifs, car les Russes devaient vérifier toutes les routes possibles. Ils se donneraient beaucoup de mal pour en éliminer certaines en interrogeant les gens, et surtout les voyageurs. Moins ils pourraient recueillir d'informations de cette façon, plus longues et plus difficiles seraient leurs recherches et plus grandes les chances qu'auraient Ellis et Jane de leur échapper.

Un peu plus tard, ils rencontrèrent un mullah en robe blanche avec une barbe teinte en roux et, à l'exaspération d'Ellis, Halam engagea aussitôt la conversation avec l'étranger exactement de la même façon qu'il l'avait fait avec les deux voyageurs précédents.

Ellis n'hésita qu'un instant. Il se dirigea vers Halam, l'emprisonna d'une douloureuse clef au cou et l'obligea à le suivre.

Halam résista un instant, mais s'arrêta bientôt parce que cela lui faisait mal. Il cria quelque chose mais le mullah se contenta de regarder la scène, bouche bée, sans rien faire. En se retournant, Ellis vit que Jane avait pris les rênes et qu'elle suivait avec Maggie.

Au bout d'une centaine de mètres, Ellis lâcha Halam en disant : «Si les Russes me trouvent, ils me tueront. C'est pourquoi tu ne dois parler à personne.»

Halam ne répondit pas mais prit un air boudeur.

Au bout d'un moment, Jane dit : «Je crains qu'il ne nous fasse payer cela.

— Je pense qu'il le fera, répondit Ellis. Mais il fallait que je trouve un moyen de le faire taire.

— Je crois simplement qu'il y a peut-être de meilleurs moyens de s'y prendre avec lui.»

Ellis maîtrisa son irritation. Il avait envie de dire *Alors pourquoi ne l'as-tu pas fait, puisque tu es si futée*? mais ce n'était pas le moment de se disputer. Lorsqu'ils croisèrent le voyageur suivant, Halam se contenta d'un salut extrêmement bref, et Ellis se dit : Du moins, ma technique a donné des résultats.

Au début, leur progression était plus lente que ne l'avait prévu Ellis. Le chemin qui serpentait, le sol inégal, la pente abrupte et les incessants détours eurent pour résultat qu'en milieu de matinée, ils n'avaient parcouru que six à huit kilomètres à vol d'oiseau, estima-t-il. Mais ensuite, le chemin devenait plus facile, passant à travers les bois qui dominaient la rivière.

Tous les deux ou trois kilomètres, il y avait encore un village ou un hameau, mais maintenant, au lieu de maisons de bois empilées en désordre au flanc de la colline comme des chaises pliantes qu'on a jetées au hasard, il y avait des habitations en forme de boîte construites dans la même pierre que celle des falaises aux flancs desquelles elles étaient perchées dans un équilibre précaire, comme des nids de mouettes.

À midi, ils firent halte dans un village et Halam les fit inviter dans une maison où on leur offrit du thé. C'était une construction à deux étages, dont le rez-de-chaussée semblait faire office d'entrepôt. Jane donna à la femme de la maison un petit flacon d'un médicament rose pour les vers dont souffraient ses enfants et elle reçut en échange une galette et un délicieux fromage au lait de chèvre. Ils prirent place sur des tapis disposés sur le sol en terre battue devant le feu, avec les poutres de peuplier et les lattes d'osier du toit nettement visibles au-dessus d'eux. Il n'y avait pas de cheminée, aussi la fumée du feu s'élevait-elle jusqu'aux chevrons pour finir par s'en aller à travers le toit : c'était pour cela, supposa Ellis, que les maisons n'avaient pas de plafonds.

Il aurait bien aimé laisser Jane se reposer après son repas, mais il n'osait pas prendre ce risque, car il ne savait pas à quelle distance derrière eux pouvaient être les Russes. Elle avait l'air fatiguée mais, à part cela, en bonne forme. Partir tout de suite avait l'avantage d'empêcher Halam de bavarder avec les villageois.

Ellis surveillait attentivement Jane lorsqu'ils reprirent la route. Il lui demanda de conduire la jument pendant qu'il prenait Chantal, estimant que c'était plus fatigant de porter le bébé.

Chaque fois qu'ils arrivaient à une vallée latérale orientée vers l'est, Halam s'arrêtait et l'examinait avec soin, puis secouait la tête et reprenait sa marche. De toute évidence, il n'était pas sûr du chemin, bien qu'il le niât avec véhémence quand Jane lui posa la question. C'était d'autant plus exaspérant qu'Ellis avait hâte de sortir de la vallée du Nuristan; mais il se consola en se disant que, si Halam ne savait pas très bien quelle vallée prendre, alors les Russes ne sauraient pas par où étaient passés les fugitifs.

Il commençait à se demander si Halam n'aurait pas pris la mauvaise route quand, enfin, Halam s'arrêta à l'endroit où un petit torrent venait se jeter dans le Nuristan : il annonça que c'était cette vallée-ci qu'il fallait prendre. Il semblait vouloir s'arrêter un moment, comme s'il répugnait à quitter un territoire familier, mais Ellis insista pour continuer.

Ils se retrouvèrent bientôt à grimper au milieu d'une forêt de bouleaux blancs où ils perdirent de vue la vallée principale. Ils apercevaient devant eux la chaîne montagneuse qu'il leur fallait franchir, un immense mur couvert de neige qui occupait un quart de l'horizon et Ellis ne cessait de se dire : même si nous échappons aux Russes, comment allons-nous pouvoir escalader cela ? Jane trébucha une ou deux fois et jura, ce qui parut à Ellis le signe qu'elle se fatiguait rapidement, même si elle ne se plaignait pas.

Au crépuscule, ils sortirent de la forêt pour déboucher dans un paysage nu, désertique et sinistre. Il sembla à Ellis qu'ils ne trouveraient sans doute pas d'abri sur un terrain pareil, aussi proposa-t-il de passer la nuit dans une cabane de pierre qu'ils avaient dépassée environ une demi-heure plus tôt : Jane et Halam acquiescèrent et ils firent demi-tour.

Ellis insista pour que Halam allumât le feu à l'intérieur de la cabane et non pas à l'extérieur, pour qu'on ne pût pas voir la flamme des airs et pour qu'il n'y eût pas de colonne de fumée révélatrice. Sa prudence ne tarda pas à se justifier, lorsqu'ils entendirent un hélicoptère passer au-dessus de leurs têtes. Cela signifiait, supposa-t-il, que les Russes n'étaient plus loin ; mais, dans ce pays, ce qui était une courte distance pour un hélicoptère pouvait être un voyage impossible à pied. Les Russes pouvaient fort bien se trouver de l'autre côté d'une montagne infranchissable – ou seulement à moins de deux kilomètres de là sur le sentier. Heureusement que le paysage était trop sauvage et le chemin trop difficile à distinguer des airs pour que des recherches en hélicoptère fussent efficaces.

Ellis donna un peu d'avoine à la jument. Jane nourrit et changea Chantal, puis s'endormit aussitôt. Ellis se leva pour remonter la glissière de son sac de couchage, puis il emporta la couche de Chantal jusqu'au torrent où il la lava avant de la mettre à sécher auprès du feu. Il s'allongea un moment auprès de Jane regardant son visage à la lueur dansante du feu pendant que Halam ronflait à l'autre bout de la cabane. Elle semblait absolument épuisée, son visage était tendu et amaigri, ses cheveux sales, ses joues maculées de terre. Elle dormait d'un sommeil agité, tressaillant et grimaçant et remuant les lèvres sans prononcer un mot. Il se demanda combien de temps elle pourrait encore tenir. C'était ce train qui la tuait. S'ils pouvaient avancer plus lentement, elle tiendrait. Si seulement les Russes renonçaient. Ou bien si on les rappelait pour une grande bataille qui se livrait dans une autre région de ce foutu pays…

Il s'interrogea à propos de l'hélicoptère qu'il avait entendu. Peut-être accomplissait-il une mission sans rapport avec lui. Cela semblait peu probable. S'il faisait partie d'un groupe lancé à leur poursuite, alors la tentative de Mohammed pour détourner les Russes n'avait dû avoir qu'un succès bien limité.

Il se mit à penser à ce qui se passerait si on les capturait. Pour lui, il y aurait un procès-spectacle, à l'occasion duquel les Russes prouveraient aux pays non alignés que les rebelles afghans n'étaient rien de plus que des marionnettes de la CIA. L'accord entre Massoud, Kamil et Azizi s'effondrerait. Pas d'armes américaines pour les rebelles. Découragée, la résistance s'affaiblirait et pourrait ne pas durer encore un été.

Après le procès, Ellis serait interrogé par le KGB. Il commencerait par faire semblant de résister à la torture, puis ferait mine de craquer et de tout leur raconter ; mais ce qu'il leur dirait ne serait que des mensonges. Les Russes, bien sûr, s'y attendraient et le tortureraient encore davantage ; et, cette fois, il simulerait un effondrement plus convaincant et leur débiterait un mélange de faits et d'inventions qu'ils auraient du mal à vérifier. C'était de cette façon qu'il espérait survivre.

Si c'était le cas, on l'enverrait en Sibérie. Au bout de quelques années, il pourrait espérer être échangé contre un espion soviétique arrêté aux Etats-Unis. Sinon, il mourrait dans les camps.

Ce qui lui ferait le plus de peine, ce serait d'être séparé de Jane. Il l'avait trouvée, perdue et retrouvée par un coup de chance qui le laissait encore pantois quand il y pensait. La perdre une seconde fois serait intolérable, intolérable. Il resta allongé un long moment à la contempler, en s'efforçant de ne pas dormir de crainte qu'elle ne fût peut-être plus là lorsqu'il s'éveillerait.

Jane rêva qu'elle était à l'hôtel George-V à Peshawar, au Pakistan. Bien sûr, le George-V était à Paris, mais dans son rêve elle ne remarqua pas cette bizarrerie. Elle appela le service à l'étage pour commander un steak, saignant, avec une purée de pommes de terre et une bouteille de château ausone 1971. Elle avait terriblement faim, mais elle n'arrivait pas à se rappeler pourquoi elle avait attendu si longtemps avant de commander. Elle décida de prendre un bain pendant qu'on préparait son dîner. La salle de bain était chaude et il y avait de la moquette par terre. Elle ouvrit le robinet, versa des sels dans la baignoire et la pièce s'emplit de vapeurs parfumées. Elle était incapable de comprendre comment elle avait pu atteindre cet état de saleté : c'était un miracle qu'on l'eût acceptée dans l'hôtel ! Elle allait entrer dans l'eau brûlante lorsqu'elle entendit quelqu'un qui appelait son nom. Ce devait être le garçon d'étage, pensa-t-elle. Elle allait devoir laisser les aliments se refroidir. Elle fut tentée de rester allongée dans l'eau chaude sans se soucier de cette voix – c'était d'ailleurs bien cavalier de leur part de l'appeler « Jane », ils devraient l'appeler « Madame » – mais la voix était très insistante et elle avait l'impression de la connaître. En fait, ce n'était pas le garçon d'étage, mais Ellis, et il lui secouait l'épaule ; et, avec un poignant sentiment de déception, elle se rendit compte que le George-V était un rêve et qu'en réalité elle se trouvait dans une cabane de pierre glacée du Nuristan, à des millions de kilomètres d'un bain chaud.

Elle ouvrit les yeux et aperçut le visage d'Ellis.

« Il faut te réveiller », disait-il.

Jane se sentait presque paralysée par la léthargie. « C'est déjà le matin ?

– Non, c'est le milieu de la nuit.

– Quelle heure ?

– Une heure et demie.

– Merde. » Elle lui en voulait d'avoir troublé son sommeil. « Pourquoi m'as-tu réveillée ? fit-elle avec agacement.

– Halam est parti.

– Parti ? fit-elle, encore ensommeillée et les idées peu nettes. Où ça ? Pourquoi ? Est-ce qu'il revient ?

– Il ne me l'a pas dit. En me réveillant, je me suis aperçu qu'il avait disparu.

– Tu crois qu'il nous a abandonnés ?

– Oui.

– Oh ! mon Dieu. Comment allons-nous trouver notre route sans lui ? »

Jane avait la crainte cauchemardesque de se perdre dans la neige avec Chantal dans ses bras.

« J'ai bien peur que ce puisse être pire que cela, dit Ellis.

– Que veux-tu dire ?

– Tu disais qu'il nous ferait payer pour l'avoir humilié devant ce mullah. Peut-être s'est-il assez vengé en nous abandonnant. Je l'espère. Mais j'imagine qu'il est revenu par la route que nous avons prise. Il peut tomber sur les Russes. Je ne crois pas que cela leur prendra longtemps de le persuader de leur dire exactement où il nous a laissés.

– C'en est trop », dit Jane, et un sentiment très proche du désespoir la saisit. Elle avait l'impression qu'une divinité maligne conspirait contre eux. « Je suis trop fatiguée, dit-elle. Je m'en vais rester couchée ici et dormir jusqu'à ce que les Russes viennent me faire prisonnière. »

Chantal, qui s'agitait sans rien dire en remuant la tête d'un côté à l'autre et en faisant des bruits de tétée, se mit à pleurer, Jane se redressa et alla la prendre.

« Si nous partons maintenant, dit Ellis, nous pouvons

encore nous échapper. Je vais charger la jument pendant que tu nourris la petite.

« Très bien », fit Jane. Elle approcha Chantal de son sein. Ellis la regarda une seconde avec un petit sourire, puis sortit dans la nuit. Jane songea qu'ils pourraient facilement s'échapper s'ils n'avaient pas Chantal. Elle se demanda ce qu'Ellis en pensait. Après tout, c'était la fille d'un autre homme. Mais cela ne semblait pas le gêner. Il considérait Chantal comme faisant partie de Jane. Ou bien dissimulait-il quelque ressentiment ?

Serait-il comme un père avec Chantal ? se demanda-t-elle. Elle examina le visage minuscule et de grands yeux bleus la regardèrent à son tour. Comment pouvait-on ne pas chérir tendrement cette petite fille sans défense ?

Brusquement, elle se mit à douter de tout. Elle ne savait pas à quel point elle aimait Ellis ; elle ne savait pas quels étaient ses sentiments envers Jean-Pierre, le mari qui la poursuivait ; elle n'arrivait pas à découvrir quels étaient ses devoirs envers son enfant. Elle avait peur de la neige et des montagnes et des Russes, et cela faisait trop longtemps qu'elle était fatiguée, tendue et frigorifiée.

Machinalement, elle changea Chantal, utilisant la couche sèche auprès du feu. Elle ne se souvenait pas de l'avoir fait la veille au soir. Il lui sembla qu'elle s'était endormie après l'avoir fait téter. Elle fronça les sourcils, doutant aussi de sa mémoire, et puis elle se rappela qu'Ellis l'avait éveillée un moment pour la border dans son sac de couchage. Il avait dû emporter la couche sale jusqu'au torrent, la laver, l'essorer et l'accrocher à un bâton auprès du feu pour la faire sécher. Jane se mit à pleurer.

Elle se sentait stupide, mais elle ne pouvait pas s'arrêter, alors elle continua à habiller Chantal, le visage ruisselant de larmes. Ellis revint au moment où elle installait le bébé dans son harnais.

« Ce foutu cheval ne voulait pas se réveiller non plus », dit-il, puis il vit son visage et dit : « Qu'est-ce qu'il y a ?

– Je ne sais pas pourquoi je t'ai quitté un jour, dit-elle. Tu es l'homme le meilleur que j'aie jamais connu, et je n'ai jamais cessé de t'aimer. Je t'en prie, pardonne-moi. »

Il la prit dans ses bras. « Ne recommence pas, voilà tout », dit-il.

Ils restèrent ainsi un moment.

Puis Jane finit par dire : « Je suis prête.

– Bon. Allons-y. »

Ils sortirent et reprirent leur grimpée dans les bois de plus en plus clairsemés. Halam avait pris la lanterne mais la lune brillait et on y voyait très bien. L'air était si froid qu'il était douloureux à respirer. Jane s'inquiétait pour Chantal. Le bébé était une fois de plus à l'intérieur du manteau doublé de fourrure de Jane, et elle espérait que son corps réchauffait l'air que Chantal inhalait. Etait-ce mauvais pour un bébé de respirer de l'air froid ? Jane n'en avait aucune idée.

Devant eux se dressait le col de Kantiwar, à quatre mille cinq cents mètres d'altitude, beaucoup plus haut que le dernier col qu'ils avaient franchi, celui de l'Aryu. Jane savait qu'elle allait avoir plus froid et être plus fatiguée, et peut-être plus effrayée aussi, mais elle avait bon moral. Elle avait le sentiment d'avoir trouvé la solution d'un problème enfoui en elle. Si je vis, se dit-elle, je veux vivre avec Ellis. Un de ces jours, je lui dirai que c'est parce qu'il a lavé une couche sale.

Ils laissèrent bientôt les arbres derrière eux et abordèrent un plateau au paysage lunaire, avec des rochers, des cratères et, çà et là, des plaques de neige. Ils suivaient un alignement d'énormes pierres plates, comme la foulée d'un géant. Ils grimpaient toujours mais pour l'instant la pente était moins abrupte, la température ne cessait de baisser, les plaques blanches se faisant de plus en plus nombreuses au point que le sol ressemblait à une sorte d'échiquier dément.

L'énergie nerveuse soutint Jane pendant la première heure, mais ensuite, tandis qu'elle poursuivait cette marche sans fin, la fatigue la reprit. Elle aurait voulu dire *C'est encore loin*? et *Nous arrivons bientôt*? comme elle le faisait quand elle était enfant, à l'arrière de la voiture de son père durant ses longs trajets à travers la brousse rhodésienne.

À un moment, sur le plateau qui montait toujours, ils franchirent la ligne des neiges éternelles. Jane prit conscience de ce nouveau danger en voyant la jument glisser, hennir de peur, manquer tomber puis retrouver son équilibre. Elle remarqua alors que le clair de lune se reflétait sur les rochers comme s'ils étaient vernis : les roches étaient comme des diamants, froides, dures, étincelantes. Ses bottes accrochaient mieux le sol que les sabots de Maggie mais pourtant, un peu plus tard, Jane dérapa et faillit tomber. Désormais, elle vécut dans la terreur de tomber et d'écraser Chantal et elle se mit à marcher avec encore plus de prudence, les nerfs si tendus qu'elle avait l'impression de risquer de craquer.

Au bout d'un peu plus de deux heures, ils arrivèrent à l'extrémité du plateau, se trouvèrent au pied d'un chemin qui montait en pente raide sur le flanc enneigé de la montagne. Ellis passa le premier, il tira Maggie derrière lui. Jane le suivait à distance prudente, au cas où le cheval glisserait. Ils escaladaient la montagne en zigzag.

Le chemin n'était pas clairement marqué. Ils supposaient qu'il passait partout où le sol était plus plat qu'ailleurs. Jane aurait voulu trouver un signe plus sûr que c'était bien la route. Les vestiges d'un feu, une carcasse de poulet, même une vieille boîte d'allumettes – n'importe quoi qui indiquerait que d'autres créatures humaines étaient un jour passées par là. Elle se mit à être obsédée par l'idée qu'ils étaient perdus, loin du chemin, errant sans but à travers les neiges éternelles ; et qu'ils continueraient ainsi pendant des jours, jusqu'au moment où, à bout de provisions, d'énergie et de volonté, ils s'allongeraient tous les trois dans la neige pour mourir ensemble gelés.

Son dos la faisait souffrir de façon insupportable. À contrecœur, elle tendit Chantal à Ellis et lui prit les rênes du cheval, pour que la tension s'exerçât sur d'autres muscles. La malheureuse bête trébuchait sans cesse maintenant. À un endroit, elle glissa sur un rocher verglacé et tomba. Jane dut tirer sans pitié sur la bride pour l'obliger à se relever. Lorsque le cheval finit par se remettre debout, Jane vit une tache sombre sur la neige là où il était tombé : du sang. En regardant de plus près, elle distingua une coupure au genou gauche. La blessure ne semblait pas sérieuse : Jane fit repartir Maggie. Maintenant qu'elle était en tête, c'était à elle de décider où se trouvait le chemin et le cauchemar de se perdre irrémédiablement la hantait chaque fois qu'elle hésitait. Par endroits, la piste semblait bifurquer et il lui fallait deviner : à gauche ou à droite ? Souvent, le sol était plus ou moins uniformément plat, alors elle se fiait à son flair jusqu'à ce qu'une sorte de sentier réapparût. Une fois, elle se trouva barboter dans une congère et Ellis dut la tirer de là avec l'aide de la jument.

Le chemin finit par la conduire sur une corniche qui remontait le flanc de la montagne. Ils étaient très haut : regarder le plateau tout en bas lui donnait un peu le vertige. Ils ne devaient pas être loin du col ?

La corniche était abrupte, verglacée et large d'à peine deux mètres et, après le bord, c'était le précipice. Jane avançait avec un surcroît de prudence, mais cela ne l'empêcha pas de trébucher à plusieurs reprises, et une fois même de tomber à genoux en s'écorchant. Elle avait si mal dans tout le corps que c'était à peine si elle remarquait les douleurs nouvelles. Maggie ne cessait de glisser jusqu'au moment où Jane ne prit plus la peine de se retourner lorsqu'elle entendait ses sabots glisser, mais se contentait de tirer plus fort sur les rênes. Elle aurait voulu réajuster le chargement de la jument de façon que les lourdes sacoches fussent plus en avant, ce qui aurait augmenté la stabilité de l'animal dans la montée ; mais la corniche n'était pas assez large, et Jane craignait, si elle s'arrêtait, de ne pas pouvoir repartir.

La corniche devenait plus étroite et contournait une saillie de la falaise. Jane avança à pas prudents sur la partie la moins large mais, malgré ses précautions – ou peut-être parce qu'elle était si nerveuse – elle glissa. Pendant un terrible instant, elle crut qu'elle allait tomber par-dessus le bord de la corniche ; mais elle se retrouva à genoux et se cramponna des deux mains. Du coin de l'œil, elle apercevait les pentes neigeuses à des dizaines de mètres plus bas. Elle se mit à trembler et se maîtrisa au prix d'un grand effort.

Elle se releva lentement et se retourna. Elle avait lâché les rênes, qui maintenant pendaient au-dessus du précipice. La jument, arrêtée, la regardait, les jambes raides et agitées de tremblements, de toute évidence terrifiée. Lorsque Jane tendit la main vers la bride, l'animal affolé fit un pas en arrière. « Arrête ! » cria Jane, puis elle se força à prendre un ton plus calme et dit tranquillement : « Ne fais pas ça. Viens vers moi. Ça va aller. »

Ellis l'appela de l'autre côté de la saillie rocheuse. « Qu'est-ce qu'il se passe ?

– Chut, murmura-t-elle. Maggie a peur. Reste où tu es. » Elle était terriblement consciente qu'Ellis portait Chantal. Elle continua à prodiguer des murmures rassurants à la jument tout en s'approchant d'elle avec lenteur. La pauvre bête la fixait avec de grands yeux, son souffle comme des jets de vapeur sortant de ses naseaux dilatés. Jane parvint à portée de main et tendit le bras pour attraper la bride.

La jument secoua la tête, recula d'un pas, dérapa et perdit l'équilibre.

Au moment où le cheval secouait la tête, Jane saisit les rênes ; mais les pattes de Maggie se dérobèrent sous elle, elle tomba sur le côté droit, les rênes échappèrent à la main de Jane et, à son indicible horreur, elle vit le cheval glisser lentement sur le dos jusqu'au bord de la corniche et tomber par-dessus en hennissant de terreur.

Ellis apparut. « Arrête ! » cria-t-il à Jane, et elle se rendit compte qu'elle hurlait. Elle referma la bouche. Ellis s'agenouilla et regarda par-dessus le rebord, serrant toujours Chantal contre sa poitrine sous son manteau matelassé. Jane maîtrisa ses nerfs et s'agenouilla auprès de lui.

Elle s'attendait à voir le corps de la jument enfoui dans la neige à des dizaines de mètres plus bas. En fait, Maggie avait atterri sur un replat à deux mètres à peine plus bas et elle était couchée sur le flanc, ses pieds s'agitant dans le vide.

« Elle est encore en vie ! cria Jane. Dieu soit loué !

– Et nos provisions sont intactes, dit Ellis, sans s'embarrasser de sentiments.

– Comment pouvons-nous la faire remonter jusqu'ici ? »

Ellis la regarda sans rien dire.

Jane comprit qu'ils ne parviendraient jamais à faire remonter la jument jusqu'à eux. « Mais nous ne pouvons pas la laisser là mourir dans le froid ! dit Jane.

– Je regrette, dit Ellis.

– Oh ! mon Dieu, c'est intolérable. »

Ellis entrouvrit son manteau et décrocha Chantal. Jane la prit et l'installa à l'intérieur de son propre manteau. « Je vais prendre les provisions d'abord », annonça Ellis.

Il s'allongea à plat ventre au bord de la corniche puis bascula ses pieds dans le vide. Des flocons de neige vinrent tomber sur le cheval allongé. Ellis se laissa lentement descendre, ses pieds cherchant le replat rocheux. Il sentit le sol ferme, dégagea ses coudes de la corniche et se retourna prudemment.

Jane l'observait, pétrifiée. Entre la croupe de la jument et la paroi de la falaise, il n'y avait pas assez de place pour les deux pieds d'Ellis côte à côte : il devait se tenir les pieds l'un derrière l'autre, comme un scribe sur une peinture murale de l'ancienne Egypte. Il fléchit les genoux et s'accroupit lentement, puis tendit les mains vers l'enchevêtrement de courroies qui fixaient au dos de Maggie le sac de toile contenant les rations d'urgence.

Ce fut à ce moment que Maggie décida de se relever.

Elle fléchit les pattes de devant et réussit on ne sait comment à les glisser sous son avant-train ; puis, avec le tortillement de croupe d'un cheval qui se remet debout, elle souleva son avant-train et essaya de remonter ses jambes arrière sur la corniche.

Elle y parvint presque.

Puis ses membres postérieurs dérapèrent, elle perdit l'équilibre et son arrière-train glissa sur le côté. Ellis empoigna le sac de vivres. Centimètre par centimètre, la jument glissait, ruant et se débattant. Jane était terrifiée à l'idée qu'elle blessât Ellis. Inexorablement, l'animal glissait par-dessus le rebord. Ellis tirait sur le sac de vivres, n'essayant plus de sauver la jument, mais espérant faire sauter les courroies de cuir et attraper les provisions. Il était si déterminé que Jane redoutait de le voir laisser le cheval l'entraîner dans le vide. La pauvre bête glissait plus vite, entraînant Ellis vers le bord. À la dernière seconde, il lâcha le sac avec un cri déçu, la jument poussa une sorte de hurlement et culbutant sur elle-même tout en tombant dans le vide, emporta avec elle toutes leurs provisions, leurs médicaments, leurs sacs de couchage et la couche de rechange de Chantal.

Jane éclata en sanglots.

Quelques instants plus tard, Ellis se glissait sur la corniche auprès d'elle. Il la prit dans ses bras et s'agenouilla là avec elle une minute pendant qu'elle pleurait sur la jument, leurs provisions, ses jambes endolories et ses pieds glacés. Puis il se releva, l'aida doucement à se redresser et dit : « Il ne faut pas s'arrêter.

– Mais comment pouvons-nous continuer ? s'écria-t-elle. Nous n'avons rien à manger, nous ne pouvons pas faire bouillir d'eau, nous n'avons plus de sac de couchage ni de médicaments…

– Nous nous avons l'un l'autre », dit-il.

Elle le serra très fort en se rappelant combien il avait glissé près du bord. Si nous survivons à tout cela, songea-t-elle, si nous échappons aux Russes et que nous rentrons en France tous les deux, jamais je ne le laisserai s'éloigner de moi, je le jure.

« Passe la première, dit-il, en se dégageant de son étreinte. Je veux pouvoir te voir. » Il la poussa avec douceur et, comme un automate, elle se remit à gravir la montagne. Lentement, le désespoir de nouveau l'envahissait. Elle décida que son objectif serait simplement de continuer à marcher jusqu'à ce qu'elle tombât morte. Au bout d'un moment, Chantal se mit à pleurer. Jane tout d'abord l'ignora, puis finit par s'arrêter.

Un peu plus tard – ç'auraient pu être des minutes ou des heures après, car elle avait perdu toute notion du temps – au moment où Jane contournait un coude de la corniche, Ellis la rattrapa et l'arrêta en lui posant une main sur le bras. «Regarde», dit-il, en tendant le bras devant lui.

Le sentier débouchait plus bas sur un vaste cirque de collines entouré de montagnes aux sommets enneigés. Jane, tout d'abord, ne comprit pas pourquoi Ellis avait dit *Regarde ;* puis elle se rendit compte que le sentier *descendait*.

«C'est le sommet? demanda-t-elle stupidement.

– Ça y est, dit-il. C'est le col de Kantiwar. Nous avons fait la partie la plus dure de cette section du trajet. Pendant les deux jours suivants, la route va descendre et le temps va devenir plus chaud.»

Jane s'assit sur un rocher verglacé. J'y suis arrivée, se dit-elle. J'y suis arrivée.

Pendant qu'ils regardaient tous les deux les collines sombres, le ciel derrière les sommets montagneux passa du gris perle à un rose poussiéreux. Le jour se levait. À mesure que la lumière lentement colorait le ciel, un peu d'espoir revint au cœur de Jane. Nous allons descendre, se dit-elle, il va faire plus chaud.

Peut-être allons-nous nous en tirer.

Chantal se remit à pleurer. Allons, ses provisions à elle au moins n'étaient pas parties avec Maggie. Jane lui donna le sein, assise sur cette roche couverte de glace sur le Toit du monde, pendant qu'Ellis faisait fondre de la neige dans ses mains pour donner à boire à Jane.

La descente dans la vallée de Kantiwar était une pente relativement douce, mais au début très glacée. Toutefois, c'était moins éprouvant sans avoir à se soucier du cheval. Ellis, qui n'avait pas glissé du tout pendant la montée, portait Chantal.

Devant eux, le ciel du matin virait au rouge flamboyant, comme si le monde, par-delà les montagnes, était en feu. Jane avait encore les pieds engourdis de froid, mais son nez se dégelait. Elle se rendit compte soudain qu'elle avait terriblement faim. Ils allaient tout simplement devoir continuer à marcher jusqu'au moment où ils rencontreraient des gens. Tout ce qu'ils avaient maintenant comme monnaie d'échange c'était le

TNT dans les poches d'Ellis. Quand il n'en resterait plus, ils devraient compter sur la traditionnelle hospitalité afghane.

Ils n'avaient plus de matériel de couchage. Il leur faudrait dormir enroulés dans leur manteau, en gardant leurs bottes. Jane avait le sentiment confus qu'ils allaient résoudre tous leurs problèmes. Même trouver le chemin était facile maintenant, car les parois de la vallée de chaque côté les guidaient sans cesse et limitaient la distance sur laquelle ils risquaient de s'égarer. Bientôt, il y eut un petit torrent qui murmurait auprès d'eux : ils étaient de nouveau au-dessous de la ligne des neiges éternelles. Le sol était assez uni et, s'ils avaient encore eu la jument, ils auraient pu la monter.

Deux heures plus tard, ils s'arrêtèrent pour se reposer à l'entrée d'une gorge, Jane reprit Chantal à Ellis. Devant eux, la descente s'annonçait rude et abrupte mais, comme ils étaient arrivés plus bas, les rochers n'étaient plus verglacés. La gorge était très étroite et un rien pouvait la bloquer. «J'espère qu'il n'y a pas d'éboulement plus bas», dit Jane.

Ellis regardait de l'autre côté, vers le haut de la vallée. Il sursauta soudain et dit : «Bon sang.

— Qu'est-ce qu'il se passe?» Jane se retourna, suivit son regard et son cœur se serra. À environ un kilomètre et demi en amont, derrière eux, elle aperçut une demi-douzaine d'hommes en uniforme et un cheval. La patrouille qui les recherchait.

Après tout cela, songea Jane; après tout ce que nous avons traversé, ils nous ont quand même retrouvés. Elle se sentait trop malheureuse même pour pleurer.

Ellis lui prit le bras. «Vite, ne restons pas là», dit-il. Il se mit à descendre dans la gorge, en l'entraînant derrière lui.

«À quoi bon? fit Jane d'un ton las. Ils vont sûrement nous attraper.

— Il nous reste encore une chance.» Tout en marchant, Ellis examinait les flancs rocheux et abrupts de la gorge.

«Laquelle?

— Un éboulement.

– Ils trouveront un moyen de passer par-dessus ou de le contourner.

– Pas s'ils sont tous enfouis dessous. »

Il s'arrêta à un endroit où le fond du canyon n'avait même pas deux mètres de large et où une paroi se dressait presque verticale. « C'est parfait », dit-il. Il prit dans les poches de son manteau un pain de TNT, un rouleau de cordeau marqué Primacord, un petit objet métallique de la taille environ d'un capuchon de stylo et quelque chose qui ressemblait à une seringue en métal, sauf que, à son extrémité la plus large, elle comportait un anneau au lieu d'un piston. Il déposa tout cela sur le sol.

Jane le regardait avec ahurissement. Elle n'osait pas espérer.

Il fixa le petit objet métallique à une extrémité du cordeau en le serrant avec ses dents ; il accrocha l'objet métallique à l'extrémité pointue de la seringue. Il tendit le tout à Jane.

« Voici ce que tu as à faire, expliqua-t-il. Descends dans la gorge en laissant filer le cordeau. Tâche de le dissimuler. Peu importe si tu le déroules dans le torrent : ce matériau brûle sous l'eau. Quand tu arriveras au bout du fil, tire les crans de sûreté comme cela. » Il lui montra deux goupilles fendues qui perçaient le corps de la seringue. Il les retira et les remit en place. « Ensuite, ne me quitte pas des yeux. Attends que j'agite les bras au-dessus de ma tête comme cela. » Il lui montra ce qu'il voulait dire. « Alors, tire sur l'anneau. Si nous calculons bien notre coup, nous pouvons les tuer tous. Vas-y ! »

Jane obéit comme un robot, sans réfléchir. Elle descendit dans la gorge, en déroulant le cordeau. Elle le dissimula tout d'abord derrière de petits buissons, puis le fit passer dans le lit du torrent. Chantal dormait dans son harnais, se balançant doucement tandis que Jane avançait.

Au bout d'une minute, elle regarda en arrière. Ellis coinçait le pain de TNT dans une fissure de la roche. Jane avait toujours cru que les explosifs risquaient de sauter spontanément si on les manipulait brutalement : de toute évidence, elle se trompait.

Elle continua jusqu'au moment où elle sentit le câble se tendre dans sa main, puis elle se retourna une nouvelle fois. Ellis maintenant escaladait la paroi du canyon, cherchant sans doute la meilleure position d'où observer les Russes lorsqu'ils avanceraient dans le piège.

Elle s'assit au bord du torrent, le corps minuscule de Chantal reposant sur ses genoux. Le harnais se détendit, relâchant la tension que supportait le dos de Jane. Elle se répétait sans cesse les paroles d'Ellis : *si nous calculons bien notre coup, nous pourrons les tuer tous*. Ça pourrait-il marcher? se demanda-t-elle. Allaient-ils tous être tués?

Que feraient alors les autres Russes? Jane commençait à avoir les idées plus claires, et elle envisagea la séquence probable des événements. D'ici une heure ou deux, quelqu'un allait remarquer que ce petit groupe n'avait pas donné de nouvelles depuis un moment et tenterait de les appeler par radio. Constatant que c'était impossible, on se dirait que la patrouille était au fond d'une gorge ou bien que sa radio était en panne. Après deux heures encore sans rétablir le contact, on enverrait un hélicoptère à leur recherche, en estimant que l'officier commandant le détachement aurait l'intelligence d'allumer un feu ou de faire quelque chose pour se faire facilement repérer du haut des airs. Quand cela aussi serait resté sans résultat, les gens du quartier général commenceraient à s'inquiéter. À un moment, ils devraient bien envoyer une autre patrouille chercher les disparus. Le nouveau groupe devrait couvrir à peu près le même terrain que le précédent. Ils ne feraient certainement pas ce trajet aujourd'hui et il serait impossible d'entreprendre des recherches de nuit. Le temps qu'ils aient trouvé les corps, Ellis et Jane auraient au moins un jour et demi d'avance, peut-être plus. Ce serait peut-être suffisant, songea Jane ; à ce moment-là, Ellis et elle auraient passé tant de bifurcations, de vallées latérales et d'autres routes possibles, qu'on n'arriverait pas à retrouver leurs traces. Je me demande, songea-t-elle avec lassitude, je me demande si ça pourrait être la fin. Je voudrais que les soldats se dépêchent. Je ne supporte plus l'attente. J'ai si peur.

Elle distinguait nettement Ellis, qui rampait en haut de la falaise. Elle voyait aussi la patrouille qui descendait la vallée. Même de loin, ils avaient l'air sales, leurs épaules voûtées, leurs pieds traînants trahissaient leur fatigue et leur découragement. Ils ne l'avaient pas encore vue : elle se fondait dans le paysage.

Ellis, accroupi derrière un rocher, guettait l'approche des soldats. Jane le voyait nettement, mais il était caché aux regards des Russes et il avait une vue dégagée sur l'emplacement où il avait posé les explosifs.

Les soldats arrivèrent à l'entrée de la gorge et commencèrent à descendre. L'un d'eux était à cheval et avait une moustache : sans doute l'officier. Un autre portait une casquette chitrali. C'est Halam, se dit Jane; le traître. Après ce que Jean-Pierre avait fait, la traîtrise lui semblait un crime impardonnable. Il y en avait cinq autres et tous avaient les cheveux courts, des casquettes militaires, des visages jeunes et rasés de près. Deux hommes et cinq garçons, songea-t-elle.

Elle regarda Ellis. D'une minute à l'autre, il allait donner le signal. À force de lever les yeux vers lui, elle commençait à avoir des crampes dans le cou. Les soldats ne l'avaient toujours pas repérée. Ils concentraient leur attention sur le chemin qu'ils devaient trouver sur le sol rocailleux. Ellis, enfin, se tourna vers elle et, d'un geste lent et délibéré, agita les deux bras en l'air au-dessus de sa tête.

Jane regarda les soldats. L'un d'eux tendit la main pour prendre la bride de son cheval, afin de le guider sur le sol inégal. Jane avait l'appareil en forme de seringue dans sa main gauche et l'index de sa main droite était dans l'anneau. En tirant, elle allumerait le cordeau, ferait sauter le TNT et la falaise s'écroulerait sur ses poursuivants. Cinq garçons, songea-t-elle. Ils sont dans l'armée parce qu'ils sont pauvres, stupides, ou bien les deux, ou peut-être parce qu'on les a enrôlés. On les a expédiés dans un pays froid et inhospitalier où la population les déteste. On leur a fait traverser des régions montagneuses, désertiques et glacées. Pour se retrouver enfouis sous un éboulement, la tête fracassée, les poumons emplis de poussière, le dos brisé, la poitrine défoncée, hurlant et suffoquant et saignant jusqu'à la mort dans l'angoisse et la terreur. Cinq missives à envoyer à des pères fiers de leur fils et à des mères inquiètes : Nous avons le regret de vous annoncer..., mort au champ d'honneur..., le combat historique contre les forces de réaction..., actes d'héroïsme..., décoré à titre posthume, le mépris de la mère pour ces belles phrases en se rappelant comment elle a mis au monde dans la souffrance et la peur, comment elle a nourri ce fils dans les jours de facilité et dans les jours d'épreuves, et comment elle l'a regardé grandir et grandir jusqu'à ce qu'il soit presque aussi grand qu'elle, et puis plus grand, jusqu'au jour où il a pu gagner sa vie et épouser une fille robuste et créer une famille à lui pour lui donner des petits-enfants. Le chagrin de la mère en comprenant que tout cela, tout ce qu'elle a fait, la souffrance et le travail et les soucis, tout cela, c'était pour rien ; que ce miracle, cet homme-enfant qui est le sien, a été anéanti par des bravaches engagés dans une guerre vaine et stupide. Quel sentiment de perte. De perte.

Jane entendit Ellis crier. Elle le regarda. Il était debout, ne se souciant plus maintenant si on le voyait, il agitait les bras en criant : « Fais-le maintenant ! maintenant ! »

Avec précaution, elle reposa l'appareil sur le sol, auprès du ruisseau torrentueux.

Les soldats les avaient vus tous les deux maintenant. Deux hommes se mirent à escalader la paroi de la gorge vers l'endroit où se tenait Ellis. Les autres entourèrent Jane, braquant leurs fusils sur elle et sur son bébé, l'air stupide et gêné. Elle les ignora et regarda Ellis. Il descendait la paroi de la gorge. Les hommes qui grimpaient vers lui, s'arrêtèrent et attendirent de voir ce qu'il allait faire.

Il arriva en bas et s'avança lentement vers Jane. Il se planta devant elle. « Pourquoi ? dit-il. Pourquoi ne l'as-tu pas fait ? » Parce qu'ils sont si jeunes, songea-t-elle, parce qu'ils sont jeunes et innocents et qu'ils n'ont pas envie de me tuer. Parce que cela aurait été du meurtre. Mais surtout...

« Parce qu'ils ont des mères », dit-elle.

Jean-Pierre ouvrit les yeux. La silhouette trapue d'Anatoly était accroupie auprès du lit de camp. Derrière Anatoly, un brillant soleil entrait à flots par l'ouverture de la tente. Jean-Pierre connut un moment d'affolement, ne sachant pas pourquoi il avait dormi si tard ni ce qu'il avait manqué; puis, d'un seul coup, il se rappela les événements de la nuit. Anatoly et lui avaient campé aux abords du col de Kantiwar. Ils avaient été réveillés vers deux heures et demie du matin par le capitaine commandant la patrouille qui, à son tour, avait été éveillé par le soldat de garde. Un jeune Afghan du nom de Halam avait fait irruption dans le camp, raconta le capitaine. Utilisant un mélange de français, d'anglais et de russe, Halam expliqua qu'il avait servi de guide à deux Américains en fuite, mais que ceux-ci l'avaient insulté et qu'il les avait donc abandonnés. Lorsqu'on lui avait demandé où se trouvaient les «Américains», il s'était offert à guider les Russes jusqu'à la cabane de pierre où, en ce moment même, les fugitifs dormaient d'un sommeil sans méfiance.

Jean-Pierre était d'avis de sauter dans l'hélicoptère et de se précipiter tout de suite.

Anatoly s'était montré plus circonspect. «En Mongolie, nous avons un dicton : Ne bande pas avant que la putain n'écarte les jambes, dit-il. Peut-être que Halam ment. S'il dit la vérité, il ne sera peut-être pas capable de retrouver la cabane, surtout la nuit, et surtout en hélicoptère. Et, même s'il la retrouve, ils seront peut-être partis.

— Alors que croyez-vous que nous devrions faire?

— Envoyer des éclaireurs : un capitaine, cinq hommes et un chien, accompagnés, bien sûr, de ce Halam. Ils peuvent partir tout de suite. Nous pouvons nous reposer jusqu'à ce qu'ils aient retrouvé les fuyards.»

Sa prudence était justifiée. À trois heures et demie, la patrouille signala par radio que la cabane était vide. Toutefois, précisait le message, le feu rougeoyait encore, Halam avait donc sans doute dit la vérité.

Anatoly et Jean-Pierre en conclurent qu'Ellis et Jane s'étaient éveillés dans la nuit, avaient constaté que leur guide avait disparu et décidé de fuir. Anatoly donna l'ordre à la patrouille de les poursuivre, en se fiant à Halam pour leur indiquer la route la plus probable.

Là-dessus, Jean-Pierre était retourné se coucher et avait plongé dans un lourd sommeil, et c'était pourquoi il ne s'était pas réveillé à l'aube. Il regarda Anatoly avec des yeux ensommeillés et dit : «Quelle heure est-il ?

– Huit heures. Et nous les avons capturés.»

Jean-Pierre sentit son cœur bondir – puis il se souvint qu'il avait déjà connu cela et ça avait été une déception. «C'est sûr ? demanda-t-il.

– Nous pourrons aller vérifier dès que vous aurez enfilé votre pantalon.»

Tout se passa très vite. Un hélicoptère de ravitaillement arriva juste au moment où ils allaient embarquer et Anatoly jugea préférable d'attendre quelques minutes de plus pendant qu'on faisait le plein de leurs réservoirs, si bien que Jean-Pierre dut contenir un peu plus longtemps l'impatience qui le rongeait.

Ils décollèrent quelques minutes plus tard. Jean-Pierre regarda le paysage par la porte ouverte. Comme ils survolaient les montagnes, il s'aperçut que c'était la région la plus nue, la plus rude qu'il eût encore jamais vue en Afghanistan. Jane avait-elle vraiment traversé ce paysage lunaire, dépouillé, cruel et glacé, avec un bébé dans les bras ? Elle doit vraiment me haïr, songea Jean-Pierre, pour traverser de telles épreuves afin de me fuir. Maintenant, elle saura que tout cela était vain. Elle est mienne à jamais.

Mais avait-elle vraiment été capturée ? Il était terrifié à l'idée de connaître une nouvelle déception. Lorsqu'il atterrirait, allait-il découvrir que la patrouille avait fait prisonnier encore un couple de hippies, ou bien deux grimpeurs fanatiques ou même un couple de nomades qui avaient l'air vaguement occidentaux ?

Anatoly désigna le col de Kantiwar lorsqu'ils le survolèrent. «On dirait qu'ils ont perdu leur cheval», ajouta-t-il, en criant dans l'oreille de Jean-Pierre pour dominer le fracas des moteurs et les hurlements du vent. Jean-Pierre vit en effet la silhouette d'un cheval mort dans les neiges au pied du col. Il se demanda si c'était Maggie. Il espérait un peu que c'était cette bête entêtée.

Ils survolèrent la vallée de Kantiwar, scrutant le sol en quête de la patrouille. Ils finirent par apercevoir de la fumée : quelqu'un avait allumé un feu pour les guider. Ils descendirent vers une petite clairière proche de l'entrée d'une gorge. Comme ils descendaient, Jean-Pierre examina les parages : il vit trois ou quatre hommes en uniforme russe, mais pas Jane.

L'hélicoptère se posa. Jean-Pierre avait la gorge nouée. Il sauta à terre, Anatoly sauta en même temps. Le capitaine les entraîna vers la gorge.

Ils étaient là.

Jean-Pierre avait le sentiment qu'on l'avait torturé et qu'il tenait maintenant son bourreau en son pouvoir. Jane était assise par terre. Auprès d'un petit torrent, avec Chantal sur ses genoux. Ellis était debout derrière elle. Tous deux paraissaient épuisés, vaincus et démoralisés.

Jean-Pierre s'arrêta. « Viens ici ! » dit-il à Jane.

Elle se leva et s'approcha de lui. Il vit qu'elle portait Chantal dans une sorte de harnais passé autour de son cou et qui lui laissait les mains libres. Ellis lui emboîta le pas. « Pas toi », dit Jean-Pierre. Ellis s'arrêta.

Jane se planta devant Jean-Pierre et le regarda. Il leva la main droite et la gifla à toute volée. Jamais il n'avait asséné un coup avec autant de plaisir. Elle recula en trébuchant ; il crut qu'elle allait tomber ; mais elle retrouva son équilibre et resta à le dévisager d'un air de défi, des larmes de douleur ruisselant sur son visage. Par-dessus l'épaule de Jane, Jean-Pierre vit Ellis faire soudain un pas en avant, puis se maîtriser. Jean-Pierre en fut un peu déçu : si Ellis avait tenté quelque chose, les soldats auraient sauté sur lui et l'auraient rossé. Peu importe : il aurait sa correction bien assez tôt.

Jean-Pierre leva la main pour gifler de nouveau Jane. Elle tressaillit et protégea Chantal de ses bras. Jean-Pierre changea d'avis. «Nous aurons le temps plus tard, dit-il en abaissant le bras. Largement le temps.»

Jean-Pierre tourna les talons et revint vers l'hélicoptère. Jane se pencha vers Chantal. Le bébé la regardait, elle était éveillée mais n'avait pas faim. Jane la serra contre elle, comme si c'était le bébé qui avait besoin d'être consolé. Au fond, elle était contente que Jean-Pierre l'eût frappée, même si elle avait encore la joue brûlante de douleur et d'humiliation. Cette gifle, c'était comme un acte de divorce : cela signifiait que son mariage était enfin, officiellement et définitivement, terminé et qu'elle n'avait plus aucune responsabilité envers lui. S'il avait pleuré, s'il avait imploré son pardon ou s'il l'avait suppliée de ne pas le détester pour ce qu'il avait fait, elle se serait sentie coupable. Mais la gifle avait mis fin à tout cela. Elle n'éprouvait plus rien pour lui : pas une once d'amour, de respect ni même de compassion. C'était une ironie du sort, songea-t-elle, qu'elle se sentît totalement libérée de lui au moment où il avait fini par la capturer.

Jusque-là, c'était un capitaine qui s'était occupé d'eux, celui qui montait le cheval, mais maintenant c'était Anatoly, le contact de Jean-Pierre, l'homme aux airs d'Oriental, qui prit la situation en main. Comme il donnait des ordres, Jane se rendit compte qu'elle comprenait ce qu'ils étaient en train de dire. Cela faisait plus d'un an qu'elle n'avait pas entendu parler russe et, une fois son oreille habituée, elle comprenait chaque mot. Pour le moment, il disait à un soldat de lier les mains d'Ellis. Le soldat, qui devait s'y attendre, exhiba une paire de menottes. Ellis tendit les mains devant lui et le soldat referma les anneaux métalliques.

Ellis avait l'air abattu et désemparé. En le voyant ainsi enchaîné, vaincu, Jane sentit déferler sur elle la pitié et le désespoir et les larmes lui montèrent aux yeux.

Le soldat demanda s'il devait attacher Jane aussi.

«Non, répondit Anatoly. Elle a le bébé.»

On les escorta jusqu'à l'hélicoptère. Ellis dit : «Je suis désolé. Pour Jean-Pierre. Je n'ai pas pu arriver jusqu'à lui...»

Elle secoua la tête pour signifier que ce n'était pas la peine de s'excuser, mais elle n'arrivait pas à articuler un mot. La totale passivité d'Ellis la mettait en colère, non pas contre lui, mais contre tous ceux qui le mettaient dans cet état : Jean-Pierre, Anatoly, Halam, les Russes. Elle regrettait presque de ne pas avoir déclenché l'explosion.

Ellis sauta dans l'hélicoptère, puis se pencha pour l'aider. Elle tenait Chantal de la main gauche pour assurer le harnais, et lui tendit la main droite. Il la hissa dans l'appareil. Au moment où elle était le plus près de lui, il souffla : « Dès que nous aurons décollé, gifle Jean-Pierre. »

Jane était sans doute trop abasourdie pour réagir, ce qui était une vraie chance. Personne d'autre ne semblait avoir entendu Ellis, mais aucun d'eux de toute façon ne parlait beaucoup anglais. Elle s'efforça d'essayer d'avoir l'air normale.

La cabine des passagers était petite et nue, le plafond était bas si bien que les hommes étaient obligés de se pencher. Il n'y avait rien là qu'un banc étroit pour s'asseoir, fixé à la paroi du fuselage en face de la porte. Jane s'y installa avec gratitude. De là, elle voyait l'intérieur du cockpit. Le siège du pilote était surélevé de près d'un mètre, avec une marche pour y accéder. Le pilote était encore là – l'équipage n'avait pas débarqué – et les rotors tournaient. Le bruit était assourdissant.

Ellis s'accroupit sur le plancher auprès de Jane, entre le banc et le siège du pilote.

Anatoly monta, escorté d'un soldat, auquel il dit quelques mots en désignant Ellis. Jane ne parvint pas à entendre ce qu'il disait, mais il était clair, à en juger par la réaction du soldat, qu'on lui avait dit de garder Ellis : il décrocha le fusil qu'il avait en bandoulière et le tint mollement entre ses mains.

Jean-Pierre monta le dernier. Il resta près de la porte ouverte, à regarder dehors, tandis que l'hélicoptère s'élevait. Jane était affolée. C'était bien gentil pour Ellis de lui dire de gifler Jean-Pierre au moment du décollage, mais comment allait-elle faire ? Pour l'instant, Jean-Pierre lui tournait le dos et il était posté devant la porte ouverte : si elle essayait de le frapper, elle allait sans doute perdre l'équilibre et tomber dans le vide. Elle regarda Ellis, quémandant un conseil. Il avait l'air tendu et déterminé, mais il évita son regard.

L'hélicoptère s'éleva de deux ou trois mètres, s'arrêta un moment, puis amorça une sorte de piqué en accélérant et reprit de l'altitude.

Jean-Pierre se détourna de la porte, traversa la cabine et constata qu'il n'avait nulle part où s'asseoir. Il hésita. Jane savait qu'elle devrait se lever et le gifler – bien qu'elle ne sût absolument pas pourquoi – mais elle était paralysée sur son banc, figée par l'affolement. Là-dessus, Jean-Pierre leva le pouce dans sa direction, pour lui faire comprendre qu'elle devait se lever.

Pour Jane, ce fut le déclic. Elle était épuisée, désemparée, moulue de courbatures, affamée et désespérée et il voulait qu'elle se lève en portant leur bébé pour qu'il pût s'asseoir. Ce geste méprisant du pouce semblait résumer toute sa cruauté, toute sa méchanceté et sa traîtrise et cela la mit en rage. Elle se leva, Chantal accrochée à son cou et elle approcha son visage de celui de Jean-Pierre en criant : « Salaud ! Salaud ! » Ses mots se perdirent dans le grondement des moteurs et le bruit du vent, mais l'expression qu'il lut sur son visage apparemment le surprit car il fit un pas en arrière. « Je te déteste ! » hurla Jane ; puis elle se précipita sur lui les mains en avant et, de toutes ses forces, le poussa en arrière par la porte ouverte.

Les Russes avaient commis une erreur. Une erreur minime, mais c'était tout ce qu'Ellis avait pour lui, et il était bien disposé à en tirer le meilleur parti. Leur erreur avait été de lui attacher les mains devant et non pas derrière le dos.

Il avait espéré qu'ils ne lui lieraient pas les mains : c'était pourquoi, au prix d'un effort surhumain, il n'avait rien fait quand Jean-Pierre avait giflé Jane. Il y avait une chance pour qu'on le laissât ainsi sans l'attacher : après tout, il était sans armes et ils étaient plus nombreux. Mais Anatoly, semblait-il, était un homme prudent.

Par chance, ce n'était pas Anatoly qui lui avait passé les menottes, mais un soldat. Les soldats savaient qu'il était plus facile de s'occuper d'un prisonnier qui avait les bras attachés devant : il risquait moins de tomber, il pouvait monter dans les camions, les hélicoptères et en descendre sans aide. Aussi, lorsque Ellis avait docilement tendu les mains devant lui, le soldat n'avait pas réfléchi davantage.

Sans aide, Ellis ne pouvait maîtriser trois hommes, surtout quand l'un d'eux au moins était armé. Dans un combat régulier, ses chances étaient nulles. Son seul espoir, c'était de faire s'écraser l'hélicoptère.

Il y eut un instant où le temps s'immobilisa, quand Jane se planta devant la porte ouverte, le bébé se balançant à son cou, suivant d'un œil horrifié Jean-Pierre qui tombait dans le vide ; et à cet instant, Ellis pensa : Nous ne sommes qu'à quatre ou cinq mètres du sol, le salaud va probablement s'en tirer, dommage ; puis Anatoly se leva d'un bond et lui saisit les bras par-derrière pour le maîtriser. Anatoly et Jane se trouvaient maintenant entre Ellis et le soldat à l'autre bout de la cabine.

Ellis pivota sur place, bondit auprès du siège surélevé du pilote, passa ses mains ligotées par les menottes par-dessus la tête du pilote, lui enfonça la chaîne dans la chair de la gorge et tira de toutes ses forces.

Le pilote ne s'affola pas.

Gardant les pieds sur les pédales et la main gauche sur le manche à balai, il leva la main droite et saisit Ellis par les poignets.

Ellis eut un moment de terreur. C'était sa dernière chance et il ne disposait que d'une seconde ou deux. Le soldat dans la cabine commencerait par avoir peur d'utiliser son fusil par crainte de toucher le pilote ; et Anatoly, en supposant que lui aussi fût armé, partagerait cette crainte ; mais, au bout d'un moment, l'un d'eux se rendrait compte qu'ils n'avaient rien à perdre, puisque, s'ils n'abattaient pas Ellis, l'appareil allait s'écraser, alors il prendrait le risque.

Ellis sentit qu'on lui empoignait les épaules par-derrière.

Il aperçut du coin de l'œil un bout de manche grise : c'était Anatoly. Devant lui, tout à fait à l'avant de l'hélicoptère, le mitrailleur se retourna, vit ce qui se passait et commença à se lever.

Ellis tira avec violence sur la chaîne de ses menottes. La douleur surprit le pilote qui leva les deux mains et se redressa.

À peine les mains et les pieds du pilote avaient-ils lâché les commandes que l'hélicoptère commença à se cabrer et à se balancer dans le vent. Ellis s'y attendait et il garda son équilibre en se cramponnant au siège du pilote ; mais Anatoly, derrière lui, perdit l'équilibre et lâcha prise.

Ellis à cet instant arracha le pilote de son siège et le jeta sur le plancher, puis il tendit la main vers les commandes et poussa le manche à balai à fond vers le bas.

L'hélicoptère se mit à tomber comme une pierre.

Ellis se retourna et se prépara au choc.

Le pilote était sur le plancher de la cabine, à ses pieds, à se tenir la gorge. Anatoly s'était étalé de tout son long au milieu de la cabine. Jane était blottie dans un coin, ses bras enserrant Chantal d'un geste protecteur.

Le soldat, lui aussi, était tombé, mais il avait retrouvé son équilibre et sur un genou maintenant, il braquait sa Kalachnikov sur Ellis.

Au moment où il pressait la détente, les roues de l'hélicoptère heurtèrent le sol.

Le choc fit tomber Ellis à genoux mais, comme il s'y attendait, il ne perdit pas l'équilibre. Le soldat s'écroula sur le côté, ses balles traversant le fuselage à un mètre de la tête d'Ellis, puis il tomba en avant, lâchant son arme et tendant les mains devant lui pour amortir sa chute.

Ellis se pencha, ramassa le fusil et le prit tant bien que mal de ses mains entravées par les menottes.

Ce fut un moment de joie pure.

Il reprenait le combat. Il s'était enfui, il avait été capturé et humilié, il avait souffert du froid, de la faim, de la peur et il avait regardé impuissant Jane se faire gifler ; mais voilà qu'enfin il avait une chance de tenir bon et de se battre.

Il posa le doigt sur la détente. Il avait les mains trop rapprochées par les menottes pour lui permettre de tenir la Kalachnikov dans la position normale, mais il parvint à bloquer le canon en se servant de sa main gauche pour tenir le chargeur incurvé qui dépassait juste devant le cran de sûreté.

Le moteur de l'hélicoptère cala, les pales commencèrent à ralentir. Ellis vit le mitrailleur sauter à terre par la porte latérale du poste de pilotage. Il lui fallait reprendre vite la situation en main, avant que les Russes dehors n'eussent retrouvé leurs esprits.

Il se déplaça de façon qu'Anatoly, toujours allongé sur le plancher, se trouvât entre lui et la porte : puis il appuya le canon du fusil contre la joue d'Anatoly.

Le soldat le dévisagea, terrifié. « Sors », dit Ellis avec un geste de la tête. Le soldat comprit tout de suite et sauta dehors par la porte ouverte.

Le pilote était toujours allongé, il semblait avoir du mal à respirer. D'un coup de pied, Ellis se rappela à son bon souvenir, puis lui dit de descendre à son tour. L'homme se leva tant bien que mal, se tenant toujours la gorge, et sortit lui aussi.

Ellis dit à Jane : « Dis à ce type de descendre de l'hélicoptère et de rester tout près, le dos tourné vers moi, vite, vite ! »

Jane déversa sur Anatoly un flot de russe. L'homme se remit debout, lança à Ellis un regard de haine sans mélange et descendit lentement de l'hélicoptère.

Ellis appuya le canon de son arme contre la nuque· d'Anatoly et ajouta : « Dis-lui d'ordonner aux autres de ne pas bouger. »

Jane reprit la parole et Anatoly lança un ordre. Ellis regarda autour de lui. Le pilote, le mitrailleur et le soldat qui se trouvaient dans l'hélicoptère n'étaient pas loin. Juste après eux, on voyait Jean-Pierre, assis par terre et qui se massait la cheville : il a dû bien se recevoir, songea Ellis ; il n'est pas blessé. Plus loin, il y avait trois autres soldats, le capitaine, le cheval et Halam.

« Dis à Anatoly, fit Ellis, de déboutonner son manteau, de prendre lentement son pistolet et de le tendre. »

Jane traduisit. Ellis appuya plus fort le fusil dans la chair d'Anatoly au moment où ce dernier sortait le pistolet de son étui et il l'attrapa par-derrière.

Jane le lui prit des mains.

« C'est un Makarov ? fit Ellis. Oui. Tu vas voir un cran de sûreté sur le côté gauche. Déplace-le jusqu'à ce qu'il recouvre le point rouge. Pour tirer, fais d'abord coulisser en arrière la partie qui est au-dessus de la crosse, puis presse la détente. Compris ?

– Compris », dit-elle. Elle était pâle et tremblante, mais elle avait l'air déterminée.

« Dis-lui, poursuivit Ellis, d'ordonner aux soldats d'apporter leurs armes ici une par une et de les lancer dans l'hélicoptère. »

Jane traduisit et Anatoly donna l'ordre.

« Quand ils approcheront, ajouta Ellis, braque ce pistolet sur eux. »

Un par un, les soldats approchèrent et abandonnèrent leurs armes.

« Il y en avait cinq, dit Jane.

– Qu'est-ce que tu dis ?

– Il y avait un capitaine, Halam et cinq jeunes gens. Je n'en vois que quatre.

– Dis à Anatoly de trouver l'autre s'il veut vivre. »

Jane cria quelque chose à Anatoly et Ellis fut surpris de la véhémence de son ton. Anatoly semblait avoir peur lorsqu'il donna ses ordres. Quelques instants plus tard, le cinquième soldat apparut derrière la queue de l'hélicoptère et vint remettre son fusil comme les autres.

« Bien joué, dit Ellis à Jane. Il aurait pu tout gâcher. Maintenant, dis-leur de s'allonger par terre. »

Une minute plus tard, ils étaient tous allongés sur le sol, le nez dans la poussière.

« Il va falloir que tu tires une balle dans mes menottes », dit-il à Jane.

Il posa sa Kalachnikov et se planta, les bras tendus vers la porte. Jane chargea le pistolet, puis en plaça le canon contre la chaîne. Ils se postèrent de façon que la balle sorte par la porte.

« J'espère que ça ne va pas me casser le poignet », dit Ellis.

Jane ferma les yeux et pressa la détente.

« Oh ! merde ! » rugit Ellis. Tout d'abord, ses poignets lui firent un mal de chien. Puis, au bout d'un moment, il comprit qu'ils n'étaient pas cassés : c'était la chaîne qui l'était.

Il ramassa son fusil. « Maintenant, dit-il, je veux leur radio. »

Sur l'ordre d'Anatoly, le capitaine se mit à détacher une grande boîte chargée sur le dos du cheval.

Ellis se demandait si l'hélicoptère pourrait reprendre l'air. Bien sûr, son train d'atterrissage devait être démoli et il pourrait y avoir toutes sortes d'autres dégâts dans la partie inférieure ; mais le moteur et les principaux circuits électriques étaient en haut de l'appareil. Il se rappelait comment, durant la bataille de Darg, il avait vu un appareil exactement comme celui-là tomber d'une hauteur de huit à dix mètres, puis redécoller. Ce salaud devrait voler si l'autre en était capable, songea-t-il, sinon…

Sinon, il ne savait pas ce qu'il ferait.

Le capitaine apporta la radio, la déposa dans l'hélicoptère, puis repartit.

Ellis se permit un moment de soulagement. Dès l'instant que c'était lui qui avait l'émetteur, les Russes ne pouvaient pas contacter leur base. Cela signifiait qu'ils ne pourraient pas faire venir des renforts, ni alerter qui que ce soit. Si Ellis pouvait faire décoller l'hélicoptère, ils seraient à l'abri de tout poursuivant.

« Garde ton arme braquée sur Anatoly, dit-il à Jane. Je m'en vais voir si cet hélico veut bien voler. »

Jane trouvait le pistolet étonnamment lourd. Pour le braquer sur Anatoly, elle garda un moment le bras tendu, mais elle dut bientôt l'abaisser pour se reposer. De sa main gauche, elle caressa le dos de Chantal. Chantal avait pleuré de temps en temps, mais depuis quelques minutes elle s'était calmée.

Le moteur de l'hélicoptère démarra, eut quelques ratés,

hésita. Oh! mon Dieu, pria-t-elle, faites qu'il parte, faites qu'il parte.

Le moteur se mit enfin en marche et elle vit les pales commencer à tourner.

Jean-Pierre leva les yeux.

Ne t'y risque pas, pensa-t-elle : ne bouge pas!

Jean-Pierre se redressa, la regarda puis, péniblement, se leva.

Jane pointa le pistolet sur lui.

Il s'avançait vers elle.

« Ne m'oblige pas à te tirer dessus! » cria-t-elle, mais sa voix était noyée par le rugissement de plus en plus bruyant de l'hélicoptère.

Anatoly avait dû voir Jean-Pierre, car il roula sur le côté et se redressa à son tour. Jane braqua le pistolet vers lui. Il leva les mains dans un geste de capitulation. Jane visa de nouveau Jean-Pierre. Jean-Pierre avançait toujours.

Jane sentit l'hélicoptère frémir et essayer de se soulever.

Jean-Pierre était tout près maintenant. Elle distinguait nettement son visage. Il écartait les mains dans un geste de conciliation, mais il y avait dans ses yeux une lueur de folie. Il a perdu la tête, songea-t-elle; mais il y a peut-être longtemps que c'est arrivé.

« Attention! hurla-t-elle, mais elle savait qu'il ne pouvait pas l'entendre. Attention, je vais tirer! »

L'hélicoptère s'éleva au-dessus du sol.

Jean-Pierre se mit à courir.

Au moment où l'appareil décollait, Jean-Pierre sauta et se hissa dans la carlingue. Jane espérait qu'il allait retomber, mais il assura sa prise. Il la regarda, les yeux flamboyants de haine et il prit son élan pour bondir.

Elle ferma les yeux et pressa la détente.

Il y eut une détonation assourdissante et le pistolet recula dans sa main.

Elle rouvrit les yeux. Jean-Pierre était toujours debout, et son visage exprimait la plus totale stupéfaction. Une tache sombre s'agrandissait sur son manteau à la hauteur de la poitrine. Affolée, Jane pressa la détente encore, et encore et encore. Les deux premières balles le manquèrent, mais la troisième parut le toucher à l'épaule. Il tourna sur lui-même et tomba en avant par la porte.

Puis elle ne le vit plus.

Je l'ai tué, se dit-elle.

Tout d'abord, elle éprouva une sorte de folle ivresse. Il avait essayé de la capturer, de l'emprisonner et de faire d'elle une esclave. Il l'avait traquée comme un animal. Il l'avait trahie et battue. Et maintenant elle l'avait tué.

Puis elle se sentit accablée de tristesse. Elle s'assit sur le plancher et éclata en sanglots. Chantal se mit à pleurer à son tour et Jane la berça dans ses bras.

Elle ne sut jamais combien de temps elle était restée là. Elle finit par se lever et se dirigea vers l'avant pour se planter auprès du siège du pilote.

«Ça va?» cria Ellis.

Elle acquiesça et tenta un pâle sourire.

Ellis lui rendit son sourire, désigna une jauge et cria : «Regarde… ils ont fait le plein!»

Elle l'embrassa sur la joue. Un jour, elle lui raconterait qu'elle avait abattu Jean-Pierre; mais pas maintenant. «On est loin de la frontière? demanda-t-elle.

– Moins d'une heure. Et ils ne peuvent envoyer personne à notre poursuite parce que c'est nous qui avons leur radio.»

Jane regarda par le pare-brise. Droit devant eux, elle apercevait les montagnes couronnées de neige qu'elle aurait dû escalader. Je ne pense pas que j'aurais pu le faire, se dit-elle. Je crois que je me serais allongée dans la neige pour mourir là.

Ellis avait l'air songeur.

«À quoi penses-tu? demanda-t-elle.

– Je pensais comme j'aimerais un sandwich au rosbif avec de la laitue, une tomate et de la mayonnaise sur du pain de campagne», dit-il et Jane sourit.

Chantal s'agita et se mit à pleurer. Ellis ôta une main des commandes pour caresser sa joue rose. « Elle a faim, dit-il.

« Je vais retourner à l'arrière et m'occuper d'elle », dit Jane.

Elle regagna la cabine et s'assit sur le banc. Elle déboutonna son manteau, sa chemise et se mit à nourrir le bébé tandis que l'hélicoptère poursuivait son vol dans le soleil levant.

TROISIÈME PARTIE

1983

20

Jane était contente lorsqu'elle descendit l'allée et qu'elle revint s'installer à la place du passager dans la voiture d'Ellis. Ça avait été un après-midi réussi. Les pizzas étaient délicieuses et Petal avait adoré *Flashdance*. Ellis était très tendu lorsqu'il avait présenté sa fille à Jane, mais Petal avait été fascinée par ce bébé de six mois qu'était Chantal et tout avait été facile. Ellis en avait été si ravi qu'il avait proposé, lorsqu'ils avaient raccompagné Petal, que Jane remontât l'allée avec lui pour dire bonjour à Jill. Jill les avait invités à entrer et s'était extasiée sur Chantal si bien que Jane avait fait la connaissance de l'ex-femme d'Ellis aussi bien que de sa fille, et tout cela en un après-midi.

Ellis – Jane n'arrivait pas à s'habituer au fait qu'il s'appelait John, et elle avait décidé de toujours l'appeler Ellis – Ellis donc installa Chantal sur la banquette arrière et vint s'asseoir auprès de Jane. «Alors, qu'en penses-tu? demanda-t-il en démarrant.

– Tu ne m'avais pas dit qu'elle était jolie, dit Jane.

– Petal est jolie?

– Je voulais dire Jill, dit Jane en riant.

– Oui, elle est très jolie.

– Ce sont des gens bien qui ne méritent pas d'être acoquinés avec quelqu'un comme toi.»

Elle plaisantait, mais Ellis acquiesça d'un air grave.

Jane se pencha et posa une main sur sa cuisse. «Je ne le pensais pas, dit-elle.

– C'est vrai, pourtant. »

Ils roulèrent un moment en silence. Cela faisait six mois, jour pour jour, qu'ils s'étaient enfuis d'Afghanistan. De temps en temps, Jane éclatait en sanglots sans raison apparente, mais elle n'avait plus ces cauchemars où elle abattait indéfiniment Jean-Pierre. Personne, sauf Ellis et elle, ne savait ce qui s'était passé – Ellis avait même menti à ses supérieurs à propos des circonstances de la mort de Jean-Pierre – et Jane avait décidé qu'elle dirait plus tard à Chantal que son papa était mort à la guerre en Afghanistan : rien de plus.

Au lieu de rentrer en ville, Ellis prit une série de petites rues et finit par s'arrêter auprès d'un terrain vague qui dominait l'eau.

« Qu'est-ce qu'on va faire ici ? dit Jane. Flirter ?

– Si tu veux. Mais je voudrais te parler.

– D'accord.

– Ça a été une bonne journée.

– Oui.

– Petal était plus détendue avec moi aujourd'hui qu'elle ne l'a jamais été.

– Je me demande pourquoi.

– J'ai une théorie là-dessus, dit Ellis. C'est à cause de toi et de Chantal. Maintenant que je fais partie d'une famille, je ne suis plus une menace pour leur foyer, pour leur stabilité. En tout cas, je crois que c'est ça.

– Ça se défend. C'est de ça que tu voulais me parler ?

– Non. » Il hésita. « Je quitte l'Agence. »

Jane hocha la tête. « Ça me fait grand plaisir », dit-elle avec ferveur. Elle s'attendait à quelque chose comme ça. Il réglait ses comptes, fermait ses livres.

« En gros, reprit-il, la mission afghane est terminée. Le programme d'entraînement que dirige Massoud est en train et ils ont pris livraison de leur première cargaison d'armes. Massoud est si fort qu'il a négocié une trêve pour l'hiver avec les Russes.

– Bon ! fit Jane. Je suis pour tout ce qui mène à un cessez-le-feu.

– Pendant que j'étais à Washington et toi à Londres, on m'a proposé un autre poste. C'est quelque chose que j'ai vraiment envie de faire, et en plus ça paie bien.

– Qu'est-ce que c'est ? demanda Jane, intriguée.

– Travailler avec un nouveau groupe dépendant directement du Président pour lutter contre le crime organisé. »

L'inquiétude serra le cœur de Jane. « C'est dangereux ?

– Pas pour moi. Je suis trop vieux pour le travail clandestin maintenant. Mon travail consistera à diriger les agents. »

Jane sentait qu'il n'avait pas tout à fait tout dit. « Dis-moi la vérité, salopard, dit-elle.

– Eh bien, c'est beaucoup moins dangereux que ce que j'ai fait jusqu'à maintenant. Mais ce n'est pas aussi dépourvu de risques que d'être moniteur dans un jardin d'enfants. »

Elle lui sourit. Elle savait où il voulait en venir et elle en était heureuse.

« Et puis, je vais être basé ici, à New York, précisa-t-il.

– Vraiment ? fit-elle, surprise.

– Pourquoi es-tu si étonnée ?

– Parce que j'ai posé ma candidature à un poste aux Nations unies. Ici, à New York.

– Tu ne m'en avais pas parlé ! fit-il, vexé.

– Tu ne m'avais pas parlé de tes projets à toi, répliqua-t-elle, indignée.

– Je t'en parle maintenant.

– Et moi aussi.

– Mais... tu m'aurais laissé ?

– Pourquoi voudrais-tu que nous habitions là où tu travailles. Pourquoi pas là où moi je travaille ?

– Pendant ce mois où nous avons été séparés, j'ai complètement oublié combien tu étais susceptible, dit-il.

– Exact. »

Il y eut un silence.

Ellis dit enfin : « Bref, puisque nous allons tous les deux habiter New York...

– Nous pourrions partager un appartement ?

– Voilà », fit-il d'un ton hésitant.

Elle regretta soudain de s'être emportée. Ce n'était pas vraiment un manque de considération à son égard, c'était simplement de la sottise. Elle avait failli le perdre ; là-bas en Afghanistan, et maintenant elle ne pouvait jamais lui en vouloir longtemps parce qu'elle se rappellerait toujours comme elle avait eu peur à l'idée qu'ils allaient être à jamais séparés, et quelle joie inexprimable elle avait éprouvée lorsqu'ils s'étaient retrouvés réunis et qu'ils avaient survécu. « D'accord, dit-elle d'un ton radouci. Partageons un appartement.

– En fait... je pensais rendre la chose officielle. Si tu veux bien. »

C'était ce qu'elle attendait. « Officiel, dit-elle, comme si elle ne comprenait pas.

– Oui, fit-il, embarrassé. Je veux dire, nous pourrions nous marier. Si tu veux. »

Elle rit de plaisir. « Fais les choses convenablement, Ellis ! dit-elle : demande-moi en mariage ! »

Il lui prit la main. « Jane, ma chérie, je t'aime. Veux-tu m'épouser ?

– Oui ! oui ! dit-elle. Le plus tôt possible ! Demain ! Aujourd'hui !

– Merci », dit-il.

Elle se pencha pour l'embrasser. « Je t'aime aussi. »

Ils restèrent assis en silence à se tenir les mains et à regarder le soleil se coucher. C'était drôle, se dit Jane, mais l'Afghanistan semblait irréel maintenant, comme un mauvais rêve, encore vivace, mais qui ne l'effrayait plus. Elle se souvenait des gens – Abdullah, le mullah et Rabia, la sage-femme, le beau Mohammed, la sensuelle Zahara et la fidèle Fara – mais les bombes et les hélicoptères, la peur et les épreuves disparaissaient de sa mémoire. La véritable aventure, c'était ça, se dit-elle : se marier, élever Chantal et rendre meilleur le monde où elle allait vivre.

«On y va? dit Ellis.

– Oui.» Elle lui serra la main très fort, puis la lâcha. «On a beaucoup de choses à faire.»

Il démarra et ils repartirent vers la ville.

BIBLIOGRAPHIE

Les écrivains suivants se sont rendus en Afghanistan depuis l'invasion soviétique de 1979 :

CHALIAND Gérard : *Rapport sur l'Afghanistan*.

FULLERTON John : *The Soviet Occupation of Afghanistan* (Londres : Methuen, 1984).

GALL Sandy : *Behid Russian Lines* (Londres : Sidgwick & Jackson, 1983).

MARTIN Mike : *Afghanistan : Inside a Rebel Stronghold* (Poole : Blandford Press, 1984).

RYAN Nigel : *A Hitch of Two in Afghanistan* (Londres : Weidenfeld & Nicholson, 1983).

VAN DYK Jere : *In Afghanistan* (New York : Coward-Mc Cann, 1983).

Le livre de référence sur l'Afghanistan :

DUPRÉE Louis : *Afghanistan* (Princeton : Princeton University Press, 1980).

Au plan social, je recommande :

BAILLEAU LAJOINIE SIMONE : *Condition des femmes en Afghanistan* (Paris : Editions sociales, 1980).

HUNTE Pamela Anne : *The Sociocultural Context of Perinatality in Afghanistan* (Ann Arbor : University Microfilms International, 1984).

VAN OUDENHOVEN Nico J. A. : *Common Afghan Street Games* (Lisse : Swets & Zeitlingen, 1979).

L'ouvrage classique de voyage sur le Panshir et le Nuristan :

NEWBY Eric : *A Short Walk in the Hindu Kush* (Londres : Secker & Warburg, 1958).

Table

Ken Follett
dans Le Livre de Poche

LES ROMANS HISTORIQUES

L'Homme de Saint-Pétersbourg n° 7628

À la veille de la Première Guerre mondiale, un envoyé du tsar, le prince Orlov, arrive à Londres avec pour mission de renforcer l'alliance entre la Russie et le Royaume-Uni. En même temps que lui, débarque dans la capitale anglaise un redoutable anarchiste échappé du fond de la Sibérie… Dans le duel qui va opposer ces deux hommes, de grands personnages sont en cause, dont un certain Winston Churchill, pour l'heure Premier Lord de l'Amirauté, et la très belle Charlotte Walden, idéaliste et volontaire, fille de l'homme qui porte sur ses épaules le destin de l'Empire britannique. Passions romantiques et suspense implacable, dans les derniers feux d'une Europe au bord du gouffre…

La Marque de Windfield n° 13909

En 1866, dans l'Angleterre victorienne, plusieurs élèves du collège de Windfield sont les témoins d'un accident au cours duquel un des leurs trouve la mort. Mais cette noyade est-elle vraiment un accident ? Les secrets qui entourent cet épisode vont marquer à jamais les destins d'Edward, riche héritier d'une grande banque, de Hugh, son cousin pauvre et réprouvé, et de Micky Miranda, fils d'un richissime Sud-Américain. Autour d'eux, des dizaines d'autres figures s'agitent, dans cette société où les affaires de pouvoir et d'argent, de débauche et de famille, se mêlent inextricablement derrière une façade de respectabilité...

Le Pays de la liberté   n° 14330

Entre le jeune Mack, condamné à un quasi-esclavage dans les mines de charbon des Jamisson, et l'anticonformiste Lizzie, épouse déçue d'un des fils du maître, il n'a fallu que quelques regards pour faire naître l'attirance des cœurs. Mais dans la société anglaise du XVIIIe siècle, encore féodale malgré les idées neuves de ses philosophes, l'un et l'autre n'ont de choix qu'entre la soumission et la révolte. Rebelle, fugitif, repris et condamné, Mack ne reverra Lizzie que dans la plantation de Virginie où on l'a déporté pour le travail forcé. Alors seulement ils comprendront que le bonheur se gagne en forçant le destin... Des crassiers de l'Écosse aux docks de la Tamise, de l'Amérique esclavagiste aux premières incursions vers l'Ouest encore vierge, l'auteur des *Piliers de la Terre* nous entraîne ici dans une superbe épopée où la passion amoureuse se confond avec l'aspiration de toute une époque à la liberté et à la justice.

Dans l'Angleterre du XIIe siècle ravagée par la guerre et la famine, des êtres luttent pour s'assurer le pouvoir, la gloire, la sainteté, l'amour, ou simplement de quoi survivre. Les batailles sont féroces, les hasards prodigieux, la nature cruelle. Les fresques se peignent à coups d'épée, les destins se taillent à coups de hache et les cathédrales se bâtissent à coups de miracles… et de saintes ruses. La haine règne, mais l'amour aussi, malmené constamment, blessé parfois, mais vainqueur enfin quand un Dieu, à la vérité souvent trop distrait, consent à se laisser toucher par la foi des hommes. Ken Follett nous livre avec *Les Piliers de la Terre* une œuvre monumentale dont l'intrigue, aux rebonds incessants, s'appuie sur un extraordinaire travail d'historien. Promené de pendaisons en meurtres, des forêts anglaises au cœur de l'Andalousie, de Tours à Saint-Denis, le lecteur se trouve irrésistiblement happé dans le tourbillon d'une superbe épopée romanesque dont il aimerait qu'elle n'eût pas de fin.

LE SIÈCLE

1. *La Chute des géants* n° 32413

À la veille de la guerre de 1914-1918, les grandes puissances vivent leurs derniers moments d'insouciance. Bientôt la violence va déferler sur le monde. De l'Europe aux États-Unis, du fond des mines du pays de Galles aux antichambres du pouvoir soviétique, en passant par les tranchées de la Somme, cinq familles vont se croiser, s'unir, se déchirer. Passions contrariées, jeux politiques et trahisons… Cette fresque magistrale explore toute la gamme des sentiments à travers le destin de personnages exceptionnels… Billy et Ethel Williams, Lady Maud Fitzherbert, Walter von Ulrich, Gus Dewar, Grigori et Lev Pechkov vont braver les obstacles et les peurs pour s'aimer, pour survivre, pour tenter de changer le cours du monde. Entre saga historique et roman d'espionnage, intrigues amoureuses et lutte des classes, ce premier volet du *Siècle*, qui embrasse dix ans d'histoire, raconte une vertigineuse épopée où l'aventure et le suspense rencontrent le souffle de l'Histoire…

2. *L'Hiver du monde*   n° 32162

1933, Hitler s'apprête à prendre le pouvoir. L'Allemagne entame les heures les plus sombres de son histoire et va entraîner le monde entier dans la barbarie et la destruction. Les cinq familles dont nous avons fait la connaissance dans *La Chute des géants* vont être emportées par le tourbillon de la Seconde Guerre mondiale.
Amours contrariées, douloureux secrets, tragédies, coups du sort… Des salons du Yacht-Club de Buffalo à Pearl Harbor bombardé, des sentiers des Pyrénées espagnoles à Londres sous le Blitz, de Moscou en pleine évacuation à Berlin en ruines, Boy Fitzherbert, Carla von Ulrich, Lloyd Williams, Daisy Pechkov, Gus Dewar et les autres tenteront de faire face au milieu du chaos. Entre épopée historique et roman d'espionnage, histoire d'amour et thriller politique, ce deuxième volet de la magistrale trilogie du *Siècle* brosse une fresque inoubliable.

3. *Aux portes de l'éternité* n° 34014

1961. Les Allemands de l'Est ferment l'accès à Berlin-Ouest. La tension entre États-Unis et Union soviétique s'exacerbe. Le monde se scinde en deux blocs. Confrontées à toutes les tragédies de la fin du XXe siècle, plusieurs familles – polonaise, russe, allemande, américaine et anglaise – sont emportées dans le tumulte de ces immenses troubles sociaux, politiques et économiques. Chacun de leurs membres devra se battre et participera, à sa manière, à la formidable révolution en marche. Tout à la fois saga historique, roman d'espionnage, histoire d'amour et thriller politique, *Aux portes de l'éternité* clôt la fresque magistrale de la trilogie du Siècle, après *La Chute des géants* et *L'Hiver du monde*.

Un monde sans fin n° 31616

1327. Quatre enfants sont les témoins d'une poursuite meurtrière dans les bois : un chevalier tue deux soldats au service de la reine, avant d'enfouir dans le sol une lettre mystérieuse dont la teneur pourrait mettre en danger la couronne d'Angleterre. Ce jour lie à jamais leurs sorts… L'architecte de génie, la voleuse éprise de liberté, la femme idéaliste, le guerrier dévoré par l'ambition : mû par la foi, l'amour et la haine, le goût du pouvoir ou la soif de vengeance, chacun d'eux se bat pour accomplir sa destinée dans un monde en pleine mutation – secoué par les guerres, terrassé par les famines, et ravagé par la Peste noire.

PAPIER À BASE DE
FIBRES CERTIFIÉES

Le Livre de Poche s'engage pour
l'environnement en réduisant
l'empreinte carbone de ses livres.
Celle de cet exemplaire est de :
500 g éq. CO$_2$
Rendez-vous sur
www.livredepoche-durable.fr

Composition réalisée par Chesteroc Ltd.

Achevé d'imprimer en décembre 2016 en Espagne par
Black Print CPI Iberica, S.L.
Sant Andreu de la Barca (08740)
Dépôt légal 1re publication : juin 1987
Édition 28 – décembre 2016
LIBRAIRIE GÉNÉRALE FRANÇAISE – 21, rue du Montparnasse – 75298 Paris Cedex 06